Thomas Scheffler

TÖDLICHE VERKOSTUNG
cave vinum

ISBN: 978-3-935516-62-4
1. Auflage 2010
© Verlag Matthias Ess,
Bleichstraße 25, 55543 Bad Kreuznach
Autor: Thomas Schettler

Thomas Scheffler

TÖDLICHE VERKOSTUNG
cave vinum

Für

Hannah

Livia

Tristan

Cosima

Inhalt

1. Kapitel

Wozu empfohlen wird:
HUXELREBE AUSLESE
Weingut Welker-Emmerich, Rüdesheim/Nahe

Ich war sehr früh aufgestanden. Als ob ich gespürt hätte, dass sich etwas Wichtiges ereignen würde. Von Unruhe getrieben, entschied ich mich zu einem Spaziergang durch die noch schlafende Stadt. Der Tag dämmerte gerade.

Durch das Kalte Loch stieg ich den Pfad zum Schlossberg hinauf, ging an der Kauzenburg vorbei, dann über die Ebene an den Weinbergen entlang. Etwas Unbestimmtes trieb mich voran. Erst am Teetempel blieb ich stehen. Im Osten trat soeben die Sonne hinter dem Galgenberg empor. Ihr glutrotes Auge blickte mich drohend an. Wenn sie morgens erstmals die Mauern des Tempelchens anstrahlt, ist hier eigentlich noch kein Mensch. Die Winzer beginnen ihre Arbeit erst später, die Kurgäste denken nicht einmal ans Aufstehen um diese Zeit. Es ist einsam dort oben in der Frühe.

Ich schaute hinüber zur Gans, dem höchsten Punkt der Stadt, dann hinab auf die Nahe, die unter mir sprudelnd das Elisabethenwehr umströmte. Anschließend ließ ich den Blick schweifen über die vielen Straßen und Gebäude.

Was mochte in diesem Moment alles geschehen in jenen Mauern? Wo wurde jetzt geboren, wo gestorben, wo geliebt, wo gehasst? In unzähligen Häusern erhoben sich gerade die Menschen, um einen neuen Tag zu beginnen. In anderen legten sich die Nachtarbeiter nun müde nieder. Hie und da mag auch ein verspäteter Zecher soeben besinnungslos umgesunken sein.

Bad Kreuznach, die schönste Kur- und Badestadt Deutschlands. Die Wundervolle, die Abgrundtiefe. Verzückendes Städtchen, verwunschene Stadt. Kronjuwel der Nahe, Kloake der Nachtgestalten. Bad Kreuznach, du Herzliche, Bad Kreuznach, du Hässliche. Ich kannte beide Seiten dieser Stadt, den fetten Bauch und die hungrigen Augen, das liebliche Antlitz und die widerliche Fratze. Ich kannte sie nur zu gut.

Über den Panoramaweg wanderte ich hinab zur Nahe und zurück zu meiner Wohnung. Die Glocken in den zahlreichen Kirchtürmen stimmten soeben das Morgenläuten an. Am Ufer des Flusses war es noch kühl, aber bald würde die Hitze des Hochsommers sich wieder verbreiten. Der Juni stand wenige Tage vor der Monatsmitte. Abgesehen von gelegentlichen Gewittern hatte es lediglich am Vortag einmal ausgiebig geregnet, sonst seit Wochen nicht mehr. Nach einer Dusche entschied ich mich wie jeden Morgen gegen ein Frühstück. Ein Espresso genügte mir. Dann begab ich mich auf den Weg zur Kanzlei. Zwischen den Reihen der Häuser staute sich allmählich die Luft, der Smog des einsetzenden Berufsverkehrs heizte sie zusätzlich auf. Wie immer war ich nicht der Erste im Büro. Mandy war schon dort, meine Bürovorsteherin.

„Guten Morgen", begrüßte sie mich. „Sie kommen genau zum richtigen Zeitpunkt. Es wartet bereits jemand dringend auf Ihren Rückruf."

„So früh? Wer hat es denn diesmal wieder eilig?"

„Jemand, der wohl auch früh zu arbeiten beginnt. Zumindest bei dieser Hitze."

Sie verrollte etwas ihre hübschen blauen Augen. Ich schaute sie erwartungsvoll an.

„Ein Minister möchte Sie sprechen. Persönlich und am besten schon vor einer Viertelstunde."

„Ein Minister? Welcher Minister denn?", fragte ich nach.

„Der Justizminister des Landes Rheinland-Pfalz. Es schien mir dringend." Ihr Blick ging zum Display eines klingelnden Telefons. „Gerade ruft er wieder an."

„Na dann. Ich bin schon lange der Meinung, auch Minister sollten sich gute Anwälte leisten und nicht nur solche mit dem richtigen Parteibuch. Also her mit dem Minister. Stellen Sie ihn durch an meinen Schreibtisch."

Hastig betrat ich mein Arbeitszimmer, wo ich das Gespräch entgegen nahm.

„Dexheimer hier."

„Guten Morgen, spreche ich mit Herrn Rechtsanwalt Julius Dexheimer?"

„So ist es."

Nach meiner Erinnerung war unser Justizminister so, wie man sich einen Minister eben vorstellt: männlich und vom Alter her allmählich am Karriereende. Die Stimme auf der Gegenseite stammte hingegen eindeutig von einer Frau. Sie war darüber hinaus sehr angenehm, was nicht heißen soll, dass ich die Stimmen von Ministern unangenehm finde.

„Der Herr Minister der Justiz möchte Sie in einer wichtigen Angelegenheit sprechen, bleiben Sie bitte am Apparat, ich verbinde", säuselte die Dame.

Dann meldete sich tatsächlich der Minister persönlich. Er teilte mir lapidar mit, ich möge mich um Punkt zehn Uhr im großen Sitzungssaal des Landgerichtes einfinden. Es sei dringend und er selbst komme auch dorthin.

„Das Gericht ist nicht sonderlich weit weg, deshalb kann ich ja mal hinübergehen. Als Anwalt mache ich das ohnehin öfter", erwiderte ich. „Aber gibt es vielleicht auch einen nachvollziehbaren Grund für dieses Treffen?"

„Herr Rechtsanwalt, Sie sollen bei einer Kindesentführung mithelfen." Er bemerkte seinen Versprecher umgehend. „Gemeint ist natürlich die Auflösung eines solchen Falles."

„Ich? Was habe ich denn mit Kindesentführungen zu tun?"

„Das wissen wir selbst noch nicht. Jedenfalls sind Sie weder Täter noch Opfer."

Die Antwort gefiel mir, der Mann schien Humor zu haben. Gleichwohl waren mir seine Informationen etwas zu dürftig.

„Können Sie mir nicht kurz erklären, um was es genau geht?", hakte ich nach.

„Das hätte ich schon getan, wenn ich es selbst wüsste. Bisher ist mir nur mitgeteilt worden, dass gestern in Ihrer Stadt ein Kind entführt wurde."

„Ich bin zwar ein Dexheimer, aber es ist trotzdem nicht meine Stadt", scherzte ich.

„Entstammen Sie der Bad Kreuznacher Weinhändlerfamilie Dexheimer?"

„So ist es."

„Dann kannte ich wahrscheinlich Ihren Vater sehr gut. Aber zurück zur Sache. Der Täter hat sich bei der Polizei gemeldet. Er verlangt, dass Sie und ich zur angegebenen Stunde am angegebenen Ort erscheinen. Mehr ist bisher nicht bekannt."

„Das ist nicht viel, aber immerhin etwas. Haben Sie vielleicht auch schon eine Vorstellung davon, was dort passiert am fraglichen Ort zur fraglichen Stunde?"

„Dort findet ein Strafprozess statt. Der Täter hat darauf bestanden, dass in den Tagesablauf bei Gericht nicht eingegriffen wird. Ich habe mich aber informieren lassen, wie der Tagesablauf aussieht. Für den Zeitpunkt unseres Treffens ist eine Urteilsverkündung angesetzt. Übrigens in einem Mordfall. Auch dazu kann ich Ihnen derzeit nicht mehr sagen. Es ist noch relativ früh und die Ministerialbürokratie beginnt soeben erst ihre Arbeit. Bis zu unserem Treffen werde ich im Bilde sein."

„Und wie fällt das Urteil aus?"

Jetzt konnte der Mann seine Schlagfertigkeit beweisen. Normalerweise darf kein Mensch außer den beteiligten Richtern den Inhalt eines Urteils vor seiner Verkündung erfahren. Mir war jedoch klar, dass ein Justizminister, der in einer so verrückt klingenden Sache nachfragt, bessere Informationen erhält als andere Menschen.

„Das Urteil wird ein Schuldspruch sein", tappte der Herr Minister in die Falle. „Sie wissen sicher, dass ich Sie nicht zum Erscheinen zwingen kann.

Dennoch vertraue ich darauf, dass Sie mich in dieser ungewöhnlichen Situation im Interesse des entführten Kindes unterstützen werden."

„Selbstverständlich."

„Dann bis nachher, Herr Dexheimer. Zehn Uhr. Auf Wiederhören."

Ich lehnte mich mit geschlossenen Augen zurück. Mandy kam herein. Sie brachte mir wie jeden Morgen eine Tasse Cappuccino.

„So früh schon Ärger?", mutmaßte sie. Ihr Blick drückte Besorgnis aus.

„War ich jemals in einem Entführungsfall tätig?", wollte ich von ihr wissen. Sie dachte kurz nach.

„Es gab vor Jahren einmal diesen Metzger, der sich mit seiner Familie eine neue Existenz in Ibiza aufbauen wollte. Schon nach kurzer Zeit ging seine Ehe in die Brüche, und seine Frau ist mit dem Kind zurück nach Deutschland geflogen. Sie hatten darin einen Anwendungsfall des Haager Übereinkommens betreffend Kindesentführungen gesehen und versucht, das Kind zurück nach Spanien bringen zu lassen."

„Aber das Familiengericht war nicht meiner Meinung und der Mandant hat bis heute noch kein Honorar gezahlt", ergänzte ich. „Den Spaniern traue ich noch genug Verstand zu, dass sie nicht in Ibiza deutsche Würste futtern. Hoffentlich sehen das die Touristen genauso und die Geschäfte dieses ruchlosen Metzgers gehen richtig schlecht."

„Immerhin hat er ja seine Hauptkundin verloren", scherzte Mandy in ironischer Anspielung auf die Körperfülle der damaligen Metzgersfrau.

„Oh ja, ich erinnere mich, als wäre es gestern gewesen. Als sie den Gerichtssaal betrat und sich genau auf den Stuhl vor dem Fenster wuchtete, dachte ich zunächst, wir hätten eine plötzliche Sonnenfinsternis. Dann kam mir der Gedanke, dass man sie aus Ibiza ausgewiesen hatte, um die einheimische Bevölkerung vor einer Hungersnot zu schützen. Aber vergessen wir das. Es ist lange her. Gibt es sonstige Entführungsfälle?"

Mandy schüttelte den Kopf.

„Versuchen Sie bitte herauszufinden, was aus dem Kind von damals geworden ist. Die müsste mittlerweile fast volljährig sein."

Den letzten Satz sprach ich schon zu mir selbst, denn Mandy war bereits unterwegs an ihren Arbeitsplatz. Ich schaute auf die Uhr, es war genau halb neun. Bis zur Urteilsverkündung um zehn würde ich wissen, ob der säumige Metzger aus Ibiza hinter dem Fall steckte.

Ich habe nie verstanden, wie sie es machte, aber wenn Mandy in ihrem Rechner etwas suchte, wurde sie regelmäßig auch fündig. Manchmal hatte ich den Verdacht, dass sie Akten, die längst abgelegt waren, elektronisch weiterführte. Oder sie arbeitete nach einem System, das ich nicht begriff. Allerdings musste ich es auch nicht begreifen, solange ich Mandy hatte. Denn Mandy war meine Bürovorsteherin, meine rechte Hand und obendrein die beste Mitarbeiterin, die zumindest in meiner Kanzlei jemals tätig war. Zufrieden lehnte ich mich wieder zurück und schlürfte Cappuccino. Das Telefonat mit dem Minister hatte mich neugierig gemacht. Deshalb fand ich mich früher als erforderlich am Gericht ein. Dort war auf den ersten Blick alles wie sonst. Lediglich ein paar Uniformierte mehr als üblich schlenderten durch die Gänge. Es ist mir immer wieder ein besonderes Vergnügen, besser informiert zu sein als andere. Also flanierte ich eine Zeitlang nutzlos im Eingangsbereich des Gerichts umher, wobei ich so tat, als wartete ich auf einen Mandanten. Kamen Kollegen vorbei, verwickelte ich sie in unscheinbare Gespräche und wunderte mich dann nebenbei über die vielen Polizisten.

Anwälte sind neugierig und schwatzhaft. Dieser oder jener würde bestimmt versuchen, herauszufinden, was hier im Gange war. Genau das wollte ich erreichen, damit es sich möglichst schnell herumsprach: Rechtsanwalt Dexheimer und der Justizminister ...

In der Nähe des großen Sitzungssaales war im Gegensatz zum Erdgeschoss deutlich spürbar, dass etwas in der Luft lag. Die Anzahl der wichtig dreinschauenden Personen hatte merklich zugenommen. Gleich bei der Tür zum Saal standen mehrere Männer neben zwei Frauen eng beieinander. Sie musterten mich aufmerksam, als ich bewusst lässig auf die Tür zuschritt. Durch gegenseitiges Zunicken verständigten sie sich darauf, mich ungehindert passieren zu lassen. Also trat ich ein.

„Herr Rechtsanwalt Dexheimer, schön, dass Sie gekommen sind."

Mit einer ausladenden jovialen Begrüßungsgeste kam der Justizminister auf mich zu. Wir schüttelten uns die Hände, wie zwei alte Schulfreunde. Dann folgte die Vorstellung der anderen Personen im Saal. Ich selbst kannte natürlich den Minister der Justiz wenigstens vom Sehen her. Dass es umgekehrt genauso war, fand ich zunächst ziemlich schmeichelhaft. Nachdem mir allerdings sein umfangreicher Beraterstab vorgestellt worden war, wurde mir klar, dass einer dieser vielen Mitdenker ihn bei meinem Eintreten entsprechend informiert haben musste.

„Sie und ich wurden hier gewissermaßen zu einer Schicksalsgemeinschaft zusammengeschweißt", erläuterte der Minister pathetisch, während er mir eine Person mit dem Namen Reiner Schulz vorstellte.

„Herr Kriminalhauptkommissar Schulz leitet die Ermittlungen in diesem Entführungsfall. Er wird Sie nun kurz informieren. Wir haben ja noch etwas Zeit."

„KHK Schulz. Wir werden ab jetzt zusammenarbeiten", sagte der Kommissar und überreichte mir seine Visitenkarte. Seine Berufsbezeichnung kürzte er selbst ab und wartete auf mein Kärtchen.

Anständige Anwälte sind es gewohnt, mit Visitenkarten sparsam umzugehen. Wenn man einen Menschen gerade erst kennen lernt und ihn gleich mit der Visitenkarte eines Rechtsanwaltes überfällt, wirkt dies nämlich so, als wolle man ihm Pech wünschen. Nur Wirtschaftsanwälte sehen das anders. Sie tragen ständig Pilotenkoffer mit sich herum, die randvoll mit Visitenkärtchen gefüllt sind. Vielmehr als die Titel auf den Kärtchen können sie ihren Mandanten allerdings selten bieten.

Als Strafverteidiger bevorzugte ich das Understatement. Deshalb musste ich erst etwas unbeholfen in meinem Portmonee nach einem Kärtchen suchen. Ich hatte einfach keines griffbereit. KHK Schulz fand das eher unprofessionell. Ich konnte es seinem ungeduldigen Blick ansehen.

Er war der Typ Polizist, der sich selbst für perfekt hielt und Anwälte aus Prinzip nicht mochte. Ich war der Typ Anwalt, der alle Polizisten für übereifrig hielt und sie deshalb ebenfalls aus Prinzip nicht mochte. Beste Voraussetzungen für eine erfolgreiche Zusammenarbeit.

„Handynummer?", knurrte KHK Schulz, nachdem er meine Karte gelesen hatte.

Er sprach mit leichtem sächsischen Akzent, den er zu unterdrücken versuchte, was ihm aber nicht gelang. Sachsen können ihren Dialekt nicht verheimlichen. Wenn sie sich Mühe geben, wird aus dem „nüscht" halbwegs ein „nichts". Trotzdem hört sich ihr a an wie ein o und ihr k wie ein g.

In Bad Kreuznach haben wir regelmäßig mit Hunsrückern zu tun. Vor allem zum Schlussverkauf guter Modehäuser fallen sie in Scharen ein. Deshalb sind wir seltsame Dialekte durchaus gewohnt. Außerdem ist Bad Kreuznach eine weltoffene, tolerante Stadt. Jeder kann hier reden, wie er will. Trotzdem ist mir schleierhaft, warum jemand Dräsdn sagt, wenn er Dresden meint. Wahrscheinlich muss man Sachse sein, um das zu verstehen. Oder Bayer, weil die auch kein Hochdeutsch können. Oder Badener, weil die das bekanntlich sogar zugeben.

Wenn jemand unverklemmt Dialekt spricht, finde ich das sympathisch. Hochdeutsch sprechen zu wollen und es nicht zu können, wirkt dagegen eher peinlich.

„Handynummer", sächselte KHK Schulz nochmals in seinem Möchtegernhochdeutsch. Es reizte mich, ihn zu imitieren. Der Ernst der Lage hielt mich davon ab. Ich nahm einen Kugelschreiber und schrieb sie ihm auf die Rückseite meiner Visitenkarte. Er schüttelte blasiert den Kopf.

Wie der Name so war auch das Aussehen des Kommissars äußerst gewöhnlich. Er trug weder Bart noch Brille, Farbe und Schnitt seiner kurzen mittelblonden Haare waren diskret unscheinbar. Gekleidet in Jeans und Hemd, wirkte er trotz seiner Turnschuhe auch nicht sportlicher als ich. Ein Mann wie geschaffen, um andere unauffällig zu beschatten. Er fiel einfach nicht auf.

Mein Handy zeigte den Eingang einer SMS an, mit der Mandy mich darüber informierte, dass das Kind des spanischen Metzgers wohlauf und keinesfalls entführt war. KHK Schulz reagierte sofort missmutig auf diese Störung und fixierte mich so, als wolle er mir lieber zuerst einmal Handschellen anlegen. Dann erstattete er auftragsgemäß seinen knappen Bericht.

„Gestern Morgen ist die zehnjährige Barbara hier in Bad Kreuznach spurlos verschwunden. Es gibt bisher keine Hinweise auf ihren möglichen Aufenthaltsort. Heute ging sehr früh bei der Polizei ein Anruf ein, in dessen Verlauf das Kind, offenbar unter Zwang, eine Nachricht verlas."

KHK Schulz öffnete seine Mappe und holte ein Stück Papier heraus.

„Die Nachricht lautet wie folgt: Ich fordere hiermit, dass der Rechtsanwalt Julius Dexheimer und der Minister der Justiz gemeinsam um zehn Uhr im großen Sitzungssaal des Landgerichts Bad Kreuznach die Urteilsverkündung hören. Der Ablauf bei Gericht darf nicht gestört werden."

Er steckte das Papier sorgfältig wieder in die Mappe und berichtete mir dann in aller Kürze den Fall, zu dessen Urteilsverkündung wir geladen waren. Auch hier ging es um ein Kind, das allerdings nur wenige Monate alt geworden war. Die Eltern hatten sich ein befreundetes Pärchen zu Besuch eingeladen. Angeblich wollte man nur etwas trinken, die Party hatte aber im Schlafzimmer stattgefunden. Bei dem toten Kleinkind war eine starke Unterernährung festgestellt worden. Vermutlich vor Hunger hatte es den ganzen Abend geschrieen und damit den Zorn des Kindsvaters erregt. Das Kind war gestorben, als es von seinem eigenen Vater an den Füßen gepackt und mit dem Kopf gegen die Wand geschlagen worden war.

Ich hatte den Fall in der Presse verfolgt. Das Jugendamt hatte dem Mann im Laufe seines Lebens schon zwei Kinder weggenommen, weil Ärzte unerklärliche Verletzungen an ihnen festgestellt hatten. Mit einer anderen Frau und einem weiteren Kind wollte er dann ein neues Leben beginnen. Diesmal war das Jugendamt zu spät gekommen.

Wo viel Licht ist, ist auch viel Schatten, sagt man. Bad Kreuznach ist eine Stadt mit sehr viel Licht.

„Das gesamte Justizgebäude wurde bereits nach Sprengstoff durchsucht. Alle Ausgänge sind überwacht, allerdings wissen wir nicht, nach wem wir suchen sollen", referierte KHK Schulz weiter. „Soweit wir bisher ermitteln konnten, gibt es keine Zusammenhänge mit diesem Fall und der Familie des Opfers. Die Mutter ist alleinerziehend und unter dem Namen Sonja Krämer in der Straße Hohe Bell in Bad Kreuznach gemeldet. Der Vater ist unbekannt."

„Dann dürfte es dem Entführer nicht um Geld gehen", erwiderte ich.

Die Hohe Bell war keines der besseren Viertel der Stadt.

„Es wurden auch keine Geldforderungen gestellt", meinte der Kriminalbeamte. „Sehen Sie vielleicht eine Verbindung des Falles zu Ihnen?"

Ich konnte nur ratlos den Kopf schütteln.

„Haben Sie möglicherweise etwas mit dem Opfer oder seiner Familie zu tun?"

Wiederum musste ich passen.

„Und mit dem Herrn Justizminister bin ich ebenfalls weder verwandt noch verschwägert", ergänzte ich, woraufhin KHK Schulz mich irritiert anstarrte.

Offenbar hatte er es bisher für ausgeschlossen gehalten, dass eine Verbindung des Falles mit dem Minister bestehen könnte. Das ist der grundsätzliche Unterschied zwischen einem Polizisten und einem Rechtsanwalt. Polizisten sind Beamte. Sie suchen den Schuldigen nie im Staatsapparat. Anwälte halten prinzipiell nichts für unmöglich.

„Es geht los", zischte jemand durch den Raum.

Unmittelbar darauf wurde ein Gefangener hereingeführt und zur Anklagebank gebracht. Träge schlurfend schleppte er sich in seinen Fußfesseln vorwärts. Bei ihm war ein Kollege von mir, der Verteidiger des Angeklagten. Wir grüßten uns kurz. Der Kollege war bemüht, unsere Anwesenheit möglichst nicht zur Kenntnis zu nehmen. Dies entsprach der Weisung des Entführers, dass in den Ablauf bei Gericht nicht eingegriffen werden dürfe. Nachdem auch ein Staatsanwalt und eine Protokollführerin ihre Plätze bezogen hatten, öffnete sich die Tür des Beratungszimmers und das Schwurgericht trat ein. Drei Berufsrichter in schwarzen Roben nebst zwei Schöffen ohne Berufstracht. Der Vorsitzende Richter wirkte etwas nervös. Er fuchtelte längere Zeit ungeschickt mit seinen Akten herum. Dann hatte er sich gefasst und durchbrach mit lauter Stimme die Stille im Saal.

„Im Namen des Volkes ergeht folgendes Urteil: Der Angeklagte wird des Mordes für schuldig befunden. Er wird zu lebenslanger Freiheitsstrafe verurteilt. Die anschließende Sicherungsverwahrung wird angeordnet. Der Angeklagte trägt die Kosten des Verfahrens sowie seine eigenen Auslagen."

Die Richter setzten sich, ebenso alle anderen Anwesenden. Dann wurde das Urteil vom Vorsitzenden Richter mündlich sehr ausführlich begründet.

Er gab sich sichtlich Mühe, umfassend auf alle Aspekte des Falles einzugehen. So brauchte er über eine halbe Stunde für eine Urteilsverkündung, die ohne Anwesenheit eines Justizministers nach zehn Minuten vorbei gewesen wäre.

Ich konnte mich nicht auf die Ausführungen des Vorsitzenden konzentrieren, sondern spähte im Saal umher. Etwas musste jetzt passieren, irgendeinen Sinn das ganze Spektakel haben. Auch die übrigen Anwesenden warfen sich verstohlene Blicke zu, machten Notizen oder tuschelten miteinander. Lediglich der Minister schien völlig gelassen der Urteilsverkündung zu folgen.

„Die Sitzung ist geschlossen", verkündete der Vorsitzende schließlich.

Unmittelbar darauf ging es zu wie in einem rückwärts laufenden Film. Die Kammer erhob sich und zog sich ins Beratungszimmer zurück. Dann verließ der Staatsanwalt den Saal, die Protokollführerin räumte ihre Unterlagen zusammen, der Gefangene wurde wieder abgeführt und der Kollege Verteidiger ging hinaus, erneut bemüht, mich zwar höflich zu grüßen, sonst aber zu ignorieren.

Hektisches Stimmengewirr erfüllte den Saal. Die im Raum Verbliebenen berieten eifrig, was nun im Hinblick auf das entführte Kind in Erfahrung gebracht worden war. Es herrschte allgemeine Ratlosigkeit.

„Wunderbar." Der Justizminister hatte sich zu mir gesellt. „Ich habe es außerordentlich genossen, endlich einmal wieder die Zeit gehabt zu haben, einer Urteilsverkündung beizuwohnen. Übrigens fand ich das Urteil sehr ausgewogen und vortrefflich begründet. Es ist ganz erstaunlich, was unsere Gerichte leisten."

Mit diesen Worten versuchte er das Gespräch in Gang zu bringen, nachdem ich ihn nur schweigend angeguckt hatte. Als einzige Person im Saal schien er nicht über den Entführungsfall nachzudenken. Bemerkenswert, wohin es führt, wenn man ständig Lakaien für sich denken lässt.

Noch bevor ich ihm etwas antworten konnte, mischte sich bereits KHK Schulz ein.

„Es erscheint mir ziemlich offensichtlich, dass es sich hier um eine Finte gehandelt hat. Wenigstens haben wir ein Lebenszeichen von dem Kind."

Dieser Situationsanalyse wurde allgemein beigepflichtet.

„Von Ihnen Herr Rechtsanwalt bräuchte ich nun eine Liste all Ihrer Mandanten sowie aller Gegenparteien", fuhr er fort.

Ich glaubte, mich verhört zu haben.

„Sie wollen was?"

„Eine Liste Ihrer Mandanten sowie der Gegner aus Ihren Fällen."

„Und wozu soll das gut sein?"

„Wir müssen jeder Spur nachgehen. Offensichtlich besteht eine Verbindung zwischen Ihnen und dem Entführer."

„Was wollen Sie damit sagen?"

„Ich habe Sie nicht beschuldigt, das haben Sie missverstanden. Ich dachte eher daran, dass ein enttäuschter Mandant oder ein Gegner sich möglicherweise an Ihnen rächen will. Deshalb müssen wir diese Personen alle überprüfen. Bis wann kann ich mit der Liste rechnen?"

„Auf so eine Liste können Sie bis zum Jüngsten Tag warten, das dürfte Ihnen doch wohl klar sein."

Ich war nahe daran, ausfallend zu werden. Dementsprechend beleidigt sah mich dieser Polizist auch an. Soweit es die Gegner aus meinen Fällen betraf, hätte ich eventuell mit mir reden lassen. Aber kein Anwalt gibt seine Mandantendaten freiwillig heraus.

„Was wollen Sie noch von mir?", fragte ich aufgebracht. „Einen Gentest, um feststellen zu können, ob ich der Vater des entführten Kindes bin?"

Bevor es zum Streit kam, zog mich der Justizminister zur Seite.

„Kriminalhauptkommissar Schulz ist ein anerkannter Spezialist für Entführungen", raunte er mir ins Ohr. „Sie sollten ernst nehmen, was er Ihnen sagt."

„Ich soll meine Mandanten preisgeben? Dazu könnte mich selbst ein Gericht nicht zwingen."

„Herr Dexheimer, man bittet Sie doch nur, etwas kooperativ zu sein."

„Genau deswegen stehe ich im Moment hier herum, anstatt meiner Arbeit nachzugehen. Weil ich kooperativ bin. Aber ich werde doch nicht Namen und Adressen meiner Mandanten an die Polizei ausliefern. Das ist geradezu absurd, solches von einem Anwalt zu verlangen. Ganz abgesehen davon, dass ich mich sogar strafbar machen könnte."

Eine Ministerhand legte sich freundschaftlich auf meine Schulter.

„Beruhigen Sie sich doch, Herr Rechtsanwalt. Ich bin ganz Ihrer Meinung. Die Unabhängigkeit und Verschwiegenheit der Rechtsanwaltschaft ist ein hohes Gut, das zu schützen immer ein wichtiger Teil meiner Politik war. Sie können beruhigt sein. Niemand wird mehr Ihre Mandantenkartei herausfordern." Und zu KHK Schulz gewandt meinte er: „Die Mandanten des Herrn Rechtsanwaltes sind selbstverständlich tabu."

Am liebsten hätte ich laut aufgeschrien. Es gab noch nicht einmal den entferntesten Tatverdacht gegen mich. Trotzdem wurde ich behandelt, als verdanke ich es nun der Protektion eines Ministers, dass man nicht umgehend meine Kanzlei durchsuchte.

„Das kann ich so nicht akzeptieren", erklärte ich. „Ist hier jemand der Auffassung, die Herausgabe der Daten verlangen zu können?"

Zu einem klärenden Wortgefecht kam es nicht mehr.

„Ich muss vor die Presse", verabschiedete sich der Justizminister. „Im Namen des Kindes und seiner Mutter danke ich Ihnen für Ihre spontane Bereitschaft, hier zu erscheinen. Viel Erfolg weiterhin, Herr Rechtsanwalt."

Zuvorkommende Hände öffneten dem Minister die Tür und ein Blitzlichtgewitter flammte auf. Draußen lauerten die Reporter. Ich hatte mich bei der Urteilsverkündung schon gewundert, weshalb keine Presse anwesend war. Jetzt erkannte ich, dass man alle ungebetenen Besucher draußen abgefangen hatte. Verwundert schaute ich KHK Schulz an.

„War der Zutritt zum Saal verwehrt?"

„Ja. Leider."

„Wie passt das zu der Weisung des Entführers?"

„Überhaupt nicht", meinte er zerknirscht. „Das Ministerium hat darauf bestanden, dass Unbefugte keinen Zutritt erlangen."

„Ein kühner Entschluss. Ich werde meinem Kollegen sagen, dass das soeben verkündete Urteil anfechtbar ist. Eine Urteilsverkündung unter Ausschluss der Öffentlichkeit ist ein absoluter Revisionsgrund."

„Das war so abgesprochen."

„Mit wem abgesprochen? Mit dem Verteidiger?"

KHK Schulz blickte betreten zu Boden und nickte.

„Er hat zugesichert, daraus keine Vorteile herzuleiten."

„Und das Gericht? Wussten die ebenfalls, dass die Öffentlichkeit ausgesperrt wird?"

„Alles abgesprochen. Herr Dexheimer, es geht um ein Menschenleben."

„So weit sind wir also." Ich pfiff durch die Zähne. „Sie sehen einen übergesetzlichen Notstand. Die Verfahrensrechte bis hinauf zur Verfassung sind ab sofort ausgesetzt. Ist es so?"

„Aus Ihrer Sicht mögen Sie Recht haben. Aber meine Aufgabe besteht ausschließlich darin, dieses Kind zu finden. Wenn Richter, Verteidiger und Justizminister sich einig sind, dass die Strafprozessordnung in einem unbedeutenden Punkt gebrochen wird, soll ich als einfacher Polizist dann dagegen Bedenken anmelden?"

„Es widersprach der Weisung des Entführers."

„Mag sein. Viel wichtiger ist für mich jedoch, in welcher Beziehung Sie zu dem Fall stehen."

Er setzte seinen Ermittlerblick auf, als wären wir im Verhör.

„Weshalb fragen Sie immer nur mich? Der Minister war doch auch hinzugeladen. Vielleicht ist er ja der Schlüssel zu dem Fall. Möglicherweise ist die kleine

Barbara seine uneheliche Tochter, die er seit zehn Jahren geheim hält."
KHK Schulz winkte ab.

„Der Minister spielt keine Rolle. Es passt zur Psyche solcher Täter, dass Sie gerne wichtige Persönlichkeiten mit einbeziehen. Das sichert ihnen die Prominenz, nach der sie lechzen." Er musterte mich von oben bis unten. Seine Augen drückten aus, was er dachte und schließlich auch sagte.

„Sie, Herr Rechtsanwalt, Sie können dem Täter keine Aufmerksamkeit verschaffen. Für Ihre Beteiligung muss es deshalb einen anderen Grund geben."

„Welchen Grund?"

„Der Entführer hat irgendeinen Bezug zu Ihnen."

So wie KHK Schulz dies erklärte, war es kaum von der Hand zu weisen.

„Aber ich kenne weder die Kindesmutter, noch den Mörder, der soeben verurteilt wurde. Auch das entführte Mädchen ist mir unbekannt. Meine Vaterschaft schließe ich mit nahezu 100-prozentiger Sicherheit aus."

„Das Mädchen kann ein reines Druckmittel sein, um etwas durchzusetzen, was er von Ihnen verlangt. Ab heute stehen Sie genauso im Mittelpunkt dieses Falles wie das Kind, dessen können Sie sich sicher sein."

„Benötige ich jetzt Polizeischutz? Dann lehne ich bereits im Vorhinein dankend ab. Für solche Zwecke greife ich lieber auf meine speziellen Mandanten zurück."

KHK Schulz klang mir zu überzeugend, deshalb versuchte ich, die Angelegenheit etwas ins Lächerliche zu ziehen.

„Solange er über das Opfer Druck ausüben kann, wird er Ihnen nichts antun. Sie können also beruhigt schlafen. Ich gehe allerdings davon aus, dass er sich bald wieder meldet."

„Geschlafen habe ich heute schon. Es wäre Zeit für ein Glas Wein." Ich schaute auf die Uhr. Noch war es nicht Mittag. „Vielleicht gehe ich auch zunächst einmal zurück in meine Kanzlei, um etwas zu arbeiten. Vorausgesetzt, Sie gestatten es mir, meinen Beruf weiterhin auszuüben."

Der Kriminalbeamte öffnete mir mit einem überheblichen Grinsen die Tür.

„Wir werden in Verbindung bleiben müssen. Doch für den Augenblick können Sie gehen."

Draußen war mittlerweile Ruhe eingekehrt. Ich wandte mich dennoch nicht dem Hauptausgang des Landgerichts zu, sondern fuhr mit dem Aufzug hinab in den Keller. Dort gibt es einen Hinterausgang, den ich immer dann bevorzuge, wenn im Gericht Reporter herumgeistern.

Anschließend schlenderte ich durch den glutheißen Tag zurück zu meiner Kanzlei. Es war der 11. Juni, und die Stadt ächzte unter einer Hitzewelle.

In unserer Familienchronik gibt es ein Jahr, das intern als das dunkle Jahr bezeichnet wird. Das dunkle Jahr hatte mehreren wichtigen Mitgliedern der Familie den Tod gebracht und die Strukturen unseres Konzerns gehörig durcheinandergewirbelt. Als das dunkle Jahr vorüber war, hatte ich das altehrwürdige Stadthaus der Familie geerbt und dazu einen Sitz im Aufsichtsrat des Unternehmens inne. Ich war gerade dabei, meinen Kanzleisitz in das repräsentative Gutsgebäude am Zusammenfluss von Nahe und Ellerbach zu verlagern.

Auch in der Kanzlei war manches nicht mehr wie vorher. Das juristische Personal hatte ich um einen angestellten Anwalt und eine Referendarin aufgestockt, dazu weitere Bürokräfte und eine Auszubildende für den Beruf der Rechtsanwaltsfachangestellten eingestellt. Den Kanzleibetrieb leitete weiterhin Mandy, meine nun schon jahrelang bewährte Bürovorsteherin, die sowohl das Anwachsen als auch den Umzug meines Büros souverän bewältigte.

Ich freute mich auf ein helles Jahr und ahnte noch nicht, dass es das dunkelste Jahr meines Lebens werden sollte.

Bis zum Karneval verlief das Jahr bestens. Erstmals war ich Gast gewesen bei der Fidelen Wespe zur Auftaktsitzung mit Ehrengardetreffen. Die Fidele Wespe nennt sich Karnevalistenclub. Tatsächlich ist sie wesentlich mehr. Sie ist nicht nur eine von mehreren Fastnachtskorporationen in der Stadt, sie ist der Karnevalsverein der Altstadt, mein Verein. Ihre Themen reichen von der Politik bis zur Zote, ihr Humor von geistreich über hintersinnig bis deftig. Wespenfastnacht ist beste Volksfastnacht. Sie findet überwiegend in einer Narrhalla statt. Nur zu einigen besonders exquisiten Veranstaltungen trifft man sich im Wespennest, einem urigen Gewölbekeller, der rund 150 Leute fasst. An einer Stirnseite ist die Theke, an der anderen die Bühne. Dort beginnt die Kampagne vor handverlesenem Publikum am Samstag nach dem 11.11., dort endet sie auch mit der Frühschoppensitzung am Fastnachtssonntag. Dies sind die Eckpunkte des Karnevals in der Stadt, an denen man teilnehmen muss, wenn man Kreuznacher sein will.

Wenn ich zurückblicke und mich frage, ob es in jenem Jahr überhaupt Licht gab, dann sehe ich mich wieder in diesem Gewölbekeller sitzen. Fröhlich zechend, feiernd, lachend den Vorträgen lauschend. So hätte es weitergehen können. Aber so ging es nicht weiter.

Das heraufziehende Unheil begann damit, dass ich am Tag nach Aschermittwoch eine merkwürdige Veränderung an meiner besten Mitarbeiterin feststellte. Mandy hatte die Haare kurz.

Ich entdeckte es genau in dem Augenblick, als sie den Friseurladen verließ.

Eigentlich war ich unterwegs in ein Bistro, um bei einem Glas Wein in Ruhe die Tageszeitung zu lesen. Im Kopf war ich noch immer auf Fastnacht eingestellt, was sich darin äußerte, dass mir die Lieder der Wespengarde nicht aus dem Kopf gingen.

Die Wespengarde ist die singende Abteilung der Fidelen Wespe. Sie singt nur Lieder über die Stadt. Unentwegt vertont sie das Gefühl ein „Kreiznacher Gässje" zu sein und hat damit nicht nur den Kreuznacher Karneval geprägt. Die Hymnen der Wespengarde werden ganzjährig gesungen. Sie sind Teil unserer Identität.

„Du bisch e Stadt mit Herz unn Seel, hey Kreiznach du bisch e Gefiehl", summte ich gerade, als der Zufall es wollte, dass Mandys Weg den meinen kreuzte. Jetzt stand sie vor mir und blickte mich gespannt an.

„Neue Frisur?", fragte ich so knapp wie überflüssig.

Natürlich entging ihr nicht meine Enttäuschung. Die zuvor lang über die Schultern fallenden schwarzen Haare waren nun in der Art eines Pagenkopfes geschnitten. Es wollte mir ganz und gar nicht gefallen, war aber einerseits nun nicht mehr zu ändern und andererseits jetzt wohl modern. Außerdem stand es mir nicht an, ihre Entscheidung zu kritisieren. Das wäre eine unangemessene Grenzüberschreitung gewesen.

Allerdings kannte ich nicht wenige Frauen, bei denen eine neue Frisur auch Zeichen war für eine persönliche Veränderung und zwar regelmäßig für eine gravierende. Trennungen, Todesfälle, ein neuer Liebhaber und ähnliche Katastrophen werden von Frauen meistens durch einen intensiven Friseurbesuch eingeleitet.

„Wann sind Sie wieder in der Kanzlei?", wollte Mandy wissen.

Sie lenkte mich von meinen Gedanken ab, indem sie zum Beruflichen überging.

„Ich bin gerade unterwegs in die Mittagspause. Danach muss ich noch kurz einen Klienten treffen. So etwa in zwei Stunden werde ich zurück sein."

„Nur zwei Stunden? Eine sehr bescheidene Siesta heute", grinste sie schelmisch. „Na dann bis später."

Früher habe ich einmal während der ganzen Fastenzeit dem Wein entsagt. Wenn ich dann aus dem Kindergarten kam, gab es Essen, danach musste ich ins Bett. Heute halte ich am Aschermittwoch und am Karfreitag Maß. Meiner Meinung nach ein gewichtiges Fastenopfer. Andere tun selbst das nicht.

Als ich nach dem Lesen der Tageszeitung, dem Verkosten zweier exquisiter Weißburgunder und einem kurzen Mandantengespräch in der Stadt zu meinem Büro zurückkehrte, waren Mandys Haare immer noch kurz. Wie hätte es auch anders sein sollen. Ich litt wie ein Hund unter ihrem neuem

Look, so dass ich schließlich Mutmaßungen anstellte. Etwas musste es wohl mit dieser radikalen Veränderung auf sich haben. Mandy war nicht der Typ, der modischem Firlefanz anhing. Gleichwohl wagte ich es nicht, sie darauf anzusprechen. Hätte ich es nur getan.

In der Sage von Parzival gibt es die schicksalhafte Szene, in welcher der Held den kranken König sieht. Er unterdrückt den Wunsch, ihn nach dem Grund seines Leidens zu fragen. Dies tut er nicht aus Rücksichtslosigkeit, sondern deshalb, weil er es für den Inbegriff guter Erziehung hält. Parzival möchte ritterlich sein, den höfischen Anstand wahren. Deshalb schweigt er. Obwohl er die Wunde sieht und sich innerlich sogar selbst fragt, wie das Leiden gemildert werden könnte, kommt kein Wort über seine Lippen. Er schweigt, unterdrückt sein Mitleid und hält sich für einen tugendhaften Ritter. Bis jemand ihm die Zugbrücke fast unter den Hufen seines Pferdes wegzieht und ihn obendrein noch verflucht mit den Worten: „Fahr hin, der Sonne Hass zu tragen." Aber dann ist es schon zu spät, gibt es keine Möglichkeit mehr, das Versäumte nachzuholen. Es wird lange dauern, bis Parzival seinen Fehler versteht.

Wenige Tage später kam ich des Rätsels Lösung ein Stückchen näher, als Mandy mir zum letzten Termin des Tages einen neuen Klienten präsentierte.

„Das ist Herr Danny Berlandy und er würde Sie gerne mandatieren."

Entgegen dem üblichen Ablauf verließ sie nicht mein Büro, sondern zog sich einen Stuhl bei. Offensichtlich wollte sie bei dem Beratungsgespräch dabei sein. Ich betrachtete den jungen Mann, der nun ebenfalls vor mit saß. Er mochte Mitte 20 sein, hatte ein nettes offenes Gesicht, strohblonde lockige Haare und lächelte mich freundlich an. Ein wenig erinnerte er an den jungen Klinsmann, nur waren seine blauen Augen größer.

„Dann schießen Sie mal los", munterte ich ihn auf, während Mandy ihren Notizblock zückte.

„Mein Arbeitgeber möchte mir kündigen."

„Möchte er oder hat er schon?"

„Er wird es morgen tun. Es geht nur noch um die Frage, ob er ordentlich oder außerordentlich kündigt."

Mandy zuckte kurz, um mir dann sofort zu versichern, dass Danny nichts Falsches getan hatte. Sie sprach nur mit seinem Vornamen über ihn.

„Waren Sie dabei?", unterbrach ich sie mahnend. Sie verstummte.

„Fangen wir doch einmal ganz am Anfang an", fuhr ich an den neuen Mandanten gerichtet fort. „Wer ist überhaupt Ihr Arbeitgeber?"

„Ich bin Buchhalter bei der Cruceniastiftung."

Das ließ mich tief durchatmen.

„Die Stiftung will Ihnen kündigen? Wissen Sie, dass Sie dann in dieser Stadt keinen Fuß mehr auf den Boden bekommen?"

Er schaute seufzend zu Mandy, die ihm aufmunternde Blicke zuwarf.

„Deshalb benötige ich ja einen guten Anwalt. Mandy hat mir versichert, dass Sie der Richtige sind für diesen Fall."

„Also geht es nicht nur um das arbeitsrechtliche Problem, sondern auch um Straftatbestände. Und da Sie Buchhalter sind, vermute ich, man wirft Ihnen entweder Untreue oder Unterschlagung vor."

„So ist es."

Er senkte den Kopf und schaute zu Boden, anschließend zu Mandy, dann wieder zu mir. Die Geste eines verzweifelt nach Hilfe Suchenden.

„Vermögensdelikte bei der Cruceniastiftung", murmelte ich. „Das ist kein Pappenstiel."

Die Cruceniastiftung war die honorigste Institution der Stadt. Ihr Name erinnerte daran, dass Bad Kreuznach schon in römischer Zeit gegründet worden war. Sie verwaltete Millionen, die von Bürgern für wohltätige Zwecke gespendet oder hinterlassen worden waren. Ebenso bedeutsam wie geheimnisvoll wurde sie üblicherweise nur mit einer Kurzform ihres Namens genannt: die Stiftung.

Jeder in Bad Kreuznach wusste, worum es ging, wenn von der Stiftung die Rede war.

Das war dann zugleich aber auch schon alles, was der Durchschnittsbürger dazu wusste. Der genaue Zweck der Stiftung schien sogar nach meiner Kenntnis ein Geheimnis für Eingeweihte. Manchmal unterstütze sie humanitäre Hilfsaktionen in entlegensten Winkeln der Welt, dann wieder stellte sie plötzlich Mittel für politische Projekte in der Stadt zur Verfügung. Für Verbrechensopfer unterhielt sie eine sehr effektive Beratungsstelle, ebenso wie eine Hilfskasse für unverschuldet bedürftig gewordene Personen. Nach allem, was mir je darüber zu Ohren gekommen war, wurde schnelle und unbürokratische Hilfe bei der Stiftung nicht nur propagiert, sondern tatsächlich praktiziert. Eine wohltuende Ausnahme im Gefüge der vielen Organisationen, die Wohltätigkeit vorgaben und Gelder sinnlos mit Verwaltungsposten verschwendeten.

Das eigentliche Kapital der Stiftung waren Immobilien. Unzählige Häuserreihen und Wohnblocks wurden als Sozialwohnungen von der Cruceniastiftung unterhalten und vermietet, wofür es teilweise eigene Gesellschaften gab, so etwa für den Bau neuer Gebäude. Ein etwas undurchschaubares Geflecht.

In personeller Hinsicht war Überparteilichkeit ihr oberstes Gebot. Leitungspositionen wurden nicht nach Parteienproporz vergeben, aktiven Kommunalpolitikern, die oft in zahlreichen Aufsichtsräten vertreten sind, war der Zutritt zu Stiftungsgremien regelmäßig verwehrt. Man setzte eher auf Fachleute aus der Wirtschaft, die ihre aktive Karriere beendet hatten und dann ihre Fähigkeiten in den Dienst einer guten Sache stellen wollten. Bankdirektoren außer Dienst, ehrenvoll zurückgetretene Konzernvorstände, emeritierte Professoren – das war das Führungspersonal der Cruceniastiftung.

Die Frage, die sich mir stellte, war deshalb nicht, ob ich dieses Mandat wollte, sondern ob ich es mit diesem Gegner aufnehmen konnte. Grundsätzlich war mir kein Gegner zu groß. Viel Feind, viel Ehr', heißt es nicht zu Unrecht. Aber in einer Kleinstadt ist nicht immer alles so, wie es sein sollte.

Mandy schien meine Gedanken zu lesen und griff schüchtern nach der Hand des Mandanten. Der lächelte und schüttelte eine Haartolle aus dem Gesicht. Dann wurde mir alles klar. Sie präsentierte mir hier nicht irgendeinen Bekannten, sondern ihren Lebensgefährten. Es war ein wenig so, wie wenn eine Tochter dem Vater ihren ersten Freund vorstellt.

„Ich habe eine klare Frage an Sie und ich erwarte eine ehrliche Antwort", sagte ich zu Danny Berlandy. „Sind die gegen Sie erhobenen Vorwürfe zutreffend?"

„Nein."

Er antwortete, ohne zu zögern, schaute mich aufrichtig an und drückte Mandys Hand fester. Ich fixierte ihn schweigend. Sein Blick war ruhig, sein Gesicht ernst. Um seine Mundwinkel lag keinerlei Spannung, bis er kurz die Lippen zusammenpresste und die Stille unterbrach.

„Werden Sie mich vertreten?"

Meine Augen suchten Mandy. Sie schien kaum zu atmen. In ihrem Gesicht sah ich die Zweifel, die in meinem Unterbewusstsein lauerten. Wir wussten beide, dass es falsch war, was wir taten. Nicht weil es gegen die Cruceniastiftung ging, nicht weil der Mandant Mandys Freund war. Das spielte keine Rolle. Es war der Instinkt. Ich spürte, dass ich diesen Fall nicht annehmen durfte. Sie spürte es nicht minder. Ihr Blick schien mich zu warnen und zugleich anzuflehen, diesem jungen Mann zu helfen.

Also schrieb ich wie bei jedem neuen Fall eine schriftliche Verfügung auf einen Notizzettel und schob ihn Mandy zu: Neue Sache, Arbeitsrecht, Berlandy ./. Cruceniastiftung.

Sie nickte und strich den Zettel glatt, der ihr Leben für immer verändern sollte.

Ich schaute auf die Uhr. Es war nach sieben. Draußen hörte man das Plätschern von Regen, der in die kalte Winternacht niederging. Die Fastnacht hatte früh geendet, es war noch immer Februar.

Danny Berlandy erbat eine Pause, um auf dem Balkon der Kanzlei rauchen zu können.

„Höchste Zeit für ein Glas Wein", sagte ich.

Ich tat etwas, was ich selten tat, und griff einfach blind in das Flaschenregal. Meine diffusen Gefühle wollten sich nicht für einen bestimmten Wein entscheiden. Es mag unseriös erscheinen, wenn der Anwalt ein Mandat bei einem Glas Wein aufnimmt. Aber die Kanzlei war längst geschlossen, und das Gespräch hatte nicht zuletzt wegen der Anwesenheit Mandys zumindest einen halb privaten Charakter. Ich sah deshalb keinen Grund, es nicht zu tun. Mandy lehnte wie immer dankend ab. Danny Berlandy folgte ihrem Beispiel, nachdem er mein Büro wieder betreten hatte. Dann führten wir ein langes Gespräch, das Mandy stenografierte. Sie war die einzige Mitarbeiterin, die ich je hatte, welche noch Steno beherrschte.

„Was waren Ihre Aufgaben bei der Cruceniastiftung?"

„Buchführung. Ich war zuständig für alle Aufzeichnungen in Zusammenhang mit den Mietwohnungen der Stiftung. Ebenso oblag mir die Dokumentation der Zahlungen aus der Hilfskasse."

„Mehr nicht?"

„Für eine Person ist das kaum zu bewältigen. Sie ahnen ja nicht, wie viele Wohneinheiten durch die Stiftung vermietet werden. Nahezu täglich kommt es zu Mieterwechseln. Manchmal werden Mieten reduziert, um nicht kündigen zu müssen. Dann werden Wohnungen für eine Übergangszeit kostenlos zur Verfügung gestellt, etwa wenn eine Frau mit Kindern vor einem prügelnden Ehemann flieht. Auch gibt es ständig Probleme mit den Mietzahlungen. Grundsätzlich sollten diese zum Monatsanfang überwiesen werden. Viele zahlen aber erst zur Monatsmitte oder sogar in Raten über den Monat verteilt. Diese Zahlungen erfolgen dann in bar, so wie die Mieter gerade Geld zur Verfügung haben. Es ist bisweilen ein heilloses Durcheinander."

„Haben Sie irgendwelche Vollmachten, insbesondere für Konten?"

„Nein."

Ich nippte an meinem Glas. Wer keine Vollmacht hat, muss vor dem Arbeitsgericht weniger befürchten. Schließlich hat der Arbeitgeber eine Überwachungspflicht. Wenn er einen Angestellten monatelang unkontrolliert gewähren lässt, ist er selbst schuld. Was kann der Mitarbeiter dafür, dass niemand ihm sagt, was er falsch macht?

„Erläutern Sie mir zunächst einmal die Bedeutung der Hilfskasse. Was hat es damit auf sich?", fragte ich weiter.

„Das ist ein kleiner Fond zur Soforterunterstützung Bedürftiger. Darüber erfolgen Barauszahlungen, jeden Mittwochvormittag in der Geschäftsstelle der Stiftung."

„Etwas genauer bitte. Wie geht das vor sich?"

„Die Geschäftsstelle ist mittwochvormittags mit ehrenamtlichen Mitarbeitern besetzt. Wer in eine Notlage geraten ist, kann dort vorsprechen. Es wird sofort entschieden, ob eine Unterstützung gezahlt wird und in welcher Höhe. Wenn der Mitarbeiter vor Ort einen Notfall anerkennt, stellt er einen symbolischen Scheck aus. Damit kommen die Leute zu mir, und ich zahle das Geld aus."

„Gegen Quittung."

„Nein. Man gibt mir den Scheck und ich gebe das Geld. Die Prüfung der Personalien obliegt den Ehrenamtlichen."

Mandy sog hörbar Luft durch die Zähne, ich schaute Danny Berlandy ungläubig an.

„Welchen Umfang haben die Zahlungen der Hilfskasse?"

„Es geht um Kleinbeträge bis maximal 250 Euro. Etwa fünf bis zehn Fälle jede Woche."

„Also jedes Mal bis zu 2.500 Euro."

„Wenn Sie es so sehen wollen, ja. Aber der Fond wird nicht immer voll ausgeschöpft."

„Wer leitet Sie an oder kontrolliert Sie?"

„Niemand."

Wieder ein Schnaufen von Mandy. Sie führte zwar eigentlich nur Protokoll, aber das hielt sie nicht davon ab, mitzudenken. Es war ihr nicht entgangen, dass in diesem Hilfsfond genug Potenzial lag, um einen betrügerischen Angestellten beständig zu bereichern.

„Wie läuft das mit den Barzahlungen bei der Miete?"

„Das erledigt der Hausverwalter. Siegbert Krollmann. Er kassiert die Gelder und liefert sie bei mir ab. Ich muss die Zahlungen nur verbuchen."

„Um welche Summen handelt es sich hierbei?"

„Das ist unterschiedlich. Am Monatsanfang können es mehrere tausend Euro sein. Zum Monatsende hin wird es weniger."

Ich überschlug im Kopf die Zahlen. Danny Berlandy hatte nicht gerade einen Job ohne Verantwortung.

„Wer zahlt das Geld bei der Bank ein?", wollte ich wissen.

„Niemand. Es kommt in die Hilfskasse, um den Aufwand des Geldverkehrs möglichst niedrig zu halten."

„Aber es kommt doch mehr Geld hinein in die Kasse, als ausgezahlt wird oder? Sie sprachen von mehreren Tausend Euro Mieteinnahmen."

Danny Berlandy schien erst nachrechnen zu müssen. Dann antwortete er mit einiger Verzögerung.

„Etwa einmal im Monat wird Geld aus der Kasse entnommen und auf ein Bankkonto eingezahlt, damit die Bargeldreserven nicht zu hoch werden."

„Von Ihnen?"

„Nein, darum kümmert sich der Stiftungsvorsitzende persönlich. Friedrich Hünemann. Er kommt irgendwann vorbei, holt das Geld und hinterlässt mir eine Notiz über die Höhe des Betrages."

„Er entnimmt das Geld nicht in ihrem Beisein?"

„Selten. Meistens kommt er, wenn ich nicht anwesend bin."

Ich nippte erneut an meinem Wein und dachte nach. Ein krimineller Angestellter konnte bei diesem System leicht einen Tausender pro Woche abzwacken. Vielleicht auch mehr.

„Wer prüft die Kasse?"

„Ehrenamtliche Kassenprüfer. Sie erledigen es einmal jährlich, direkt vor der Tagung des Stiftungsrates."

„Wurden von den Prüfern schon einmal Beanstandungen erhoben?"

Danny Berlandy musste lachen.

„Die Sitzungen des Stiftungsrates beginnen mit einem Empfang. Das ist so etwas wie der gesellschaftliche Höhepunkt des Jahres. Die Kassenprüfung wird durchgeführt, während alle anderen schon am Büffet tafeln. Sie dauert maximal eine Viertelstunde."

Mandy verdrehte die Augen. Sie hatte für so etwas kein Verständnis. Ich überlegte, wie ich mich als Kassenprüfer der Stiftung verhalten würde. Eine Viertelstunde Prüfung hielt ich unter den geschilderten Umständen schon für ein sehr großes Engagement der ehrenamtlichen Prüfer. Dann schaute ich den Mandanten streng an.

„Es bedarf durchaus einer gewissen Charakterstärke, sich bei dieser Art der Kassenführung nicht zu bereichern. Ist Ihnen das klar?"

„Wir dienen einem wohltätigen Zweck. Es wäre für mich undenkbar, mich an Geldern der Stiftung zu vergreifen."

Kopfschüttelnd blickte ich zu Mandy, die ihren Freund zustimmend annickte. Kein Wunder, schließlich ging es in meiner Kanzlei mit den Bareinnahmen ähnlich zu. Ich vertraute blind darauf, dass Mandy mich nicht betrog. Es gab noch nicht einmal eine Kassenprüfung, dafür aber auch kein Büffet.

„Kommen wir zu den gegen Sie erhobenen Vorwürfen", fuhr ich fort. „Was können Sie mir dazu sagen?"

„Wie Sie richtigerweise schon vermuten, will man festgestellt haben, dass

Gelder aus der Hilfskasse fehlen. Die Verantwortlichkeit dafür wird mir aufgebürdet."

Er zog ein Schreiben aus seinen Unterlagen hervor und legte es mir auf den Tisch. Ein Aufhebungsvertrag, durch den Danny Berlandy sich verpflichten sollte, 30.000 Euro an die Cruceniastiftung zurückzuzahlen. Im Gegenzug bot man ihm eine ordentliche Kündigung an und den Verzicht auf eine Strafanzeige. Zumindest war den Köpfen der Stiftung daran gelegen, die Peinlichkeit eines Gerichtsverfahrens zu vermeiden. Denn selbst wenn man meinen Mandanten überführt hätte, war doch eine gewisse Mitschuld der Stiftung nicht von der Hand zu weisen.

„Wie verhält es sich mit den Fakten?", erkundigte ich mich. „Fehlen tatsächlich Gelder und ist dies auch nachweisbar?"

„Da müssen Sie Herrn Krollmann fragen."

„Ich frage aber Sie, denn Sie sind für die Buchführung zuständig."

Der Mandant brauste auf.

„Können Sie sich eigentlich vorstellen, was das für ein Chaos war? Mein Büro besteht aus nichts als einem Telefon und einem veralteten Computer mit einer älteren Version eines Tabellenprogramms. Ich habe dort noch nicht einmal Internetanschluss."

„Das nennt man einen sparsamen Umgang mit dem Stiftungsvermögen."

Danny Berlandy hob die Hand und zählte nach Anwaltsart seine Argumente an den Fingern ab.

„Ich habe kein Gesamtverzeichnis der Wohnungen, ich bekomme keine Mietverträge vorgelegt, Ein- und Auszüge werden mir von der Hausverwaltung gemeldet, Barzahlungen laufen ausschließlich über Siegbert Krollmann, es besteht für mich keine Möglichkeit, die Richtigkeit seiner Angaben zu prüfen."

Bevor er mit der anderen Hand weiter machte, unterbrach ich ihn.

„Das Plädoyer wollen Sie freundlicherweise mir überlassen."

Wortlos und mit einem Anflug von Zorn in den Augen erhob er sich, um hinauszugehen. Mandy gab er mit der Zigarettenschachtel ein Zeichen, dass er rauchen wollte. Meine Angestellte schaute erst schulterzuckend ihm hinterher, dann fragend zu mir.

„Neigt er öfter zu solchen Wutanfällen?", erkundigte ich mich.

Sie wich mir aus.

„Er steht gehörig unter Stress. Es geht um seine Existenz."

Natürlich wusste sie, dass man als Anwalt Mandanten auch manchmal grob anpacken muss, einfach um zu sehen, wie sie reagieren. Wenn man mit einem Fremden in solch einen Prozess geht, kann man üble Überraschungen erleben. Deshalb ist es wichtig, auch die Persönlichkeit des Mandanten zu erforschen. Höflich distanziertes Geplänkel, wie es unter Geschäftsleuten üblich ist, wäre völlig falsch. Gerade weil es um eine Existenz geht und nicht nur um einen guten Vertragsabschluss.

„Wie lange kennen Sie ihn schon?", wollte ich von Mandy wissen.

„Wir sind seit Silvester zusammen, falls Sie das meinen."

„Und vorher?"

„Es ging sehr schnell."

„Liebe auf den ersten Blick", stichelte ich.

Mandy nickte verträumt. Es hatte sie tatsächlich erwischt.

„Ich dachte immer, Sie verbringen Silvester in der Kanzlei und passen auf, das nichts verjährt", neckte ich sie weiter und probierte belustigt erneut den Wein. Mandy wollte reden. Ich sah ihr an, dass sie etwas bedrückte, aber es blieb bei wechselseitig fragenden Blicken. Dann ging sie ebenfalls hinaus, kam aber gleich darauf wieder zurück.

„Er ist gar nicht mehr auf dem Balkon, sondern im Bad. Dann geht es sicher gleich weiter."

Doch Danny Berlandy ließ uns warten. Wir sprachen über allgemeine Fragen des Kanzleiumzuges. Es dauerte wenigstens noch ein weiteres Glas Wein, bis er sich wieder zu uns gesellte und Mandy kurz küsste. Ich nahm einen großen Schluck, den ich mit geschlossenen Augen ganz langsam die Kehle hinab laufen ließ.

„Können wir fortfahren?", meinte der Mandant.

„Gerne. Sie wollten erzählen, was man Ihnen vorwirft."

Er schniefte und begann zu erzählen.

„Im Kern geht es darum, dass Mietzahlungen fehlen sollen. Wie schon gesagt, habe ich eigentlich keine Möglichkeit, dies zu kontrollieren. Kein Programm, keine Verträge, ich habe es ja bereits erklärt. Jedenfalls ist meine Theorie, dass dieser Siegbert Krollmann hinter dem Ganzen steckt. Der kassiert schließlich die Mieten. Und er spielt Golf mit dem Aufsichtsratsvorsitzenden der Stiftung, diesem Himmelsbach. Dr. Himmelsbach, um genau zu sein. Dr. Eduard Himmelsbach."

Er schniefte erneut. Sein Redefluss war kaum zu bremsen.

„Es ist doch völlig klar, dass der Krollmann die Mieten in die eigene Tasche gesteckt hat. Vielleicht macht er auch mit Himmelsbach gemeinsame Sache. Das könnte ich mir gut vorstellen. Golfbrüder. Man kennt das ja."

Als er zum dritten Mal die Nase hochzog, wurde ich stutzig.

„Ich kann nur verbuchen, was der Krollmann mir auf den Tisch legt. Aber angeblich hat er Kontrollaufzeichnungen gemacht. Verstehen Sie? Genau der Mann, der die Gelder wirklich unterschlagen hat, ist nun der Kronzeuge dafür, dass er sie angeblich mir gegeben hat. Ein Rechtssystem, das so etwas zulässt, ist absurd. Himmelsbach und Krollmann. Die beiden stecken unter eine Decke. Sie wollen mir alles in die Schuhe schieben, damit sie selbst eine weiße Weste behalten."

Nochmals zog er kräftig die Nase hoch, dann lehnte er sich zurück und wurde still. Zeit für Gegenfragen.

„Seit wann fehlen Gelder?"

„Das weiß niemand genau. Die 30.000 Euro sind nur eine Schätzung. Sie rechnen mit 500 Euro wöchentlich. Seit 15 Monaten bin ich dort beschäftigt."

„Wann wurden Sie erstmals mit den Vorwürfen konfrontiert?"

„Heute Mittag. Sie kamen zusammen in mein Büro, Himmelsbach und Krollmann, haben mich wüst beschuldigt und mir dann sofort Hausverbot erteilt. Bis morgen um 12 Uhr wollen sie entweder eine Unterschrift unter dem Aufhebungsvertrag oder sie erstatten Anzeige."

„Hatten Sie mit Krollmann oder Dr. Himmelsbach Streit?"

„Nein. Ich weiß zu viel."

Das hatte ich befürchtet. Eine Verschwörungstheorie.

Danny Berlandys Geschichte klang abenteuerlich, aber nicht unglaubwürdig. Offenbar lief bei der honorigen Cruceniastiftung nicht alles ganz korrekt, und die Zusammenarbeit zwischen Siegbert Krollmann und Dr. Eduard Himmelsbach diente manchmal auch sehr eigennützigen Zwecken.

Der Mandant berichtete von Bauaufträgen für die Privathäuser der beiden, die dann als Instandhaltungsmaßnahmen für Stiftungswohnungen abgerechnet wurden. Er wusste von Preisabsprachen mit Bauunternehmern, als Dienstreisen getarnten Urlauben und angeblichen Geschäftsessen in zwielichtigen Nachtclubs. Es waren genau die Vorwürfe, die immer wieder auftauchen, wenn irgendwo öffentliche Gelder zu verwalten sind.

Gleich ob gemeinnützige Stiftungen, kommunale Unternehmen oder die politischen Institutionen, Skandale in diesen Kreisen drehen sich regelmäßig um die gleichen Themen. Bereicherung Einzelner auf Kosten der Allgemeinheit, als Arbeit getarnter Luxus und schließlich Ausflüge ins Rotlichtmilieu.

„Deutsche Funktionäre müssen ein fürchterlich ideenloses Völkchen sein", sagte ich. „Wenn man ins Ausland schaut, hat es immer den Anschein, als ob das Geld der Allgemeinheit dort viel intelligenter veruntreut würde. In Italien beispielsweise sind mehr Autos mit einem Neupreis von über 100.000 Euro zugelassen, als es Menschen gibt, die ein Einkommen von mehr als 100.000 Euro in ihrer Steuererklärung angeben."

„Was wollen Sie damit sagen?"

Berlandy, der zuletzt entspannt in seinen Sessel zurückgesunken war, schnellte nach vorne. Mandy warf besorgte Blicke zwischen ihm und mir hin und her.

„Es hört sich einfach zu banal an", antwortete ich ihm. „Bei derartigen Vorwürfen weiß man nie, ob sie erfunden sind oder wenigstens einen realen Kern haben. Es ist genau die Art von Korruption, die jeder einem Amtsträger unterstellt. Haben Sie nicht etwas Handfestes? Etwas Nachprüfbares?"

„Aber so etwas passiert doch ständig."

„Falsch. Es passiert angeblich ständig. Hinterher tauchen für das Privathaus ordnungsgemäße Rechnungen auf, die Geschäftsreisen haben doch einen dienstlichen Anlass und der Bordellbesuch ist nicht nachweisbar. Oder können Sie mir eine Hure nennen, die den Namen ihres Freiers preisgibt?"

Danny Berlandy überlegte kurz, dann lächelte er mich an.

„Es gibt einen Vorfall, der wäre nachweisbar."

„Ich höre."

„Die Cruceniastiftung verwaltet einen großen Wohnblock. Dort wurde letztes Jahr die Außenfassade saniert. Sie ist jetzt bunt angemalt. Die Arbeiten waren gerade abgeschlossen, als ein Telefonanbieter auf die Stiftung zukam. Er wollte einen Mobilfunksendemast auf dem Wohnblock installieren."

„Welcher Anbieter war das?"

„Ich weiß es nicht genau. Auf jeden Fall handelte es sich um einen Mast für das D2-Netz."

„Und was passierte dann?"

„Ich habe mitbekommen, wie Krollmann und Himmelsbach sich stritten. Es ging darum, dass das Gerüst länger als geplant stehen bleiben sollte. Wissen Sie, wie viel so ein Gerüst Tag für Tag kostet?"

„Ein ganzes Hochhaus einzurüsten dürfte nicht ganz billig sein."

„Genau. Eigentlich hätte das Gerüst noch vor Weihnachten abgebaut werden sollen. Es stand aber fast drei Monate länger. So lange hat es gedauert, bis die Telefongesellschaft den Sendemast aufgebaut hat. Seither haben Krollmann und Himmelsbach neue Telefonnummern und neue Handys. Außerdem sind ihre Fahrzeuge mit Autotelefonen ausgerüstet."

Mandy unterbrach ihre Mitschrift und erhob sich.

„Wir hatten letztes Jahr einen Fall gegen die Hausverwaltung Krollmann. Ich möchte kurz nachschauen, welche Telefonnummern wir gespeichert haben."

Sie ging hinaus an ihren Rechner und kehrte kurz darauf zufrieden lächelnd mit einem Zettel zurück.

„Das ist die Handynummer, die Krollmann vor einem halben Jahr hatte. Eine D1-Nummer."

Danny Berlandy durchsuchte den Speicher seines Telefons.

„Hier ist seine aktuelle Nummer. D2."

„Und Himmelsbach?", fragte ich.

„Von dem habe ich keine Handynummer."

„Und das ist alles, was Sie an Vorwürfen zu bieten haben?"

„Es muss doch Zeugen geben, dass das Gerüst nicht abgebaut wurde. Drei Monate längere Standzeit, obwohl die Malerarbeiten abgeschlossen waren. Dazu die neuen Handys und die Autotelefone. Wir können das beweisen."

Wieder gönnte ich mir ein Schlückchen Wein, um über das Gehörte nachdenken zu können. Mandy trat ihrem Freund unterstützend zur Seite.

„Es handelt sich möglicherweise nicht um einen sehr großen Schaden, aber die Angelegenheit mit dem Gerüst hätte genug Zündstoff, um Dr. Himmelsbach zu diskreditieren. Er hat sich persönliche Vorteile verschafft und die Stiftung dafür zahlen lassen. Außerdem wäre das Ganze beweisbar. Die vorhandenen Fakten sollten ausreichen, um mit der Stiftung Verhandlungen über eine ordentliche Kündigung aufzunehmen. Ich schlage vor, dass ich Ihnen morgen früh den telefonischen Kontakt zu Dr. Himmelsbach herstelle."

Das klang ganz vernünftig. Wir beendeten unsere Beratung. Danny Berlandy verließ die Kanzlei Händchen haltend mit Mandy. Ich blieb zurück und ließ mich noch etwas vom Wein inspirieren.

Berlandys Informationen waren gut. Die Frage war nur, was er schon damit gemacht hatte. Warum war er durch sein Wissen plötzlich gefährlich für die Stiftung geworden? Weshalb reagierte Dr. Himmelsbach so schnell und radikal? War er erpresst worden oder gab es andere Gründe?

Der Fall begann mich zu interessieren, trotzdem gab es etwas, das mich davon abhalten wollte. Gedankenversunken saß ich an meinem Schreibtisch, wo ich nun über den Wein in meinem Glas nachdachte. Der Wein, den ich blind gewählt hatte. Es war ein Novaner, also ein Wein, der sehr zügig ausgebaut und noch im Jahr der Lese abgefüllt wird. Ein Wein des letzten Jahres, unruhig, aufgeregt. Ein Wein des dunklen Jahres.

Ich schloss meine Kanzlei zu und trat den Heimweg an. Da zuhause niemand auf mich wartete, bedeutete dies, dass ich mich ein wenig durch die Stadt treiben ließ auf der Suche nach Zerstreuung. Tatsächlich wurde ich in der Altstadt von einem Schild angelockt, welches auf die Wiedereröffnung der Gaststätte „Grüner Punkt" hinwies.

Der Grüne Punkt war lange Jahre eine Institution in der Altstadt gewesen. Wenn heutzutage ein Straftäter nicht zu seiner Hauptverhandlung erscheint, dann wird der Termin abgesetzt. Anschließend ergeht ein Vorführbefehl, und der Angeklagte muss vor dem nächsten Termin umständlich gesucht werden. Früher schickte man in diesen Fällen einen Streifenwagen in den Grünen Punkt. In der Regel saß der Gesuchte dort am Tresen.

Natürlich konnte ich es mir nicht entgehen lassen, diesen Ort umgehend aufzusuchen.

Der Wirt hatte einen trockenen Landwein von ganz beachtlicher Qualität zu bieten, allerdings zu einem Preis, den man für billigste Schoppen zahlt. Ich zerbrach mir den Kopf, wie er beim Wein auf seine Kosten kommen wollte, bis er mir den Einkaufspreis für die Literflasche verriet. So kamen wir ins Gespräch.

An der Wand hing ein Fernseher, der gerade Nachrichten zeigte. Nicht nur der Wirt, sondern auch zwei ältere Zecher, die sich am Stammtisch niedergelassen hatten, hörten kopfschüttelnd zu. Es ging darum, dass die Europäische Union darüber beriet, wie man Äpfel auf Normgröße bringen kann. Sie wollte deshalb bestimmte Apfelsorten einfach verbieten, darunter das in unserer Gegend beheimatete Birkenfelder Rotäpfelchen.

„Dieses sogenannte vereinte Europa war der größte Fehler, den wir je machen konnten", grummelte der Wirt.

Die beiden Zecher am Stammtisch waren anderer Meinung. Einer war glatzköpfig und zahnlos, der andere hatte weißes Haar, das wild in alle Richtungen abstand. Sie redeten unisono.

„Ein Apfel ist ein Apfel. Wenn die Birkenfelder Äpfel zu klein sind, müssen sie eben vom Markt verschwinden."

Den Wirt veranlasste dies zu einem verbalen Rundumschlag.

„Europa muss abgeschafft und die D-Mark wieder eingeführt werden", erklärte er.

Ein klarer Fall für Julius Dexheimer. Wenn es darum geht, die unselige europäische Bürokratie zu bekämpfen, muss ein Anwalt Flagge zeigen und die freiheitlich-demokratische Grundordnung notfalls auch am Tresen verteidigen. Kurzerhand bestellte ich mir noch einen Wein, dann erläuterte ich, warum die aktuellen Planungen der Europäischen Kommission wieder einmal von Übel waren.

„Wenn von Europa die Rede ist", begann ich, „denkt man ja meistens nur an Bürokratenwahnsinn, Monopolkonzerne, Patentierung der Natur und Ähnliches. Es ist mir nicht bekannt, dass die Europäische Union für die Bürger wirklich etwas erreicht hätte. Sie ist so etwas Ähnliches wie die Raumfahrt, also das Hirngespinst einiger Spinner. Man preist sie als Segen für die Menschheit und verschleudert dafür Unsummen an Geld. Während allerdings die Raumfahrt wenigstens zur Erfindung der Teflonpfanne geführt hat, ist der europäische Gedanke den Beweis seiner Nützlichkeit noch schuldig."

Nach dieser Einleitung legte ich eine kurze Pause ein. Einige Leute schmunzelten. Das ermutigte mich, noch ausführlicher zu werden.

„Ich möchte hier nicht unnötig abschweifen zu den großen, weltbewegenden Themen. Wer den Sinn der EU zu ergründen sucht, wird ohnehin nicht fündig. Konzentrieren wir uns deshalb lieber auf die Frage, was am Birkenfelder Rotäpfelchen so falsch sein soll. Gezüchtet wurde es wohl vor Generationen aus noch urwüchsigeren Sorten und von Menschen, die ihr Land und die Natur noch in Einklang zu bringen wussten. Vielen ist es Teil ihrer Heimat und ihrer Geschichte. Ein Apfel, der alles hat, was ein Apfel eben braucht. Man kann ihn essen oder lagern, als Mus oder Gelee einkochen, versaften und selbstverständlich auch – so wie ich das Birkenfelder Land kenne – zu einem guten Schnaps brennen. Manchen hat das Obst sogar vor dem Verhungern gerettet in Zeiten harter Not. Und selbst wenn es verboten würde, gäbe es darum keinen Krieg, denn das Birkenfelder Rotäpfelchen ist ein friedlicher Apfel, kein Zankapfel. Wenn an Weihnachten die Kinder das Gedicht vom Bratapfel vortragen, dann scheint dieses Stück Poesie wie gemacht für unseren Zipfel, den Zapfel, den Birkenfelder Apfel. Ist es nicht so?"

Anerkennendes Gemurmel machte sich breit. Die Menschen waren leicht manipulierbar. Das spornte mich an.

„Die EU möchte nun keinen Apfel mehr, der „runzlig, punzlig anzuschaun" ist. Sie will glatte, fade Normäpfel nach Industriemaß. Mit welchem Recht tut sie das? Wer hat sich bei der letzten Wahl dafür ausgesprochen? Wurden wir überhaupt gefragt? Nein, denn bevor diese Menschen gewählt oder ernannt wurden, haben sie uns ihre Ziele verschwiegen. Keiner hat uns davor gewarnt, dass sie uns unsere Heimat nehmen, die Frucht unserer Region einfach so verbieten wollen."

Der Rentner ohne Zähne schlug zustimmend mit seinem Bierglas auf den Tisch. Sein weißhaariger Kollege nickte stumm dazu im Takt.

„Genau so ist es. Weg mit denen, nieder mit der EU", riefen sie wie aus einem Mund.

Dabei war ich noch gar nicht fertig.

„In grauer Vorzeit gab es nur den Baum der Erkenntnis, von dem niemand essen durfte", rief ich in die Menge. „Das war zugleich der Anfang vom Ende des Paradieses. Jenseits von Eden hat der Mensch sich dann eine Welt ohne verbotene Früchte geschaffen. Und nun kommen die europäischen Kommis sare daher und fangen an, Gott zu spielen. Wenn ich wüsste, dass morgen so ein Kommissar zugrunde ginge, dann würde ich dafür heute schon ein Apfelbäumchen pflanzen. Selbstverständlich ein Birkenfelder Rotäpfelchen."

Die Gäste gaben ein zustimmendes Brummen von sich. Dann entbrannten an den verschiedenen Tischen aufgeregte Diskussionen um alles, was mit Europa zu tun hat. Der Wirt stützte sich zufrieden auf seine Theke. Er war nicht unglücklich über meine Rede. In seinem Hinterkopf dämmerte ihm, dass es nicht verkehrt sein könnte, einen Anwalt als Stammkunden zu haben.

„Trink noch einen, der geht auf mich", lud er mich ein. „Hast du eine Visitenkarte?"

Damit hatte ich erreicht, was ich wollte. Gastwirte sind Multiplikatoren. Sie erfahren viel und erzählen viel. Gerade in der Strafverteidigung ist die Mundpropaganda die wichtigste Werbung. Das unterscheidet Verteidiger von Wirtschaftsanwälten, die mit umfangreichen, teuren Internetauftritten zu beeindrucken suchen, aber nicht mehr wissen, was das Volk in der Kneipe denkt.

Einen oder mehrere Wirte als Werbeträger zu haben, das war meine Vorstellung von einem guten Wirtschaftsanwalt. Soeben war ich diesem Ziel wieder einmal ein gutes Stück näher gekommen.

2. Kapitel

Wozu empfohlen wird:
GRAND CRU LAGEN-RIESLING TROCKEN
ODERNHEIMER KLOSTER DISIBODENBERG
Weingut von Racknitz – Disibodenberger Hof

KHK Schulz mochte einen wichtigen Fall haben, Manieren hatte er leider nicht. Er war so aufdringlich, mich schon um sieben Uhr morgens anzurufen.

„Disibodenberg. Elf Uhr."

Mich störte dieser Kommandoton.

„Dürfte ich erfahren, was sich dort abspielt? Meines Wissens tagt dort kein Gericht."

„Wir wissen es nicht. Er hat soeben angerufen und verlangt, dass Sie sich wie gerade mitgeteilt einfinden. Ich hatte Ihnen ja bereits erklärt, wie wichtig es ist, den Anweisungen eines Entführers Folge zu leisten."

„Kommt der Minister auch?"

„Ja. Allerdings lässt er sich vertreten. Durch seinen Staatssekretär."

„Gut, dann schicke ich Ihnen Herrn Volker Kaiser. Er ist ebenfalls Rechtsanwalt und in meiner Kanzlei angestellt. Brauchen Sie eine schriftliche Untervollmacht?"

KHK Schulz war nicht begeistert von dieser Idee. Ich hörte es daran, wie er erschrocken ins Telefon schnaufte.

Der deutsche Beamte ist ein sonderbares Subjekt, stets bereit, das Äußerste zu geben, um seine Pflicht zu erfüllen. Ich habe dieses Berufsethos oft bewundert. Besonders dann, wenn dem Beamten eine Aufgabe zur alleinverantwortlichen Erledigung zugewiesen wird, gibt es niemanden, der gründlicher und zielstrebiger arbeiten würde. Stur und beharrlich geht er dann seiner Tätigkeit nach. Wer sich ihm in den Weg stellt, den straft er mit Missachtung, wer ihn anzweifelt, wird ignoriert. Am schlimmsten ist es für den Beamten, wenn man ihm eine Unterstützung verweigert, die er aus Gründen der Staatsraison für notwendig erachtet. Allerdings ist dabei strikt zu differenzieren. Verweigert sich ein ranghöherer Beamter, so wird diese Entscheidung zähneknirschend akzeptiert. Ranghöhere stehen über der Staatsraison, denn sie haben Weisungsbefugnis. Stellt sich ihm hingegen ein außerhalb des Beamtenapparates stehender Bürger entgegen, so wird der Beamte dafür niemals Verständnis aufbringen. Voller Inbrunst argumentiert er dagegen mit der staatstragenden Bedeutung seiner Aufgabe. Ihm zu widersprechen, ist dann sinnlos, weil er erst gar nicht zuhört. Dem einfachen Bürger fehlen die mit einem Beamtenstatus verbundenen höheren Weihen. Daher zieht der Beamte erst gar nicht in Erwägung, dass der Nichtbeamte etwas Sinnvolles zu sagen hätte. Es gilt ihm, ein Staatsziel zu verfolgen und somit den höchsten aller denkbaren Zwecke.

Die alten Römer fanden es noch süß und ehrenvoll, fürs Vaterland zu sterben. Der deutsche Beamte geht noch einen Schritt weiter und lebt sogar fürs Vaterland. Gegen diesen Dünkel ist kein Kraut gewachsen.

„Herr Dexheimer", belehrte mich KHK Schulz im Brustton tiefster vaterländischer Überzeugung. „Ist Ihnen eigentlich klar, dass ich schon bundesweit an der Aufklärung bedeutender Entführungsfälle mitgewirkt habe? Die Polizei gründet doch nicht eine Sonderkommission unter meiner Leitung, damit anschließend jeder Laie – entschuldigen Sie den Ausdruck, aber in polizeilichen Dingen sind Sie Laie – die Entscheidungen des Ermittlungsteams infrage stellt. Es zeigt sich immer wieder, dass in Entführungsfällen vor allem die Weisungen des Täters ..."

„Schon gut", unterbrach ich ihn. „Disibodenberg um elf Uhr. Aber bitte seien Sie pünktlich."

„Wir sind bereits auf dem Weg dorthin."

„Was, jetzt schon?"

„Ja natürlich. Wir müssen doch die Lage sondieren. Wir arbeiten professionell, Herr Rechtsanwalt."

Ich schickte Mandy eine SMS mit dem neuen Termin. Dann öffnete ich alle Fenster, um kühle Morgenluft einströmen zu lassen. Im Osten leuchtete gelbrot die Sonne in den strahlendblauen Himmel. Ich weiß nicht warum, aber ich fand sie bedrohlich. Sie schien mich immer noch zu hassen. Die Hitzewelle der vergangenen Tage setzte zu einem neuen Rekord an.

Als ich gegen elf Uhr den Disibodenberg ansteuerte, war es bereits hochsommerlich heiß. Der Weg dorthin führte mich bei Staudernheim über die Nahe. Dort verläuft auch der Draisinenweg.

Draisinen sind Fahrräder für Eisenbahnstrecken und neuerdings der Renner auf ausgedienten Gleisen. Ein seltsames, weil schweißtreibendes Vergnügen. Ich kann halbwegs nachvollziehen, dass man einen stillgelegten Schienenstrang anderweitig sinnvoll zu nutzen versucht. Allerdings ist es in solchen Gegenden ja weiterhin möglich, sich einfach mit dem Auto fortzubewegen. Wozu dann die Draisine nützt, ist mir ehrlich gesagt ein Rätsel. Trotzdem möchte ich keinen Stab brechen über Leute, die das Strampeln auf Schienen als Erlebnis empfinden. Denn es sind Gäste des Nahelandes. Wahrscheinlich findet ihr Leben tagsüber vor dem Computer und abends vor dem Fernseher statt. Sogar ich würde lieber längs der Nahe Pedale tretend buckeln, als in der Einsamkeit einer deutschen Großstadt vor Bildschirmen zu leben. Nachdem der Disibodenberg mehrfach in großen schwarzen Buchstaben auf weißen Schildern ausgeschildert war, zweigte die Strecke plötzlich unscheinbar aufgrund kleiner weißer Buchstaben auf braunem Grund nach links ab. Beinahe hätte ich die Abfahrt verpasst.

Der weitere Weg war schmal, bis er auf einem Parkplatz endete. Eine ganze Kolonne von Polizeifahrzeugen hatte sich dort eingefunden. Neugierige Passanten wurden durch ein Absperrband zurückgehalten. Erste Journalisten hatten Wind von der Sache bekommen und lauerten mit der Kamera im Anschlag. Ich genoss es, mich durch die Menge der Gaffer nach vorne zu drängen und dann auch noch durchgelassen zu werden. Zwar bin ich nicht grundsätzlich geltungssüchtig, aber immer gerne ein bisschen wichtiger als andere.

KHK Schulz kam auf mich zu. Direkt hinter ihm folgte der Minister, vertreten durch den Staatssekretär.

„Das Gelände ist bereits durchsucht und gesichert. Ihre Aufgabe besteht darin, einmal durch die Klosterruine zu gehen."

„Ist das Ihr Ernst?"

„Es ist eine Weisung des Entführers. Wir haben das nicht zu hinterfragen."

Wie man sich nun bereits denken kann, verbirgt sich hinter dem geheimnisvoll klingenden Namen Disibodenberg die Ruine eines mittelalterlichen Klosters. Wobei es sich um eine der bedeutenderen Ruinen der Region handelt. Die drei großen Heiligen des Nahetals haben hier gewirkt: der Mönch Disibod, Jutta von Sponheim und Hildegard von Bingen. Bekannt und bedeutend ist der Ort vor allem durch die Tätigkeit der Heiligen Hildegard. Ihre klugen Erkenntnisse auf dem Gebiet der Heil- und Lebenskunst sind bis heute wegweisend. Sie sind so essenziell, dass sogar ich einmal in ihren Büchern gestöbert habe. Lesenswert schienen mir vor allem ihre Äußerungen zur gesunden Ernährung, denn: Salat war Hildegard ein Gräuel.

„Sein zu nichts tauglicher Saft macht das menschliche Gehirn leer und erfüllt den Magen und den Darm mit Krankheitsmaterien", hat sie einmal geschrieben. Das Essen von Salat lässt sich für sie nur dadurch rechtfertigen, dass man ihn vorher anmacht und so wenigstens Essig, Kräuter und Knoblauch zu sich nimmt. Interessanterweise hat die moderne Ernährungsforschung in den Zeiten des Diätwahns diese Erkenntnis bestätigt. Salat ist weder gesund noch wertvoll, schon gar nicht, wenn er in Frischhaltefolie aus dem Kühlfach kommt. Statt Magermodels sollte man also lieber Kaninchen mit dem Grünzeug füttern.

Soweit Salat überhaupt brauchbare Inhaltsstoffe enthält, handelt es sich um Polyphenole. Diese nimmt man in wesentlich höherer Konzentration zu sich, wenn man ein Gläschen Rotwein trinkt. Zu einem guten Rumpsteak ist folglich nicht Salat, sondern Spätburgunder, Regent oder St. Laurent zu empfehlen. Seltsam ist nur, dass dieses Wissen vor knapp tausend Jahren schon präsent war, jetzt aber erst langsam neu entdeckt werden muss. Würde die Menschheit weniger auf die Massenmedien oder Spezialisten und mehr auf das uralte Wissen der Winzer und Landwirte hören, wäre es zur heutigen Entfremdung von der Natur nie gekommen.

KHK Schulz wies mir die Richtung.

„Hier geht es hinauf zur Klosterruine."

Er führte mich einen Weg entlang, der als Meditationspfad angelegt und mit Tafeln versehen war, die jeweils einen Psalm sowie ein Zitat der Heiligen Hildegard zeigten. Gleich bei der ersten Tafel blieb ich stehen. KHK Schulz hielt das für Zeitverschwendung.

„Dort oben ist die Ruine", nörgelte er. „Warum bleiben Sie hier stehen?"

Ich las gerade, was Hildegard zum Psalm 86,11 geschrieben hatte und fühlte trotz der Hitze einen Schauer über mich rieseln: „Der Mensch existiert gleichsam an einer Wegekreuzung. Sucht er im Licht nach Gottes Heil, so empfängt er dies auch. Wählt er aber das Böse, so folgt er dem Teufel zum Strafgericht."

KHK Schulz überflog die Zeilen.

„Es gibt hier zig solcher Tafeln. Wollen Sie die alle analysieren?"

Er hatte keine Ader für das Metaphysische, das fiel mir im weiteren Verlauf unserer Zusammenarbeit noch mehrfach auf. Ich hatte auch keinen Sinn dafür. Als Jurist ist meine wichtigste Waffe das Spiel mit Worten. Deshalb hefteten sich meine Augen auf das Strafgericht in Hildegards Sinnspruch. Möglicherweise hatte sie ja gemeint, dass der Teufel nur mit den Bösen dorthin geht. Da das Strafgericht aber mein täglicher Arbeitsplatz war, drängte sich mir eine ganz andere Deutung auf. Wer konnte denn ausschließen, dass das Strafgericht nicht der gewöhnliche Aufenthaltsort des Teufels ist? Demnach wäre das Strafgericht nichts anderes als die Hölle. Der Meditationspfad schien interessant zu werden.

Nach mehreren ähnlichen Tafeln, die mich teils faszinierten, teils langweilten, stand ich um Punkt elf Uhr im Mittelpunkt der früheren Klosterkirche. KHK Schulz hatte verlangt, dass ich mich an dem immer noch vorhandenen steinernen Altar postierte. Das hatte ich abgelehnt. Statt dessen wartete ich inmitten der Fundamente einer früher wohl dreischiffigen Kirche, die einstmals bedeutende Ausmaße gehabt haben musste.

Das Kloster Disibodenberg ist ein Benediktinerbau, kein Mayatempel. Ich rechnete deshalb nicht damit, dass nun spektakulär ein Sonnenstrahl in einem bestimmten Winkel durch die Mitte eines Kreuzes auf mich treffen würde oder so ähnlich. Eigentlich erwartete ich nichts, und tatsächlich geschah auch nichts. Sorgfältig beäugt von KHK Schulz und seinem Team, spazierte ich durch die Ruine, schaute mal zu den Bäumen auf und mal zur Sonne. Von der Abteikirche aus flanierte ich durch den früheren Kreuzgang zum Kapitelsaal, dann zur Sakristei. Weiter ging es zur ehemaligen Klosterküche, von dort zum Refektorium, zum Dormitorium und schließlich zum Hospiz. Es waren zwar nur noch Mauerreste vorhanden, doch der Zauber des Ortes lässt hier die Vergangenheit vor dem inneren Auge neu erstehen. Besonders beeindruckte mich die ehemalige Filterzisterne. Vor knapp tausend Jahren hatten Mönche hier ein unterirdisches System geschaffen aus zwei Kammern von vier Metern Höhe, jeweils fast drei Metern Länge und einem Meter Breite. Mit den Füßen festgetretener Ton diente nach außen als Dichtung, während innen durch verschiedene Gesteinsschichten das ablaufende Regenwasser von den Dächern der Klosteranlagen gefiltert wurde. 28.000 Liter Vorrat an Brauchwasser legten die Benediktiner auf diese Weise an. Eine großartige Leistung.

Lange Jahre schon war ich nicht mehr am Disibodenberg gewesen, weshalb ich es nun ausgiebig genoss, diesen Ort wiederzusehen. Als ich auf dem früheren Mönchsfriedhof wieder einmal über eine Meditationstafel nachdachte, stand plötzlich eine Polizistin hinter mir.

„Weil die Elenden Gewalt leiden und die Armen seufzen, will ich jetzt aufstehen," – spricht der Herr, „ich will Hilfe schaffen dem, der sich danach sehnt.", las sie laut vor, bevor sie den Psalm um ihre eigenen Gedanken ergänzte.

„Ich hoffe, der Entführer war vor uns hier und hat dies auch gelesen."

Eine merkwürdige Äußerung.

„Glauben Sie, dieser Verrückte würde sich von frommen Lehrsprüchen beeindrucken lassen?", wollte ich wissen.

„Woraus schließen Sie, dass er verrückt ist?"

„Wie würden Sie ihn denn nennen? Verhaltenskreativ?"

„Es ist noch zu früh, seine Handlungen zu beurteilen. Aber wir werden ihn schnappen. Die kleine Barbara wird nicht mehr lange Gewalt leiden und seufzen."

Entschlossen machte sie kehrt und ging so schnell davon, wie sie gekommen war. Ich teilte ihren Optimismus nicht. Allerdings deutete ich den Psalm auch eher als einen Hinweis auf das Jüngste Gericht. Da sich meine Anwaltszulassung jedoch nur auf Deutschland beschränkte, hatte ich nicht vor, zu warten, bis der Entführer sich dort rechtfertigen müsste.

Nachdem ich genug gesehen hatte, verließ ich die Ruine und ging zu KHK Schulz zurück.

„Glauben Sie, dass das Kind nun freikommt?", fragte ich.

„Wohl kaum", antwortete er zerknirscht und sprach dann aus, was mir soeben in den Ruinen der Kirche bewusst geworden war.

„Es deutet einiges darauf hin, dass er einen bestimmten Plan mit Ihnen hat. Wahrscheinlich müssen wir uns darauf einstellen, dass er noch mehrere Stationen vorbereitet hat. Er erwartet, dass wir den Sinn dieses Spiels durchschauen."

„Ein Spiel um ein Kinderleben?"

„Für ihn ist es ein Spiel. Aber solange er es mit Ihnen spielt, bleibt das Kind wenigstens am Leben."

Wir verabschiedeten uns ohne große Worte. Uns war beiden klar, dass wir uns bald wiedersehen würden.

Die versammelten Schaulustigen traten ehrfurchtsvoll zurück, als ich auf das Absperrband zuschritt.

„Entschuldigen Sie, wird hier ein Film gedreht", rief mir eine Touristin zu.

„Jawohl", erwiderte ich. „Reise zu den schönsten Orten des Nahelandes."

Man sagt, die Heilige Hildegard habe prophetische Gaben besessen. Möglicherweise war die Ruhe dieser Kirche am Disibodenberg der Quell dafür, denn was ich soeben unbedacht daher gesagt hatte, sollte sich als ziemlich gute Vision erweisen. Allerdings hat der Verfall des Ortes die Präzision der Vorhersage etwas geschmälert.

Auf dem Weg zu meinem Auto fielen mir einige Weinberge auf, die ich bei früheren Besuchen so nicht gesehen hatte. Die uralten Terrassenlagen waren rekultiviert, der frühere Gutshof des Klosters wurde offensichtlich wieder bewirtschaftet.

Der Disibodenberg liegt in einer Region, die für den Weinbau eigentlich bereits verloren ist, obwohl seine Spuren gerade hier, an der Mündung des Glans in die Nahe, schon seit römischer Zeit belegt sind. Dort noch Wein zu erzeugen, erfordert außerordentlichen Einsatz, dafür findet man auch beste Bedingungen vor. Die Terrassen verlaufen nahezu einen Kilometer lang unterhalb des Klosters und wölben sich dabei wie ein Parabolspiegel nach Süden. Kürzlich hat man sogar die ältesten Reben Deutschlands dort entdeckt. Weinstöcke der Sorte Weißer Orleans mit einem Alter zwischen 500 bis 900 Jahren. Erfreut stellte ich fest, dass nach einiger Zeit des Stillstandes nun erneut ein Weingut mit den alten Reben in dieser außergewöhnlichen

Lage arbeitete. Die Besichtigung der Klosterruinen hatte mich durstig gemacht, deshalb entschied ich mich, die Mittagspause zur Verkostung einiger Gewächse des dortigen Gutshofes zu nutzen. Ich begann mit einen Pinot meunier Blanc de Noir Extra Brut, also einem Sekt, dem ich einige Gesteins-Rieslinge verschiedener Jahrgänge folgen ließ.

Viele bedauern es, dass die Tradition des Klosters auf dem Disibodenberg beendet wurde. Ich begrüßte es, dass die des Weinbaus neu begonnen hatte.

Danny Berlandy erhielt schon am Tage nach unserem Gespräch die fristlose Kündigung. Die Stiftung machte also Ernst.

Mandy war es zunächst gelungen, gleich morgens Dr. Himmelsbach ans Telefon zu bekommen. Bereits dieses Gespräch war nicht günstig für meinen Mandanten verlaufen, obwohl Dr. Himmelsbach an einer gütlichen Lösung zunächst interessiert schien.

„Ich war ein guter Bekannter Ihres Vaters", hatte er mich auf seine Seite zu ziehen versucht. „Ich weiß nicht, ob Sie sich einen Gefallen damit tun, diesen Fall zu übernehmen, Herr Dexheimer."

Einflussreichen Leuten bleibt das Wesen des Anwaltsberufes immer fremd. Sie sind es gewohnt, zu siegen, deshalb verstehen sie nicht, weshalb jemand gegen sie antritt.

„Es ist nun einmal meine Aufgabe, Mandanten zu vertreten", erklärte ich und drehte den Spieß dann um. „Natürlich wäre ich auch lieber der Hausanwalt der Cruceniastiftung. Aber da dies nicht der Fall ist, muss ich eben mit der Gegenseite vorlieb nehmen."

„Wir haben durchaus schon darüber nachgedacht, Sie gelegentlich einmal zu mandatieren", versuchte Dr. Himmelsbach mich zu locken. „Aber wenn Sie jetzt gegen die Stiftung tätig werden, ist dies in unseren Gremien wohl kaum noch durchsetzbar. Sie verstehen das sicher."

„Ja natürlich. Ich verstehe und bedaure es zutiefst. Da uns das Schicksal nun aber leider zu Gegnern gemacht hat, hoffe ich zumindest, dass dieses kleine Problem nicht dauerhaft zwischen uns stehen wird."

„Sie nennen diesen Fall ein kleines Problem?" Dr. Himmelsbach räusperte sich. „Ich bin mir nicht sicher, ob Sie schon vollständig informiert sind, Herr Rechtsanwalt. Es geht um Betrug in großem Stil und zwar zu Lasten der Stiftung."

„Es geht um Unregelmäßigkeiten bei den Mieteinnahmen und in der Kasse des Hilfsfonds."

„Genau das sagte ich doch gerade", meinte er ärgerlich.

Ich fand es zumindest interessant, dass meine Formulierung und seine Formulierung für ihn das Gleiche waren. Dann kam ich zum Punkt.

„Wie bekommen wir die Kuh vom Eis?"

Bad Kreuznach ist weder eine besonders kalte Stadt, noch besonders landwirtschaftlich geprägt. Trotzdem wird wohl keine Figur so oft bemüht, wie die Kuh auf dem Eis. Ständig und überall fällt dieser Satz, als ob die ganze Stadt nur aus Kühen auf Eisflächen bestehen würde. Vielleicht ist es ja Zeichen der angeborenen Bereitschaft der Kreuznacher, Konflikte gemeinsam und friedlich zu lösen. Für Danny Berlandy sah es allerdings eher so aus, als sollte das Eis brechen, bevor die Kuh wieder an Land war.

„Ich habe mich wirklich sehr für Herrn Berlandy verwendet", versicherte mir Dr. Himmelsbach. „Die überwiegende Mehrheit in unseren Führungsgremien drängt auf eine Strafanzeige. Falls ihr Mandant nicht bis heute Mittag das Schuldanerkenntnis unterschreibt, wird sich dieser Schritt auch kaum noch vermeiden lassen, fürchte ich. Sie sollten nicht zu hoch pokern, Herr Rechtsanwalt."

„Aber Herr Dr. Himmelsbach, solche Verfahren sind doch regelmäßig peinlich für beide Seiten. Die Öffentlichkeit, die Presse, der ganze Schmutz, der aufgewirbelt wird. Es wäre aus meiner Sicht sehr bedauerlich, wenn die ehrwürdige Cruceniastiftung in einen Skandal verwickelt würde. Am Ende bleibt womöglich nur das Gerücht übrig, dass es bei der Stiftung nicht mit rechten Dingen zugeht."

Ich hörte ihn schlucken. Er fürchtete tatsächlich um den Ruf der Stiftung. Oder um den seinen?

„Welche Lösung schlagen Sie vor?"

„Eine ordentliche betriebsbedingte Kündigung. Mehr wollen wir nicht. Mein Mandant beansprucht nicht einmal eine Abfindung."

„Zumindest insoweit sind wir uns völlig einig, Herr Dexheimer. Eine Abfindung steht nicht zur Debatte. Was die ordentliche Kündigung betrifft, so könnten wir darüber nachdenken. Voraussetzung ist allerdings die Unterzeichnung des Schuldanerkenntnisses."

„Diese Unterschrift wird mein Mandant mit Sicherheit nicht leisten. Unsere Gegenleistung wäre absolutes Stillschweigen. Niemand würde erfahren, dass die Hilfskasse der Stiftung wohl etwas nachlässig geführt wird."

„Ausgeschlossen", schnaubte Dr. Himmelsbach ins Telefon. „Es gibt Fehlbeträge, für die ich geradezustehen habe. Ich benötige unbedingt eine Erklärung dafür."

Mein Bild von der Qualifikation des Stiftungspersonals geriet ins Wanken. Der Mann hatte mir soeben seinen Schwachpunkt aufgezeigt. Sehr professionell war das nicht. Offensichtlich würde man ihn als Aufsichtsratsvorsitzenden wegen der Fehlbeträge in Regress nehmen, nicht den Stiftungsvorsitzenden. Gut zu wissen.

„So weit auseinander sind unsere Vorstellungen doch eigentlich nicht", erklärte ich.

Bei 30.000 Euro Differenz eine eher kühne Behauptung.

„Vielleicht würde es uns weiterbringen, wenn Sie mir Nachweise für die meinem Mandanten unterstellten Straftaten zukommen ließen. Auch die Staatsanwaltschaft würde im Falle einer Strafanzeige so vorgehen. Sobald ich aussagekräftige Unterlagen habe, melde ich mich wieder und wir besprechen den Fall erneut."

Dr. Himmelsbach wurde unwirsch. Ein weiterer Hinweis auf einen möglichen Schwachpunkt. Sie hatten offensichtlich nur die Aussage dieses Siegbert Krollmann in der Hand, sonst nichts.

„Die Anschuldigungen beruhen auf den Angaben unseres Hausverwalters. Was wollen Sie da prüfen, Herr Rechtsanwalt? Der Sachverhalt ist klar. Wir haben nicht den geringsten Anlass, an der Aussage dieses langjährigen und ehrenwerten Geschäftsfreundes unserer Stiftung zu zweifeln."

Ich seufzte hörbar laut. Wenn jemand Geschäft und Ehrenhaftigkeit in einem Atemzug nennt, weiß ich sofort, dass ich belogen werde. Das ist wie bei einem Politiker, der behauptet, für Ehrlichkeit in der Politik einzutreten. Dabei bin ich nicht grundsätzlich dagegen, in der Politik mit verdeckten Karten zu spielen. Wer tatsächlich so dumm ist, dem Volk schon vor der Wahl die Wahrheit zu sagen, wird ohnehin nie ein erfolgreicher Staatsmann. Mich stört aber die Verlogenheit von Volksvertretern, die nicht zugeben wollen, dass sie uns anlügen. Ähnlich ist es mit der Ehrenhaftigkeit von Geschäftsleuten. Die sollen schließlich Geld verdienen und nicht von Ehre reden.

„Was wäre denn Ihr Vorschlag?", erkundigte ich mich bei dem ehrenwerten Dr. Himmelsbach.

„Ich bin noch immer bereit, mich für eine ordentliche Kündigung einzusetzen. Wir wollen einem jungen Mann nicht sein Leben verbauen. Das widerspräche den Grundsätzen der Stiftung. Aber ein Schuldanerkenntnis muss er unterzeichnen."

„Davon werde ich ihn kaum überzeugen können."

„Das wäre sehr schade." Dr. Himmelsbach reagierte enttäuscht. „Als Sie sich bei mir meldeten, hatte ich eigentlich die Hoffnung, dass wir auf einer sachlichen Ebene eine zweckmäßige Lösung finden."

Er wollte die Verhandlung abbrechen, ich musste schnell reagieren.

„Das Problem besteht darin, dass mein Mandant sich im Ernstfall nicht auf die Sache selbst beschränken würde."

„Was wollen Sie damit sagen?"

„Er erhebt schwere Vorwürfe gegen die Stiftung und gegen deren Führungspersonen. Es geht um Straftaten zu Lasten des Stiftungsvermögens."

„Diese Vorwürfe sind mir bereits bekannt." Dr. Himmelsbachs Stimme klang eisig. „Sie sind absolut haltlos. Falls Sie diese vor Gericht thematisieren wollen, sollten sich gut überlegen, worauf Sie sich einlassen, Herr Rechtsanwalt."

„Selbstverständlich werde ich nichts Unüberlegtes tun. Das gehört zum anwaltlichen Handwerk. Doch gerade wenn ich meinen Mandanten vor unüberlegten Entscheidungen bewahren will, brauche ich Zeit, um mich mit ihm beraten zu können. Es nutzt nichts, hier vorschnelle Entscheidungen erzwingen zu wollen."

„Das Ultimatum läuft zur Mittagsstunde ab. Wir werden nicht zulassen, dass die Angelegenheit verzögert wird."

Dr. Himmelsbach war fest entschlossen.

„Ich melde mich rechtzeitig wieder", versicherte ich ihm. „Wie kann ich Sie erreichen?"

„Notieren Sie sich meine Handynummer. Aber bitte nur für diesen Fall."

Er gab mir die Nummer durch und legte nach einigen Abschiedsfloskeln auf. Sein Handy hatte eine Nummer des D2-Netzes.

Nachdem ich Mandy vom Verlauf des Telefonats berichtet hatte, nickte sie nur schweigend. Anschließend bereitete sie eine Kündigungsschutzklage vor. Schon kurz nach Mittag überbrachte Danny Berlandy die Kündigung. Wir kopierten sie und fügten sie der fertigen Klage bei. Dann schickten wir den Mandanten damit zum Arbeitsgericht. Eine knappe Stunde nach der Kündigung war die Klage bei Gericht anhängig. Ihre Begründung bestand lediglich aus einem Satz: Die Kündigung ist unbegründet.

Das arbeitsgerichtliche Verfahren ist im Prinzip zweistufig. Unmittelbar nach Eingang der Klage lädt der Richter kurzfristig zu einem Gütetermin. Dabei geht es nur um die Frage, ob die Parteien sich einigen können. Lediglich falls der Gütetermin scheitert, zieht das Gericht zwei ehrenamtliche Richter hinzu und bestimmt einen sogenannten Kammertermin. Davor müssen beide Seiten dann schriftlich ihre Argumente vorbringen und gegebenenfalls werden auch Zeugen zur Verhandlung geladen.

In einem Gütetermin spielen rechtliche Erwägungen kaum eine Rolle. Stattdessen wird gefeilscht und geschachert wie auf einem orientalischen Basar. Gute Arbeitsrichter machen 20 bis 30 solcher Termine am Tag. Im Viertelstundentakt lösen sie Rechtsstreitigkeiten, oftmals mehrere parallel. Wenn eine Seite sich beraten möchte, wird die Verhandlung unterbrochen und der nächste Fall aufgerufen. Besteht auch dort nach den Hinweisen des Gerichts noch Beratungsbedarf, wird ein dritter Fall dazwischen geschoben. Wer in einer solchen Sitzung einfach nur als Zuschauer anwesend ist, dürfte Probleme haben, den Überblick zu bewahren.

Ich mochte Arbeitsgerichtsprozesse trotzdem. Sie sind schnell und effektiv. Weit mehr als die Hälfte der Klagen wird im Gütetermin durch einen Vergleich beendet. Arbeitsrichter zeichnen sich deshalb durch eine hohe Toleranz aus. Mit stoischer Ruhe hören sie sich jedes noch so dumme Argument an, unterbreiten faire Vorschläge und moderieren jeden Prozess in eine Richtung, die für beide Seiten zum besten Ergebnis führt. Einen Gütetermin vor dem Arbeitsgericht als Verlierer zu verlassen, ist deshalb kaum möglich.

Entsprechend zuversichtlich saß ich schon knapp drei Wochen nach Einreichung der Klage mit Danny Berlandy im Sitzungssaal des Arbeitsgerichtes. Wir warteten auf den Richter, die Gegenseite war noch nicht anwesend. Mein Mandant war nervös und zittrig, er saß neben mir und zog mehrmals lautstark die Nase hoch.

Die hintere Tür zum Saal öffnete sich. Herein trat ein Kollege: Egbert Graf zu Anhausen – die graue Eminenz der Bad Kreuznacher Anwaltschaft. Hätte man mir eine Wette angeboten, wer die Stiftung vertritt, hätte ich auf ihn getippt.

Als Referendar war ich bei ihm in der Ausbildung gewesen. Eine durchaus lehrreiche Zeit. Er vertrat damals als Hausanwalt auch unser Familienunternehmen. Mein Vater hatte darauf bestanden, dass ich mir dort eine zeitlang Praxiserfahrung erwarb. Graf zu Anhausen war einerseits ein Fuchs, andererseits auch Ehrenmann vom alten Schlag. Er war kleiner als ich, mit schütterem grauem Haar, aber trotz seines Alters noch sehr drahtig. Wir begrüßten uns per Handschlag, wobei ich in seinen Augen ein listiges Funkeln sah. Das verhieß nichts Gutes.

Gleich darauf öffnete sich die vordere Saaltür und der Vorsitzende trat ein. Er war zugleich der Direktor des Arbeitsgerichtes, stand kurz vor seiner Pensionierung, hatte einen exzellenten Ruf als qualifizierter, absolut integerer Arbeitsrichter und die Angewohnheit, nicht lange um den heißen Brei herum zu reden.

„Nehmen Sie doch bitte Platz", eröffnete er die Sitzung und schaute mich höhnisch an. „Warum hat Ihr Mandant denn den Aufhebungsvertrag nicht akzeptiert?"

„Welchen Aufhebungsvertrag?", gab ich zurück, da ich in meiner Klage davon nichts erwähnt hatte. Graf zu Anhausen grinste.

„Ich bin über die Hintergründe des Falles informiert", sagte der Vorsitzende. „Tun Sie nicht so, als ob Sie nicht Bescheid wüssten."

„Ich würde gerne wenigstens einmal die Kündigungsgründe erfahren", erklärte ich dem Richter, der kopfschüttelnd eine leichte Fassungslosigkeit andeutete.

„Gibt es eine Möglichkeit zur Einigung?", fragte er höflich.

„Ich möchte präzise wissen, was man meinem Mandanten vorgeworfen wird. Er kann doch nicht aufgrund von Spekulationen und unbewiesenen Behauptungen einfach so seine Anstellung aufgeben."

„Also gut, dann wird eben Kammertermin bestimmt. Zufälligerweise habe ich noch einen relativ kurzfristigen Termin frei. 22. April. Passt das den Herren Anwälten?"

Danny Berlandy schob seine ausgebreiteten Unterlagen wieder zusammen. Er ahnte bereits, dass der Gütetermin nicht gütlich enden würde. Ich nickte baff zu dem Terminvorschlag des Gerichts. Die Geschwindigkeit, mit der dieser Prozess vorangetrieben wurde, war einmalig.

„Wir sehen uns also wieder zum Kammertermin."

Der Vorsitzende klappte seinen Terminkalender zu und nickte freundlich in die Runde. Er wollte sich bereits erheben, als Rechtsanwalt Graf zu Anhausen das Wort ergriff.

„Herr Vorsitzender, ich möchte hiermit Widerklage erheben mit dem Antrag, Herrn Berlandy zu verurteilen, 30.000 Euro Schadensersatz an die Cruceniastiftung zu zahlen."

Er zückte einen vorbereiteten Schriftsatz, überreichte das Original dem Gericht und zwei Abschriften mir. Der Arbeitsrichter warf mir einen kritischen Blick zu.

„Sie sind sicher, dass Sie Ihre Klage nicht zurücknehmen wollen, Herr Rechtsanwalt Dexheimer?"

„Absolut."

„Nun denn. In Anbetracht der Kürze der Zeit bis zum Kammertermin haben beide Seiten zwei Wochen Zeit, zur Klage der jeweils anderen Seite Stellung zu nehmen. Auf Wiedersehen meine Herren, die Sitzung ist geschlossen."

Kaum hatte der Vorsitzende den Saal verlassen, sprach mich der Kollege Graf zu Anhausen an.

„Muss das denn wirklich sein, Herr Kollege? Die Fakten sind doch eindeutig. Wir machen es uns hier meines Erachtens unnötig schwer. Ich bin befugt, Ihrem Mandanten großzügigste Zahlungsbedingungen einzuräumen, wenn die Schuld anerkannt wird. Und das Strafverfahren würde sich dann auch erledigen, das bekäme ich sicher hin."

„Welches Strafverfahren?", fragte ich irritiert.

„Der Vorfall wurde selbstverständlich angezeigt. Die Staatsanwaltschaft ermittelt bereits. Oder haben Sie wirklich gedacht, dass die Stiftung derartige Betrügereien totschweigen würde?"

„Ich habe bisher eigentlich nur gedacht, dass jeder als unschuldig gilt, solange seine Schuld nicht bewiesen wurde."

Graf zu Anhausen lachte schallend.

„Eine interessante Theorie, Herr Kollege. Aber Spaß beiseite. Die Geschichte kann für Ihren Mandanten ziemlich böse ausgehen. Das ist Ihnen auch klar, da muss ich Sie nicht belehren. Reden Sie doch nochmal mit Herrn Berlandy. Wir einigen uns auf eine ordentliche Kündigung und er gibt ein Schuldanerkenntnis ab. Das kann doch nicht so schwer sein."

Er schlug mir freundlich locker auf den Oberarm, so als wolle er mir den berühmten Stoß geben zur Überwindung meiner Bedenken.

„Ein Schuldanerkenntnis ist ausgeschlossen", beharrte ich.

Mein Gesprächspartner senkte die Tonstärke und begann mir seine folgenden Worte vertraulich zuzuraunen.

„Menschenskinder, Kollege Dexheimer, überlegen Sie es sich. Ordentliche Kündigung, kein Strafverfahren. Wir gehen auch noch um fünf Mille runter, das können Sie Ihrem Mandanten als zusätzlichen Erfolg verkaufen. Wie er das abzahlt, ist doch weder Ihr noch mein Problem. Ihr Vater hat viel von Ihnen gehalten. Sie sind nicht dumm. Also denken Sie über unser Angebot nach und scheuen Sie sich nicht, mich anzurufen."

Dann fiel er zurück in seine vorherige Lautstärke, die zwar nicht unangenehm war, aber auch nicht so, dass man ihn missverstehen konnte.

„Ich muss leider weiter, Herr Kollege. Seien Sie gegrüßt."

Er schüttelte mir die Hand und verließ den Gerichtssaal, wo wir alleine zurückblieben. Danny Berlandy schaute mich zweifelnd an.

„Das war wohl kein guter Tag für uns oder?"

„Es ist schon Schlimmeres passiert an diesem Tag. Beruhigen Sie sich!"

Er dachte nach, verstand meine Äußerung aber trotzdem nicht.

„15. März, die Iden des März", half ich ihm auf die Sprünge.

„Ach so. Ja, da muss ich Ihnen Recht geben. Sie haben mich nicht mit Dolchen aufgespießt."

„Eben."

Es ist das absolute Minimum, das man von einer Gerichtsverhandlung erwarten sollte, nämlich sie lebend wieder zu verlassen. Mehr hatte ich indes nicht als Erfolg zu bieten. Allenfalls hätte ich ihm raten können, Graf zu Anhausens Angebot zu akzeptieren. Mir erschien es nicht einmal so schlecht.

„Wir haben keine Chance, nicht wahr?", wollte Danny Berlandy wissen.

Ich rechnete es ihm hoch an, dass er nicht wie so viele in dieser Situation das Vertrauen in seinen Anwalt verlor. Mag auch Mandy der Grund dafür gewesen sein, ich sah in seinen Augen keinerlei Zweifel an meinen Fähigkeiten. Er wusste, dass wir einen harten Kampf zu bestehen hatten. Und dieser Termin war nur der Anfang gewesen.

„War der Richter voreingenommen?", fragte er vorsichtig.

„Es ist zumindest offensichtlich, dass er vor der Verhandlung Besuch von meinem gegnerischen Kollegen hatte. Der hat ihm seine Sicht der Dinge sehr intensiv verdeutlicht. Von Voreingenommenheit möchte ich allerdings noch nicht sprechen."

„Für mich sah es aber so aus."

Ich konnte verstehen, was er meinte. Wer nicht gerichtserfahren ist, macht sich falsche Vorstellungen über die mannigfaltigen Wechselbeziehungen zwischen den beteiligten Juristen. Wir üben schließlich einen Beruf aus, was uns von jenen unterscheidet, die einmal im Leben ihren großen Fall vor die Gerichte bringen.

„Graf zu Anhausen und der Arbeitsrichter sind etwa im selben Alter", erklärte ich dem Mandanten. „Sie treffen sich seit 30 oder 40 Jahren in diesem Gerichtssaal zu Verhandlungen. Beide sind alteingesessene Kreuznacher, was bedeutet, dass sie übers Jahr auch bei zahlreichen Veranstaltungen privat Kontakt pflegten. Hier sitzt man nebeneinander im Theater, dort trifft man sich zufällig beim Essen. Die Ehefrauen sind im selben Verein, die Kinder betreiben das gleiche Hobby, man hat Bekannte oder Verwandte, die verbinden. Das lässt sich gar nicht vermeiden. Es wäre geradezu unnatürlich, wenn die beiden die Zeit seit dem Eingang der Klage nicht dazu genutzt hätten, über den Fall zu reden."

„Ich muss mir also keine Gedanken darüber machen?"

„Doch, sehr sogar. Terminierung und Fristsetzung sind hier einmalig. Üblicherweise bekommt man den Kammertermin etwa drei Monate nach dem Gütetermin. Dann hat eine Seite vier Wochen Zeit, sich umfangreich zu äußern, die andere kann binnen weiterer vier Wochen erwidern. In Ihrem Fall wird extrem Druck gemacht. Das muss ich schon zugeben."

„Aber Sie halten den Richter trotzdem für objektiv?"

„Ich werde seine weiteren Schritte sehr genau analysieren. Sollte ich Zweifel an seiner Objektivität haben, können Sie sich darauf verlassen, dass ich in Ihrem Namen Befangenheit rüge. Ist das klar?"

Danny Berlandy schaute mich so herzerfrischend zuversichtlich an, als wäre sein Prozess schon gewonnen.

„In Ordnung, Herr Dexheimer. Ich verlasse mich auf Sie", rief er lachend, bevor er sich abwandte und in die Richtung meiner Kanzlei verschwand. Ich ahnte, wohin er wollte.

Marcel Gallert war selbständiger Reporter, der Artikel für die Lokalzeitungen oder für Radiosender schrieb. In jungen Jahren hatte er sich in der Stadtpolitik versucht und es mit einer Rathauspartei sogar bis zu einem Sitz im Stadtrat gebracht. Doch noch schneller als sein Stern gestiegen war, ist er auch wieder gesunken. Ein diktatorischer Führungsstil, Unregelmäßigkeiten beim Umgang mit Spenden und schließlich einige spektakuläre Austritte aus der von ihm dominierten Wählervereinigung hatten seinen Niedergang zügig besiegelt.

Dabei war er nicht untalentiert gewesen. Es fehlte ihm nur die Fähigkeit zum Kompromiss. Damit war er hier wie andernorts unbrauchbar für eine Karriere im Dienste der Allgemeinheit.

Bad Kreuznach ist in politischer Hinsicht sehr flexibel. Ständig bilden sich neue Gruppierungen, die sich neben den althergebrachten Parteien in das öffentliche Geschehen einmischen. Ein Oberbürgermeister braucht in unserer Stadt in erster Linie viel Geduld, um die zahlreichen Meinungsvertreter anzuhören. Er verbringt wenigstens 150 Prozent seiner Zeit damit, sich von egoistischen Besserwissern sinnlose Ratschläge erteilen zu lassen. Deshalb werden in Bad Kreuznach auch nie wirklich bedeutende Entscheidungen gefällt. Es gibt nämlich bei jedem Thema immer noch Bedenkenträger, die zuerst gehört werden müssen.

Wenn die offiziellen Fraktionen, Vereine und Verbände sich auf eine Linie geeinigt haben, bildet sich zunächst einmal eine Bürgerinitiative dagegen, dann eine dafür und schließlich eine für etwas völlig Neues. Dann werden auch die noch gehört und zwischenzeitlich ändern die zuerst gehörten Fraktionen, Vereine und Verbände schon wieder ihre Meinung. So bleibt der gesamte Entscheidungsprozess ständig im Fluss.

Es hat mitunter schon über ein Jahrzehnt gedauert, bis entschieden wurde, ob ein bestimmtes Hinweisschild aufgehängt wird oder nicht. Derzeit ist die Entscheidung ausgesetzt bis nach den nächsten Wahlen.

Wer in diese politische Landschaft hineinprescht und behauptet, alleine den richtigen Weg zu wissen, der macht sich zunächst nur lächerlich. Wenn er dann den richtigen Weg auch noch tatsächlich kennt, macht er sich unbeliebt. Gibt er dennoch keine Ruhe und fängt auch noch an, die Fehler der anderen aufzudecken, dann macht er sich verhasst. Das ist der Grund, warum Marcel Gallert nach und nach ausgeschaltet wurde.

Dies wiederum ist nämlich in Bad Kreuznach eine ganz besondere Spezialität. Wer sich nicht anpasst, der muss gehen. Und wenn einer gehen muss, dann wird er so lange zermürbt, bis er aufgibt. Insoweit funktioniert unser System so perfekt wie ein Uhrwerk. Die einzigen Entscheidungen, die hier zügig gefällt und konsequent umgesetzt werden, sind die, wen wir nicht wollen.

Deshalb war Marcel Gallert also nun Lokalreporter. Er war durchaus in der Lage, über ein und dasselbe Konzert in einer Zeitung einen Verriss und in der anderen eine Jubelkritik zu schreiben. Das tat er unter verschiedenen Pseudonymen, weshalb es selten auffiel, dass er mehreren Herren diente. Soweit ich dies beurteilen konnte, waren seine wichtigste Einnahmequelle die örtlichen Justizreportagen. In seiner Jugend hatte er einige Semester lang ein Jurastudium absolviert. Deshalb hielt er sich für eine Art Mischwesen aus Richter und Anwalt, immerzu bestrebt, mit den Vertretern dieser Berufsgruppen ins Gespräch zu kommen. Jeden Vormittag trieb er sich in den Sitzungssälen des Gerichts herum und suchte die interessantesten Fälle für seine Arbeit heraus. Dadurch war er im Laufe der Jahre zu einer exquisiten Quelle für Klatsch und Tratsch geworden. Sein Problem bestand nur darin, dass ihn niemand mochte. Dazu war er zu schleimig und selbst aus Sicht gestandener Anwälte zu gewissenlos. Gewissenlosigkeit ist ein vernichtender Vorwurf. Er wird in unterschiedlichen Bevölkerungsgruppen unterschiedlich verwendet. Wenn sogar Rechtsanwälte ihn erheben, dann ist bei dem so Beschuldigten selbst ein Rest von Gewissen nicht mehr vorhanden. Vertraulichkeit war für Gallert ein Fremdwort, der Handel mit Informationen sein Geschäft, der Verrat sein Lebenselixier.

Als ich nach dem Gütetermin in Sachen Berlandy ./. Cruceniastiftung frustriert in meiner Lieblingseisdiele einen Espresso Macchiato trank, stand er plötzlich neben mir wie ein Kaninchen aus dem Zauberhut. Er nickte mir vertraulich zu und wischte sich den Milchschaum eines Cappuccinos aus seinem ungepflegten Vollbart.

„Interessanter Fall, den Sie da haben, Herr Dexheimer."

„Wovon reden Sie?"

„Von der Cruceniastiftung."

„Ich habe Sie im Gerichtssaal nicht gesehen. Woher wissen Sie überhaupt davon?", fragte ich und musterte ihn von oben herab.

Er war einen Kopf kleiner als ich, trug eine abgewetzte Jeans, ein verschwitztes T-Shirt, das vielleicht einmal weiß gewesen war und darüber eine uralte Lederweste. In den unzähligen Taschen der Weste steckten Kugelschreiber, Notizzettel und Kameraobjektive. Um seinen Hals baumelte ein Fotoapparat. Der Bart und seine fettigen Haare deckten sein Gesicht fast vollständig ab. Sichtbar waren nur zwei stecknadelköpfige Augen, seine rote Säufernase und einige Zähne, die spitz aus seinem Mund ragten wie bei einem Frettchen.

„Vielleicht sollten wir uns unterhalten. Ich bin noch offen für eine Einladung zum Mittagessen", meinte er grinsend.

Ich ließ ihn stehen und plauderte mit dem Inhaber der Eisdiele ein wenig auf Italienisch. Es gelüstete mich danach, dieses Frettchen herabzuwürdigen. Doch er wartete geduldig, bis ich meine Konversation beendet hatte und weiter meines Weges ging.

„Sie brauchen doch sicher Informationen über die Stiftung."

Unbeirrbar blieb er an meiner Seite.

„Das kommt darauf an, was Sie mir zu bieten haben."

„Es heißt, die Herren Himmelsbach und Krollmann wären korrupt."

Ich blieb stehen und schaute ihn an.

„Wie hoch ist Ihr Preis?"

„Ich verlange nichts. Außer dass wir untereinander austauschen, was wir wissen."

Das Frettchen wischte sich mit dem Oberarm die verschwitzte Stirn trocken. Es war Mitte März, weder Frühling noch Winter und kein Wetter, um so zu schwitzen. Ich dachte kurz nach und beschloss, mir diesen Mann zunutze zu machen. Für mich gab es keinen Zweifel daran, dass er bereits für die Stiftung arbeitete. Folglich würde er mir nichts berichten, was ich nicht schon wusste oder selbst herausfinden konnte. Aber er würde die Stiftung über unsere Strategie informieren. Dadurch hatte ich die Möglichkeit, mittels geschickter Falschinformation die Stiftung in die Irre zu führen.

Kurz später saßen wir in einem Imbiss am Kornmarkt. Ich war seiner Aufforderung gefolgt, ihn zum Essen einzuladen. Dabei hielt ich eine Bratwurst für ausreichend.

Gallert war nicht anspruchsvoll. Er schien durchaus zufrieden mit dem, was ich ihm bot, und plauderte munter drauf los.

„Sie sollten darauf achten, dass Sie Ihren Angriff nicht direkt gegen die Stiftung richten. Den Kampf würden Sie verlieren. Konzentrieren Sie sich auf Dr. Himmelsbach. Seine Position ist nicht unantastbar. Wenn Sie es schaffen, nicht die Stiftung, sondern nur ihn zu attackieren, könnten Sie günstigstenfalls sogar mit Unterstützung aus den Reihen Ihrer Gegner rechnen."

„Sie meinen, es tobt ein interner Machtkampf?"

„Das wäre übertrieben. Es entspräche nicht den Gepflogenheiten innerhalb der Stiftung. Aber es stehen bald die Wahlen zu den Führungsgremien an. Da werden natürlich ehrenwerte Kandidaten gegen Dr. Himmelsbach antreten."

„Wann sind diese Wahlen? Wieviel Zeit bleibt mir noch?"

Er zuckte mit den Schultern. Entweder wusste er es nicht genau oder er wollte es mir nicht sagen.

„Sie müssen davon ausgehen, dass Ihr Prozess auf das Äußerste beschleunigt wird", fuhr er fort.

„Es gibt Mittel, Prozesse zu verzögern."

„Genau dies sollten Sie nicht tun."

Wie konnte er so genau über das Verfahren Berlandy informiert sein? Ich versuchte mich zu erinnern, ob er mir während meiner Zeit bei Graf zu Anhausen je begegnet war. Das konnte ich ausschließen. Es wäre auch nicht der Stil des Kollegen gewesen, sich eines Frettchens zur Prozessführung zu bedienen. Dr. Himmelsbach schien nicht gerade sein Freund zu sein. Also musste es in der Stiftung hochrangige Personen geben, die ihn für sich einspannten. Das war nicht undenkbar. Wenn Dr. Himmelsbachs Position wackelte, dann würde die Stiftung zunächst versuchen, ihren eigenen Ruf zu retten. Folglich konnte ich Vorteile dadurch erzielen, dass ich Dr. Himmelsbach angriff und den Ruf der Stiftung schonte. Ein Strohhalm, mehr nicht. Aber immerhin ein Strohhalm.

„Was für einen Grund könnte ich haben, mich unter Zeitdruck setzen lassen?", fragte ich das Frettchen.

„Weil ein schneller Prozess im Interesse Ihres Mandanten ist. Ich kann Ihnen jetzt leider noch nicht im Detail sagen, warum das so ist. Ein wenig Vertrauen sollten Sie dennoch haben. Mit etwas Glück werde ich Ihnen Informationen zukommen lassen, die Sie zu einem hervorragenden Überraschungsangriff verwenden können. Dann arbeitet die Zeit für Sie."

„Was ist mit Krollmann? Welche Rolle spielt der?"

Gallert konnte seine Genugtuung kaum verbergen. Für kleine Geister ist es immer wichtig, dass jemand noch tiefer steht.

„Krollmann ist für die Stiftung absolut unwichtig", vertraute er mir genüsslich an. „Er ist nur ein Anhängsel von Dr. Himmelsbach. Sie brauchen ihn nicht zu schonen."

Gallert erhob sich, dankte höflich für die durch ihn erzwungene Einladung und ging. Er hatte mir genug Stoff zum Nachdenken hinterlassen.

Wenn ich ein Thema intensiv reflektieren muss, tue ich das gerne bei einem Glas Wein. Ich rief Mandy an und fragte nach meinen Terminen. Eine knappe Stunde blieb mir noch bis zur nächsten Rücksprache mit einem Mandanten. Flugs entschied ich mich dafür, im Grünen Punkt noch etwas nachzudenken.

Als ich das Lokal betrat, lief im Fernsehen gerade ein Bericht über Auslandseinsätze der Bundeswehr. Die wurden immer schwieriger, besonders am Hindukusch. Der Wirt musste früher einmal Verteidigungsminister gewesen sein, denn er hatte sofort die richtige Lösung parat.

„Wir müssten da mehr durchgreifen", belehrte er mich. „Unsere Soldaten sind zu sehr mit humanitären Aufgaben beschäftigt. Es wird eindeutig zu wenig gekämpft, sonst hätten wir den Krieg dort schon gewonnen."

Am Stammtisch saß diesmal nur einer der beiden älteren Männer. Der zahnlose Glatzkopf hob mahnend den Zeigefinger.

„Das geht noch böse aus", orakelte er.

Ich stellte mir zuerst die Weltkarte vor und dann die Frage, was wir mit Afghanistan zu tun hatten. Es schien mir ein Fall für Julius Dexheimer zu sein, dem Wirt und dem Zecher am Stammtisch die Verteidigungspolitik unseres Landes zu erklären.

„Wir haben in unserem Land ein Gesetz, das sogenannte Betäubungsmittelgesetz, abgekürzt BtMG", begann ich.

Mein Publikum lauschte gespannt.

„Das BtMG ist wie so viele Gesetze der Versuch, die Realität zu leugnen. Angeblich dient es dem Schutz der Volksgesundheit."

„Wieso angeblich?", wollte der Wirt wissen.

„Als ich noch zur Schule ging, musste ich ein Referat halten über die Gefahren des Rauchens. Damals hatte der Staat gerade 300.000 DM in eine Anti-Raucher-Kampagne investiert, was groß publik gemacht wurde. Im gleichen Jahr hat die Regierung die Tabakbauern im Wahlkreis des damaligen Kanzlers mit 3 Millionen DM subventioniert, was weniger an die große Glocke gehängt wurde. Seither bin ich misstrauisch gegenüber Staatszielen."

Der Zecher am Stammtisch kicherte in sich hinein, worüber ich den Faden verlor.

„Zum Zwecke der Volksgesundheit, so will es das BtMG, sind Drogen verboten", begann ich von Neuem. „Wie alle Verbote fördert auch das Drogenverbot die illegalen Geschäfte. In den Vereinigten Staaten sind etliche Leute während der Prohibition durch Alkoholschmuggel richtig reich geworden. Auch bei uns sorgt das BtMG dafür, dass die Drogenschmuggler sich die Taschen füllen können. Andere Länder versuchen es mit der Legalisierung der Betäubungsmittel. Man muss aber klar erkennen, dass auch dadurch das eigentliche Übel nicht wirklich bekämpft wird."

„Was ist das eigentliche Übel?", erkundigte sich der Wirt.

„Das Übel ist die Sucht. Betäubungsmittel machen abhängig, sie zerstören Existenzen. Darum sucht man nach Wegen, das Übel an der Wurzel zu packen, also dort, wo die Droge herkommt. Diese Wurzel ist Afghanistan.

Von dort wird die Welt mit Betäubungsmitteln überschwemmt. Politiker behaupten zwar, wir würden am Hindukusch unsere Freiheit verteidigen. Tatsächlich verteidigt der Staat dort aber das BtMG. Weil das Gesetz in Deutschland nicht funktioniert, schicken wir Soldaten in dieses ferne Land, um ihm wenigstens in Afghanistan Geltung zu verschaffen. Wir führen dort letztendlich einen Drogenkrieg."

Der zahnlose Alte am Stammtisch war nicht in der Stimmung, sich zu äußern. Er schaute nur trübsinnig in sein Bierglas. Der Wirt dachte nach. Dazu zündete er sich eine Zigarette an, zog den Rauch tief ein und atmete langsam wieder aus.

„Wenn du sagst, das Gesetz würde nicht funktionieren, meinst du damit, dass zu viele Leute mit Drogen Geld verdienen?"

„Ich meine damit, dass es einfach nicht gelingt, den Betäubungsmittelkonsum einzudämmen. Immer früher kommen die Menschen mit dem Zeug in Kontakt. Für Jugendliche gehören Drogenerfahrungen heute zum Erwachsenwerden. Viele halten es für normal und vor allem für cool. Sie wissen nicht einmal, dass sie sich strafbar machen."

„Aber was schlägst du vor? Was soll man dagegen tun?"

Der Wirt war wirklich interessiert. Doch ich musste ihn enttäuschen.

„Schau dir nur eine Veranstaltung an wie ‚nature one', oben im Hunsrück. Dort werden an einem Wochenende mehr Drogendelikte begangen, als ein Staatsanwalt in einem Jahr anklagen kann. Da läuft doch etwas verkehrt in unserem Staat. Oft habe ich den Eindruck, dass der Kampf schon verloren ist. Aber ich sage dir eines: Eine Gesellschaft, die Drogen braucht, ist eine sterbende Gesellschaft."

Dann ging ich und ließ den Wirt in einem Gefühl zwischen Hoffen und Bangen zurück. In seinem Unterbewusstsein würde sich der Gedanke verfestigen, dass es der Anwaltschaft bedarf, um diesen Staat noch zu retten. Mehr wollte ich nicht erreichen. Was man hätte besser machen können, wusste ich nämlich selbst nicht.

3. Kapitel

Wozu empfohlen wird:
CUVÉE NR. 1
Freshcuvée, Rümmelsheim – Bingen-Büdesheim – Weiler

„Plateau ‚Am Hörnchen' in Weiler, sagt Ihnen das was?", erkundigte KHK Schulz sich telefonisch. Ich konnte mir ein Grinsen nicht verkneifen wegen seiner Aussprache.

„Sie reden wahrscheinlich von dem Aussichtspunkt hinab auf die Nahemündung", sagte ich.

„Genau. Wir sind bereits dort. Schaffen Sie es, bis zwölf Uhr ebenfalls hier zu sein? Es wäre sehr wichtig."

„Wichtig für wen – für das Kind oder den Entführer?"

„Sie können das nicht trennen. Er verlangt es, aber Sie tun es für die kleine Barbara."

„Ich werde rechtzeitig dort sein."

Umgehend fuhr ich los. Beim Fahren wurde mir klar, dass der Unbekannte eigentlich widersinnig handelte. Er stellte Aufgaben, deren Erfüllung er nicht kontrollieren konnte. Wenn er sich auch nur in die Nähe der von ihm ausgesuchten Schauplätze begeben hätte, wäre er umgehend entdeckt worden. Wenn er also wissen wollte, ob seine wirren Ideen weisungsgemäß umgesetzt wurden, musste er einen Informanten in Polizeikreisen haben.

Das Plateau ‚Am Hörnchen' ist ein Ort, den man gesehen haben muss. Von dort blickt man auf insgesamt vier deutsche Weinbaugebiete. Die Anhöhe selbst gehört zum Naheland. Sie liegt hoch über der Mündung der Nahe in den Rhein. Flussabwärts am linken Ufer liegen die Hänge des Anbaugebietes Mittelrhein. Gegenüber am rechten Rheinufer liegt der Rheingau. Unterhalb des Plateaus erblickt man auf der anderen Naheseite Bingen. Dahinter ist bereits Rheinhessen. Der Punkt, an dem ich stand, war also Grenzgebiet. Hier endete das Nahetal nach Osten hin.

KHK Schulz hatte wieder sein gesamtes Team bei sich. Obendrein waren zwei Uniformierte vom örtlichen Polizeirevier anwesend und ein Mitarbeiter des Justizministers, im Rang eines Ministerialbeamten. Auch der Staatssekretär ließ sich mittlerweile schon entschuldigen.

Zu meiner freudigen Überraschung erkannte ich sofort, dass es dieses Mal um den Wein gehen würde. Auf einem Tisch standen eine Flasche und ein Glas. Ich schaute kurz auf die Uhr. Es war halb zwölf.

„Warum haben Sie das jetzt gemacht?" KHK Schulz fixierte mich mit seinem Ermittlerblick.

„Was habe ich denn gemacht?", erwiderte ich erstaunt.

„Sie haben den Wein gesehen und dann auf die Uhr geschaut. Warum?" Sein ständiges Misstrauen war amüsant.

„Sehr scharfsinnige Beobachtung", lobte ich. „Aber ob Sie es nun glauben oder nicht, ich wollte mich lediglich über die aktuelle Uhrzeit informieren."

„Kann es auch sein, dass Sie wissen wollten, ob es noch vor oder schon nach zwölf ist?"

„Wer hat Ihnen das wieder verraten? Doch nicht etwa der Entführer?"

„Ich darf dazu noch nichts sagen. Zunächst ist es Ihre Aufgabe, den Wein dort auf dem Tisch zu bestimmen. Sorte, Anbaugebiet, Jahrgang."

„Wie lange habe ich Zeit?"

„Solange Sie wollen."

„Wunderbar, dann möchte ich zunächst die Aussicht genießen."

Mit diesen Worten wandte ich mich dem Rhein zu. Das Niederwalddenkmal, Kloster Eibingen in der Ferne, Burg Klopp, Binger Loch, Rheininseln. Die Sehenswürdigkeiten ballten sich hier wie kaum irgendwo sonst in unserer Region. Direkt gegenüber bröckelte die Burg Ehrenfels vor sich hin, das wahrscheinlich älteste Finanzamt der Welt. Zusammen mit dem mitten im Rhein stehenden Mäuseturm diente diese Festung schon im Hochmittelalter dazu, friedliche Bootsfahrer auf dem Rhein abzukassieren.

Ich stand, schaute und überlegte. Es war eine Marotte von mir, immer zu behaupten, ich würde nie vor zwölf Uhr mittags Wein trinken. Tatsächlich hielt ich mich nur grob an diese Vorgabe. Bei passendem Anlass wies ich auch vor zwölf ein gutes Tröpfchen nicht zurück. Die Wirte in meinen Stammlokalen drehten manchmal sogar scherzhaft die Uhr vor, wenn ich von einem anstrengenden Prozess kam, dabei vielleicht sogar noch Erfolg gehabt hatte und keinen Grund sah, trotz aller behaupteter Prinzipien den Wein auch schon kurz vor Mittag zu bestellen.

Die Frage, die sich hier und jetzt stellte, war, was der Entführer von mir erwartete. Möglicherweise hatte es für ihn eine Bedeutung, ob ich meine mir selbst auferlegte Mittagsregel einhielt. Sonst hätte KHK Schulz nicht so interessiert nachgefragt.

Unterdessen war es wenige Minuten vor zwölf. Ich musste mich entscheiden, ob ich meine Regel brechen sollte oder nicht. Möglicherweise hing das Leben eines Kindes davon ab. Ein schierer Wahnsinn.

Ein Blick in die Augen von KHK Schulz bestätigte mir, dass dieser unter höchster Anspannung stand. Die Uhrzeit war das Wesentliche bei dieser

Aufgabe. Und die Zeit lief ab. Gleich würde es in den Dörfern an der Nahe zu Mittag läuten.

Mir fiel wieder ein, was mir auf dem Weg hierher klar geworden war, dass nämlich der Entführer uns nicht beobachtete. Seine Aufgaben waren sinnlos, und wie ich sie löste, war ihm letztlich egal. Erneut wandte ich mich der Aussicht zu und genoss den Blick ins Land. Dann schritt ich ohne ein weiteres Mal auf die Uhr zu schauen zu dem Tisch und schenkte mir ein Glas von dem Wein ein.

„Wer hat den Wein besorgt?", wollte ich von KHK Schulz wissen.

„Wir haben ihn gekauft nach den Vorgaben des Entführers."

„Vorgaben?"

„Sorte, Lage, Jahrgang."

„Und der Wein stammt direkt vom Winzer?"

„Er war bis zu Ihrem Eintreffen noch original verkorkt. Insbesondere wurde er nicht vergiftet, falls Sie das meinen."

Die Flasche war ohne Etikett, nicht bauchig, sondern spitz zulaufend und aus braunem Glas. Folglich konnte ich alle Burgunderweine bereits ausschließen, ebenso bestimmte Anbaugebiete. Moselweine beispielsweise werden in eine grüne Flasche gefüllt.

Schon nach kurzem Schwenken des Glases witterte ich Firne. Also ein alter Wein. Eine weitere Geruchsprobe förderte das typische Pfirsichbukett zutage. Dazu Anklänge von Aprikose, Honig und Cassis.

„Riesling", sagte ich.

Die Anwesenden staunten und traten enger zu mir heran. Dabei ist es überhaupt keine Kunst, einen Riesling am Geruch zu erkennen. Nachdem ich das Glas nochmals ausgiebig geschwenkt, im Gegenlicht beäugt und beschnuppert hatte, setzte ich es an die Lippen. Mein Publikum hielt die Luft an. Warum denkt jeder nur immer, dass es bei einer Weinprobe wesentlich auf das Schmecken ankommt?

Ich schlürfte ein Schlückchen, schmatzte daran herum und spuckte es aus. Ein Raunen ging durch die Menge. Dann kostete ich einen weiteren Schluck. Natürlich war es ein Riesling. Aber welche Lage? Bei einem alten Wein ist nichts mehr so, wie man es von jungen Weinen gewohnt ist. Zumindest glaubte ich, die Lagen der oberen Nahe ausschließen zu können. Rieslinge von der oberen Nahe schmecken ausgeprägt mineralisch, das war hier nicht der Fall. Also kam wohl die mittlere, eher noch die untere Nahe in Betracht. Doch wo genau mochte dieser Wein gewachsen sein, welche Lage hatte ihn hervorgebracht? Mein Blick fiel auf den Hang mir gegenüber. Der Scharlachberg in Bingen, einst eine weltberühmte Lage, heutzutage nur noch Brache. Der Steillagenweinbau ist zu teuer geworden.

Der Wein in meinem Glas war alt. Ich musste unweigerlich an früher denken. Zugleich schaute ich auf den gegenüberliegenden Hang, an dem früher einmal Wein angebaut wurde. Zwei unterschiedliche Kategorien von Vergangenheit verbanden sich. Vielleicht war das die Lösung.

„Binger Scharlachberg", sagte ich.

KHK Schulz nickte verblüfft, seine Kollegen begannen, anerkennend zu tuscheln. Ich atmete tief durch.

Beim Jahrgang war ich noch mehr als bei der Lage darauf angewiesen, zu raten. Der Wein war durchaus bereits mehrere Jahrzehnte alt. Aber genau konnte ich das nicht feststellen. Manche Jahrgänge entwickeln zwar einen ganz eigenen Geschmack, doch wenn man sie nicht ständig probiert, vergisst man das wieder. Es gibt jedes Jahr genug neuen Wein, deshalb habe ich mich nie damit aufgehalten, zuerst den alten leer zu trinken. Wie sollte ich also einen Jahrgang exakt bestimmen?

Ich versuchte meine Unkenntnis zu verbergen, machte eine möglichst überzeugte Miene und schlürfte nach und nach das Glas leer.

„Noch sechs Versuche", meinte ein Komiker unter den Polizisten, weil eine Flasche normalerweise sieben Gläser fasst.

„Danach nehmen wir ihm eine Blutprobe", warf der Nächste ein.

KHK Schulz forderte umgehend absolute Ruhe.

Ich nahm erneut ein Schlückchen, ich schnupperte und schnüffelte, schmatzte, schlürfte und schmeckte. Doch das Rätsel war unlösbar. Vielleicht lag es ja daran, dass ich im Erntejahr dieses Weines noch mit der Milch-, statt der Rieslingflasche großgezogen wurde. Bevor ich meine Niederlage eingestand, kniff ich ein letztes Mal wie in höchster Konzentration die Augen zusammen, schloss sie dann ganz und tippte schließlich kurzerhand auf meinen Geburtsjahrgang.

KHK Schulz streckte den Daumen in die Höhe. Er war zunächst einmal sprachlos.

„Alles richtig. Sie müssen tatsächlich ein vorzüglicher Weinkenner sein, Herr Rechtsanwalt", gratulierte mir der Ministerialbeamte, der in Vertretung des den Minister vertretenden Staatssekretärs gekommen war. Möglicherweise war es ihm entgangen, was dieser Jahrgang bedeutete. Er konnte ja auch nicht wissen, dass der Wein in meinem Geburtsjahr erzeugt worden war. Ich hingegen hegte einen unangenehmen Verdacht, während ich noch die Hände begeisterter Polizisten schüttelte.

Unterdessen fand KHK Schulz seine Sprache wieder und gab sofort den Ermittler.

„Warum schauen Sie jetzt so nachdenklich?", wollte er wissen.

„Es wird Ihnen sicher nicht die entscheidende Gemeinsamkeit zwischen mir und diesem Wein entgangen sein", gab ich zurück.

„Der gleiche Jahrgang."

„Genau so ist es."

„Dann stimmen Sie nun mit mir überein, dass der Entführer Sie nicht zufällig ausgewählt, sondern einen bestimmten Bezug zu Ihnen hat?"

Versonnen nickte ich ihm zu. Es ließ sich kaum noch bestreiten.

„Glauben Sie dann nicht auch, Ihre Mandantenkartei könnte uns bei den Ermittlungen zum entscheidenden Durchbruch verhelfen? Sie sollten Ihre unnachgiebige Haltung diesbezüglich dringend aufgeben. Schließlich geht es um ein Kind und möglicherweise sogar um dessen Leben. Niemand außer den unmittelbar mit dem Fall befassten Beamten wird etwas über Ihre Mandanten erfahren. Sobald Barbara in Sicherheit ist, werden wir alle erhobenen Daten umgehend löschen, das verspreche ich ihnen ausdrücklich."

Er schaute mich fast flehend an. Der stellvertretende Stellvertreter des Ministers nickte zustimmend. Ein Wunder, dass er ohne Rückversicherung nach oben überhaupt etwas entscheiden durfte. Alle übrigen Anwesenden warteten darauf, dass ich endlich meinen Widerstand aufgab.

Ich tat, als müsse ich noch nachdenken, und nippte bedächtig weiter an dem Wein. Dabei schaute ich hinab auf Bingen. Dieses Städtchen am Zusammenfluss von Nahe und Rhein war natürlich kein Vergleich zu Bad Kreuznach, aber in einem Punkt hatten die Binger uns etwas voraus. Ihr alljährliches Winzerfest, immer Anfang September, dauert volle elf Tage und damit doppelt so lange wie unser Jahrmarkt. Eine Leistung, die ich stets bewundert habe. Anzuerkennen war ferner, dass die Binger in den letzten Jahren viel in ihr Rheinufer investiert und dieses vorbildlich herausgeputzt hatten. Ansonsten ist Bingen eher eine Stadt, deren Zukunft schon hinter ihr liegt, weshalb sie heimlich darauf wartet, nach Bad Kreuznach eingemeindet zu werden.

Nochmals kostete ich den Wein, der so alt war wie ich. Es herrschte Totenstille. Das versammelte Polizeiaufgebot stand parat, um meine Klienten in die Mangel zu nehmen. Sicherlich schrieben sie mein Schweigen nur noch einem inneren Ringen zu zwischen den Grundsätzen der Anwaltschaft und den Bedürfnissen der Polizeiarbeit. Dabei kreisten meine Gedanken nur um die Frage, wie es wäre, wenn der Jahrmarkt elf Tage dauern würde. Mehr nicht.

Als ich mein Glas genüsslich ausgetrunken hatte, wagte KHK Schulz einen weiteren Anlauf.

„Haben Sie sich entschieden?", fragte er zaghaft.
Ich lächelte ihn höflich an.
„Vergessen Sie es", sagte ich.

Der in Untersuchungshaft sitzende Mandant Stefan Michel hatte von der Möglichkeit des § 31 BtMG Gebrauch gemacht.
Über das Betäubungsmittelgesetz kann man durchaus streiten, auch mit tiefschürfenderen Argumenten als im Grünen Punkt. Alles Abwägen ändert jedoch nichts daran, dass § 31 BtMG eine verlogene Vorschrift ist. Hinter dem Paragraphen verbirgt sich die Kronzeugenregelung.
Praktisch muss man sich das so vorstellen: Ein Drogendealer geht der Polizei ins Netz. Man findet größere Mengen an Betäubungsmitteln in seiner Wohnung und hat Protokolle von Telefonüberwachungen. Dadurch lässt sich beweisen, dass der Dealer über einen Zeitraum von vielleicht drei Monaten sagen wir einmal mit einem Kilo wöchentlich gehandelt hat. Das Ganze wird hochgerechnet auf ein Jahr oder auch mehrere, und schon droht dem Mann eine Haftstrafe kurz unter lebenslänglich.
Nach einigen Wochen Untersuchungshaft bietet man ihm an, die Strafe deutlich zu reduzieren, wenn er Lieferanten oder Abnehmer belastet. Der Dealer überlegt kurz und entscheidet sich dann, eine sogenannte Lebensbeichte abzulegen.
Die Lebensbeichte besteht darin, dass ein Großteil der Kunden verpfiffen wird, ein kleiner Teil hingegen nicht. Um die Hochrechnung der Polizei stimmig zu machen, werden manchen Kunden mehr Drogenkäufe angelastet, als diese tatsächlich getätigt haben. So gelingt es, die Taten derjenigen zu verschleiern, die der Dealer nicht belasten möchte. Ganze Kilos an Drogen werden so einfach insoweit Unschuldigen in die Schuhe geschoben. Dafür gibt es bei der Strafe den versprochenen Rabatt.
Anschließend verfolgt der Staat die Kunden, welche der Dealer belastet hat, wobei der einzige Beweis regelmäßig die Aussage des Kronzeugen ist. Bestreitet nun ein zu Unrecht Belasteter den Tatvorwurf, stehen die Gerichte vor der schwierigen Aufgabe, zu begründen, wem sie glauben. Lügt der Kronzeuge oder lügt der, den der Kronzeuge belastet hat? Diese Beweiswürdigung ist dermaßen diffizil, dass sie mittlerweile durch Textbausteine vereinfacht werden muss.
„Die Kammer sieht keinen Grund, an der Glaubhaftigkeit der Aussage zu zweifeln, insbesondere da der Zeuge sich selbst belastet hat. Aufgrund der in sich stimmigen Aussage des Zeugen ist das Gericht zu der sicheren, jeden vernünftigen Zweifel ausschließenden Überzeugung gelangt, dass es

sich bei der insoweit widerstreitenden Einlassung des Angeklagten um eine Schutzbehauptung handelt", liest man dann im Urteil.

Dem Mandanten, der deshalb unschuldig ins Gefängnis muss, kann man als Verteidiger nur den Trost spenden, dass der Rechtsstaat sich eben geirrt hat. Spätestens, wenn nach einigen Jahren Haft die Halbzeit überschritten ist, wird er sich damit abgefunden haben.

Stefan Michel saß so tief in der Tinte, dass die Kronzeugenregelung für ihn die einzige Chance war, wenigstens noch mit einer Strafe von unter fünf Jahren davon zu kommen. Während seiner stundenlangen Vernehmungen durch das Landeskriminalamt war ich anwesend. Das Verhör fand in einem muffigen Büro des Polizeipräsidiums Koblenz statt. Die Luft dort war bald verbraucht.

Ich hatte gerade einen Tiefpunkt und kämpfte dagegen an, nicht einzuschlafen, als der Mandant Michel den Namen Alexander Nagorsnik nannte. Schon war ich hellwach, ließ die Vernehmung zu einer Beratung unterbrechen und besprach mich mit Stefan Michel unter vier Augen.

„Was wissen Sie über Nagorsnik?"

„Er sollte einmal Stoff aus Holland für mich besorgen. Letztes Jahr, kurz vor Weihnachten. Ein Kilo etwa. Dabei wurde er geschnappt. Warum fragen Sie?"

„Nagorsnik ist mein Mandant. Er sitzt in Untersuchungshaft, weil er Mitte Dezember des letzten Jahres in der Nähe der holländischen Grenze mit einem Kilo Heroin erwischt wurde."

Stefan Michel grinste.

„Das war mein Kilo. Er hatte es von meinem Geld gekauft. Wie geht es Nagorsnik?"

„Seine Hauptverhandlung findet nächsten Mittwoch statt."

Ich geriet ins Grübeln. Der Mandant Nagorsnik war angeklagt, ein Kilo aus Holland eingeführt zu haben. Er war geständig und außerdem auf frischer Tat ertappt worden. Der Mandant Michel stand nun vor mir und wollte aussagen, dass er bei Nagorsnik ein Kilo bestellt hatte. Beide Aussagen deckten sich. Was Michel hier aussagen wollte, hatte Nagorsnik dort längst zugegeben.

„Wir können fortfahren", signalisierte ich den Polizisten im Nebenraum. Dann wurde das Verhör fortgesetzt, und Stefan Michel belastete Alexander Nagorsnik damit, ein Kilo Heroin in den Niederlanden gekauft und über die Grenze nach Deutschland gebracht zu haben.

Als die Vernehmung für diesen Tag beendet war, fuhr ich zurück nach Bad Kreuznach. Dabei dachte ich darüber nach, ob ich mit Nagorsnik noch

Rücksprache in der Haftanstalt halten musste. Doch die Sache war klar, Nagorsniks Einlassung längst abgesprochen und vorbereitet. Er würde die Tat gestehen, so war es abgemacht. Ob sein Abnehmer nun Michel hieß oder Hinz oder Kunz, war dabei völlig egal. Wenn jemand ein Kilo Drogen bei sich hat, glaubt ihm ohnehin niemand, dass er die zum Eigenbedarf braucht. Folglich würde man Nagorsnik zwangsläufig wegen des Handeltreibens mit Betäubungsmitteln verurteilen.

Für die Rückfahrt von Koblenz wählte ich statt der Autobahn die Strecke durch das Mittelrheintal. Die dauert etwas länger, ich kann aber besser nachdenken, wenn ich an einem Fluss entlangfahre. Der Rhein ist so imposant, dass die Ideen nur so sprudeln, wenn ich ihn betrachte.

Meine Gedanken wichen bald von Alexander Nagorsnik ab und befassten sich mit Danny Berlandy, genauer gesagt seinem Prozess. Marcel Gallert wartete auf Informationen. Ich musste ihn mir irgendwie nützlich machen. Keine leichte Aufgabe. Schließlich hing möglicherweise der Ausgang des Arbeitsgerichtsprozesses von der Frage ab, was die Gegenseite über das Frettchen von mir erfuhr.

Das Festlegen einer Prozesstaktik ist nicht ganz einfach. Es ist sogar eine der schwierigsten Aufgaben in der Juristerei. Laien machen sich nie eine zutreffende Vorstellung davon. Nach ihrer Auffassung ist der Anwalt nur ein geschulter Redner, ein „Leihmaul", wie der Kreuznacher Volksmund sagt. Außerdem leben sie in dem Irrglauben, die Gerechtigkeit werde schon siegen, wenn der Anwalt nur viel redet. Ich bemühe dann gerne das Bild eines Baumes, um den Ablauf eines Gerichtsverfahrens zu verdeutlichen. Die Klage, die man einreicht, gleicht der Nuss, die vergraben wird. Sie kann noch in der Erde verkümmern oder einen monströsen Stamm bilden mit endlosen Ästen und Zweigen. Die gute Prozessvorbereitung erfordert präzises Vorausdenken. Jede mögliche Verästelung muss zumindest erwogen werden, sonst kann es passieren, dass ein morscher Ast bricht. Ebenso wäre es ein Fehler, sich bis zum äußersten Wipfel vorzukämpfen, denn dann stürzt man höchstens ab, Früchte finden sich dort nicht.

Der geschickte Anwalt sucht dem Eichhörnchen gleich diesen Nussbaum ab von Ast zu Ast nach faulen oder gesunden Nüssen. Erst wenn er jeden Schritt gedanklich vorweggenommen hat, kann er dem Mandanten raten, den Stamm hinaufzuklettern, um auf einem genau ausgezeichneten Weg die beste Nuss zu finden.

Exakt so ging ich vor, während mein Auto am Rhein entlang rollte. Was ich fand, war eine harte Nuss nach der anderen. Viel zu knacken.

Über Marcel Gallert wollte ich für die Gegenseite eine falsche Fährte durch das Geäst des Prozesses legen. Leider hatte ich wenig in der Hand, nur ein paar Andeutungen, welche Danny Berlandy gemacht hatte. Davon am leichtesten nachprüfbar schien mir der angeblich wegen eines Funkmastes verzögerte Gerüstbau. Nach einer kurzen Rückfrage über Mandy steuerte ich nach Erreichen des Stadtgebietes ein Hochhaus am Agnesienberg an. Dort sollte das Gerüst gestanden haben, welches Dr. Himmelsbach und Krollmann sich mit Vorzugsleistungen der Telefongesellschaft versilbern ließen.

Das Hochhaus, das ich dort vorfand, bot nicht unbedingt Traumwohnungen. Ich kannte die Adresse zur Genüge aus meinen Strafakten. Dennoch war die Wohngegend sehr nett. Eine kontrollierte Sprengung hätte das Grundstück durchaus im Wert gesteigert.

Während ich noch überlegte, welche der zahlreichen Klingeln ich drücken sollte, öffnete sich schon die Tür, und eine Frau mittleren Alters trat heraus. Sie würdigte mich keines Blickes.

„Guten Tag", grüßte ich freundlich. „Gibt es hier einen Hausmeister?"

„Appartement 3, Erdgeschoss, letzte Tür links."

Es interessierte sie nicht, wer dieses Haus betrat. Daran erkennt man die wirklich anonymen Adressen. Wenn die Menschen in ihr Haus eintreten wie in eine Behörde, wenn sie nicht mehr fragen, wer dort Zutritt begehrt, dann wächst das Ghetto auch in einer Stadt wie Bad Kreuznach.

„Ich danke für die Auskunft", rief ich der Frau noch hinterher. Sie reagierte nicht darauf.

Im angegebenen Appartement wohnte ein Mann mit dem Namen Ewald. Ich hielt es für einen Nachnamen, doch als er mir die Tür öffnete, fand ich, dass dies auch ein passender Vorname für ihn war. Ewald ähnelte einem bekannten Fernsehhausmeister, trug Latzhose mit blauem Arbeitskittel sowie einen Hut aus Cord. Sobald er die Tür öffnete, versuchte ich ihn einzuschätzen, was nicht schwerfiel.

Beim Auftreten unter einer falschen Identität sind zwei Personengruppen auseinanderzuhalten. Die einen reagieren fast unterwürfig auf staatliche Autorität, die anderen geradezu allergisch. Dementsprechend ist entweder der Auftritt als Beamter Erfolg versprechend oder das Andeuten einer leicht anarchistischen Gesinnung. Der Hausmeister mit dem Namen Ewald wäre sicher nicht begeistert gewesen, von dem Vertreter einer Bürgerinitiative gegen Mobilfunkstrahlung bei seiner wichtigen Arbeit gestört zu werden.

„Guten Tag, ich komme vom städtischen Kämmereiamt", stellte ich mich darum vor. „Wir überprüfen, ob die Standgebühren für Baugerüste ordnungsgemäß abgeführt wurden. Es gibt Hinweise auf überlange Standzeiten an diesem Gebäude."

Ewald der Hausmeister schluckte. Unregelmäßigkeiten in seinem Verantwortungsbereich – eine Katastrophe.

„Nit so laut. Komme' Se emo rin." Er schloss die Tür hinter uns. „Um was geht's?"

„Ich muss möglicherweise eine Überstandsgebühr für dieses Anwesen erheben. Sie wissen doch sicher, dass für das Aufstellen von Baugerüsten Gebühren anfallen, welche nach Höhe, Breite und Standzeit bemessen werden." Ich schaute ihn streng an. Er nickte wissend. Offenbar war er schlauer als ich. Zwar hielt ich unsere Kämmerei für sehr einfallsreich, auf die Erhebung von Standgebühren für Baugerüste auf eigenem Grund und Boden war man jedoch selbst dort noch nicht gekommen.

„Es gibt Anhaltspunkte dafür, dass eine Einrüstung an diesem Gebäude nicht vollständig deklariert wurde", schwafelte ich weiter in bestem Beamtendeutsch. „Sie sind als Bewohner dieses Anwesens auskunftspflichtig. Die Verletzung der Auskunftspflicht ist bußgeldbewehrt."

Ewald unterdrückte den Reflex, seine Hände an die Hosennaht zu legen.

„Letztes Jahr hat man hier die Außenfassade saniert", bohrte ich weiter. „Das Gerüst wurde lediglich für vier Wochen gemeldet. Aufgrund von Hinweisen aus der Bevölkerung wissen wir, dass die Standzeit nicht unerheblich überschritten wurde."

Er nickte. Ertappt.

„Es stand zwei Monate länger als ursprünglich geplant", gestand er mir schuldbewusst.

„Wer hat das veranlasst?"

„Siegbert Krollmann, der Hausverwalter."

„Soso. Bedenklich. Zwei Monate. Gibt es Gründe dafür? Möglicherweise kann der Überstandszuschlag, der nicht identisch ist mit der Überstandsgebühr, wieder erlassen werden, sofern die Standzeitenüberschreitung sachlich zu rechtfertigen ist. Dies wiederum ist insbesondere dann der Fall, wenn die Gründe, die zur Entstehung der Überstandsgebühr führen, im öffentlichen Interesse gelegen haben."

Hausmeister Ewald dachte angestrengt nach.

„Das Gerüst wurde benötigt, damit auf dem Dach Sendemasten aufgebaut werden konnten. Zum Telefonieren."

„Also eine Maßnahme zur Förderung der mobilen Erreichbarkeit der Bevölkerung?"

„Ja. Reicht das?"

„Das ist ein ausreichender Grund", beruhigte ich ihn. „Der Überstandszuschlag fällt schon mal weg."

Er atmete auf.

„Wegen der Überstandsgebühren ergeht demnächst gesonderter Bescheid. Das war es schon, was ich wissen wollte. Namens des Kämmereiamtes danke ich für Ihre Kooperationsbereitschaft. Sie haben uns einen großen Dienst erwiesen."

Schon wandte ich mich ab, um die Wohnung zu verlassen. Noch bevor ich die Tür erreichte, hatte Ewald der Hausmeister sich aber wieder gefasst. Er konnte deshalb zumindest die Frage stellen, die ihn nun brennend interessierte.

„Wer hat Ihnen das eigentlich verraten?"

„Das darf ich natürlich nicht sagen. Die Hinweise kamen hier aus dem Haus."

Sofort hatte er einen Verdacht.

„War es diese Lola aus dem sechsten Stock?"

Ich zuckte mit den Schultern.

„Dienstgeheimnis", erklärte ich und zog die Tür hinter mir zu.

Wieder alleine im Flur, überlegte ich, was jetzt gewonnen war. Danny Berlandy hatte mich wohl zutreffend informiert, doch einen Prozess konnte ich damit noch nicht gewinnen. Allerdings schien mir der Hinweis auf eine Lola im sechsten Stockwerk noch interessant. Kurzerhand fuhr ich mit dem Aufzug nach oben. Dort ging ich die Flure ab, bis ich eine Tür mit einem kleinen roten Herzen entdeckte. Nichts anderes hatte ich erwartet.

Die Frau, die mir auf mein Klingeln öffnete, war noch im Morgenmantel, dafür aber bereits komplett geschminkt.

„Hallo", flötete sie und bat mich in ihr Appartement. Ein orientalisch-süßlicher Duft waberte mir entgegen. Sie geleitete mich ins Wohnzimmer auf ein Plüschsofa und lächelte mich vielversprechend an.

„Ein Gläschen Sekt?"

„Gerne."

Ich lehnte mich entspannt in die Kissen, wobei ich ihr nachsah, wie sie auf ihren High Heels zur Küche stolzierte. Als sie zurückkehrte, hatte sie den Morgenmantel gegen eine Seidenstola vertauscht. Darunter trug sie Dessous. Es war eine sehr attraktive Frau, die mir nun eine Sektflöte reichte und klingend mit mir anstieß.

„Ich bin Lola. Und du?"

Der Sekt war nicht gerade brut, nicht einmal annähernd trocken. Die Kohlensäurebläschen hatten auch eher einen trägen Tag. Wahrscheinlich stand die Flasche noch vom Vorabend im Kühlschrank.

Lola kicherte ein wenig. Dann stellte sie ihr Glas zur Seite, legte eine Hand auf mein Knie und blickte mir verheißungsvoll tief in die Augen.

„Nenne mir deine Wünsche?", hauchte sie.

Ihre Seidenstola war – sicher nicht ganz unabsichtlich – seitlich herabgerutscht. Ich nippte nochmals an dem Sekt in der Hoffnung auf die nötige Inspiration.

„Möchtest du nicht mit mir reden?", fragte Lola mit erneutem Kichern.

„Vielleicht nennst du mir wenigstens deinen Namen?"

„Ich bin Anwalt", begann ich mit trockener Kehle.

„Das ist nicht schlimm. Du kannst dich auf meine Diskretion verlassen."

„So meinte ich das nicht. Es geht mir eher darum, dich über meine Absicht nicht im Unklaren zu lassen."

„Selbstverständlich kannst du ganz frei mit mir reden, Schatz. Ich kenne das Business schon lange genug."

Nochmals trank ich von dem Sekt, wobei mir klar wurde, dass diese Dame weder auf den Beamtentrick noch auf die Bürgerinitiative hereinfallen würde. Dafür war sie zu clever, auch wenn sie sich bewusst den Anschein eines Dummchens gab. Mein Problem bestand darin, dass ich nicht wusste, was ich hier eigentlich wollte. Es fehlte mir an einem Plan. Außerdem wollte ich nicht völlig planlos das Naheliegende wählen. Darum entschied ich mich kurzerhand für eine weitere Scharade.

„Siegbert Krollmann hat mich geschickt", log ich.

Augenblicklich verschwand das Lächeln aus ihrem Gesicht. Sie griff nach ihrer seidenen Stola, um wenigstens das Notwendigste wieder zu bedecken. Sehr zu meiner Enttäuschung.

„Sie können ihm ausrichten, dass ich zum Monatsende ein anderes Appartement gefunden habe."

Schlagartig wurde mir alles klar. Ich ging aufs Ganze.

„Und was ist mit der restlichen Miete?"

Sie wirkte entrüstet, legte ihre Hände an die Brüste und hob diese kurz an.

„Er hat immer bekommen, was vereinbart war."

„Also in natura."

Nach ihrem Lächeln legte sie nun auch jede Freundlichkeit ab.

„Trink aus und verschwinde. Du kommst nicht von Krollmann, sondern du bist ein Schnüffler. Was willst du hier? Bist du von der Steuer?"

„Nein. Ich bin in der Tat Anwalt. Mein Mandant führt einen Prozess gegen Siegbert Krollmann, genauer gesagt gegen die Cruceniastiftung. Ich bin auf der Suche nach Informationen, die mir helfen könnten, Krollmann unglaubwürdig zu machen."

„Wie kommst du gerade auf mich?"

„Der Hausmeister hat dich erwähnt, sobald der Name Krollmann fiel."
Sie überlegte lange, wobei sie mich nicht aus den Augen ließ.
„Hast du eine Karte?"
„Ja, aber nicht greifbar. Willst du meinen Anwaltsausweis sehen?"
Ich griff nach meinem Portmonee.
„Lass gut sein", meinte Lola. „Ich glaube dir. Aber das bedeutet nicht, dass
ich dir hier einfach Auskünfte gebe. Ich verdiene mein Geld nicht mit Re-
den."
„Verständlich. Zwanzig?"
„Lächerlich."
„Das Doppelte?"
„Mindestens einen Fuffi."
Seufzend blätterte ich ihr den Schein hin, den sie sofort vom Tisch nahm.
Üblich ist, dass das Geld auf dem Tisch liegen bleibt, bis der Zeuge alles er-
zählt hat, was er weiß. Zug um Zug, nennt man dies. Lola hingegen betrieb
Vorkasse. Offensichtlich ging in diesem Moment die berufliche Routine mit
ihr durch.
„Was ich dir sage, bleibt unter uns. Es wäre sowieso besser, wenn du den Fall
niederlegst. Wahrscheinlich ist dir nicht klar, mit wem du dich anlegst."
„Der Tipp war keine 50 Euro wert."
Sie grinste anzüglich und spielte ein wenig mit ihrer Stola. Ich schüttelte mit
dem Kopf.
„Wie du meinst. Du hättest mehr bekommen können für dein Geld."
„Mir reichen die versprochenen Informationen."
„Selbst schuld. Was genau möchtest du wissen?"
„Trifft es zu, dass Krollmann dir diese Wohnung hier kostenlos überlässt?"
„Kostenlos nicht. Wie ich dir schon sagte, bekommt er durchaus eine Ge-
genleistung."
„Selbstverständlich. So meinte ich es auch. Aber es wird deinerseits kein
Geld gezahlt."
„Das trifft zu."
„Warum ziehst du aus?"
„Weil er die Zahlungen eingestellt hat. Offensichtlich ist er meiner überdrüs-
sig geworden. Das erlebt man öfter bei diesen Herren. Sie benutzen uns nur.
Wahrscheinlich hat er bereits meine Nachfolgerin in einer anderen Wohnung
einquartiert und benötigt nun dieses Appartement, um die Übernächste an-
zulocken."
„Von welchen Zahlungen redest du jetzt?", wollte ich wissen. „Ich hatte es
so verstanden, dass die Wohnung seine Gegenleistung ist."

Sie hob erneut mit vollen Händen ihre Brüste an, als müsse sie diese zurechtrücken. Es schien so etwas wie das Pendant zur Geste der Männer zu sein, die sich bei zotigen Gesprächsthemen im Schritt kratzen.

„Zwei Termine im Monat hat er frei. Aber das war ihm zu wenig, jedenfalls bisher. Deshalb hat er mir noch Gelder zukommen lassen aus irgendeinem Fond. Genau habe ich das nicht verstanden. Er wollte nur eine Quittung, dann gab es Bargeld. Warum hätte ich das hinterfragen sollen?"

„Was stand auf der Quittung?"

„Nichts. Ich habe blanko quittiert."

Nun bekam sie doch Gewissensbisse.

„Warum erzähle ich dir das eigentlich? Ich möchte nicht, dass es mir wie Mona geht."

Was ich am Rotlichtmilieu so unsäglich langweilig finde, sind diese immergleichen Namen, die dort auch noch als Künstlernamen bezeichnet werden.

„Auf wen läuft der Mietvertrag für dieses Appartement?"

„Vermieter ist die Cruceniastiftung."

„Hast du noch weitere Kunden, die dich auf Kosten der Stiftung besuchen?"

„Nein. Er hat mir einmal etwas erzählt von einem Himmelsbacher oder so. Das war ganz zu Anfang unserer Beziehung. Männer sind ja manchmal sehr redselig, verstehst du?"

Ein Lächeln flog über ihr Gesicht.

„Dieser Himmelsbacher macht es wohl genauso. Allerdings nutzt er andere Wohnungen."

„Gut. Dann noch eine letzte Frage. Würdest du das als Zeugin vor Gericht aussagen?"

„Ganz klar nein."

„Warum?"

„Schätzchen, bist du wirklich so naiv oder tust du nur so? Möglicherweise hast du als Anwalt weniger zu befürchten. Aber unsereiner weiß genau, wann es besser ist, den Mund zu halten. Ich würde es gerne sehen, wenn jemand diesem Krollmann das Handwerk legt. Nur deshalb unterhalte ich mich überhaupt mit dir. Aber zieh mich nicht mit hinein."

„Sonst?"

„Frag doch Mona. Sie müsste jetzt am Güterbahnhof arbeiten. Und nun hast du genug gefragt. Deine Zeit ist um."

Als ich gehen wollte, ließ sie wie zufällig die Seidenstola wieder herabrutschen. Die verführerische Aussicht, die sich mir bot, lenkte mich kurz von meinen Gedanken ab. Sofort hatte sie es bemerkt.

„Das waren viele Fragen, Herr Anwalt. Kann ich sonst noch etwas für dich tun?"

„Vielleicht komme ich wieder, wenn mir noch weitere Fragen einfallen."

„Hast du sonst keine Bedürfnisse?"

Während sie noch damit beschäftigt war, erneut ihre sichtbaren Qualitäten hervorzuheben, eilte ich schon zum Aufzug. Unten stand Ewald der Hausmeister. Er lüpfte mit der Rechten seinen Cordhut und schaute zugleich auf die Uhr an seinem linken Handgelenk. Was er dachte, war ihm deutlich anzusehen, doch es störte mich nicht. Jedenfalls nicht, solange er mich für einen Beamten der städtischen Kämmerei hielt.

Am Güterbahnhof traf ich gleich auf vier Damen. Sie boten mir Kaffee an, den ich ablehnte, um nicht erneut als Kunde angesehen zu werden.

„Wer von euch ist Mona?", fragte ich.

Drei Frauen zogen sich diskret zurück.

„Kommst du auf Empfehlung?", fragte Mona. Sie trug einen Bikini und Stöckelschuhe, war von sehr schlanker Figur, schwarzhaarig und hatte einen dunklen Teint. Anders als Lola strahlte sie nicht solch eine fröhliche Grundstimmung aus. Mein Eindruck war eher der, einer völlig unbeteiligten Person gegenüberzusitzen. Ihre Augen blickten ins Leere. Es gab hier keine Rolle, mit der ich sie hätte übertölpeln können. Wenn überhaupt würde ich sie nur mit Ehrlichkeit zum Reden bringen.

„Mein Zimmer ist oben", sagte sie.

Dazu hielt sie mir eine Preisliste hin, welche die gängigsten Praktiken auswies.

„Sonderwünsche auf Anfrage", stand unter den Preisen.

„Du kommst auf Empfehlung?", wollte Mona nochmals wissen.

„So könnte man es sagen."

„Wie viel möchtest du ausgeben?"

„Ich möchte dir nur eine Frage stellen. Kennst du einen Siegbert Krollmann?"

Monas Augen flackerten kurz auf. Sie griff sich eine Zigarette und begann zu rauchen.

„Du siehst nicht aus wie jemand, der von Krollmann geschickt wird."

„Wieso?"

„Du könntest keiner Fliege etwas zuleide tun."

„Danke", antwortete ich. Ob dies als Kompliment oder Beleidigung zu verstehen war, erschloss sich mir nicht ganz.

„Ich bin Rechtsanwalt. Meine Aufgabe ist, gegen Krollmann vorzugehen. Man sagte mir, du hättest Erfahrungen mit ihm gemacht."

„Wer sagt das?"

„Jemand, dessen Namen ich genauso wenig nennen möchte wie deinen."

„Es ist schon zwei Jahre her", meinte Mona tonlos. „Wen interessiert das noch?"

„Was ist zwei Jahre her? Und wie sieht jemand aus, der von Krollmann geschickt wird?"

Die Frau zog den Rauch ihrer Zigarette tief ein und drückte den Stummel in den Aschenbecher, ohne fertig zu rauchen.

„Sie kamen zu dritt, sie blieben die ganze Nacht. Als sie es selbst nicht mehr konnten, nahmen sie Flaschen, einen Besenstiel, ein abgebrochenes Tischbein. Noch Fragen?"

Mona erhob sich und ging zu einer Tür.

„Soll ich eine Kollegin von mir zu dir bitten? Oder waren das deine Wünsche?"

„Ich habe verstanden", sagte ich.

„Nein, du verstehst gar nichts. Dort ist der Ausgang. Ich nehme an, du findest alleine hinaus."

So verließ ich dieses Etablissement. Es blieb ein schaler Beigeschmack, den ich umgehend mit einem Glas Wein zu bekämpfen dachte. Kaum saß ich im Auto, rief mich Marcel Gallert an. Mein erster Gedanke war, dass die Stiftung mich beschattete. Doch ich verwarf es als Hirngespinst.

„Guten Tag, Herr Rechtsanwalt Dexheimer. Können wir uns irgendwo treffen?"

„Kurz. Ich habe nicht viel Zeit."

Wir vereinbarten einen Treffpunkt, von dem ich wusste, dass ich dort auch einen brauchbaren Wein bekommen würde.

Das Frettchen drückte sich sehr nebulös aus.

„Es sieht so aus, als ob ich Material bekommen würde, mit dem Sie Ihren Mandanten entlasten können."

„Was für Material?"

„Das weiß ich selbst noch nicht. Möglicherweise gibt es Hinweise auf den Verbleib der fehlenden Gelder. Hinter den Kulissen der Stiftung fliegen die Fetzen. Aber ich möchte da noch nicht zu viel versprechen."

„Dann hoffe ich, dass Ihre Quellen noch vor dem nächsten Prozesstag liefern. Mir läuft die Zeit davon."

Er trank einen hastigen Schluck Bier. Der Schaum blieb in seinem Bart hängen, ohne dass er ihn abwischte. Sein Blick wanderte verstohlen umher, dann kam er zum Grund des Treffens.

„Was ist, wenn ich die angekündigten Unterlagen nicht bekomme? Haben Sie etwas in der Hand gegen Dr. Himmelsbach?"

„Gegen Himmelsbach nicht, aber gegen Krollmann."

„Bestens. Was haben Sie herausgefunden?"

„Krollmann stellt Wohnungen der Stiftung für gewerbliche Zwecke an Frauen zur Verfügung. Die Miete lässt er sich in natura zahlen."

Gallert grinste breit und ließ seine Frettchenzähne sehen. Dann zückte er seinen Notizblock.

„Wo sind diese Wohnungen?"

„Das muss ich erst noch herausfinden. Aber ich weiß bereits von fünf verschiedenen Appartements in den letzten Jahren. Es ist ziemlich aufwändig, die Damen zu ermitteln. Ob sie dann auspacken werden, weiß ich auch nicht."

Er leckte sich gierig die Lippen.

„Ich kann Ihnen helfen. Sie haben sicher nicht so viel Zeit wie ich, sich um diese Dinge zu kümmern."

„Das wäre wirklich sehr nett von Ihnen", nahm ich sein Angebot zum Schein an „Doch es ist nicht viel, was ich habe."

„Das ist nicht schlimm. Journalisten kennen das. Was genau haben Sie denn?"

„Eigentlich nur einige Namen. Es soll da eine Lisa geben, eine Jenny, eine Olga und eine Rosi. Außerdem noch eine dunkelhäutige Frau. Die Appartements liegen angeblich im Musikerviertel, wenigstens einige von ihnen."

„Richard-Wagner-Straße?"

„Genau. Und Brucknerstraße. Weiter bin ich noch nicht. Aber sobald ich mehr weiß, gebe ich Ihnen Bescheid."

Gallert kritzelte auf seinem Block herum.

„Wer sind Ihre Quellen? Bei wem kann ich recherchieren?"

Ich setzte eine tief betrübte Miene auf.

„Die meisten sind leider Mandanten, die darf ich nicht benennen. Dazu kommt noch ein Stadtratsmitglied, dem ich ebenfalls Vertraulichkeit zusichern musste. Sie wissen ja sicher, wie das ist."

„Verstehe." Seine Enttäuschung war ihm anzumerken. „Dann werde ich mich umgehend an die Arbeit machen. Sobald Sie mehr wissen, sollten Sie mich unbedingt anrufen."

„Das werde ich tun. Selbstverständlich. Sie sind der Erste, den ich informiere."

Schon war er verschwunden und ließ mich sogar noch sein Bier bezahlen. In der Folgezeit hielten wir dann losen Kontakt, der seltsamerweise immer damit begann, dass er mir wie zufällig über den Weg lief. Die weiteren Informationen, die er mir zugesagt hatte, blieben unbestimmt. Jedenfalls versprach er mir jedes Mal, es werde ihm sicher gelingen, Belastungsmaterial gegen Dr. Himmelsbach zu beschaffen. Seine Auftraggeber seien zuverlässig, der Überraschungsfaktor sei gewiss. Mir wäre es lieber gewesen, er hätte zumindest Entlastungsmaterial für Danny Berlandy angekündigt. Es behagte mir nämlich nicht, dass der Prozess meines Mandanten für eine Intrige innerhalb der Stiftung nutzbar gemacht werden sollte.

Während ich meinen Wein leertrank, wunderte ich mich darüber, wie bereitwillig er mir die Story von fünf Frauen und diversen Appartements abgenommen hatte. Für denkfaul hielt ich ihn eigentlich nicht, weshalb ich annehmen musste, dass der wahre Kern der Geschichte ihm bereits bekannt war. Ein Umstand, den ich in der Kanzlei mit Mandy erörterte.

Wir waren uns auf Anhieb einig, dass meine Erkenntnisse hinsichtlich der Umtriebe Krollmanns wertlos waren. Sie an das Frettchen zu verfüttern, war die beste Lösung gewesen. Was soll man sonst anfangen mit einem Wissen, für das man keine Beweise hat?

Der Gegner im Prozess muss angesichts solcher Vorwürfe nur einen Satz sagen: „Ich bestreite das." Schon wird aus der exklusiven Information ein veritables Problem. Entweder man benennt seine Zeugen oder man sieht sich einer Verleumdungsklage ausgesetzt. Selbst wenn man die Zeugen zum Erscheinen zwingt, streiten sie bestenfalls alles ab. Eine Frau wie Mona lässt sich nicht davon beeindrucken, dass der Staat ihr die Zeugenpflichten vorliest.

„Was können wir noch tun, um die Erfolgsaussichten für Danny wenigstens etwas zu verbessern?", wollte Mandy wissen.

„Ich fürchte, wir haben unsere Munition bereits verschossen. Mit sehr viel Glück wird Siegbert Krollmann als Zeuge zurückgezogen. Möglicherweise glaubt die Stiftung ja wirklich, ich wäre so wahnsinnig, ihn im Zeugenstand zu diesen Frauengeschichten zu befragen. Wahrscheinlicher ist jedoch, dass sie ihn eiskalt aussagen lassen. Entweder vertrauen sie darauf, dass das Gericht entsprechende Fragen unterbindet, oder Krollmann wird ganz abgebrüht lügen. Es reicht doch schon ein einfaches Nein. Wenn er alles abstreitet, können wir ihn nicht überführen."

„Dann wird Danny den Prozess verlieren?"

Ich nickte. Mandy nahm es mit der üblichen Selbstbeherrschtheit zur Kenntnis, bevor sie ganz sachlich zur Tagesordnung überging.

„Es liegen noch einige Fälle mit Dringlichkeitsvermerk in ihrem Büro. Der Tag ist fast vorbei."

Kurz danach saß ich an meinem Schreibtisch, um einen Stapel Akten abzuarbeiten. Denn das ist unsere eigentliche Arbeit, auch wenn der Beruf an diesem Tag einmal wieder das ganze Spektrum seiner Möglichkeiten gezeigt hatte. Von der Polizeistation bis zum Bordell hetzt der Strafverteidiger mal hierhin, mal dorthin, stets auf der Suche nach der Wahrheit. Schließlich ist sie es, welche die Dampfkessel der Justiz befeuert. Wahrheit gilt es zu finden, nicht Gerechtigkeit. Untrüglich ist nur, was wahr ist, darum sollte der Anwalt sich nie von der Frage leiten lassen, welches Ergebnis gerecht wäre. Darüber hat ohnehin jeder eine andere Meinung. Gerechtigkeit ist eine Frage des Blickwinkels, der eigenen Erfahrungen oder der persönlichen Vorlieben. Es gibt sie nicht als einen Wert an sich. Schon der Versuch, gerecht zu sein, birgt die Gefahr, jemandem Unrecht zu tun. Dies gilt umso mehr, wenn die fadenscheinige Gerechtigkeit der Gesetze bemüht wird. Auch das Gesetz ist nur ein Versuch der Gerechtigkeit. Hin und wieder funktioniert es, oft aber auch nicht.

Deshalb sage ich, dass die Wahrheit das Ziel der Verteidigung sein muss. Sie ist unbestechlich, sie existiert tatsächlich, sie kann nicht manipuliert werden, da sie etwas schon Geschehenes ist. Niemand kann Geschehenes ungeschehen machen. Der Anwalt, der die Wahrheit gefunden hat, hält den Fall in der Hand. Er muss nur noch entscheiden, ob er sie aufdeckt oder vertuscht.

Spät am Abend stand ich wieder einmal vor dem Problem, nicht zu wissen, warum ich nach Hause gehen sollte. Ich löste es, indem ich mich für einen Wein im Grünen Punkt entschied. Wie meistens lief dort der Fernseher. Die Gäste schauten begeistert zu, wie ein Wal auf einsamer See eine Wasserfontäne in die Luft blies, bevor er mit mächtigem Flossenschlag verschwand. Dazu berichtete eine Reporterin, dass bestimmte Nationen diese Tiere gerne wieder vermehrt jagen würden.

„Eine Schande ist das", kommentierte der weißhaarige Rentner am Stammtisch. Sein zahnloser Kollege pflichtete ihm bei.

„Nur weil die Japaner unbedingt Walfleisch essen wollen, werden diese Tiere nach und nach ausgerottet. Wir haben doch so viele Gesetze. Warum unternimmt denn niemand etwas dagegen?"

Das war zweifelsohne ein Fall für Julius Dexheimer. Wie jeder Anwalt in dieser Republik bin ich allzeit bereit, den Rechtsstaat gegen alle Zweifler zu verteidigen. Ganz besonders liebe ich es, den Menschen zu erklären, weshalb die Welt noch schlechter ist, als sie es befürchten. Außerdem sind Gesetze das ureigenste Fachgebiet der Rechtsanwälte, besonders wenn es gar keine Gesetze sind, sondern internationale Verträge. Wie diese Gebilde im komplizierten Zusammenspiel der Nationen sowie unter Berücksichtigung etlicher Einzelinteressen entstehen, kann niemand besser als die Anwaltschaft dem einfachen Bürger erklären. Wir haben zwar in der Praxis kaum damit zu tun, doch im Rahmen der Ausbildung steht irgendwann auch das Völkerrecht auf dem Plan. Ich konnte mich noch gut daran erinnern, wie ich die Vorlesung mit einer hübschen Kommilitonin schwänzte. Jeden Mittwochmorgen zwischen neun und elf Uhr. Bis auch das langweilig wurde. Nichts bereitet schneller Überdruss als die Routine.

„Weiß irgendjemand hier, was die internationale Walfangkommission ist?", fragte ich in die Runde.

Ebenso interessierte wie unwissende Blicke richteten sich auf mich. Ich genoss es, im Mittelpunkt zu stehen und trank sehr bedächtig einen Schluck Wein.

„Die Walfangkommission ist ein Musterbeispiel dafür, wie Politik funktioniert", erklärte ich. „Wer versteht, wie die Walfangkommission arbeitet, der versteht auch, wie bei uns im Lande Gesetze gemacht werden, egal auf welcher Ebene."

„Dann erkläre es uns doch", stieß der Wirt mich an, worauf ich ihm einen vorwurfsvollen Blick zuwarf.

„Politik ist ein sehr schwieriges Geschäft, das bedarf genauer Analyse. Die Walfangkommission ist deshalb so ein treffendes Beispiel, weil dort nicht mehrere Interessen zum Ausgleich gebracht werden müssen, sondern nur zwei. Die einen wollen abknallen, die anderen nicht. Bei sonstigen politischen Themen ist das selbstverständlich noch viel komplizierter."

„Dann fangen wir eben mit der einfachen Version an", riefen die Rentner am Stammtisch gleichzeitig. Ich hatte ihr Interesse geweckt, weshalb mir nun die notwendige Aufmerksamkeit für einen Monolog zuteilwurde.

„Der Interessenausgleich beim Walfang funktioniert folgendermaßen", erklärte ich: „Irgendwann haben sich die Staaten einmal darauf geeinigt, dass die Frage, ob die Wale gejagt werden oder ob nicht, durch Mehrheitsbeschluss dieser schon erwähnten Kommission festgelegt wird. Was nicht geregelt wurde, ist, wer überhaupt in diesem Gremium mit abstimmen darf. Deshalb ist es möglich, das Abstimmungsergebnis zu manipulieren, was eine der wichtigsten Voraussetzungen für eine erfolgreiche Politik ist."

Der Wirt kniff die Augen zusammen.

„Ich kann dir im Moment nicht ganz folgen. Wer darf denn nun hinein in die Kommission?", wollte er wissen.

„Ganz einfach", erklärte ich. „Jeder. Deshalb entsendet seit neuestem die Mongolei Vertreter dorthin und stimmt so ab, wie Japan das will. Ob es in der Sprache der Mongolei überhaupt ein Wort für die Meeressäuger gibt, darf bezweifelt werden.

Ebenfalls großes Interesse am Schicksal der Wale hat plötzlich die Zentralafrikanische Republik, ein Land, das praktisch nur aus Wüste besteht. Immerhin haben deren Vertreter wenigstens zugegeben, dass sie im Gegenzug „Entwicklungshilfe" von den Walfangnationen erhalten. Wir Deutschen sind natürlich wieder auf der Seite der Guten. Wir kämpfen entschieden gegen den Abschuss der Wale, allerdings mit Argumenten, nicht mit Geld. Niemals würden wir die Stimmen einer bedeutenden Walfangnation wie etwa Nepal einfach aufkaufen."

„Kein Wunder", bemerkte der Wirt. „Unser Geld müssen wir schließlich zur Stützung des Euros ausgeben."

„Ein sehr guter Hinweis", lobte ich ihn. „Es soll nämlich in der Ägäis Staaten geben, die sitzen in der Kommission, sind aber bankrott und konnten deshalb ihre Beiträge nicht zahlen. Die dürfen dann nicht mit abstimmen, was sich als tödlich für die Wale erweisen könnte, wenn es auf eine Stimme ankommt. Glücklicherweise kommt es aber nie zu einer Kampfabstimmung, weil immer im letzten Augenblick noch eine Lösung gefunden wird. Die sieht zum Beispiel so aus, dass die Walfangschützer behaupten, die Wale wären ausreichend geschützt. Die Walfangnationen bestätigen das, sehen aber in der bestehenden Regelung genügend Ausnahmen. Die Waljagd wird scheinbar, aber nicht wirklich verboten. Damit sind alle glücklich und klopfen sich auf die Schulter, was sie erreicht haben."

Der weißhaarige Rentner nickte zustimmend mit dem Kopf. Dann hielt er plötzlich inne, schaute zuerst den Zahnlosen an, dann mich und kratzte sich schließlich am Kopf.

„Eines ist mir jetzt nicht klar." Er blickte umher, ob nicht ein anderer dieselbe Frage hatte. „Welche Rolle spielt denn in der Kommission der Wal selbst? Gibt es mittlerweile wieder genug davon oder müssen wir diese Tiere noch schützen?"

„Das", belehrte ich ihn mit erhobenem Zeigefinger, „nennt man eine Sachfrage. Sie ist grundsätzlich unerheblich, denn sie verhindert die Entscheidungsfindung. Sachfragen darf man am Beginn der Diskussion zwar stellen, das Beharren auf Antworten wäre aber eine politische Dummheit. Dadurch würde nämlich möglicherweise ein Kompromiss gefährdet."

„Aber es geht doch um die Wale. Oder habe ich das falsch verstanden?"

„Nein, es geht darum, wie die Kommission sich auf ein Ergebnis einigen kann, mit dem jedes Land leben kann. Sachfragen sind für die Kommission völlig unerheblich. Deshalb sage ich doch: ein Lehrstück über Politik."

Nach dieser umfangreichen Erläuterung ließ ich mir zufrieden noch ein Glas Wein servieren. Ich sah, wie die beiden Rentner angespannt darauf lauerten, dass ich noch etwas hinzufügte. Meine Auskunft war unbefriedigend. Keiner wollte mir so recht glauben, fürchtete insgeheim, dass Politik wirklich so funktionierte, wie ich es erklärt hatte. Deshalb griff ich das Thema nicht erneut auf. Schließlich sollen die Menschen ihrem Anwalt vertrauen und nicht ihren Politikern.

4. Kapitel

Wozu empfohlen wird:
GRÜNER SILVANER SPÄTLESE TROCKEN
Weingut Wolfgang Schneider, Guldental

Nach einer deftigen Weinprobe erwachte ich gegen acht Uhr morgens und war durstig. Wenn man die Degustation mit Rotwein beendet, trocknen einem die Tannine die Kehle aus. Ein beständiges Brennen im Hals forderte Wasser. Aber da war noch etwas, das störte. Bei der Suche nach einer Flasche Mineralwasser fiel es mir auf. Mein Handy klingelte. Es war KHK Schulz.

„Stets zu Diensten des Staates und des Volkes", meldete ich mich mit heiserem Timbre.

„Was ist denn mit Ihrer Stimme passiert? Sind Sie krank?"

„Nein, durstig."

„So früh schon?"

„Ich rede von Mineralwasser."

„Ach so. Na gut. Er hat sich wieder gemeldet."

„Aber heute ist Sonntag."

„Das scheint unseren Entführer nicht zu interessieren. Für heute ist ohnehin eine Aufgabe vorgegeben, die sich nur sonntags bewältigen lässt."

„Das klingt nach Arbeit für Sie, nicht für mich. Ich brauche wenigstens noch zwei Stündchen Schlaf."

„Dann dürfte es knapp werden. Sie haben nämlich um Punkt ein Uhr einen Termin. Kennen Sie die Sonnenberghütte in Guldental?"

„Ja. Das ist von hier aus keine halbe Stunde Fahrzeit. Gute Nacht."

„Sie sollen aber ausdrücklich zu Fuß dort hinauflaufen."

„Von Bad Kreuznach aus zu Fuß?" Ich warf einen entsetzten Blick aus dem Fenster und sah die strahlende Julisonne. Es würde erneut ein brütend heißer Tag werden.

„Nicht von Bad Kreuznach aus. Es gibt in Guldental ein hervorragendes Restaurant, den Kaiserhof. Von dort beginnt für Sie der Weg, wobei es eigentlich nicht sehr weit ist. In einer halben Stunde dürften Sie den Fußmarsch geschafft haben."

„Dann meinetwegen um zwölf Uhr am Kaiserhof. Aber keine Minute früher!"

„Es reicht, wenn Sie pünktlich sind. Kann ich mich darauf verlassen? Sie hören sich so an, als ob Sie die Nacht soeben erst beendet hätten."

„Kreuznacher Nächte sind lang", röchelte ich ins Telefon. „Das ist zwar kein Lied der Wespengarde, aber es entspricht meiner Lebenserfahrung außerhalb des Karnevals. Kann ich jetzt weiter schlafen?"

„Bis ein Uhr können Sie tun, was Sie wollen. Aber denken Sie an den Termin."

Der Weg zur Sonnenberghütte begann – wie sollte es in einem Weindorf wie Guldental anders sein – zwischen zwei Weingütern. Die Sonne stand im Zenit, als ich den Weg zu der Hütte in Angriff nahm. Gleich darauf erreichte ich eine Bahnstrecke, auf welcher sogar ein Zug anrollte. Allerdings fuhr dieser nicht vorbei, sondern hielt vor dem Bahnübergang an. Der Schaffner stieg ab und ließ mit einer Kurbel die Schranke herunter. Dann fuhr der Zug vorüber, hielt erneut an, der Schaffner kurbelte die Schranke wieder herauf und sprang auf den wieder anfahrenden Zug.

„Wunderbar", dachte ich. „Hier hat man noch alle Zeit der Welt."

Ich ging weiter und bemerkte schon bald die nächste Seltsamkeit. Zu meiner Rechten befand sich ein Weinberg mit einem großen Hinweisschild. „Mundraub ausdrücklich erlaubt", stand dort geschrieben.

In meiner Jugend wurden die Weinberge zur Erntezeit gesperrt. Dann herrschte Betretungsverbot für die gesamte Gemarkung. Heutzutage sieht man darüber hinweg, wenn Spaziergänger einige Beeren probieren. Das Sattessen in fremden Weinbergen wird hingegen nicht gerne gesehen. Hier jedoch lautete die Aufforderung ausdrücklich, nach Herzenslust zuzugreifen. Ein interessantes Dorf. Zwar bevorzugte ich die Früchte des Weines vergoren und abgefüllt, doch das Schild lockte mich an. Bei genauerem Hinsehen stellte ich fest, dass ein Philantroph oder ein Weinliebhaber, was prinzipiell das gleiche ist, hier insgesamt 170 Weinsorten angepflanzt hatte. Alles zur freien Verkostung. Ich überlegte, wann ich zuletzt eine Weintraube gegessen hatte. Es fiel mir nicht ein, deshalb beschloss ich, auch an diesem Ort nicht damit zu beginnen. Trauben als Obst zu verzehren, mag gut sein für Kinder. So können sie früh üben, die Geschmäcker der zahlreichen Sorten auseinander zu halten. Ich hatte diese Kunst bereits leidlich trainiert, weshalb selbst so exotische Züchtungen wie Vitis Silvestre oder Muskat blau mich nicht mehr verführen konnten. Auch Tripolit aus Japan, Black Hamburg aus England und Schwarze Korinthe aus Persien gingen nicht an mich. Wer den Rebensaft im Glas kennengelernt hat, dem bedeutet der Geschmack der Trauben nicht mehr viel. Man verzichtet ja auch nicht auf die Vielfalt des Käses, um ein Glas Milch zu trinken.

Nach diesem interessanten Musterweinberg ging es langsam bergauf. Die Strecke war als Weinwanderweg angelegt. Hin und wieder informierten

Hinweisschilder über die Grundlagen der Vinologie. Das machte die Wanderung auch ohne Begleitung interessant.

Nach einer langen Kurve stieß ich auf ein steinernes Monument, eine Art Grabstein oder Gedenktafel. Ich suchte es nach Inschriften ab für den Fall, dass dies irgendeine Rolle im Zusammenhang mit meiner heutigen Aufgabe spielen sollte. Die Sonnenberghütte selbst war nun schon in Sichtweite und thronte vor meinen Augen auf dem Vorsprung eines Höhenzuges. Es handelte sich um ein imposantes Bauwerk aus massiven Holzbohlen. Der Grundriss schien achteckig zu sein, wirkte aber eher rund. Das Zeltdach war flach geneigt. Es stand als Wetterschutz großzügig über die Außenwände hervor.

Hoch am Himmel ballten sich gerade einige Wolken und warfen kurz einen dunklen Schatten auf den von schmiedeeisernen Gittern umzäunten Vorplatz der Hütte. An drei Masten flatterten Fahnen, als wollten sie mich hinauf zu meinem Ziel winken. Die Steigung nahm zu. Ich atmete tief durch und setzte an zu einem strammen Marsch bergauf. Eigentlich ein gemütlicher Spaziergang, aber die vergangene Nacht steckte mir noch in den Knochen.

Unterwegs überflog ich ein weiteres Hinweisschild des Weinwanderwegs. So erfuhr ich, dass der Ehrenfelser eine Kreuzung aus Riesling und Silvaner ist. Dann erreichte ich das Plateau und betrat den sauber gepflasterten Platz vor der Sonnenberghütte, wo schon zahlreiche Menschen beisammen saßen, während ein Winzer fleißig Wein ausschenkte. Die Stimmung war bereits beachtlich angeheitert. Kein Wunder, denn noch während ich um die Hütte herumging, lösten sich die wenigen Wolken am Himmel wieder auf. Die Sonne brach erneut durch, um den fröhlich zechenden Gästen aufs Haupt zu brennen.

„Ein guter Schluck Wein wäre jetzt das Richtige", dachte ich. Dieser Ort verursachte zwangsläufig Durst.

KHK Schulz kam aus dem Inneren der Hütte hervor und reichte mir die Hand.

„Sie haben den Weg in zwanzig Minuten geschafft", bemerkte er. „Aber Sie sehen aus, als wären Sie zwei Stunden unterwegs gewesen."

„Das ändert sich, sobald es Wein gibt."

„Dazu müssen Sie bis ein Uhr warten. Sie wissen doch: Den Anweisungen des Entführers ist unbedingt Folge zu leisten."

„Also darf ich mich auf eine weitere staatlich finanzierte Weinprobe freuen?"

„Sie dürfen. Sollten Sie vorher schon etwas trinken wollen, geht das allerdings auf Ihre Kosten."

Ich stellte mich an den äußersten Rand des gepflasterten Vorplatzes, lehnte mich an einen stählernen Fahnenmast und sah hinab auf Guldental. Langsam ließ ich meine Blicke über die Dächer des Dorfes wandern. Irgendwo dort unten lauerte vielleicht der Entführer.

Die Gemeinde war rechts und links des Guldenbaches sehr lang gestreckt zwischen zwei Hügelketten in das Tal gebaut. Ich erkannte einige imposante Gehöfte. Auffällig schien mir, dass ein Dörfchen dieser Größe gleich drei Kirchen hatte. Eine davon war sogar von einem Kirchhof umgeben, was im Naheland eher eine Seltenheit ist. Friedhöfe befinden sich hier meist am Ortsrand. Nur ganz selten sind die Gräber um die Kirche herum angeordnet.

Die Fahne über mir knatterte im Wind.

„Wenn´s Fähnchen hängt, wird ausgeschenkt", erklärte mir KHK Schulz. „Im Sommer ist hier jeden zweiten Sonntag ein anderes Weingut anwesend und bietet seine Weine an. Man erkennt an der gehissten Fahne, ob die Hütte geöffnet ist oder nicht."

„Offenbar eine Idee, die nur halb durchdacht ist", erwiderte ich. „Warum gibt es so eine Veranstaltung nicht jeden Sonntag?"

Dann setzte ich mich auf eine Bank, orderte mir einen Wein auf eigene Kosten und schaute ins Land hinein. Die Aussicht war herrlich. Nach Norden hin strich mein Blick über bewaldete Hunsrückhänge, die sich zum Nahetal hin abflachten. Immer wieder stachen besonders charakteristische Hügel aus der Landschaft hervor. Ganz in der Ferne erhob sich der Donnersberg als höchster Gipfel im weiten Umkreis. Dunkel und etwas bedrohlich lag er dort und war zum Glück weit weg. Am Donnersberg wächst kein Wein mehr. Außerdem leben dort die Nordpfälzer. Beides macht die Gegend nicht erstrebenswert.

In südwestlicher Richtung, hinter dem Hungrigen Wolf, lag meine Heimatstadt Bad Kreuznach, aber sie war nicht zu sehen, was ich interessant fand. Eine Stadt mit immerhin 40.000 Einwohnern verschwand einfach in einer Talsenke. Alles, was ich von ihr erkennen konnte, war der zuckerhutförmige Rheingrafenstein. Noch weiter nach Süden hin schließlich erstreckte sich die Rheinhessische Schweiz. Eine Gegend, die am schönsten ist, wenn man sie von weit weg betrachtet und statt des rheinhessischen Weins den von der Nahe genießt.

Mein Blick ging endlos über Hügel und Weinberge hinweg. Alles in allem schätzte ich die Sicht auf etwa 25 bis 75 Kilometer, je nach Richtung. Ich versuchte, die Fläche eines Halbkreises mit 50 Kilometern Radius zu errechnen. Das ergab ein Gebiet von rund 4000 Quadratkilometern herrlichster

Landschaft, die hier vor meinen Augen in der Sonne ausgebreitet waren. Diese herrliche Fernsicht mit einem Glas Guldentaler Wein in der Hand zu genießen, hatte den Fußmarsch hier herauf gelohnt.

Der Schöpfer muss einen guten Tag gehabt haben, als er einen Hügel mit diesem Ausblick schuf. Doch alle Schöpfung ist Stückwerk, ohne ihre Veredelung durch die Menschen. Als die Guldentaler diese Sonnenhütte bauten, wurde die Schöpfung wenigstens an einem Punkt der Welt endlich einmal vollendet.

Mein Glas war leer, ich wollte nachbestellen. Weintrinkend vor dieser einmaligen Kulisse – so hätte der Tag weitergehen können. Doch meine Pflichten holten mich ein.

„Es ist nun genau 13 Uhr. Ihr Einsatz beginnt."

KHK Schulz winkte seinem Mitarbeiter, der mir mein Glas aus einer Flasche ohne Etikett füllte. Das gleiche Spiel wie auf dem Plateau „Am Hörnchen". Ich hob das Glas gegen den Himmel. Der Wein hatte eine grünlichgelbe Farbe. Beim Schwenken im Glas zog er Schlieren und verströmte Firne. Also erneut ein alter Wein. Früher musste er einmal fruchtig gewesen sein, denn es waren Reste von Apfel, Grapefruit und Aprikose wahrnehmbar. Etwas irritiert prüfte ich die nachhaltige Nase des Weines. Mal tendierte ich zum Riesling, dann zum Silvaner. Eine kurze Geschmacksprobe brachte mich der Lösung auch nicht näher. Beim Genießen des durchaus noch trinkbaren Weines erinnerte ich mich nun aber an das Hinweisschild längs des Weinwanderweges.

„Ehrenfelser", erklärte ich.

„Das ist etwas, was ich nie verstehen werden", grummelte KHK Schulz. „Wie kann ein Mensch nur diese zahlreichen Weinsorten erschmecken."

Inspiriert von der herrlichen Aussicht, setzte ich gleich noch einen drauf, nippte ein weiteres Mal kurz an dem Wein und nannte die Lage.

„Guldentaler Sonnenberg."

Es war geraten, was KHK Schulz nicht bemerkte.

„Unglaublich", murmelte er. „Einfach unglaublich."

Dann war der Jahrgang zu bestimmen, was mich vor die gleichen unlösbaren Probleme stellte wie bei der letzten Aufgabe. Eine halbe Ewigkeit schlürfte und schnüffelte ich an dem Wein herum, bevor ich kapitulierte und mir den Jahrgang nennen lassen musste. Der Wein war geerntet worden, als ich gerade sechs Jahre alt war.

„Das Jahr meiner Einschulung", dachte ich hörbar vor mich hin.

„Kein schlechter Gedanke. Letztes Mal Ihr Geburtsjahrgang, jetzt das Jahr der Einschulung. Das sollten wir im Hinterkopf behalten." KHK Schulz war bereits dabei, Rückschlüsse aus dem heutigen Treffen zu ziehen. Ich war nicht seiner Meinung.

„Es ist ein anderer Wein und ein anderer Ort als beim letzten Mal. Die einzige Konstante ist aus meiner Sicht die Uhrzeit. Denn unser erstes Treffen im Gericht war morgens um zehn. Seither kamen wir immer eine Stunde später zusammen. Mein Gefühl sagt mir, dass wir uns beim nächsten Mal um 14 Uhr treffen. Die Frage ist nur, warum wir dies tun. Wozu all dieser Aufwand? Was bringt dies dem kleinen Mädchen?"

KHK Schulz zuckte mit den Schultern

„Es bleibt uns bei der derzeitigen Sachlage keine andere Wahl, als das Spiel mitzuspielen. Für mich ist es völlig egal, zu welcher Tages- oder Nachtzeit wir uns treffen. Ich werde diesen Entführer dingfest machen". Er gab seiner Mannschaft das Zeichen zur Abfahrt. Sein etwas martialischer Schlusssatz klang eher verzweifelt als entschlossen. Offenbar musste er darüber hinwegtäuschen, dass wir alle noch keinen blassen Schimmer davon hatten, wer uns hier an der Nase herumführte.

Während die Kripo abrückte, machte ich mich daran, das Angebot auf der Sonnenberghütte genauer zu erforschen. Wie es Brauch ist unter Weinliebhabern, blieb ich dabei nicht lange allein. Erste Gäste der Hütte stellten Fragen. Natürlich hatte meine Verkostung unter Polizeischutz nicht wenig Aufsehen erregt. So kam ich in Kontakt mit den Guldentalern.

Sie waren ein etwas seltsames Völkchen, redeten ständig von „Herresem" und „Hilwerschum" und glichen ein wenig den Galliern aus einer berühmten Comicserie: Zusammenhaltend wie Pech und Schwefel, aber auch leicht reizbar und keinem Wortstreit abgeneigt.

Der Stammbaum der Familie Dexheimer wurzelte auch in diesem Dorf, denn einer meiner Vorfahren wurde hier geboren, vor einigen hundert Jahren. Zur Lebzeit dieses Ahnen tobte gerade Streit um eine der drei Kirchen. Die anderen beiden gab es damals noch nicht. Ursprünglich als katholisches Gotteshaus erbaut, wurde diese nach der Reformation evangelisch, entsprechend der Religion des Landesfürsten. Den Katholiken war dies ein Dorn im Auge, denn der Inhaber der Pfarrstelle hatte damals das Recht auf den Zehnten, erhielt also Korn und Wein. Religion hatte also noch einen sehr praktischen Nutzen, deshalb kam es zum Prozess, der mit einer Niederlage der Katholiken endete. Die Kirche sowie der Zehnte nebst einigen Scheunen zur Lagerung der Korn- und Weinabgaben wurden der evangelischen Seite zugesprochen. Ein Jahr später, als die Kornkammern gut gefüllt waren, brannten Kirche und Scheunen in einer Nacht ab. Zur gleichen Zeit verließ mein Vorfahr, wie alle Dexheimers ein gestandener Katholik, das Dorf und siedelte über nach Bad Kreuznach. Dadurch glaubte man, den Brandstifter enttarnt zu haben. Verurteilt wurde er allerdings nie.

Mittlerweile schien dieser Vorfall in Vergessenheit geraten zu sein. Ich erwähnte ihn trotzdem nicht. Man weiß ja nie, ob die Protestanten vielleicht noch nachtragend sind.

Mit fortschreitendem Nachmittag machte der Sonnenberg seinem Namen alle Ehre. Kein Lüftchen wehte, kein Wölkchen zeigte sich am strahlendblauen Himmel. Spaziergänger flanierten herauf zur Hütte, wann immer einer dazu kam, rückten die schon Anwesenden enger zusammen. Der Platz vor der Hütte füllte sich mehr und mehr, denn der Wein, der im Angebot war, lud einfach zum Bleiben ein.

Da ich ohnehin nichts Besseres zu tun hatte, blieb ich. Ein grüner Silvaner war mein Favorit und begleitete mich beschwingt durch den Sonntag. Das Versteckspiel mit dem Entführer begann allmählich, mein Gefallen zu finden. Zwar gibt es im Leben schönere Dinge, als uralten Ehrenfelser zu probieren, doch der Grundgedanke einer Weinprobe an wechselnden Orten hatte durchaus seinen Reiz.

So saß ich vor der Sonnenberghütte und vergaß die Zeit. Die Stimmung war so fröhlich ausgelassen, wie selbst ich mit meiner überragenden Erfahrung in zahllosen Weingelagen dies selten erlebt hatte.

Am Abend wich die Hitze des Tages einer warmen friedvollen Nacht. Noch später verwandelte das Dorf zu unseren Füßen sich in ein Lichtermeer inmitten schwarzer Natur. Einzig eine scheinwerferbeschienene Barockkirche war noch in Gänze zu erkennen. Der Rest der Ortschaft bestand aus Straßenlaternen und von Lampen undeutlich beschienenen Häuserwänden.

Als ich mich kurz vor Mitternacht zum Gehen entschied, hagelte es plötzlich Einladungen. Die einen boten an, mich zu Fuß den Berg hinab zu begleiten, andere wollten mich fahren, wieder andere zum Weiterfeiern bei ihnen zu Hause mitnehmen. Am sympathischsten war mir jener Guldentaler, der mir einfach ein Glas Wein hinstellte, damit ich noch etwas blieb. Dem gab ich sogar nach, bevor ich nach vielen guten Weinen herrlich angesäuselt alleine den Rückweg durch die grillenzirpende Nacht antrat. Die Ränder des Weinwanderweges säumten meist Reben und Rosen, teilweise aber auch Weinbergsbrachen mit verwitterten alten Trockensteinmauern. Dort spross die Natur besonders üppig in Form wilder Rankpflanzen. Wo deren Triebe Halt gefunden hatten, bildeten sie mit ihrem fetten Laub eigenartige Konstrukte, die in der stockfinsteren Nacht bedrohlich wirkten wie Nachtmären einer vergangenen Zeit. Ich sah manch komisches Gebilde oder dachte es zu sehen in jener Nacht.

Wieder im Dorf angekommen, gönnte ich mir eine Übernachtung im Hotel Kaiserhof. Dort kuschelte ich mich zufrieden in ein erstklassiges Bett und dachte vor mich hindösend über diesen wundervollen Tag nach.

Das Naheland ist zweifelsohne ein gastfreundliches Land. Wir sind nicht so unfreundlich arrogant wie die östlich wohnenden Hessen, die sich ständig für etwas Besseres halten, was lächerlich ist für ein Volk, das den Apfelwein zum Nationalgetränk erkoren hat. Ebenso wenig kann man uns vorwerfen, so einfältig anbiedernd zu sein wie die westlich hausenden Saarländer, aus denen nie etwas Besseres wird, weil dort kein Wein wächst. Die im Norden siedelnden Hunsrücker unterscheiden sich von uns durch die Unwirtlichkeit, die vom Land auf die Leute abgefärbt hat. Im Süden schließlich gibt es nur Dürre und Kargheit. Angeblich sollen sich dort neuerdings die Rheinhessen niedergelassen haben, wozu ich aber nichts sagen kann. Ich fahre höchstens mal nach Wöllstein in den Knast, dann kehre ich sofort wieder um.

Was nun aber die Gastfreundlichkeit des Nahelandes betrifft, muss ich neidlos anerkennen, dass ich sie nirgendwo so intensiv erlebt habe wie an jenem Tag auf der Sonnenberghütte in Guldental. An jedem Tisch fand ich dort noch ein Plätzchen zum Dazusetzen, keiner hatte nicht wenigstens ein freundliches Wort, dem meistens gleich die Einladung zu einem Glas Wein gefolgt war.

Wäre ich nicht schon Kreuznacher, dann wollte ich wenigstens Guldentaler sein.

Der Tag begann mit dem Strafverfahren gegen Alexander Nagorsnik. Es war einer der letzten Tage im März. Als ich zum Gericht ging, hatte es gerade aufgehört zu regnen. Ich spazierte um Pfützen herum und freute mich über den aufklarenden Himmel. Ein Hauch von Frühling lag in der Luft.

Nagorsnik hatte ich nach der Vernehmung von Stefan Michel nicht mehr im Gefängnis besucht. Zeitlich war mir dies nicht gelungen. Bevor seine Verhandlung begann, erzählte ich ihm daher zunächst einmal, was Michel ausgesagt hatte. Er nahm es etwas zerknirscht zur Kenntnis.

„Warum macht Stefan das? Er kommt doch auch irgendwann wieder raus. Wenn er tatsächlich alle verpfeift, mit denen er Geschäfte gemacht hat, wird er mit einigen Jungs ziemlichen Ärger bekommen."

„Ich kann die Verteidigungsstrategie von Herrn Michel schlecht mit Ihnen erörtern. Im Moment ist nur wichtig, ob es zutrifft, dass er bei Ihnen ein Kilo Drogen bestellt hat."

Nagorsnik schüttelte unwillig den Kopf.

„Es stimmt schon, aber ich werde das vor Gericht nicht zugeben. Ich verpfeife niemanden. Wir hatten doch vereinbart, dass ich keine Abnehmer benenne." Deutschrussen sind schwierige Charaktere. Immer etwas störrisch.

„Mir geht es nur darum, ob das Kilo, das hier angeklagt ist, das gleiche ist, von dem auch Herr Michel erzählt hat. Das ist wichtig, damit diesem Strafverfahren nicht noch ein weiteres folgt." Alexander Nagorsnik schwieg.

„Was ist?", hakte ich nach. „Sprechen wir von ein und derselben Lieferung?"

„Ja, schon. Aber ich weiß nicht, weshalb Stefan anfängt zu singen. Ich werde jedenfalls niemanden verpfeifen."

Dann begann die Verhandlung. Alexander Nagorsnik legte wie besprochen ein Geständnis ab. Viele Pluspunkte brachte ihm das nicht, denn er war ja bei der Einfuhr erwischt worden und somit ohnehin überführt.

Der Staatsanwalt machte sich Notizen und zog dann einige Blätter aus der Akte.

„Ich habe hier die Aussage eines Herrn Stefan Michel. Kennen Sie den?"

„Ja", knurrte der Angeklagte. Es klang sehr bedrohlich.

„War das Kilo für Herrn Michel bestimmt?", wollte der Staatsanwalt weiter wissen, doch ich unterbrach ihn sofort.

„Mein Mandant macht keine Angaben zu seinen Abnehmern."

Anschließend folgten die Plädoyers und dann das Urteil. Nagorsnik erhielt die Strafe, die vorher abgesprochen worden war. Die Aussage von Stefan Michel hatte keine Rolle gespielt. Ich verabschiedete mich von dem Mandanten und ging in das ein Stockwerk höher gelegene Gerichtscafé. Auf der

Treppe war plötzlich der Staatsanwalt hinter mir.

„Fanden Sie das nicht bedenklich?", erkundigte er sich.

„Was denn?"

„Sie sind doch auch der Verteidiger von Stefan Michel, oder?"

„Stimmt. Warum?"

Ich war auf der Treppe stehengeblieben. Der Staatsanwalt ging an mir vorbei.

„Weil ich nun ein Strafverfahren gegen Sie einleiten muss. Was Sie soeben gemacht haben, war möglicherweise Parteiverrat", sagte er und verschwand in einem der vielen Büros.

Die Anklage gegen Danny Berlandy kam überraschend schnell. Offenbar hatte es die Justiz sehr eilig damit, der Stiftung einen Gefallen zu tun. Man hätte wenigstens das Urteil des Arbeitsgerichts abwarten können.

Anklagen, die man im Tagesgeschäft auf den Tisch bekommt, haben mit den theoretischen Grundlagen, welche man als angehender Jurist gelernt hat, wenig bis gar nichts zu tun. In der Ausbildung werden halbe Romane verlangt, detaillierte Darstellungen des Sachverhalts, vorweggenommene Beweiswürdigungen. Als ich selbst noch Referendar bei der Staatsanwaltschaft gewesen war, hatte ich einmal ein gestohlenes Fahrzeug im Anklageentwurf als „knallrot" bezeichnet.

„Es heißt nicht knallrot, sondern feuerrot", hatte mein Ausbilder dazu gemeint. Anschließend diskutierten wir heftig darüber, weil ein feuerrotes Auto meiner Meinung nach eher orangerot ist. Er setzte sich aber durch mit dem Hinweis darauf, dass er der Vorgesetzte sei.

Bevor jemand Referendar wird, hat er bereits Abitur gemacht und ein juristisches Staatsexamen abgelegt. Man darf es darum durchaus als Zumutung empfinden, wenn jemand seinen Dienstrang bemühen muss, um den Farbton eines gestohlenen Autos zu definieren. Obendrein noch falsch. Als ich damals Anklage erheben musste wegen eines gestohlenen feuerroten Autos, stand für mich fest, dass ich niemals im Staatsdienst arbeiten würde.

Gemessen an den Wortklaubereien einer Anklageschrift zu Ausbildungszwecken war die Anklage gegen Danny Berlandy eher so etwas wie eine Verfehlung des Ausbildungsziels. Man konnte lesen, der Angeklagte habe über einen Zeitraum von 15 Monaten wöchentlich wenigstens 500 Euro aus der Kasse entwendet. Dies sei beweisbar durch die Aussage eines Siegbert Krollmann. Die Staatsanwaltschaft verließ sich also völlig auf einen einzigen Zeugen. Der sollte für sie die Arbeit machen.

Mandy konnte ein Lächeln nicht unterdrücken, als wir das erste Vorgespräch über die Vorgehensweise in dem anstehenden Strafprozess führten.

„Wenn dieser Zeuge sich auch nur eine Unsicherheit leistet, bricht das Konstrukt in sich zusammen", analysierte sie zutreffend.

„Aber womit knacken wir ihn?"

„Auf jeden Fall nicht durch diesen Gallert, der Ihnen angeblich Material liefern will."

„Sondern?"

„Wir verwerten das, was die Stiftung im Kündigungsschutzverfahren von Danny vorgelegt hat. Hätten Sie Ihre Post schon vollständig gelesen, dann wüssten sie es bereits." Mit diesen Worten schob sie mir die Akte Berlandy ./. Cruceniastiftung zu, auf der sich ein Schriftsatz vom Umfang eines kompletten Ordners befand. Die Stiftung hatte sich damit als ein mit allen Wassern gewaschener Gegner erwiesen. Innerhalb kürzester Zeit war es ihr gelungen, eine komplette Buchführung ihrer Kasse vorzulegen. Deren angebliche Richtigkeit sollte sich aus der Bestätigung eines vereidigten Wirtschaftsprüfers ergeben. Ich habe schon schlechtere Tricks erlebt.

Das Ergebnis dieser Fleißarbeit war allerdings erschreckend. Solange Danny Berlandy bei der Stiftung beschäftigt gewesen war, fehlten jeden Monat wenigstens 2000 Euro in der Barkasse. Vor ihm und nach ihm gab es diese Fehlbeträge nicht.

„Wenn ich unseren Mandanten richtig verstanden habe, dürfte es eine derart detaillierte Buchhaltung überhaupt nicht geben", versuchte ich mein Gedächtnis aufzufrischen. Mandy gab mir Recht.

„Eben. Die Buchhaltung kann nur nachträglich entstanden sein. Es würde mich sehr wundern, wenn sich darin nicht der ein oder andere Fehler entdecken ließe."

Mir schnürte sich die Kehle zusammen.

„Sie erwarten doch nicht etwa, dass ich diesen Ordner durchprüfe und nachrechne", beschwerte ich mich. Tatsächlich erwartete Mandy gerade dies nicht.

„Lassen Sie das besser mal meine Sorge sein", meinte sie mit einem entschiedenen Griff nach der Akte. „Schließlich wollen wir doch durch diese Buchhaltung zwei Fliegen mit einer Klappe schlagen. Wenn darin ein Fehler steckt, gewinnen wir den Arbeitsgerichtsprozess und den Strafprozess. Es macht Ihnen deshalb hoffentlich nichts aus, wenn ich mich zuerst um diese Buchhaltung kümmere. Für Sie wartet im Besprechungszimmer der nächste Fall: Ulrike Pfeifer – eine neue Mandantin."

„Der Name kommt mir gekannt vor. War die schon mal hier?"

„Nein, das habe ich bereits geprüft."

„Dann höre ich mir die Dame einmal an."

Auf dem Weg zum Besprechungszimmer hatte ich immer noch den Eindruck, die neue Mandantin bereits zu kennen. Erst als ich sie vor mir sah, wusste ich, dass ich noch nie mit ihr zu tun gehabt hatte.

„Guten Tag. Worum geht es?"

Frau Pfeifer kam aus Wöllstein. Deshalb überraschte es mich nicht, dass sie mich in einer Drogensache konsultierte.

„Ich sage es Ihnen ganz ehrlich", eröffnete sie mir, „was die Staatsanwaltschaft mir vorwirft, stimmt."

So etwas hört man selten. Die meisten Straftäter belügen sogar ihren Verteidiger.

„Was wirft man Ihnen denn vor?"

„Haschisch und Marihuana, etwa 10 Gramm die Woche über einen Zeitraum von knapp einem halben Jahr. Ich kiffe eben gerne, und deshalb habe ich nebenher auch einiges von dem Zeug verkauft."

Sie hatte eine relativ lässige Einstellung zu dem Thema. Das erlebt man bei Kiffern öfter. In Bezug auf Cannabisprodukte stimmt die Gesetzeslage längst nicht mehr mit dem Bewusstsein der betroffenen Kreise überein. Das ist eine bedenkliche Entwicklung.

Jeder der stiehlt, prügelt, betrügt oder erpresst, weiß, dass es strafbar ist. Er lässt sich dadurch zwar nicht unbedingt von der Tat abhalten, doch er versteht, warum der Staat ihn deshalb verfolgt. Auch die Trunkenheitsfahrt, egal wie verbreitet sie sein mag, wird vom Täter nach wie vor als Unrecht erkannt. Nur wenn dieses Verständnis vorhanden ist, kann das Strafrecht seinen Zweck erfüllen, die Menschen durch Abschreckung von Straftaten abzuhalten.

Beim Cannabiskonsum ist das anders. Sogar Bundestagsfraktionen fordern heutzutage die Legalisierung des Konsums. Daher ist es dem Kiffer kaum noch vermittelbar, weshalb er sich vor einem Strafgericht verantworten soll. Dabei hat die Droge längst nichts mehr gemein mit den Joints der Hippiezeit. Durch gezielte Züchtung wurde der Wirkstoffgehalt der Hanfpflanzen seither nämlich vervielfacht. Immer häufiger landen auch Cannabiskonsumenten mit Psychosen in der geschlossenen Psychiatrie. Verfolgungsängste und Wahnvorstellungen gehören längst zu den üblichen Begleiterscheinungen des Joints.

Obendrein ist die Funktion von Haschisch und Marihuana als Einstieg in die Drogenkarriere nicht zu unterschätzen. Es ist eben nicht nur ein Vergnügen, das sich Erwachsene hin und wieder zur Entspannung gönnen. Leider ist es auch ein Gift, mit dem Jugendliche und sogar Kinder geködert werden, um sie an den Konsum harter Drogen heranzuführen.

Allzu moderne Politiker steuern deshalb einen gefährlichen Kurs, mit ihrer populitischen Forderung nach der Legalisierung weicher Drogen. Ein Ergebnis dieser Entwicklung saß nun vor mir.

„Meinen Sie, dass mir deshalb etwas passieren kann?", fragte Frau Pfeifer unbekümmert.

„Gibt es bereits eine Anklage?"

„Ja, natürlich. Fast hätte ich es vergessen." Sie zog einen zerknüllten Zettel aus der Tasche und strich ihn vor mir glatt.

„Das ist keine Anklage", belehrte ich sie nach kurzem Blick auf das Schreiben. „Was Sie mir hier vorlegen, ist die Ladung zur Hauptverhandlung vor dem Schöffengericht Alzey. Ihr Termin ist in zehn Tagen."

„Ach so. Dann habe ich die Anklage wohl zu Hause." Sie kicherte kindisch. „Das gibt doch Bewährung, oder?"

„Die Strafgewalt des Schöffengerichts reicht bis zu vier Jahren Haft. Bewährung kann es nur bis zu einer Strafe von höchstens zwei Jahren geben. Die Staatsanwaltschaft wird sich schon etwas dabei gedacht haben, Sie zum Schöffengericht anzuklagen. Möglicherweise steht Ihr Fall etwas auf der Kippe. Ich kann darum nichts versprechen. Wie wollen Sie die Verteidigung überhaupt bezahlen?"

Frau Pfeifer blickte mich ungläubig an.

„Ich lebe vom Amt. Da bekommt man den Anwalt doch vom Staat gestellt, dachte ich."

Auch dies war ein weit verbreiteter Irrglaube. Der Strafprozess unterscheidet nur danach, ob eine Verteidigung für notwenig erachtet wird oder nicht. Als Faustregel kann man davon ausgehen, dass diese Notwendigkeit vorliegt, wenn mindestens ein Jahr Haft droht.

Ist die Verteidigung notwendig, stellt der Staat auf Antrag einen Pflichtverteidiger. Andernfalls eben nicht. Mit den Einkommensverhältnissen hat dies nichts, aber auch überhaupt nichts zu tun. Weder bekommt der Arme automatisch den Verteidiger bezahlt, noch ist es dem Reichen verwehrt, einen Pflichtverteidiger zu beantragen.

„Unterschreiben Sie mir bitte diese Vollmacht. Ich melde mich bei Ihnen, wenn ich die Akte vorliegen habe. Und notieren Sie sich auf jeden Fall den Termin. In zehn Tagen wird bereits über Ihr Schicksal entschieden."

„Ich gebe sowieso alles zu", bestätigte Frau Pfeifer mir nochmals. „Es stimmt ja, was die mir vorwerfen."

So beendeten wir die Beratung. Ich setzte mich ans Telefon und rief den Vorsitzenden des Schöffengerichts in Alzey an. Wir vereinbarten, dass er mich als Pflichtverteidiger beiordnen würde. Schon eine Stunde später ging ein

Fax ein mit dem erforderlichen Beschluss. So war wenigstens mein Honorar gesichert. Nun galt es, auf die Akte zu warten, welche das Gericht mir zusenden wollte.

Als Mandy den Pflichtverteidigerbeschluss sah, wurde sie nervös.

„Irgendwie kommt mir der Name Ulrike Pfeifer doch bekannt vor", meinte sie. „Ich denke, ich werde das noch einmal genauer überprüfen." Es dauerte eine weitere Stunde, in der sie dringendere Angelegenheiten zu erledigen hatte. Dann stand sie zerknirscht vor mir.

„Ulrike Pfeifer ist keine Unbekannte."

„Aber ich habe die Frau nie zuvor gesehen."

„Sie ist bisher auch nicht als Mandantin bei uns gewesen. Aber sie wurde von Ihrem Mandanten Stefan Michel belastet. Es ist genauso wie im Falle Nagorsnik. Was Frau Pfeifer vorgeworfen wird, hat Stefan Michel gegen sie ausgesagt."

Ich schaute Mandy ernst an.

„Der Fall Nagorsnik hat sich möglicherweise zu einem Strafverfahren gegen mich entwickelt. Bitte seien Sie so nett und schaffen Sie mir umgehend das Mandat Pfeifer vom Hals. Ich möchte die Staatsanwaltschaft nicht unnötig provozieren."

„Aber Sie sind Pflichtverteidiger. Sie können nicht mehr niederlegen."

„Das weiß ich auch. Der Richter in Alzey soll mich eben wieder entbinden."

Damit war der Fall Pfeifer für mich wieder erledigt. Vorerst. Drei Tage später lag die Strafakte des Gerichts auf meinem Tisch mit der Bitte um eilige Rücksendung. Offenbar war ich immer noch Pflichtverteidiger

„Wieso ist dieser Fall noch nicht beendet?", erkundigte ich mich bei Mandy.

„Ich dachte, unsere Akte sei mittlerweile geschlossen."

Meine Bürovorsteherin hatte keine guten Nachrichten.

„Genau darüber wollte ich mit Ihnen reden. Das Schöffengericht in Alzey besteht darauf, dass Sie den Termin wahrnehmen. Der Vorsitzende lehnt es ab, Sie von der Pflichtverteidigung zu entbinden."

„Das ist mal wieder typisch für unsere Justiz", meckerte ich. „Die einen behaupten, ich hätte das Mandat niederlegen müssen, die anderen wollen mich bei gleicher Sachlage zwingen, als Verteidiger aufzutreten. Verbinden Sie mich doch bitte umgehend mit dem Gerichtsvorsitzenden in Alzey."

Der zeigte sich mehr als überrascht.

„Ich verstehe Ihr Problem nicht, Herr Dexheimer. Es ist zwar anzuerkennen, dass Sie sich als Anwalt Gedanken machen über einen möglichen Parteiverrat. Aber Sie beurteilen den Sachverhalt völlig falsch. Weder sind Sie in dergleichen Rechtssache tätig, noch wäre es pflichtwidrig, die Verteidigung der Frau Pfeifer auszuüben. Ihre Mandantin ist schließlich geständig. Ich sehe keine widerstreitenden Interessen."

„Leider muss ich Ihnen mitteilen, dass ich wegen eines identischen Sachverhaltes gerade Ärger mit der Staatsanwaltschaft Bad Kreuznach habe. Sicherheitshalber möchte ich auf der Entbindung von der Pflichtverteidigung bestehen."

Alzey gehört zum Landgerichtsbezirk Mainz, deshalb war dort die Mainzer Staatsanwaltschaft zuständig. Die dachte anders als ihre Bad Kreuznacher Kollegen, was mir der Richter umgehend bestätigte.

„Ich habe mit dem Staatsanwalt in dieser Sache telefoniert. Er hat sich bei seinem zuständigen Oberstaatsanwalt rückversichert. Keiner versteht Ihr Problem. Es gibt keinen Interessenkonflikt."

„Wenn Sie das so sehen, kann ich ohnehin nichts daran ändern. Schließlich bin ich mehr oder weniger gezwungen, die Pflichtverteidigung wahrzunehmen. Ich werde aber dennoch in der Hauptverhandlung beantragen, dass man mich entbindet. Ferner werde ich einen schriftlichen Gerichtsbeschluss verlangen. Erst dann ist die Gefahr eines Strafverfahrens gegen mich gebannt."

„Einverstanden. So können wir es handhaben."

Nach diesem Telefonat sah ich die Gefahr eines Strafverfahrens in eigener Sache beseitigt. Wenn der Vorsitzende eines Schöffengerichts und ein Oberstaatsanwalt keine Strafbarkeit sahen, dann musste ich als Rechtsanwalt es nicht besser wissen.

Tatsächlich verlangt die Rechtsprechung genau das von der Anwaltschaft. Es wurden schon Anwälte zu Schadensersatz verurteilt, weil ihnen entgangen war, dass ein mit drei Berufsrichtern besetztes Gericht ein falsches Urteil gefällt hatte.

Der Staatsanwalt aus dem Verfahren gegen Nagorsnik wollte mir offenbar beweisen, was für ein harter Hund er war. Genau genommen, wollte er es sich selbst beweisen, denn ich nahm es ihm sowieso nicht ab. Immerhin zeigte er dabei noch Sinn für Humor und suchte sich für seine nächste Aktion den 1. April aus. Genau an diesem Tag stand er in Begleitung zweier Kriminalbeamter vor meiner Kanzleitür. Ich selbst war noch nicht anwesend, Mandy informierte mich telefonisch.

„Hier ist ein Staatsanwalt mit einem richterlichen Durchsuchungsbeschluss."

„Was will er?"

„Die Akten Michel und Nagorsnik."

„Verfahren Sie wie vorgesehen."

Auch wenn ich nie damit gerechnet hätte, gab es in meiner Kanzlei trotzdem für den Fall einer Durchsuchung klare Anweisungen. Wenn nämlich die Strafverfolgungsbehörden mit einem Durchsuchungsbeschluss auftauchen, dann finden sie auch, was sie suchen. Deshalb sollte man freiwillig herausgeben, was ohnehin herausgegeben werden muss.

Allerdings führte ich meine Handakten überwiegend in elektronischer Form. Nur was von außen hereinkam, wurde in einer Akte abgeheftet. Was wir selbst produzierten, also Schreiben nach außen und interne Aktenvermerke, gab es nicht in Papierform. Es war in der EDV gespeichert. Wenn es an einer Handakte überhaupt etwas Interessantes gab, dann war es mit Sicherheit nicht in der Akte, sondern auf Rechnern gespeichert.

Um den Zugriff auf die gespeicherten Daten zu verhindern, war im Falle der Durchsuchung ein Systemausfall zu simulieren. Mein Mitarbeiter Volker Kaiser berichtete mir später halb bewundernd, halb entrüstet, wie Mandy dem Staatsanwalt erfolgreich vorgegaukelt hatte, gerade an diesem Morgen sei das System abgestürzt. Die Rechner könnten nicht mehr auf den Server zugreifen, das zum Neustart benötigte Passwort wisse nur ich. In der Tat wurde deshalb nur das mitgenommen, was in Papierform vorlag. Hinsichtlich der elektronischen Daten hatte Mandy die Ermittler also kurzerhand ins Leere laufen lassen.

Als ich in der Kanzlei erschien, war der Staatsanwalt mit seinem Team bereits wieder abgezogen. Etwas nervös schnappte ich mir einen Kommentar zum Anwaltsrecht, verzog mich in mein Büro und begann zu lesen.

Rechtsanwälte kennen unendlich viele Vorschriften, aber meistens nicht ihr eigenes Berufsrecht. Die Vorschrift zum Parteiverrat war merkwürdig abstrakt, wie so viele Strafvorschriften. Unter Strafe gestellt war, in derselben Rechtssache beiden Parteien pflichtwidrig zu dienen. Die Strafandrohung lag immerhin bei bis zu fünf Jahren.

Langsam blätterte ich weiter und informierte mich über das weitere Verfahren. Im Gesetz stand etwas von einem Anwaltsgericht. Ich verstand, dass dies nichts zum Essen ist. Ansonsten hatte ich noch nie von einem solchen Gericht gehört.

Als Mandy mit dem morgendlichen Cappuccino hereinkam, schlug ich den Kommentar zu. Ich hatte nichts Falsches gemacht. Sowohl Michel als auch Nagorsnik hatten zugegeben, dass der eine beim anderen ein Kilo Drogen bestellt hatte. Man musste schon Staatsanwalt sein, um bei dieser Sachlage ein strafbares Verhalten des Verteidigers erkennen zu wollen.

„Ich bin unschuldig", erklärte ich Mandy, die mich etwas besorgt ansah.

„Wenn Sie das sagen, wird es wohl so sein", seufzte sie.

Es klang nicht besonders überzeugt.

Wenige Tage später war ich pflichtgemäß unterwegs nach Alzey. Das Amtsgericht dieser Stadt ist eines der schönsten in Deutschland. Die Justiz residiert dort in einem alten Schloss. Sitzungen finden teilweise in verwinkelten Dachkammern statt, die man nur über steinerne Wendeltreppen erreicht.

Der berühmteste Sohn der Stadt Alzey ist Volker, den das Nibelungenlied als „der küene recke Vólkêr der spìlman" ehrt. Volker von Alzey erweist sich im Epos als typischer Spross seiner rheinhessischen Heimat. Immer gut gelaunt, von einfacher Struktur aber robuster Statur und stets für ein Gelage oder eine Rauferei zu haben. Er ist gerade einmal einen Tag lang zu Gast bei König Etzel, da hat dieser ihn schon fest ins Herz geschlossen.

„Ich weiß nicht, was uns der Spielmann vorwirft. Jedenfalls habe ich nie einen so schlimmen Gast bei mir gehabt", wird der König zitiert. Auch bei Etzels Truppen vermerkt der Nibelungendichter schiere Begeisterung über den Besucher aus Alzey, denn „si wolden Vólkêren ze tôde erslagen hân."

Während des anschließenden Gemetzels verliert Volker nie sein sonniges Gemüt. Gleich mehrfach verhindert sein rheinhessischer Mutterwitz einen drohenden Waffenstillstand, bis die Nibelungen schließlich untergegangen sind. So erweist Volker von Alzey sich als das Urbild des Rheinhessen. Allzeit fröhlich steht er treu zu seinen Prinzipien, die da lauten: immer geradeaus und immer mit Vollgas.

Der große Sitzungssaal im Alzeyer Schloss ist eingerichtet wie ein alter Rittersaal. Steinerne Säulen, gusseiserne Leuchter, holzvertäfelte Wände, schwere dunkle Eichenmöbel. Wenn dort eine Verhandlung beginnt, ich mich erhebe und die Tür sich öffnet, kommt es mir immer so vor, als müsse nun ein Knappe den Saal betreten, um die Spansau mit dem obligatorischen Apfel im Maul zu servieren. Tatsächlich war es der Vorsitzende des Schöffengerichts, der hereintrat. Ihm folgten zwei ehrenamtliche Richter. Es fand nämlich kein mittelalterliches Besäufnis statt, sondern der Strafprozess gegen Ulrike Pfeifer.

Kaum war die Verhandlung eröffnet, beantragte ich umgehend meine sofortige Entbindung von der Pflichtverteidigung. Der Staatsanwalt erhielt Gelegenheit zur Stellungnahme. Er bestätigte, dass er keinen rechtlich relevanten Interessenkonflikt erkennen konnte. Dann beriet das Gericht für etwa zehn Minuten. Anschließend verlas der Vorsitzende einen wohlformulierten Beschluss, mit welchem er mir attestierte, dass ich trotz der Verteidigung von Stefan Michel nun auch Ulrike Pfeifer vertreten durfte und sogar musste.

Eine Kopie des Beschlusses schickte ich später dem Staatsanwalt in Bad Kreuznach. Damit betrachtete ich alle Vorwürfe gegen mich als erledigt, egal ob sie nun von einem Staatsanwalt in Mainz oder einem in Bad Kreuznach erhoben wurden.

Hinsichtlich der Mandantin Ulrike Pfeifer gelang es mir in Alzey, eine Bewährungsstrafe zu erstreiten. Da wir auf Zeugen verzichtet hatten, war das Verfahren in weniger als einer Stunde beendet. Die Mandantin war zufrieden, ich war es auch. Der Tag schien gut zu werden.

Während ich vom Schloss zum Parkplatz schlenderte, kam mir der Gedanke, den rheinhessischen Winzern doch noch eine Chance zu geben. Rheinhessen ist das größte Weinanbaugebiet Deutschlands. Es fiel mir zunehmend schwerer, diesen Weinen aus dem Weg zu gehen. Nach allem, was ich so zum Weinbau in Rheinhessen hörte oder las, sollte zudem der Fortschritt mittlerweile auch dort Einzug gehalten haben. Die riesigen Äcker, auf denen die Rheinhessen vor einer Generation Reben angepflanzt hatten, um den Weinmarkt mit Massen zu überschwemmen, dienten mittlerweile wieder ihrem ursprünglichen Zweck: dem Zuckerrübenanbau. Der Qualitätsgedanke hatte auch diese Region ergriffen.

In der Gegend um Alzey herum hat Rheinhessen zumindest optisch durchaus etwas zu bieten. Die Dörfchen sind ganz putzig, sehr gepflegt und wirken einladend. In den Weinbergen findet sich zudem eine Besonderheit, die es sonst in Deutschland nicht gibt: die Trulli. Das sind kleine steinerne Rundhäuser mit spitz gemauerten Dächern. Eigentlich typisch für Süditalien. Wie diese Häuschen aus dem Mittelmeerraum nach Rheinhessen gekommen sind, weiß niemand so genau. Man vermutet, dass die Trulli im Mittelalter von Wanderarbeitern aus Apulien hier errichtet wurden. Möglicherweise hatten die Rheinhessen aber auch einfach kein Geld, um sich vernünftige Häuser zu bauen.

Nach einigem Zögern war ich entschieden, den kühnen Vorstoß in eine Weinstube zumindest zu wagen. Ich betrat ein adrettes Fachwerkhaus im Ortskern von Alzey, setzte mich an die Theke, studierte intensiv die Weinkarte und entschied mich für einen Wein namens Relaunch F. Das hatte ich noch nie gehört. Argwöhnisch beobachtete ich, wie der Wein in ein Glas gefüllt wurde. Dann stand er vor mir, funkelte mich an wie eine käufliche Dame, die Genuss vorgaukelt, tatsächlich aber Umsatz machen will. Der Wirt hatte noch wenig zu tun um diese relativ frühe Tageszeit. Er schaute mir gelangweilt zu. Leider hatte er nicht die Weisheit eines Kneipiers im Grünen Punkt. Daher war es mir auch nicht möglich, mich mit einem Monolog über ein weltbewegendes Thema von dem Wein abzulenken. Somit blieb mir keine andere Wahl. Wohl oder übel musste getrunken werden. Nie zuvor löste das „nunc est bibendum" so zwiespältige Gefühle in mir aus. Ich ließ das Glas kreisen. Die Blume des Weines entfaltete sich. Reife war ausreichend vorhanden. Mit geschlossenen Augen führte ich es zum Mund. Dann folgte ein interessantes Geschmackserlebnis, lange anhaltend im Gaumen, spritzig, deliziös, mit feiner Frucht. Ich hätte meckern können, aber es wäre nicht gerecht gewesen. Rheinhesse oder nicht, dieser Wein war nicht zu beanstanden. Möglicherweise hatte ich einen Lottogewinn gemacht. Der Gastwirt, der mir das Tröpfchen eingeschenkt hatte, beobachtete genau, wie ich den Wein für mich analysierte.

„Er erinnert etwas an Burgunder, teilweise aber auch an Rivaner", sagte ich.

„Was verbirgt sich hinter diesem seltsamen Namen?"

„Relaunch F ist die Wiederentdeckung der Faberrebe. Die wurde nämlich vor knapp einhundert Jahren hier in Alzey gezüchtet."

„Faber", antwortete ich überrascht. „Es muss eine Ewigkeit her sein, dass ich zuletzt von dieser Sorte gekostet habe."

Mein Wirt richtete sich auf mit stolzgeschwellter Brust.

„Gell", sagte er, „das ist doch ein richtig guter Trinkwein."

Ich nickte ihm zu.

„Da muss ich Ihnen Recht geben. Allerdings habe ich noch nie einen Esswein probiert."

„Stimmt. Aber zum Essen passt er auch gut."

„Tatsächlich? Wieso das?"

„Na weil ... äh ... weil es einfach passt."

Ein nicht unbedeutender Teil des Weingenusses besteht darin, über denselben zu philosophieren. Daran muss zumindest in Alzey wohl noch etwas gearbeitet werden. Ohne Bedarf nach weiterer Konversation trank ich aus. Dann fuhr ich wieder zurück nach Bad Kreuznach. Ein Rheinhessenwein am Tag genügt. Man muss es ja nicht gleich übertreiben.

An den folgenden Tagen widmete Mandy sich nahezu vollständig der Buchhaltung, welche die Stiftung vorgelegt hatte. Jede einzelne Position wurde von ihr überprüft, wahrscheinlich sogar mehrfach. Als sie am Tag vor dem Kammertermin morgens mein Büro betrat, wirkte sie merkwürdig zerknirscht. Sie reichte mir wortlos die Akte, auf der ein nüchterner Vermerk angebracht war: Die Zahlen stimmen.

Dieses Ergebnis war niederschmetternd. Ich hatte gehofft, Mandy würde wenigstens einen Fehler finden. Da dies nicht der Fall war, konnte ich annehmen, dass es keine Widersprüchlichkeiten gab. Die Buchhaltung mochte vielleicht trotzdem eine Fälschung sein. Beweisbar war dies aber nicht. Mandy setzte sich zu einer Besprechung. Sie erwartete eine Lösung des Problems von mir.

„Ist Danny Berlandy in der Lage, notfalls eine Zahlung anzubieten, damit wir den Prozess wenigstens mit einer ordentlichen Kündigung beenden können?", erkundigte ich mich vorsorglich. Sie schüttelte den Kopf.

„Er ist stur, er möchte sich nicht einigen."

„Es könnte für sein Strafverfahren von Vorteil sein. Eine Schadenswiedergutmachung wirkt sich strafmildernd aus."

„Das haben wir alles schon mehrfach besprochen. Danny sagt, er hätte zur Not noch ein Ass im Ärmel."

„Was für ein Ass?"

„Das weiß ich selbst nicht. Er will mit mir nicht darüber reden."

Wir schauten uns an und dachten wie so oft genau das Gleiche. Es war ein Fehler von Danny Berlandy, seinem Anwalt etwas zu verschweigen. Insbesondere angesichts einer Situation in der wir auf eine glatte Niederlage zusteuerten. Doch jeder ist seines Glückes Schmied. Ich hatte schon viele Mandanten erlebt, die sich für schlauer als ihr Anwalt hielten. Grundsätzlich habe ich damit auch kein Problem, denn meine Aufgabe besteht darin, aus dem das Beste zu machen, was der Mandant mir liefert. Wer meint, mich belügen zu müssen, sollte sich hinterher nicht beschweren, wenn sein Prozess falsch läuft.

„Wir werden wohl darauf setzen müssen, das Dr. Himmelsbach oder Siegbert Krollmann sich verplappern. Das Gericht muss sie als Zeugen vernehmen, soviel steht fest. Was dabei heraus kommt, wird man sehen."

Mandy stimmte mir durch ein Kopfnicken schweigend zu und ging hinaus. Kurz darauf klingelte sie mich an.

„Deep throat möchte Sie sprechen."

„Wer?"

„Ihr Informant von der Presse. Er meint, er hätte wichtige Informationen über die Stiftung." Es war offensichtlich, dass sie ihn nicht ernst nahm.

„Stellen Sie bitte durch."

Gallert tat sehr geheimnisvoll. „Wo können wir uns vertraulich treffen?"

In die Kanzlei wollte er nicht kommen, auch keines meiner Stammlokale war ihm recht. Obwohl es davon einige gab. Ich musste ihn schließlich mit dem Auto abholen, aus der Stadt heraus fahren und ihn dann bei einem Spaziergang zwischen den Weinbergen begleiten.

„Was ich Ihnen jetzt anvertraue, muss vertraulich bleiben", forderte er.

„Das hängt davon ab, was es ist. Ich benötige gerichtsverwertbare Beweise.

Ein anonymer Zeuge nutzt mir nichts."

Meine Antwort gefiel ihm nicht. Sein zwielichtiges Verhalten mir auch nicht. Ich arbeite nicht gerne mit Verrätern zusammen. Für einen Journalisten mag es ausreichend sein, eine Information zu bekommen. Als Anwalt weiß man, dass nur die Informationen einen Wert haben, die sich vor Gericht auch beweisen lassen. Warum sollte ich ihm also Vertraulichkeit zusagen? Nach kurzem Zögern zog er zwei Bündel Unterlagen aus seiner mitgeführten Mappe und lies sie mich lesen.

„Was würden Sie diesen Dokumenten entnehmen?", fragte er. Ich blätterte das erste Bündel durch. Es waren Kontoauszüge, aus denen hervorging, dass jeweils zu Beginn eines Monats 500 Euro eingingen. Das Konto gehörte der Cruceniastiftung. Das zweite Bündel waren Quittungen, auf denen jemand allmonatlich den Erhalt von 500 Euro quittierte. Der Verwendungszweck lautete: Vom Fond der Cruceniastiftung für BK. Er war in Druckbuchstaben gefertigt und gestochen scharf, wie mit einem Lineal gezogen. Die Unterschrift war unleserlich, allerdings immer die gleiche, vermutlich die einer Frau.

„Was soll das sein?", fragte ich.

„Nach was sieht es denn aus?"

„Jemand zahlt Geld auf ein Konto der Stiftung und jemand bekommt den gleichen Betrag in bar von der Stiftung ausgezahlt. Mehr nicht."

„Mehr nicht?"

„Es könnte sich um verschleierte Zahlungen handeln. Der endgültige Empfänger wird über die Herkunft des Geldes getäuscht."

Das Frettchen lies grinsend seine Zähne sehen. „Noch eine Idee?"

„Herr Gallert, spielen Sie doch bitte nicht Versteck mit mir."

„Es handelt sich um ein Stiftungskonto", schob er schnell nach. „Jemand zahlt nachweislich an die Stiftung."

„Dann könnte möglicherweise auch ein Steuerdelikt vorliegen. Jemand spendet Geld an die Stiftung, um seine Steuerlast zu mindern. Über den Hilfsfond bekommt er es wieder zurück. Das geht allerdings nur so lange gut, bis die Stiftung vom Finanzamt geprüft wird. Spätestens dann fliegt der Bluff auf." Gallert kicherte.

„Eine Steuerprüfung bei der Stiftung? Ich kenne niemanden, der sich daran erinnern kann. Meines Wissens gab es das noch nie."

Ich schaute ihn an, dann die zwei Papierbündel und schließlich wieder ihn.

„Sie würden mir diese Unterlagen überlassen?", fragte ich.

„Allenfalls zum Kopieren. Die Originale stehen mir nur kurze Zeit zur Verfügung."

„Dann möchte ich kurz telefonieren."

Ich wählte Mandy an und erklärte ihr kurz den Sachverhalt.

„Sie müssen sofort abklären, ob Danny Berlandy etwas von diesen Barauszahlungen weiß. Gab es eine Frau, die jeden Monat 500 Euro aus dem Fond bekam?" Anschließend wandte ich mich wieder Gallert zu.

„Wer ist der großzügige Spender, der jeden Monat einen solchen Betrag an die Stiftung überweist?"

„Natürlich Dr. Himmelsbach."

„Und wer bekommt diesen Betrag bar ausgezahlt?"

„Eine Dame."

Gallert zeigte nochmals seine Frettchenzähne, während er durch das Quittungsbündel blätterte. Sein Gesichtsausdruck wechselte zwischen anzüglich und süffisant.

„Eine Dame mit einem Kind. Jeden Monat 500 Euro."

„Hat die Dame einen Namen?"

„Herr Dexheimer, ich bin nur ein unbedeutender Journalist. Meine Möglichkeiten zur Recherche sind beschränkt. Sie sind der Anwalt."

Mandy rief zurück. „Es gab eine Zahlung an eine Frau. Gleich im ersten Monat von Dannys Beschäftigung. Sie wollte eine Auszahlung in Höhe von 500 Euro und meinte, Dr. Himmelsbach habe das ausdrücklich angeordnet. Die fertige Quittung hatte sie bereits dabei. Es war genau der Text, den Sie mir durchgegeben haben."

„Was hat Danny gemacht? Hat er ausgezahlt?"

„Er hat Dr. Himmelsbach verständigt, der sich der Sache persönlich angenommen hat. Danny meint, die Stimmung sei sehr gereizt gewesen. Dr. Himmelsbach hat die Quittung entgegengenommen und das Geld ausgezahlt."

„Aus der Fondskasse?"

„Genau so. Danach hatte Danny mit der Frau nichts mehr zu tun. Wenn sie auftauchte, hat er direkt Dr. Himmelsbach informiert."

„Also ist sie regelmäßig bei der Stiftung erschienen?"

„Es hat den Anschein als ob."

Vielleicht konnte man Gallerts Story tatsächlich glauben. Zweierlei war interessant. Zum einen hatte Dr. Himmelsbach vielleicht ein außereheliches Kind. Zum anderen tarnte er die Unterhaltszahlung möglicherweise als Spende an die Stiftung. Die monatliche Überweisung an die Stiftung kam von seinem Konto, die Barauszahlung lief über den dubiosen Hilfsfond. Beide Informationen waren genau das, was einen Arbeitsrichter nicht interessieren würde. Es war schmutzige Wäsche, aber kein Argument für einen

Kündigungsschutzprozess.

„Woher haben Sie die Unterlagen?", erkundigte ich mich bei Gallert.

„Quellenschutz."

„Wie lange kann Ihre Quelle darauf verzichten?"

„Ich gehe noch ein Stündchen hier spazieren, genieße die Aussicht und das Wetter. Danach hätte ich die Dokumente gerne unversehrt zurück." Schon sauste ich los in die Kanzlei, ließ beide Bündel ablichten und gab sie schließlich dem Frettchen zurück.

„Sie brauchen mich nicht wieder hinunter in die Stadt zu zu fahren", meinte er. „Von nun an bis zum Prozess sollte uns niemand mehr gemeinsam sehen."

Mandy hatte ihren Freund für den Abend zu einer Besprechung in die Kanzlei gebeten. Mehr Zeit blieb ja nicht mehr. Als Danny Berlandy in der Kanzlei erschien, eröffnete ich ihm den Sachverhalt. Gallerts Beteiligung verschwieg ich. Der Mandant war fasziniert.

„Ein uneheliches Kind, dessen Unterhalt die Stiftung zahlt. Wie ist es Ihnen gelungen, so etwas heraus zu finden?"

„Die Stiftung zahlt nichts", korrigierte ich ihn. „Der Stiftung entsteht kein finanzieller Schaden. Betrogen wird der Staat, der den Kindesunterhalt als großzügige Spende anerkennt."

„Egal. Damit haben wir ihn. Der Mann ist ja noch schlimmer, als ich dachte."

Leider musste ich seine Freude dämpfen, indem ich ihm erklärte, dass die Information für seinen Prozess unbedeutend war. Es war ihm nicht zu vermitteln.

„Dr. Himmelsbach ist der Wolf im Schafspelz. Er lügt und betrügt. Er hat das Chaos in der Kasse des Hilfsfonds genauso zu verantworten wie die Unregelmäßigkeiten bei den Mietzahlungen. Sogar das Finanzamt betrügt er durch die Stiftung. Wie kann das Gericht einem solchen Mann Glauben schenken?" Der Mandant schniefte aufgeregt. „Ich bestehe darauf, dass wir diesen Mann bloßstellen. Vielleicht interessiert es wenigstens die Presse. Aber ich bin überzeugt davon, dass wir auch bei den Richtern damit punkten. Wenn Dr. Himmelsbach die Stiftung für seine Machenschaften missbraucht, dann ist es doch naheliegend, dass er das Geld aus der Kasse genommen hat und nicht ich."

Mandy zog besorgt die Brauen hoch. Sie versuchte es selbst.

„Danny, er zahlt 500 ein und 500 aus. Er achtet korrekt darauf, dass die Stiftung nicht zu Schaden kommt. Das könnte auch dafür sprechen, dass er eben nicht für die Fehlbeträge verantwortlich ist."

„Ach so, und deshalb soll ich der Bösewicht sein? Es gibt doch nicht einmal einen Beweis dafür, dass überhaupt Geld fehlt."

„Eben schon", belehrte ich ihn. „Die Stiftung hat ihre Hausaufgaben gemacht. Die Buchhaltung ist aufgearbeitet. Es fehlen jeden Monat mindestens 2000 Euro in der Kasse und zwar erst, seitdem Sie dort beschäftigt sind."

„Fälschung", behauptete Danny Berlandy unerschüttert mit einem entschiedenen Schniefen. „Sind die 500 Euro, die diese Frau jeden Monat erhält, in den Buchhaltungsunterlagen vermerkt?"

Ich räusperte mich. Daran hatte ich noch nicht gedacht. Buchhaltung ist mir zuwider, weshalb ich es wohl instinktiv verdrängt hatte, dieser Spur zu folgen. Gerade wollte ich ihm erklären, dass ich erst seit wenigen Stunden Kenntnis von den Unterhaltszahlungen hatte und deshalb die notwendige Prüfung noch ausstehe. Da rettete mich Mandy wieder einmal.

„Natürlich ist das geprüft", sagte sie. „Die Zahlungen tauchen nicht auf. Leider spricht das aber nicht gegen die Buchführung, denn die Zahlung gehört ja nicht zu den Kassengeschäften. Die 500 Euro werden auf irgendeinem anderen Weg verrechnet."

Ich schaute Mandy irritiert an, der Mandant ebenso.

„Er hat es noch nicht verstanden", sagte ich. „Erklären Sie es ihm doch bitte."

Mandy setzte ein kurzes schnippisches Lächeln auf, bevor sie fortfuhr zu erläutern.

„Nehmen wir an, es wäre ein Überschuss von 2000 Euro in der Kasse. Diese werden laut Buchhaltung offiziell auf das Stiftungskonto eingezahlt. Tatsächlich fließen aber nur 1500 Euro auf das Konto und 500 an die Frau. Da aber auf dem Konto zugleich 500 Euro von Dr. Himmelsbach eingehen, stimmt es unterm Strich. Wir bräuchten die vollständigen Kontoauszüge, um das Gegenteil zu beweisen."

„Dem wird das Gericht nicht stattgeben", warf ich ein. „Ein Wirtschaftsprüfer bestätigt die Richtigkeit der Buchhaltung."

„Trotzdem", beharrte Danny Berlandy. „Ich will, dass wir unser Wissen morgen zur Sprache bringen."

„Einverstanden", stimmte ich ihm zu. „Sie sind der Mandant, es ist Ihr Prozess."

Mandy schluckte kurz, dann schwieg sie. Grundsätzlich hätte ich mich von niemand zu einer Prozessführung überreden lassen, die ich für falsch halte. Aber ich hatte selbst nicht so genau verstanden, wie Mandy die Richtigkeit der Buchhaltung erklärte. Und wenn ich etwas nicht verstehe, gelingt es mir meistens auch, bei einem Gericht Zweifel zu wecken.

Nachdem der Mandant die Kanzlei verlassen und Mandy gleich mitgenommen hatte, entschied ich mich dafür, die für den nächsten Tag anstehende Beweisaufnahme im Grünen Punkt vorzubereiten. Als ich dort eintrat, liefen im Fernsehen gerade Nachrichten. Ich sah Bilder aus Rom, genauer gesagt vom Petersdom. Der Papst las etwas von einem Blatt ab. Verstehen konnte ich nichts, da es in der Gaststätte ziemlich laut war. Ein schon Angetrunkener zeigte auf das Kirchenoberhaupt und lachte dümmlich. Das war ein Fall für Julius Dexheimer. Ich kann es nicht leiden, wenn Ignoranten sich über die Religion lustig machen.

„Was gibt es da zu lachen?", fuhr ich den Angetrunkenen an.

Das laute Gerede wurde deutlich leiser. Sogar der Nachrichtensprecher im Fernsehen war plötzlich zu verstehen. Am Stammtisch saßen die beiden altbekannten Rentner und tuschelten aufgeregt. Dann lehnten sie sich zurück in Vorfreude auf einen sich anbahnenden Streit.

„Ich habe dich etwas gefragt", rief ich dem Angetrunkenen in Erinnerung. Der Mann war kein Gegner für eine geistreiche Diskussion. Doch ich benötigte ein bestimmtes Stichwort, um endlich etwas loszuwerden, was ich schon lange einmal einem größeren Publikum sagen wollte. Er schaute unsicher. Wahrscheinlich war er es gewohnt, dass bei einem falschen Wort die Fäuste flogen.

„Trau dich ruhig", ermunterte ich ihn. „Hast du irgendetwas gegen den Papst zu sagen?"

Dann kam es, mein ersehntes Stichwort.

„Die Katholische Kirche hat doch im Mittelalter Hexen verbrannt."

Es war mir völlig klar, dass er mit diesem Vorwurf kommen würde. Der zahnlose Rentner schlug feixend sein Bierglas auf den Tisch. Sein weißhaariger Kollege grinste hämisch. Die beiden saßen schon lange genug an solchen Stammtischen, um zu wissen, dass ein Gespräch, das mit dem Papst begann, immer bei der Hexenverbrennung endete. Dabei ist dieser Unfug historisch etwa so fundiert, wie die Auschwitzlüge, also gar nicht. Das sollten die Gäste im Grünen Punkt nun auch umgehend erfahren.

„Die Katholische Kirche hat also im Mittelalter Hexen verbrannt", wiederholte ich zunächst den Vorwurf des Angetrunkenen, wobei ich langsam sprach und ihn unentwegt anschaute. „Offensichtlich hast du im Geschichtsunterricht an der Heizung gesessen und nicht aufgepasst."

„Das sind Tatsachen", wehrte er sich. „Ich habe sogar schon Bilder davon gesehen."

„Fotos oder einen Film?"

„Alte Bilder. Aber im Fernsehen kam es auch neulich erst."

„Nun gut. Dann beginnen wir zunächst einmal mit dem Einfachsten: Wann war denn das Mittelalter?"

Schweigen breitete sich aus. Die ersten Gäste begannen zu ahnen, dass sie bisher den falschen Historikern geglaubt hatten. Ich gab mir meine Antwort selbst.

„Es gibt natürlich keinen bestimmten Tag, an dem das Mittelalter endete so wie etwa ein Krieg endet", erläuterte ich. „Man kann es nur ungefähr einordnen anhand äußerer Umstände. Gängig ist etwa die Entdeckung Amerikas im Jahre 1492 oder die Amtszeit des Kaisers Maximilian I., der ab 1486 regierte und heute noch als der letzte Ritter bekannt ist. Ich persönlich bevorzuge die Reformation mit Luthers Thesenanschlag im Jahre 1517 als Wendemarke. Eine Kirchenspaltung ist nicht mittelalterlich. Spätestens zu diesem Zeitpunkt war es also vorbei damit."

Der Wirt schob mir einen Wein zu. Er sagte nichts, aber ihm war anzusehen, dass er so wenig wie alle anderen verstand, worauf ich hinaus wollte.

„Die nächste Frage wäre nun, wann die Hexenverbrennungen stattfanden", fuhr ich unbeirrt fort. „War das tatsächlich im Mittelalter? Die Antwort lautet eindeutig nein.

Unter Karl dem Großen drohte noch jedem die Todesstrafe, der an die Existenz von Hexen glaubte. Ein paar hundert Jahre später hat sich in Bayern eine Hexenhysterie ausgebreitet, was von den Pfarrern massiv bekämpft wurde. Aber das Volk wartete, bis einmal kein Priester vor Ort war. Dann schlug es zu und verbrannte in einem Akt der Lynchjustiz drei Frauen. Die Opfer wurden von der Kirche zu Märtyrerinnen erklärt. So war das im angeblich finsteren Mittelalter. Nicht Hexen wollte man ausrotten, sondern den Glauben, dass es sie gibt.

Erst mit dem Ende des Mittelalters kam es erstmals zu offiziellen Hexenverbrennungen. Richtig los ging es dann wiederum ein halbes Jahrhundert später, also nach dem Mittelalter. Ausgeartet ist die Hexenverfolgung im Dreißigjährigen Krieg, und der letzte Hexenprozess in Deutschland wurde 1775 im Allgäu geführt. Da war Goethe schon ein erwachsener Mann und in Amerika stand die Unabhängigkeitserklärung kurz bevor."

„Aber nach dem Mittelalter hat die Kirche die Hexen verbrannt", rief der Angetrunkene trotzig in die Menge. Er lieferte mir die Vorlagen so zuverlässig, als hätte ich ihn vorher engagiert.

„Du meinst sicher den Inquisitionsprozess", verbesserte ich ihn. „Dann solltest du zunächst wissen, dass die Inquisition für damalige Verhältnisse ein Riesenfortschritt im Strafprozess war. Vor der Inquisition versuchte man, die Wahrheit durch Gottesurteile zu ermitteln. Hufeisen, die aus kochendem Wasser gefischt werden mussten, glühende Kohlen, über die man zu gehen hatte und ähnliche Scherze ersetzten die Befragung von Zeugen. Dagegen setzten die Inquisitionsgerichte auf Beweise. Sie führten Verhöre durch, um die Wahrheit zu ermitteln. Gelegentlich kam es dabei auch zum Einsatz der Folter, das will ich gar nicht bestreiten. Aber wie uns die Amerikaner gelehrt haben, verstößt die Folter in keinster Weise gegen die Menschenrechte. Der Inquisitionsprozess der kirchlichen Gerichte war also schlichtweg dem Strafprozess der staatlichen Gerichte überlegen. Deshalb hat der Staat die Befragung der Hexen auf die Kirche übertragen. Das Ende eines solchen Prozesses war übrigens nie eine Verurteilung, sondern lediglich eine Aussage. Das Urteil und dessen Vollstreckung lag in der Hand des Staates. Es war darum nie die Kirche, welche die angeblichen Hexen verbrannt hat, sondern es war die deutsche Obrigkeit."

Damit hatte ich einen weiteren Vorwurf widerlegt. Nun fehlte nur noch das dritte Stichwort, um meinen Vortrag fortsetzen zu können. Prompt lieferte der Angetrunkene mir auch dieses.

„Die Katholische Kirche war aber zumindest an den Hexenverbrennungen beteiligt. Davon kannst du sie nicht freisprechen."

„Danke", sagte ich. „Genau das wollte ich hören. Lass mich dir auch dazu meine Meinung sagen. Die Hexenverbrennung war entgegen weitverbreiteter Ansicht keine Frage des Glaubens, sondern Auswuchs des Volksaberglaubens. Sie breitete sich stets dort aus, wo die weltliche Macht schwach war. Im katholischen Spanien hat es höchstens 300 Hinrichtungen gegeben, denn der starke Staat hatte so etwas nicht nötig. In Deutschland war es regional unterschiedlich. Protestantische Landstriche, die natürlich mit der katholischen Inquisition nichts zu tun haben wollten, schufen eigene Sondergerichte. Dort kam es zu den schlimmsten Exzessen. Mit Religion hatte das Ganze also wenig zu tun."

Ich trank mein Glas in einem Zug aus und knallte es auf die Theke. Dann zeigte ich mit gestrecktem Arm auf den Angetrunkenen.

„Wenn du also jemals wieder etwas gegen den Papst sagen willst, dann sieh dich vor. Ich könnte dir Einiges nennen, das es zu kritisieren gäbe. Aber die Hexenverfolgung gehört mit Sicherheit nicht dazu."

Der Mann schwankte. Er hatte mich nicht verstanden. Mein Exkurs war zu abgehoben gewesen. Die sonstigen Anwesenden unterhielten sich längst über andere Themen. Der Wirt schaute mich zweifelnd an.

„Welche Laus ist dir denn heute über die Leber gelaufen?", fragte er nachdenklich.

Ich wusste es selbst nicht.

5. Kapitel

Wozu empfohlen wird:
„ALTE REBEN" – RIESLING SPÄTLESE TROCKEN
Weingut Mathern, Niederhausen

Die Schweiz. Eigentlich ein komisches Wort, hinter dem sich ein drolliges Land verbirgt. Schweiz. Schweiz. Schweiz. Wenn man es oft sagt, wirkt es noch komischer. Es müssen seltsame Leute sein, die ihr Land so nennen. Trotzdem beschreiben die Deutschen mit diesem Wort gerne Landschaften, die etwas hügelig sind. Die Holsteinische Schweiz, die Fränkische Schweiz, die Sächsische Schweiz. Kaum ein Landstrich bleibt von einer eigenen Schweiz verschont. Natürlich fiel auch den Rheinhessen nichts Besseres ein, als diese Mode zu kopieren. Seither gibt es auch dort eine Schweiz.

Die kleinste aller Schweizen befindet sich allerdings im Naheland und umfasst ein paar Hügel bei dem Dörfchen Bockenau, weshalb der Name nicht wirklich überraschend ist: Bockenauer Schweiz. Die Bockenauer haben ihre Hügel deshalb Schweiz genannt, weil sie sonst nichts zu bieten haben. In Bockenau ist der Himmel blau – heißt es völlig zu Recht.

Es war kurz vor 14 Uhr, als ich dorthin unterwegs war. Wieder einmal hatte der Entführer sich bei KHK Schulz gemeldet. Damit war mittlerweile zur Regel geworden, dass jeder neue Termin immer eine Stunde später lag, als der vorherige. Der Gedanke, dass er mich einmal rund um die Uhr schicken würde, ließ mich schaudern. Das könnte für das Kind noch Wochen in seiner Gewalt bedeuten.

Bockenau gleicht ein wenig einem Gebirgsdorf. Es ist ein sehr hügeliger Ort. Im Licht des hellen Sommertages versprühte er italienisches Flair, wozu zwanglos passte, dass gleich mehrere Mopedfahrer ohne Helm durch die steilen Gassen knatterten.

Nachdem ich das Dorf schon fast durchfahren hatte, sah ich rechts ein Polizeiauto stehen. Ein Polizist gab meine Ankunft per Funk an KHK Schulz durch und wies mir den Weg. Es ging weit hinauf bis auf einen Hügel, der Wingertsberg genannt wird.

Bockenauer sind sehr patriotisch. Deshalb ist der Blick von diesem Berg auch fixiert auf ihr Dorf. Aus knapp 400 Metern Höhe sieht man von dort aus eigentlich nur Bockenau. Dafür aber komplett. Das ganze Dorf, ein Steinbruch, ein kleines Stahlwerk, das immerhin in alle Welt liefert, die Kirche, die Häuser – nichts entgeht dem Betrachter von hier oben. Natürlich ist der Weitblick phänomenal, nur kann man außer den welligen Hügeln des Nahelandes nichts erkennen. Irgendwie haben die Bockenauer es geschafft, ihr Dörfchen so zu platzieren, dass man die umliegenden Siedlungen nicht sieht. So einmalig dieser Blick sein mag, so beliebig ist er auch. Würde man die Aussicht im Bild festhalten und jemandem zeigen, dann würde er wohl nicht wissen, von wo aus das Bild gemacht wurde. Hügel und Wälder, Hügel und Felder. Alles wirkt unbestimmt, bis man hilflos nach einem festen Punkt suchend den Blick nach unten wendet. Dann erkennt man, wo man ist, nämlich in Bockenau.

Noch während ich darüber nachdachte, kam KHK Schulz auf mich zu.

„Willkommen in der Bockenauer Schweiz", begrüßte ich ihn.

„Eine seltsame Marotte, jede Hügellandschaft gleich als Schweiz zu bezeichnen", philosophierte er. „Warum vergleicht man sich mit einem Vorbild, das man nicht erreicht?"

„Vielleicht, weil der Gast sich dann besser vorstellen kann, was ihn erwartet?"

„Es gibt sogar Städte, die sich mit dem Namen anderer Städte schmücken", fuhr er fort. „Eigentlich ein Unfug. Meine Heimatstadt Dresden nennt sich zusätzlich Elbflorenz. Meinen die etwa, ihre Stadt wäre schöner, wenn sie Florenz imitieren?" Er sagte natürlich Dräsdn und nicht Dresden. Außerdem schien er heute grantig zu sein, weshalb ich beschloss, ihn ein wenig aufzuziehen.

„Offenbar muss ich sie korrigieren", belehrte ich ihn. „Dresden hat sich nicht an Florenz orientiert, sondern an Bad Kreuznach."

„An Bad Kreuznach?"

„Ja, allerdings ist dies ein Detail, von dem nur wenige wissen. Doch wenn Sie bei uns am Ellerbach spazieren gehen, entdecken Sie ein Viertel, das seit Menschengedenken als Klein-Venedig bekannt ist. Die Dresdner waren neidisch auf das besondere Flair dieser Häuserzeilen. Weil sie aber nichts Vergleichbares hatten und sich deshalb nicht Elbvenedig nennen konnten, haben sie sich eben Elbflorenz genannt."

Er schaute mich irritiert an.

„Sind Sie eigentlich so etwas wie ein Botschafter und werden dafür bezahlt, dass Sie ständig Ihre Stadt so hervorheben?"

„Nein", sagte ich. „Ich bin einfach nur Kreuznacher. Wir sind alle stolz auf unsere wunderschöne Kur- und Badestadt. Jeder Kreuznacher ist Botschafter seiner Heimat."

„Jeder ist ein Botschafter. Hören Sie mir bloß damit auf. Das erinnert mich an meine Jugend im real existierenden Sozialismus. Da war auch jeder ein

Botschafter. Botschafter des Friedens, Botschafter der Freiheit, Botschafter des Sports. Unerträglich war das."

„Ein gutes Stichwort", merkte ich an. „Da haben wir es gleich mit einer weiteren Erfindung aus Bad Kreuznach zu tun. Den Sozialismus in seiner ostdeutschen Erscheinungsform als Diktatur hat natürlich der Saarländer Honecker geprägt. Deshalb konnte da auch nichts Vernünftiges bei herauskommen. Der theoretische Unterbau des Kommunismus hingegen hat seine Wurzeln in meiner Heimatstadt."

„Was Sie nicht sagen", grinste KHK Schulz. „Ging das Gespenst ursprünglich nicht in Europa, sondern nur in Bad Kreuznach um?"

„So ähnlich. Der hier umging, war allerdings Karl Marx höchstpersönlich. In unserer Pauluskirche hat er geheiratet, hierher ist er auch nach seiner Hochzeitsreise zurückgekehrt. Da der Reiz des Neuen wohl verflogen war, suchte er nach einem anderen Zeitvertreib. In der heute noch im Chor des alten Franziskanerklosters existierenden Bibliothek des Gymnasiums an der Stadtmauer wurden insgesamt 23 staatstheoretische Werke von Marx durchgearbeitet und exzerpiert. Seine damaligen Notizen werden heute in Amsterdam im Institut für Sozialgeschichte aufbewahrt und zwar unter dem Namen „Kreuznacher Hefte". Sie gelten als Grundlage aller späteren Veröffentlichungen von Karl Marx."

„Sind Sie etwa stolz darauf? Wissen Sie, was der Welt möglicherweise erspart geblieben wäre, wenn Marx Ihre Heimatbibliothek nie zu Gesicht bekommen hätte?"

Ich hatte diesen Einwurf erwartet, doch ich war gewappnet.

„In Bad Kreuznach hat Marx nur gelesen und geschrieben. Sicherlich haben ihn unsere Weine milde gestimmt, weshalb er seine radikalen Ideen unter Verschluss hielt. Erst als er von hier weg nach Paris gezogen ist, begann er mit dem Publizieren. Schuld sind also die Franzosen. Deren Wein hat Marx aggressiv gemacht."

„Womit Sie wahrscheinlich behaupten wollen, der Nahewein sei sogar besser als der französische. Habe ich Recht?"

„Das lässt sich so pauschal nicht sagen. Es gibt schließlich nicht nur einen Nahewein oder einen französischen Wein. Die Frage wäre, ob der französische Wein den Ruf verdient, den er genießt oder ob der Nahewein nicht einfach zu wenig bekannt ist. Immerhin sind die Kunden des Naheweines echte Weinkenner, was ich beim französischen Wein teilweise bezweifle. Schauen Sie sich doch einmal an, wohin diese ganzen Super-Grand-Cru-Spitzen-Bordeauxweine verkauft werden. In Länder der ehemaligen Sowjetunion und nach China, also in Regionen, wo Leute unnatürlich schnell zu viel Geld gekommen sind. Mit anderen Worten: Dort wo Qualität über den Preis definiert wird, weil es schlichtweg am erforderlichen Wissen fehlt, dort kauft man französischen Wein."

KHK Schulz seufzte und nahm die Flasche zur Hand, die er für die heutige Probe mitgebracht hatte.

„Wo Sie gerade von Wein reden: Es gilt auch hier wieder, eine Aufgabe zu lösen."

Er schenkte ein. Ich nahm das Glas, schwenkte es leicht im Kreis und ließ die Aromen emporsteigen. Noch bevor ich es zur Nase führte, bemerkte ich schon den Fehlton.

„Kork", sagte ich angewidert zu KHK Schulz. „Ich fürchte, Sie wollen mir hier einen Korkschmecker unterjubeln."

Warum selbst Weinkenner vom Korkgeschmack reden, ist mir ein Rätsel, denn wenn der Korken den Wein verfälscht hat, kann man das nicht schmecken. Man riecht es und unterlässt es dann tunlichst, den Wein noch trinkend zu probieren. Der menschliche Geruch ist faszinierend und als Sinnesorgan dem Geschmack weit überlegen. Die Nase ist es, nicht die Zunge, die den durch Korken leider bisweilen hervorgerufenen Fehlton erspürt. KHK Schulz war sich unsicher, was er nun tun sollte.

„Die Weisung des Entführers lautet, dass der Wein zu trinken ist", erklärte er mir.

„Dabei ist der Entführer aber sicher von einem fehlerfreien Wein ausgegangen", erwiderte ich.

„Wollen Sie den Wein nicht trotzdem probieren? Vielleicht wären Sie dann auch sicher, ob wir hier wirklich einen Wein mit Korkgeschmack haben."

„Ich bin mir bereits sicher", beharrte ich. „Dieser Wein hat einen Fehlton, den ein Chemiker durch das Auftreten von Trichloranisol erklären würde."

KHK Schulz hätte zu gerne selbst an dem Wein gerochen. Ich sah es ihm an. Aber er wusste nicht, ob er etwas feststellen würde. Ich hielt ihm das Glas unter die Nase.

„Riechen Sie es?"

„Ich bin mir nicht sicher".

„Dann wird es Ihnen auch nichts nutzen, den Wein zu probieren."

„Doch, denn dann wüsste ich, ob er nach Kork schmeckt."

„Eben nicht." Er war etwas unbelehrbar. „Stellen Sie sich vor, ich würde ein Stück Würfelzucker in einem normalen Schwimmbecken mit olympischen Ausmaßen auflösen. Könnten Sie dann schmecken, ob das Wasser süßer ist?"

„Wohl kaum."

„Es wäre ausgeschlossen. Doch der Nase gelingt, was die Zunge nicht kann. Wenn Sie nämlich einem Liter Wein nur ein millionstel Gramm Trichloranisol beimischen, dann werden Sie einen deutlichen Korkgeschmack wahrnehmen. Wahrscheinlich bezeichnet man gute Polizisten deshalb auch als Spürnasen und nicht als Spürmünder."

Das überzeugte ihn. Wir einigten uns darauf, dass ich den Wein nicht trinken würde, zumal es ohnehin keine Rolle spielte, ob ich ihn trank, ihn wegschüttete oder sonst etwas damit tat. Dann erst offenbarte mir KHK Schulz, dass er immer zwei Flaschen der vorgeschriebenen Probe dabei hatte.

„Man weiß ja nie, was passiert", entschuldigte er sich. In seinem Bemühen um Perfektion hatte er tatsächlich einkalkuliert, dass eine Flasche vor der Probe kaputt gehen könnte. Der Gedanke an Korkgeschmack war ihm hingegen nie gekommen.

„Nun denn", fügte ich mich in mein mir nicht allzu hart erscheinendes Schicksal. „Nunc est bibendum."

KHK Schulz ließ die zweite Flasche öffnen. Der Wein war makellos. Folglich musste ich mich erneut als Weinkenner bewähren. Dies fiel mir schon deshalb schwer, weil der Wein eine hohe Restsüße hatte. Offenbar eines der höheren Prädikate, Auslese oder sogar Beerenauslese. Schlierig wälzte sich der Tropfen beim Schwenken durch das Glas, eher an flüssigen Honig erinnernd als an Wein. Auch das Bukett war süßlich, erinnerte an vollreifes Obst, vor allem an Birne.

Der Geschmack war auffallend flach, eindeutig eine Neuzüchtung auf der Basis von Riesling. Das Lesejahr schien lange zurückzuliegen. Nur der hohe Zuckergehalt hatte den Wein trinkbar gehalten.

Wenn es um neu gezüchtete Weinsorten geht, denke ich zunächst immer an Bacchus. Das scheint mir der einzige Neuling zu sein, der sich wohl auf Dauer durchsetzen wird. Allerdings hat Bacchus meist einen heftigen Muskatton, der bei diesem Wein fehlte.

Nach dem Bacchus hatte der Optima bei seinem Erscheinen auf dem Markt kurzzeitig Erfolg. Heute steht er wahrscheinlich auf der Roten Liste bedrohter Arten, wo er eigentlich auch hingehört. Optima hat außer Süße nichts zu bieten. Genau wie dieser Wein hier.

„Optima", sagte ich. KHK Schulz schüttelte den Kopf. Es war nicht das typische Kopfschütteln wegen eines Fehlers, sondern eine Geste des Unverständnisses. Also lag ich richtig, er konnte bloß nicht verstehen, weshalb.

Als Nächstes war die Lage zu bestimmen. Das Problem war nur, dass ich keine einzige gute Weinlage in Bockenau kannte. Gedanklich suchte ich die Hänge rund um das Dorf ab. Kein Name fiel mir ein. Ich erweiterte die in Betracht kommenden Lagen und zog die Nachbardörfer mit ein. Erst in Sponheim wurde ich fündig.

„Sponheimer Abtei."

Wieder ein Kopfschütteln von KHK Schulz, diesmal aber das fehleranzeigende. Ich war nicht gram darum. Es ist keine Schande, sich beim Bockenauer Wein nicht auszukennen.

Nun kam der Jahrgang an die Reihe. Hier war ich wirklich ratlos.

„Es ist nicht sehr höflich von diesem Entführer, mir ständig alte Weine zu präsentieren", meckerte ich.

Mehr als ein doch schon beträchtliches Alter hatte ich nicht feststellen können. Statt falsch zu raten, kapitulierte ich zur Abwechslung mal. KHK Schulz, der Mann, der den Korkgeschmack nicht definieren konnte, war enttäuscht. Zerknirscht verriet er mir den genauen Jahrgang. Dann überlegten wir, was es damit auf sich haben könnte. Mir fiel nichts ein.

„Der erste Rausch, der erste Qualm, die erste Frau?", meinte einer der Assistenten scherzhaft. KHK Schulz unterbrach ihn schroff:

„Herr Dexheimer war damals doch gerade erst im 3. Schuljahr."

„Dann weiß ich jetzt auch, was die Besonderheit dieses Jahrgangs war", fiel mir prompt ein. „Zwar hatte ich nicht den ersten Rausch, wohl aber mein erstes Weinerlebnis. Es war das Jahr, in dem ich zum ersten Mal Wein getrunken habe." KHK Schulz staunte nicht schlecht.

„Ist das jetzt auch ein typischer Brauch des Nahelandes oder eher eine Familientradition im Hause Dexheimer?"

„Weder noch", erklärte ich ihm. „Es ist einfach nur gut katholisch. Im dritten Schuljahr geht man nämlich zum ersten Mal zur Kommunion. Der Wein entspricht meinem Kommunionjahrgang."

Der Kriminalbeamte wandte sich zweifelnd an einen Assistenten.

„Geburt, Einschulung, Erstkommunion. Sehen Sie darin einen Sinn?"

„Hört sich eher nach Zufall an", erwiderte der.

Alle anderen hielten es auch für eine eher weniger plausible Erklärung, weshalb wir uns schließlich trennten, ohne in der Veranstaltung einen Sinn erkannt zu haben. Unter den staunenden Blicken zahlreicher Einheimischer, die sich neugierig genähert hatten, gingen wir zu unseren Autos und fuhren davon.

Mein Ziel war die Kanzlei, doch steuerte ich nicht die nahegelegene Bundesstraße an, sondern folgte der Landstraße über die Dörfer. Es war glutheiß, seit Tagen trocken. Neben der Straße wälzte sich dampfend und staubend wie ein schnaubender Drache ein Mähdrescher durch die Sommergerste auf den Feldern. Ideales Wetter für die Kornernte. Die Winzer begannen bereits verhalten von einem Spitzenjahrgang zu sprechen, aber was jetzt fehlte, war Regen. Die lange hochsommerliche Trockenphase drohte zur Dürre zu werden.

Das Frettchen Gallert saß im Zuschauerraum und beachtete mich nicht. Er wollte unbedingt verhindern, dass jemand einen Zusammenhang zwischen uns beiden herstellte. Obwohl der Sitzungssaal des Arbeitsgerichtes noch leer war, ging ich an ihm vorbei, ohne ihn anzusprechen. Besser wäre gewesen, ich hätte dies nie anders gehandhabt.

Das Gericht trat ein, wir erhoben uns. Das Gericht nahm Platz, wir setzten uns. Der Vorsitzende eröffnete die Verhandlung in Sachen Berlandy ./. Cruceniastiftung.

„Herr Rechtsanwalt Dexheimer, haben Sie die Auswertung der Buchhaltung gelesen?"

Ich nickte.

„Was sagen Sie dann dazu, dass Ihr Mandant seine Tätigkeit aufnimmt, es zu Fehlbeträgen kommt, er seine Tätigkeit beendet und die Kasse wieder stimmt?"

Deutlicher konnte man als Richter kaum durchblicken lassen, auf wessen Seite man das Recht sah. Ich atmete einmal tief durch und antwortete.

„Die Buchhaltung wurde nachträglich erstellt. Solange der Kläger bei der Beklagten beschäftigt war, gab es nur handschriftliche Aufzeichnungen. Hilfsfond und Mieteinnahmen wurden nicht getrennt. Die jetzt vorgelegte Buchhaltung muss geprüft werden. Wir halten sie für eine Fälschung."

„Haben Sie das Testat des Wirtschaftsprüfers gelesen?", fragte der Vorsitzende weiter.

„Selbstverständlich. Dennoch halten wir an dem Fälschungsvorwurf fest."

Graf zu Anhausen ergriff das Wort. „Ich möchte das Gericht bitten, darauf zu achten, dass der Kollege keine unbewiesenen Behauptungen in den Raum stellt. Das ganze Verfahren ist eine sinnlose Kampagne gegen die Cruceniastiftung. Wir werden es nicht zulassen, dass mit Verleumdungen gearbeitet wird."

Der Vorsitzende schaute mich ernst an.

„Haben Sie gehört, was Ihr Kollege Ihnen vorwirft?"

Danny Berlandy schüttelte ungläubig den Kopf.

„Befangenheit", flüsterte er mir zu. Ich versuchte es weiterhin sachlich.

„Ich bestreite die Richtigkeit der Buchführung und des Testats des Wirtschaftsprüfers. Darin sehe ich keine Verleumdung, sondern ein zulässiges prozessuales Verhalten."

„Der Vortrag ist unsubstantiiert", meinte Graf zu Anhausen. „Welche konkrete Buchung soll falsch sein?"

„Auf der Einnahmenseite sind nicht alle Mieten erfasst, die bar eingezahlt wurden."

„Woher wollen Sie das wissen?"

„Weil der Krollmann sie eingesteckt und mit dem Himmelsbach geteilt hatte", rief Danny Berlandy dazwischen. Ich ermahnte ihn eindringlich, das Prozessieren mir zu überlassen.

„Herr Vorsitzender, ich benötige weitere Unterlagen, um diese Buchhaltung überprüfen zu können. Dazu gehört zunächst eine Liste aller Wohnungen der Stiftung nebst Mietverträgen. Nur so kann die Höhe der Mieten festgestellt werden. Desweiteren benötige ich Kontoauszüge, um prüfen zu können, welche Mieten überwiesen wurden. Erst dann lässt sich feststellen, wie hoch der Anteil an Mieten ist, der bar in die Kasse des Hilfsfonds fließt."

Graf zu Anhausen drehte sich lächelnd zu mir.

„Herr Kollege, es ehrt Sie ja, dass Sie sich so akribisch in den Fall einarbeiten möchten. Aber wer soll denn diese Arbeit erledigen? Dafür gibt es doch gerade Wirtschaftsprüfer."

Er lächelte auch das Gericht freundlich an, um sich dann an dieses zu wenden.

„Ich bitte darum, fortzufahren. Wir verschwenden hier doch nur unsere Zeit." Ratlos blickte der Vorsitzende erst zu mir, dann zu dem Kollegen.

„Gibt es eine Möglichkeit zur Einigung?"

Graf zu Anhausen lehnte kategorisch ab.

„Dann muss sich die Kammer kurz beraten. Die Sitzung wird für fünf Minuten unterbrochen." Wir gingen hinaus auf den Flur.

„Was hat das zu bedeuten?", erkundigte sich der Mandant.

„Das Gericht denkt darüber nach, wie weit es in die Tiefen dieser Buchhaltung einsteigen muss. Es ist ein klitzekleiner Etappensieg. Offensichtlich wollen sie sich nicht damit zufriedengeben, dass irgendein Wirtschaftsprüfer einfach behauptet, die Zahlen seien stimmig."

Nach Wiedereintritt in die Sitzung verkündete der Vorsitzende den Beginn der Beweisaufnahme.

„Wir hören uns zunächst einmal die geladenen Zeugen an. Danach werden wir entscheiden, ob den Vorwürfen des Klägers noch weiter nachgegangen werden muss. Fangen wir also mit dem Zeugen Krollmann an."

Siegbert Krollmann. Rechte Hand und Golfpartner des Aufsichtsratsvorsitzenden der Cruceniastiftung, Verwalter und Vermittler der stiftungseigenen Wohnungen, verantwortlich für jeden einzelnen Schritt von der Vergabe einer Wohnung bis zum Beitreiben der Mieten. Konnte so ein Mensch überhaupt ehrlich sein?

Krollmann hatte Macht. Große Macht. Wie oft am Tag lag es allein in seiner Hand, ob Menschen ein Dach über dem Kopf bekamen oder verloren? Er hatte dafür zu sorgen, dass keine Wohnungen leer standen und alle Mieter zahlten. Niemand kontrollierte, wie er das machte, so lange er es nur gut machte. Gut im Sinne der Stiftung, die in den Wohnungen ein Kapital sah, das Rendite bringen musste. Ob Krollmann fair war, ob er unberechtigte Vorteile gewährte oder sich selbst Vorteile verschaffte, interessierte niemanden, solange das Ergebnis stimmte. Krollmann war sich seiner Macht bewusst. Er bewegte sich lässig in Richtung des Zeugenstuhles, würdigte uns keines Blickes und schaute den Vorsitzenden arrogant an.

„Wer wagt es, mir eine Frage zu stellen?", schien er sagen zu wollen. Er war jener, der wusste. Alle anderen waren aus seiner Sicht nur unwissend und sollten es auch bleiben. Der Vorsitzende schmunzelte. Er kannte jeden Zeugentypus und es interessierte ihn nicht, für wen oder was sich jemand hielt. Man kann ihm nicht vorwerfen, dass er es nicht versucht hätte. Doch wenn ein Mensch konsequent behauptet, er würde immer alles korrekt machen, was soll man dann noch fragen?

„Sie wissen also ständig ganz genau, wer welche Miete schuldet, und es gelingt Ihnen immer, diese beizutreiben", fasste der Vorsitzende zusammen.

„Ich mache das seit über einem Jahrzehnt. Jederzeit kann ich Ihnen alles zu jedem einzelnen Mietverhältnis sagen. Sonst wäre ich nicht Verwalter der Stiftung."

„Sie haben alle diese Daten im Kopf?"

„Überwiegend schon, aber wir fertigen natürlich Aufzeichnungen, führen exakte Mietkonten. Dort ist alles vermerkt."

Er war überheblich bis zur Grenze des Erträglichen und darüber hinaus. Aber er machte nicht den Fehler, eine Aussage zu liefern, die man anzweifeln konnte. Als ich das Fragerecht bekam, versuchte ich es daher mit direkten Vorwürfen ins Blaue hinein. Das ist juristisch gesehen grenzwertig, aber hin und wieder hilfreich.

„Nehmen wir einmal an, Sie hätten eine Miete für sich vereinnahmt, wie könnte man dies nachweisen?"

„Überhaupt nicht, weil es so etwas nicht gibt."

„Nehmen wir trotzdem einmal an, dass es so etwas gäbe."

„Alle Mieten, die ich kassiert habe, wurden im Büro der Stiftung abgeliefert und ordnungsgemäß verbucht."

„Durch wen?"

„Durch Ihren Mandanten."

„Dann kann mein Mandant also etwas darüber aussagen, ob Sie immer korrekt kassiert haben, oder? Es oblag ihm somit zugleich die Kontrolle Ihrer Tätigkeit, und Sie waren meinem Mandanten rechenschaftspflichtig. Ist es so?"

„Nein natürlich nicht," brauste Kollmann auf.

„Warum nicht?"

„Weil ich der Verwalter bin. Nur ich weiß, wer was schuldet."

Verletzte Eitelkeit ist einer der Hauptgründe, warum Zeugen die Wahrheit sagen. Wenn man ihre Kompetenz anzweifelt, reagieren Sie aus Trotz spontan ehrlich.

„Herr Berlandy konnte also nur so verbuchen, wie Sie es ihm vorgegeben haben. Habe ich das richtig verstanden?"

„Es war seine Aufgabe. Was soll ich Ihnen sonst dazu sagen?"

„Gut, dann wiederhole ich meine Ausgangsfrage: Wenn Sie eine Miete für sich vereinnahmt hätten, wie hätte mein Mandant dies erkennen sollen?"

„Ich bitte das Gericht, diese Art der Befragung zu unterbinden." Graf zu Anhausen schritt vorsichtshalber ein. „Der Zeuge kann doch nicht wissen, was gewesen wäre wenn. Derartige Fragen halte ich für unseriös."

„Ich ziehe die Frage zurück", erklärte ich schnell. Mir genügte das Ergebnis. Es war wenig, aber wenn das Gericht nur den Eindruck gewonnen hatte, dass Krollmann theoretisch unentdeckt hätte Geld unterschlagen können, war schon viel gewonnen.

„Keine weiteren Fragen", erklärte ich.

Krollmann wurde entlassen und Dr. Himmelsbach nahm auf dem Zeugenstuhl Platz. Er schilderte weitschweifig die hehren Prinzipien der Cruceniastiftung und seine Erschütterung über den angeblichen Vertrauensmissbrauch durch Danny Berlandy. Das Gericht griff meine Fragen an Siegbert Krollmann auf.

„Es ist doch offensichtlich so, dass manche Mieter bar zahlen. Wer kontrolliert das?"

„Da müssen Sie sich an den Verwalter wenden. Meine Aufgaben bestehen nicht darin, einzelne Mieteingänge zu kontrollieren."

„Aber wer kontrolliert denn den Verwalter?"

„Ich nicht, das ist nicht meine Aufgabe. Dort sitzt Herr Hünemann, der Ihnen sicher bei dieser Frage behilflich sein kann."

Er zeigte auf den Stiftungsvorsitzenden, der die Stiftung offiziell nach außen hin vertrat. Sich selbst stellte er als über den Dingen stehend dar, abgehoben vom Tagesgeschäft, weit entfernt von den Niederungen, mit denen wir uns befassten. So ging es während der gesamten Befragung durch das Gericht weiter. Dr. Himmelsbach spielte den Ehrenmann, der erhaben ist über jeden Verdacht. Außer dem Hervorheben seiner eigenen Bedeutung hatte er offensichtlich keinerlei Aufgaben bei der Stiftung.

Ich hörte mir diesen Sermon von seinem Uneigennutz geduldig an, bis ich an die Reihe kam. Dann erhob ich mich, um ihm die Kopien der Kontoauszüge auf den Tisch zu knallen. Er zuckte kurz zusammen und kam aus den Sphären seiner gottgleichen Wichtigkeit zurück auf die Erde.

„Was können Sie uns zu diesen Überweisungen sagen?", fragte ich. Er warf einen Blick auf die Kopien und wurde blass.

„Woher haben Sie das?" Graf zu Anhausen wirkte wie elektrisiert. „Ich bitte das Gericht, dem Kollegen aufzugeben, den Sinn dieser Frage zu erläutern."

„Kein Problem", sagte ich, zog einen Satz Kopien für das Gericht sowie einen für die Gegenseite hervor und verteilte sie.

„Wir haben hier Ablichtungen von Kontoauszügen, die belegen, dass der Zeuge jeden Monat 500 Euro auf ein Konto der Stiftung zahlt. Stimmt dies, Herr Dr. Himmelsbach?"

„Das ist doch einfach nur peinlich, was sie hier veranstalten, Herr Dexheimer. Muss das sein?" Er schaute mich mit flehendem Blick an, so als wollte er mich bitten, das Thema nicht zu erwähnen.

„Stimmt es oder stimmt es nicht?", beharrte ich.

„Es stimmt, aber ..."

„Kein aber", schnitt ich ihm das Wort ab. „Wozu dienen diese Überweisungen?"

„Ich möchte das nicht beantworten." Hilfesuchend schaute er zunächst zu seinem Anwalt, dann zum Gericht. Ich wedelte mit dem zweiten Bündel Kopien.

„Hier sind die Belege über die Barauszahlungen", drohte ich. „Müssen wir das offenlegen?"

„Ich weiß nicht, wovon Sie reden", verteidigte sich der Zeuge.

„Bitteschön, wie Sie wollen." Umgehend verteilte ich auch je einen Satz der Quittungskopien an die Beteiligten. Graf zu Anhausen lächelte freundlich.

„Danke, Herr Kollege", sagte er gutgelaunt. Ich stutzte kurz. Normalerweise hätte er versuchen müssen, die Verwendung dieser Kopien zu verhindern. Was heckte er aus? Egal. Ich war wie im Rausch.

„Herr Dr. Himmelsbach", fuhr ich theatralisch fort. „Aus diesen Quittungen ergibt sich, dass eine bestimmte weibliche Person Monat für Monat 500 Euro aus dem Hilfsfond der Stiftung erhält. Stimmt das?"

Verwirrt wischte er sich mit der Hand über die Stirn. Ich hatte mich nicht wieder gesetzt und stand vor ihm.

„Ich weiß nicht, wovon Sie reden", wiederholte er.

„Dann betrachten Sie bitte einmal diese Unterschrift. Können Sie uns sagen, welche Person so unterzeichnet?"

„Nein."

„Würden Sie dann bitte den Verwendungszweck verlesen?"

Dr. Himmelsbach beugte sich vor und las. „Vom Fond der Cruceniastiftung."

„Weiter", trieb ich ihn an. „Auch die nächste Zeile."

„Für BK", ergänzte er brav. Ich hatte gleich die nächste Frage.

„Eine Zahlung vom Fond der Cruceniastiftung für eine ominöse BK. Kommt Ihnen jetzt die Erinnerung?" Er richtete sich zuerst trotzig auf, dann erhob er sich, da ich vor ihm stand und auf ihn hinabschaute.

„Herr Rechtsanwalt Dexheimer, ich weiß nicht, wovon Sie reden. Ich kenne diese Quittungen nicht und ich weiß nicht einmal, ob sie echt sind. Was sollen diese Fragen im Zusammenhang mit einem Mann, der die Cruceniastiftung um mindestens 30.000 Euro geschädigt hat?" Der Vorsitzende bat uns, wieder Platz zu nehmen.

„Vielleicht kann uns der Herr Rechtsanwalt zunächst einmal erklären, wie er in den Besitz dieser Quittungen gelangt ist", forderte er mich auf.

„Die Quittungen wurden mir zugespielt. Ich kann nicht sagen, von wem, aber ich habe die Originale gesehen. Sie stimmen mit den Kopien überein."

„Das bestreite ich", kommentierte Graf zu Anhausen knapp. „Der Urkundenbeweis wird angetreten durch Vorlage der Originalurkunde."

„Ich habe die Originale nicht."

„Woher sollen wir dann wissen, dass Sie die Quittungen nicht selbst gemacht haben?"

Der Vorsitzende verzog kritisch das Gesicht.

„Wenn mir ein Rechtsanwalt versichert, dass eine Kopie mit einem Original übereinstimmt, bin ich zunächst einmal geneigt, dies auch zu glauben", stellte er klar. „Die Frage ist nur, wie wir mit diesen Unterlagen nun umgehen sollen." Ich erklärte es ihm gerne.

„Dr. Himmelsbach überweist monatlich 500 Euro an die Stiftung. Zugleich werden 500 Euro bar ausgezahlt, ohne dass dies in der angeblich einwandfreien Buchhaltung auftaucht. Folglich ist die Buchhaltung falsch."

„Ich bestreite, dass 500 Euro jeden Monat an eine unbekannte Person ausgezahlt werden", beharrte Graf zu Anhausen. „Die Kopien beweisen nichts."

„Dann möge uns der Zeuge eben erläutern, warum er monatlich 500 Euro überweist."

Ich schaute Dr. Himmelsbach triumphierend an, der nun die Hand hob und um das Wort bat.

„Die Überweisungen stellen meine persönliche Spende an die Stiftung dar. Es ist mir ein tiefes Bedürfnis, die Arbeit der Cruceniastiftung zu unterstützen. Zugleich ist es mir äußerst peinlich, dass dieses Engagement nun grundlos an die Öffentlichkeit getragen wird." Er triefte fast vor caritativer Menschenliebe. Der Vorsitzende unterbrach die Sitzung.

„Die Kammer wird beraten."

Ich ging hinaus und gab Gallert ein Zeichen, mir zu folgen. Wir zogen uns in einen Seitenflur zurück, wo ich ihn zur Rede stellte.

„Wie sicher ist die Story mit dem unehelichen Kind?"

„Absolut wasserdicht."

„Wie kann Dr. Himmelsbach dann so eiskalt alles abstreiten?"

„Sie haben ihn doch gar nicht nach dem Kind gefragt."

„Ich stelle niemanden unnötig bloß. Wenn er abstreitet, von den Zahlungen etwas zu wissen, mache ich mich doch lächerlich, wenn ich ihm ein uneheliches Kind anhänge."

Das Frettchen versuchte sich an einer Lösung.

„Wahrscheinlich hat Dr. Himmelsbach die Originalquittungen an sich genommen. Ich musste sie ja zurückgeben an die Stiftung. Er weiß, dass wir die Echtheit der Kopien nicht beweisen können." Für einen Journalisten dachte er ziemlich juristisch. Woher er dieses Wissen nur haben mochte?

„Es gibt nur eine Lösung", sagte ich. „Sie müssen aussagen."

„Ich? Ausgeschlossen. Ich habe Ihnen von Anfang an gesagt, dass ich nicht mit der Geschichte in Verbindung gebracht werden möchte."

„Aber wir können Dr. Himmelsbach nicht festnageln, wenn wir dem Gericht nicht beweisen, dass die Quittungen mit den Originalen übereinstimmen."

„Das ist Ihr Problem. Halten Sie mich außen vor."

„Wenn ich Sie als Zeugen benenne, müssen Sie aussagen."

„Das würde ich Ihnen nicht raten." Er zeigte kurz seine Frettchenzähne, als wollte er mich warnen. Danny Berlandy kam um die Ecke und teilte mit, dass die Verhandlung fortgesetzt wurde. Wir gingen zurück in den Gerichtssaal.

Die Kammer hatte beraten und sah sich aus rechtlichen Gründen daran gehindert, die Quittungskopien als Beweis anzuerkennen.

„Wir machen uns zwar auch unsere Gedanken, wieso es diese Kopien gibt", erläuterte der Vorsitzende. „Aber um Beweise handelt es sich nicht. Kann der Zeuge entlassen werden?"

„Keine Fragen mehr", bestätigte ich.

Dann wartete ich, bis Dr. Himmelsbach den Sitzungssaal verlassen hatte, sah mich nochmal kurz um, ob das Frettchen noch dort saß, und formulierte einen Beweisantrag.

„Ich benenne den präsenten Zeugen Marcel Gallert zum Beweis der Tatsache, dass aus der Kasse des Hilfsfonds monatlich 500 Euro an eine noch nicht bekannte Frau ausgezahlt werden." Graf zu Anhausen grinste verschmitzt.

„Keine Einwände", rief er ungefragt dazwischen. Der Vorsitzende rief Gallert nach vorne. Jetzt wollte er es selbst wissen.

„Ihr Name, Ihre Anschrift, Ihr Alter und Ihr Beruf bitte. Sind Sie mit einer der Parteien verwandt oder verschwägert?"

Während Gallert diese Angaben machte, beobachtete ich den gegnerischen Kollegen.

Seine Augen funkelten voller Vorfreude. Wie bei einem Kind an Heiligabend. Mir wurde klar, dass auch er noch ein Ass im Ärmel hatte.

„Sie haben die bisherige Verhandlung verfolgt?", begann die Befragung durch das Gericht.

„Rein aus journalistischem Interesse."

„Können Sie uns etwas sagen zu den Anschuldigungen, die der Rechtsanwalt Dexheimer hier gegen den Aufsichtsratsvorsitzenden der Cruceniastiftung erhoben hat?"

„Nein." Die beiden ehrenamtlichen Richter schauten mich verblüfft an.

„Ich habe keine Fragen an den Zeugen", gab Graf zu Anhausen schnell bekannt.

Er war überhaupt nicht an der Reihe. Gallert war mein Zeuge. Der Vorsitzende unternahm noch einen Versuch, dem Frettchen die Wahrheit zu entlocken.

„Mir liegen hier Quittungen vor über regelmäßige monatliche Zahlungen durch die Cruceniastiftung an eine noch unbekannte Person."

„Kann ich diese Quittungen einmal sehen?"

„Selbstverständlich."

Gallert ging zum Richtertisch und blätterte die Unterlagen durch. Dann setzte er sich wieder.

„Ich kann mich an etwas Ähnliches erinnern." Der Vorsitzende seufzte.

„Es wäre hilfreich, wenn Sie sich etwas zusammenhängender äußern könnten. Erzählen Sie doch einfach, was Sie wissen."

Demonstrativ setzte der Zeuge sich wieder und tat, als müsse er nachdenken. Dann begann er, sich zu erinnern. Oder auch nicht. Er war schließlich Journalist. Da verschwimmen Realität und Fantasie bekanntlich häufig.

„Der Herr Rechtsanwalt Dexheimer kontaktiert mich bisweilen, wenn er Informationen benötigt. In letzter Zeit war er sehr an der Cruceniastiftung interessiert." Ich schwieg zu dieser offensichtlichen Lüge, weil ich erst hören wollte, worauf es hinauslief. Das Frettchen fuhr fort.

„Vor kurzem kam der Herr Rechtsanwalt mit einer Quittung zu mir."

„Eine?", fragte Graf zu Anhausen.

„Ja. Eine Einzige. Herr Dexheimer berichtete mir, dass ein Mandant ihm diese Quittung überlassen habe. Es sollte angeblich ein Zusammenhang mit dem Hilfsfond der Cruceniastiftung bestehen. Er bat mich, dem nachzugehen. Allerdings sind meine Kontakte bescheiden. Ich konnte die Behauptung weder bestätigen, noch widerlegen."

„Was stand denn auf der Quittung?", hakte der Vorsitzende nach. „War sie identisch mit einer dieser Kopien hier?" Er hielt die Quittungskopien hoch und Gallert stand nochmals auf, um diese genauer zu betrachten.

„Merkwürdig", sagte er wie unter höchster Konzentration. „Dieses Schriftbild kommt mir bekannt vor. Aber ich kann mich nicht erinnern, dass auf der Quittung des Rechtsanwaltes die Cruceniastiftung ausdrücklich erwähnt war." Er schien nochmals nachzudenken. „Dürfte ich vielleicht meine Unterlagen einmal durchsehen? Ich habe alle Recherchen zur Stiftung in meiner Mappe. Die Kopie der Quittung müsste dabei sein."

Dann öffnete er eine mitgebrachte Aktentasche, blätterte ein wenig und zog schließlich ein Blatt Papier hervor.

„Da ist sie ja", freute er sich scheinheilig. „Die Kopie der Quittung, die mir Herr Dexheimer übergeben hat."

Die Beisitzer schielten neugierig auf das Blatt, während der Vorsitzende es verlas.

„Wir haben hier eine Quittung, die eine Zahlung von 500 Euro bestätigt. Die Unterschrift des Empfängers ist nicht lesbar, gleicht aber dem Schriftzug auf den Kopien des Herrn Rechtsanwaltes. Als Verwendungszweck ist angegeben: „Für BK", mehr nicht. Der Zusatz „Vom Fond der Cruceniastiftung" fehlt. Was sagen Sie dazu, Herr Rechtsanwalt Dexheimer?"

Ich verglich die Quittungen und ahnte allmählich, dass ich in eine Falle getappt war. Graf zu Anhausen tat, als lese er in seiner Akte und nehme die Verhandlung gerade nicht wahr.

„Ich habe die Quittungskopien von diesem Zeugen bekommen", erklärte ich und zeigte auf Gallert. „Er hatte die Originale."

„Mit Sicherheit nicht", widersprach das Frettchen. „Und wenn ich mir eine Bemerkung erlauben darf. Es ist durchaus möglich, dass der Zusatz mit der Cruceniastiftung nachträglich eingefügt wurde. Als Herr Dexheimer mir

diese Quittung gab, war die Stiftung dort mit Sicherheit nicht erwähnt."
Danny Berlandy schlug mit der Hand auf den Tisch.
„Alles nur Lügen und Fälschungen", schrie er.
Laien sind regelmäßig entsetzt über solche Niedertracht. Als Rechtsanwalt
ist man da routinierter. Man erlebt es ja täglich. Vielleicht nicht so drastisch,
aber im Prinzip ist es immer dasselbe. Nur lügen sonst die Zeugen der Gegenseite. Mein Fehler war es, einen Zeugen benannt zu haben, von dem ich
nicht genau wusste, was er aussagen würde. Ich hatte auf das Recht vertraut
und darauf, dass Zeugen nicht lügen dürfen. Deshalb wirkte der gegneri-
sche Kollege auch so amüsiert. Ich konnte ihm nicht einmal anlasten, mich
aufs Glatteis geführt zu haben, denn ich hatte mich mit meiner eigenen Waffe geschlagen.
Der Vorsitzende versuchte, den Vorfall juristisch zu sehen, so wie er es gewohnt war. Er hatte kein Problem damit, dass ein Anwalt einen Beweis nicht
führen konnte. Allerdings nagte der Verdacht in ihm, dass ich mit Fälschungen gearbeitet hatte. Graf zu Anhausen sah die Sache lockerer. Auch er hatte
diese Situation schon zu oft erlebt, gewiss auch aus der Sicht des Unterlege-
nen. Nach meiner Kenntnis war er eigentlich schon im Ruhestand. Er suchte
sich die Fälle aus, in denen er noch auftrat. Anwalt der Stiftung zu sein, war
sicher ein Anreiz, dem man auch im Ruhestand gerne noch nachgab. Als
alter Routinier entschied er sich nun dafür, mir kollegial beizuspringen und
die für mich peinliche Situation zu beenden. Er griff also vermittelnd ein,
und zwar so, als ob er mir helfen wollte. Das war einer seiner bevorzugten
Tricks, um jüngere Kollegen lächerlich zu machen. Ohne sich auch nur kurz
flüsternd mit seinem Mandanten auszutauschen, ergriff er das Wort. Er hatte
diesen Moment nicht nur kommen sehen, sondern sogar bewusst geplant.
„Herr Vorsitzender", sagte er in versöhnlichem Ton. „Ich denke, die Sachlage ist klar. Trotzdem möchte ich einen Vorschlag zur Güte machen, um dem
jungen Mann dort", er zeigte auf Danny Berlandy, „nicht sein weiteres Fort-
kommen unnötig zu erschweren. Die Cruceniastiftung ist dem Gedanken
der Humanität verpflichtet. Wir bieten Folgendes an: Das Arbeitsverhältnis
wird durch ordentliche betriebsbedingte Kündigung unter Einhaltung der
gesetzlichen Frist beendet. Der Kläger gibt ein Schuldanerkenntnis ab über
20.000 Euro. Zahlungsmodalitäten und Raten können außerhalb dieses Prozesses verhandelt werden. Die Stiftung wird sich auch hier entsprechend
ihren Grundsätzen großzügig und entgegenkommend verhalten."
Der Vorsitzende nickte, griff nach seinem Diktiergerät und protokollierte:
„Die Parteien schließen folgenden Vergleich: 1.) Das zwischen den Parteien
bestehende Arbeitsverhältnis endet aufgrund ordentlicher betriebsbeding-

ter Kündigung der Beklagten fristgerecht zum ...“
„Nein“, unterbrach ich ihn. „Kein Vergleich.“ Der Vorsitzende schaute erschrocken auf.
„Was wollen Sie denn noch, Herr Rechtsanwalt? Eine Abfindung ist schon aufgrund der kurzen Beschäftigungsdauer kein Thema. Die Weiterbeschäftigung kommt nicht in Frage. Es gibt Kollegen von Ihnen, die würden diesen Vergleich als Sieg feiern.“
„Kein Schuldanerkenntnis“, erklärte ich. „Mein Mandant wird sich nicht zu einer Zahlung verpflichten.“
„Er spart 10.000 Euro. So schnell hat selten jemand so viel Geld verdient.“
„Nein“, beharrte ich.
„Wollen Sie sich vielleicht erst noch mit Ihrem Mandanten beraten?“ Ich blickte Danny Berlandy an. Der schüttelte entschieden den Kopf. Die Beisitzer tuschelten hinter dem Rücken des Vorsitzenden, der nun demonstrativ sein Diktiergerät auf den Tisch legte.
„Werden noch irgendwelche Beweisanträge gestellt?“
Graf zu Anhausen war nicht weniger entschlossen als ich, den Fall entscheiden zu lassen. „Ich bitte das Gericht, sein Urteil zu fällen.“
Diese Marotte, jeden Satz an das Gericht mit einer Bitte einzuleiten, war mir zuwider. Ich vermied das Wort „bitte“ im beruflichen Sprachgebrauch, wo es nur ging.
„Allez hopp“, sagte ich betont locker und in bewusstem Gegensatz zur übertriebenen Höflichkeit des Kollegen. „Lassen Sie uns Ihr Urteil hören.“
Der Vorsitzende war ein alteingesessener Bad Kreuznacher. Er lächelte kalt und beleidigt. „Allez hopp“ ist der Schlachtruf des Karnevalsvereins Fidele Wespe, die Kreuznacher Variante des mainzerischen Helau oder des kölnischen Alaaf. Ungewollt hatte ich seine Verhandlung soeben zu einer Fastnachtssitzung herab gewürdigt.
Während das Gericht beriet, stand ich mit Danny Berlandy auf dem Flur.
„Gallert hat gelogen, habe ich Recht?“, fragte der.
„Kein Wort war wahr.“
„Aber der Prozess ist verloren.“
„Diese Instanz ist verloren.“ Er schwieg und dachte nach. Irgendetwas in ihm arbeitete unaufhaltsam.
„Gibt es irgendeine Spur zu dieser Frau, die das Geld bekommt?“, wollte ich wissen. Der Klient schüttelte geistesabwesend den Kopf.
„Ich habe nicht die geringste Ahnung, um wen es sich handeln könnte.“
Er verschwand auf der Toilette. Als er wieder kam, wurden wir bereits zur Urteilsverkündung in den Saal gerufen.

Es geschieht selten, dass Arbeitsgerichte ihre Urteile in der Sitzung verkünden. Noch seltener sind Mandanten, die dabei heulend zusammenbrechen. Ich musste Danny Berlandy mit Gewalt hochreißen, damit er die wenigen Sätze des Urteils stehend ertrug.

„Die schriftliche Urteilsbegründung folgt", verkündete der Vorsitzende. Dann gingen wir hinaus.

Das Frettchen Gallert wartete bereits vor der Türe. Grinsend reichte er dem Vorstand der Stiftung die Hand. Ich ging stumm an ihm vorbei. Nachdem er Friedrich Hünemann gratuliert hatte, wandte Gallert sich an Graf zu Anhausen. Der verweigerte Gallert den Handschlag, ohne es wie einen Affront aussehen zu lassen. Er tat einfach so, als sei er mit der Robe in der einen und der Akte in der anderen Hand nicht in der Lage, Gallert die Hand zu schütteln.

„Auf Wiedersehen", grüßte er freundlich in die Runde, bevor er noch vor mir die Treppe hinab- und dann hinauseilte.

Schweigend trotteten Danny Berlandy und ich davon. Wir hatten ohnehin den gleichen Weg, nämlich meine Kanzlei. Dort nahm Mandy meinen Bericht und das Ergebnis ohne erkennbare Gefühlsregung zur Kenntnis.

„Dumm gelaufen. Ein abgekartetes Spiel", kommentierte sie. „Ich denke, wir sollten in Verhandlungen eintreten, statt in die Berufung zu gehen. Wenn die ohne Not auf 20.000 heruntergehen, kann man sich vielleicht auf 15.000 einigen. Das wäre gerade einmal die Hälfte der Urteilssumme."

Danny Berlandy schüttelte schniefend und grimmig entschlossen den Kopf. Ich hatte eine Flasche Wein geöffnet. Der Mandant trank ungesund schnell.

„Das ist ein Großes Gewächs", belehrte ich ihn. „Den trinkt man nicht wie Wasser."

Das Große Gewächs ist das deutsche Pendant zum französischen Grand Cru. Es dient als Bezeichnung für Weine von ganz überragender Qualität. Ich halte eigentlich nichts von dieser Klassifizierung, eben weil sie eine Imitation französischer Qualitätsbezeichnungen ist. Ehrlicherweise muss ich aber zugeben, dass mich Weine mit dieser Einstufung noch nie enttäuscht haben. Ob Danny Berlandy das zu würdigen wusste, konnte ich nicht erkennen. Er zog die Nase hoch und sah aus, als wolle er auf den Boden spucken.

„Es geht nicht darum, dass, sondern wie wir verloren haben", erklärte ich Mandy.

„Durch eine Falschaussage. Na und?"

„Die Gegenseite wusste, dass diese Unterhaltszahlungen den Prozess hätten entscheiden können. Aber statt darauf zu bauen, dass wir es nicht erfahren, haben sie das Frettchen Gallert auf mich angesetzt. So konnten sie kontrollieren, ob und wie wir die Zahlungen im Prozess thematisieren."

„Ich gebe zu, dass Graf zu Anhausen uns ordentlich an der Nase herumgeführt hat." Sie nahm Danny Berlandys Hand. „Aber uns war ohnehin klar, dass es wahrscheinlich keine Rolle spielt, ob Dr. Himmelsbach nun für ein uneheliches Kind zahlt oder nicht. Es war nicht streitentscheidend. Jetzt wo wir die Vorwürfe erhoben haben, ohne sie beweisen zu können, wird es auch in der Berufung keine Rolle mehr spielen."

„Dann muss dieser Schmierfink Gallert eben persönlich büßen", fauchte der Mandant. Ich hatte gewisse Sympathien für seine Denkweise. Im Hinterkopf suchte ich bereits nach einem geeigneten Straßenschläger. Mandy stauchte uns beide zusammen.

„Wir haben in wenigen Tagen ein Strafverfahren vor uns. Wie würde es aussehen, wenn ein Belastungszeuge halbtot in der Gosse landet?"

„Halbtot wäre übertrieben", versuchte ich sie zu beruhigen. „Es war nur eine falsche Aussage vor Gericht. Er sollte maximal einen seiner Frettchenzähne verlieren."

„Es ist an der Zeit, dass jemand diesem Gallert ein Steinchen in die Radkappe tut", lallte Danny Berlandy. Belustigt pflichtete ich ihm bei, war aber zugleich alarmiert. Er hatte eine klassische Formulierung aus dem Drogenmilieu benutzt. Mit diesem Spruch bedachte man Verräter, bevor sie abgestraft wurden.

Am Ende vereinbarten wir, vorsorglich Berufung einzulegen, um uns alle Optionen offen zu halten. Der nächste Kampf, der uns bevorstand, würde ohnehin nicht vor einem Landesarbeitsgericht, sondern vor dem Strafgericht stattfinden. Dort galten für eine Beweisaufnahme andere Maßstäbe. Das Strafgericht muss Beweise erheben, wenn der Verteidiger es verlangt. Insofern hatte ich immer noch Hoffnung, die Fälschung der Buchhaltung aufzudecken.

Insgesamt sah ich Danny Berlandys Erfolgsaussichten nach dem Urteil des Arbeitsgerichtes allerdings noch weniger rosig als vorher.

Am Abend suchte ich einmal mehr den Grünen Punkt auf. Der Wirt stand gelangweilt vor dem Zapfhahn und schaute sich die Börsennachrichten im Fernseher an. Die zwei Rentner am Stammtisch taten ihm gleich. Man sah einen Mann im Anzug, der vor einem Börsensaal stand. Unter ihm jagten Aktienkurse über den Bildschirm. Es herrschte Totenstille und eine Anspannung, die in etwa der vor dem entscheidenden Elfmeter in einem WM-Finale glich. Besonders der zahnlose Rentner war voller Andacht. Sein weißhaariger Kollege hingegen hatte deutliche Anzeichen von Gier im Gesicht. Er leckte sich bisweilen die Lippen und nickte bei jeder neuen Kursnotiz senil mit dem Kopf. Seine kindliche Freude über den Bericht erinnerte mich ein wenig an das Getue der Wirtschaftsanwälte. Die reagieren auch gerne mit einer sabbernden Schockstarre auf Börsenkurse.

Offenkundig ein Fall für Julius Dexheimer. Wenn sogar das gebührenfinanzierte Fernsehen den Eindruck vermittelt, die Scheinwelt der Finanzen sei das Maß der Dinge, dann muss man als Anwalt an den klaren Menschenverstand appellieren.

„Wozu brauchen wir eigentlich Börsennachrichten?", rief ich in die Runde. Alle schauten sofort vom Bildschirm weg und wirkten, als seien sie bei etwas Peinlichem ertappt worden.

„Kann mir jemand erklären, wozu das gut sein soll?", wiederholte ich. „Hat irgendjemand überhaupt verstanden, um was es da geht?" Es herrschte betretenes Schweigen. Der Wirt zeigte Anzeichen von aufsteigender Gesichtsröte. Ich warf schnell einen weiteren Blick zum Fernseher, doch ich hatte mich nicht getäuscht. Dort lief kein Porno, sondern ein Börsenbericht. Ich nippte an dem Wein, der mittlerweile vor mir stand, dann erklärte ich meine Sicht der Dinge.

„Allabendlich zur besten Sendezeit – also lange nach Börsenschluss – erzählt uns ein öffentlich-rechtliches Grinsgesicht, wie die Finanzwelt angeblich funktioniert. Ist diese Information nützlich? Nein! Die Aktiennotierungen vom Mittag sind am Abend nicht mehr wert, als ein Kalender vom Vorjahr. Ist es nicht so?" Die beiden Rentner nickten schuldbewusst. Nachdem sie gerade noch den Börsenkurs angebetet hatten, hielten sie ihn nun für wertlos. Ich selbst wusste nicht, wie lange so ein Kurs gültig ist.

„Die vom Fernsehen angebotenen Patentrezepte zum besseren Verständnis des Börsengeschehens scheinen mir auch lächerlich", fuhr ich fort. „In Sibirien ist der Winter eingebrochen, deshalb steigt in Amerika der Ölpreis, und der deutsche Export ist zum Stillstand gekommen. So unerbittlich ist angeblich das Leben der Börsianer. Merkt denn niemand, dass man uns mit diesen Nachrichten für dumm verkauft? Wer an der Börse Geld verdient, weiß Bescheid, bevor die Abendnachrichten auf Sendung gehen. Alle anderen werden über das staatliche Fernsehen bewusst den Spekulanten in die Fänge getrieben. Wenn es am nächsten Ersten wieder Geld gibt, versemmeln Scharen von Rentnern ihre letzten Ersparnisse und kaufen gierig wertlose Schrottaktien. Schließlich kam es ja im Fernsehen, dann muss es auch stimmen. Dabei ist dieser allabendliche „Blick auf's Parkett" etwa so sinnvoll wie eine Liveschaltung in die Cheopspyramide, um aus den Hieroglyphen die neuesten Trends der Computerbranche zu erkennen. Wem nutzt so etwas und für wie blöd halten die uns wirklich?

Die Sparkasse hier vor Ort veranstaltet Börsenplanspiele für Schüler. Das geht über einen Zeitraum von mehreren Wochen, man kann gewinnen, aber auch verlieren. So etwas lasse ich mir gefallen. Börsennachrichten im Fernsehen sind hingegen reine Geldverschwendung. Sie dienen nicht der Bildung, sondern der Verdummung. Es würde mich nicht wundern, wenn die Fernsehanstalten von den Spekulanten auch noch Provisionen dafür bekommen, dass sie wertlosen Schwachsinn ans Volk bringen und vor allem die falschen Aktien zum Kauf empfehlen."

Ich trank einen weiteren Schluck Wein und hatte immer noch das Gefühl, Kinder beim Stehlen erwischt zu haben. Der Wirt zapfte ein Bier an, das keiner bestellt hatte. Er tat es, weil er irgendwie die peinliche Stille überbrücken wollte. Der zahnlose Rentner nickte mit gesenktem Blick unaufhörlich mit dem Kopf. Der Weißhaarige ergriff das Wort.

„Man sollte diese Börsennachrichten verbieten", forderte er. So geht es meistens zu an den Stammtischen. Wenn es in der Welt etwas gibt, wodurch man zur Benutzung des eigenen Verstandes herausgefordert würde, dann kommt der Ruf nach dem Verbot. Dann soll der Staat es richten.

„Ich möchte die Börsennachrichten auf keinen Fall missen", erklärte ich zur Überraschung meiner Zuhörer. „Sie verschaffen mir nämlich die Zeit, gemütlich in den Keller zu marschieren und ein gutes Fläschchen Wein für den weiteren Abend herauszusuchen. Immer vor der Tagesschau und nach dem heute-journal. Ohne Börsennachrichten könnte ich ja sonst etwas verpassen."

So hatte ich wieder einmal die überlegende Weltsicht des Anwaltes demonstriert. Denn wir rufen nicht nach dem Staat, wenn uns etwas lästig ist. Wir bauen es in unsere Strategie ein und machen es uns nützlich.

6. Kapitel

Wozu empfohlen wird:
PINOT GRIGIO TROCKEN
Weingut Kronenhof, Norheim
Haus der Naheweinkönigin 2009/2010 Carolin Spyra

„Herr Dexheimer, ich brauche dringend Ihre Hilfe. Roby, der Wirt der Bahn-
hofsschänke, hat Sie mir empfohlen."
Vor mir saß eine künstlich aufgetakelte, weil von der Natur längst abgeta-
kelte Rothaarige. Sie benebelte mich mit dem Duft ihres vulgären Parfums.
Bei jedem Satz klimperte sie mit den falschen Wimpern und gestikulierte mit
ihren grell lackierten Fingernägeln. Geduldig ertrug ich ihren Redeschwall.
Im Kopf überschlug ich das mögliche Honorar. Es würde sich lohnen, ihr
zuzuhören.
„Wissen Sie, es ist total übertrieben, hier von einem Bordell zu reden", de-
klamierte die Dame. „Ich vermiete Zimmer, mehr nicht. Was die Mädels
darin machen, geht mich nichts an. Es hat sich noch nie jemand darüber be-
schwert. Bis jetzt jedenfalls. Aber dieser Inder wird langsam zum Problem.
Es wird Zeit, etwas gegen ihn zu unternehmen."
„Warum will er ihren Betrieb denn unbedingt schließen lassen? Sein Imbiss
profitiert doch sicher von ihrem Gewerbe, jedenfalls dann, wenn Ihre Kun-
den vorher oder hinterher Hunger bekommen."
„Ja eben. Sag ich doch. Keiner versteht, warum der Mann sich so aufregt.
Jetzt will er auch noch in der Nachbarschaft Unterschriften sammeln."
„Na und? Betrachten Sie es einfach als kostenlose Werbekampagne." Sie
schwieg kurz, legte den Kopf schief und dachte nach, ob ich das jetzt ernst
gemeint hatte oder nicht. Dann ratterte sie wieder los.
„Das Schlimmste ist, dass er jeden Abend vor dem Eingang steht und meine
Gäste anspricht. Stellen Sie sich so etwas doch einmal vor. Der vergrault mir
die Kunden. Das ist Geschäftsschädigung. Mir wäre es am liebsten, wenn Sie
sofort mitkommen und die Angelegenheit mit diesem indischen Gastronomen endgültig klären."
„Das wird nicht billig."
„Die Höhe Ihres Honorars ist nicht von Belang. Hauptsache meine Verluste
hören auf. Es soll ihr Schaden nicht sein." Dann beugte sie sich vor, um meine Hand zu tätscheln. „Die Mädchen würden sich gewiss auch erkenntlich
zeigen", hauchte sie mir zu. Ich hielt die Luft an wegen dieses fürchterlichen

Parfums.

„Also gut", schlug ich vor. „Wir besuchen Ihren Nachbarn jetzt in seinem Imbiss, und wenn er nicht freiwillig zusagt, die Störungen zu unterlassen, rufen wir umgehend das Gericht an."

„Wunderbar. Sie sind ein Anwalt nach meinem Geschmack."

Mein Handy klingelte, ich sah mit Schrecken die Nummer.

„KHK Schulz, was gibt es? – Ja. – Ich habe verstanden. – Bis dann." Nachdenklich drückte ich das Gespräch weg und wandte mich wieder der Mandantin zu. Honorar hin oder her, die Sachlage hatte sich durch das Telefonat verändert. Ich musste sie schnellstmöglich loswerden.

„Es gibt da einen Punkt, den wir noch nicht bedacht haben", setzte ich zögerlich an.

„Und zwar?"

„Wir haben keinen Kompromissvorschlag zur Hand. Daher macht es keinen Sinn, mit dem Inhaber des indischen Imbisses zu verhandeln. Er wird danach nur noch aufgebrachter gegen Sie sein."

„Wohl wahr. So würde ich ihn auch einschätzen. Aber was können wir dann tun?"

„In solchen Situationen hilft nur eines: Wir brauchen eine Lösung unterhalb des Rechts. Anders kommt man solchen Leuten nicht bei." Sie richtete sich auf und lehnte sich interessiert nach vorne.

„Eine Lösung unterhalb des Rechts. Das klingt aufregend. Sie sind der erste Anwalt, der mir so etwas empfiehlt. Das gefällt mir." Ich schaute auf die Uhr. Es war höchste Zeit zu gehen. KHK Schulz wartete bereits.

„Passen Sie auf", sagte ich. „Sie begeben sich möglichst bald zum Essen dorthin und heben die Quittung auf. Am nächsten Tag rufen Sie das Gesundheitsamt an und erzählen, Sie hätten sich die ganze Nacht lang fürchterlich übergeben. Eine Woche später schicken Sie eines Ihrer Mädels in Arbeitskleidung. Sie soll sich in Anwesenheit der Ehefrau des Inders etwas zu essen bestellen und ihm schöne Augen machen. Am besten wäre ein Spruch wie: „Hallo Schatzi, sehen uns wir bald mal wieder?" Und so fahren Sie fort, ihn zu zermürben, bis der Inder Ihnen ein Friedensangebot macht." Die Mandantin grinste anzüglich.

„Gute Idee. Klingt zwar etwas unkonventionell, aber Sie sind offensichtlich ein Anwalt für praktische Lösungen. Doch was unternehmen wir dagegen, dass der Inder jeden Abend vor meiner Türe steht, in meine Fenster spannt und meine Gäste vergrault?"

„Auch kein Problem", beruhigte ich sie. „Gehen Sie zurück an den Bahnhof und bestellen Sie Roby einen Gruß von mir. Erklären Sie ihm kurz das Problem und bitten Sie ihn, dass jemand mal mit diesem indischen Gastwirt spricht."

„Und was passiert dann?"

„Es werden zwei oder drei Leute eindringlich mit ihrem Nachbarn reden. Danach hört die Gafferei vor Ihrer Haustür auf, das garantiere ich Ihnen."

„Mache ich mich dadurch strafbar?"

„Natürlich nicht. Die Leute wissen, wo die Grenze ist." Sie klatschte verzückt in die Hände, erhob sich und verabschiedete sich begeistert.

„Sie kann man weiter empfehlen."

Ich dachte kurz an das Honorar, dass ich nun nicht mehr verdienen würde, und hastete übel gelaunt zu meinem Auto. KHK Schulz rief gerade zum zweiten Mal an.

„Es ist Viertel vor Drei. Sie haben nicht mehr viel Zeit. Den Anweisungen des Entführers muss Folge geleistet werden, das wissen Sie doch." Glücklicherweise hatte ich es diesmal nicht weit. Treffpunkt war die Bastei auf dem Rotenfels. Ich erreichte sie auf die Minute genau um drei Uhr und steuerte missmutig auf die Flasche Wein zu, die dort bereits stand.

„Norheimer Kafels", sagte ich beim Einschenken mit Blick auf die tief unter mir liegenden Weinberge dieser Lage. KHK Schulz legte die Stirn in Falten.

„Sie sollen probieren, nicht raten."

„Tue ich doch", gab ich zurück, schwenkte das Glas und kippte es hastig in einem Zug hinunter. Das Polizeiteam hielt kollektiv die Luft an. Ich schenkte mir nach. Eigentlich war ich mir schon sicher, aber ich wollte es spannend machen. Zügig leerte ich das zweite Glas, gab keinen Kommentar ab und schenkte mir wieder nach.

„Ihre freundliche Unterstützung für das Entführungsopfer stellt Sie nicht über das Gesetz", drohte KHK Schulz. „Wenn Sie noch ein viertes Glas trinken, lasse ich Sie vor der Rückfahrt einer Alkoholprobe unterziehen."

„Meinetwegen. Aber was werden Ihre Vorgesetzten sagen, wenn ich künftig für jedes dieser Treffen Taxikosten in Rechnung stelle? Gibt Ihr Etat das überhaupt her?" Er nahm mir das Glas aus der Hand und stellte es auf die Brüstung der Bastei. Ein kleiner Schubser nur und es würde 200 Meter tiefer aufschlagen, um in tausend Teile zu zerspringen.

„Was ist passiert?", wollte er wissen. „Gibt es einen Grund für Ihre plötzliche Aggressivität?" Ich schwieg und schaute von der Bastei herab. Unter mir floss die Nahe. Ich sah winzig kleine Tennisplätze und Autos im Miniaturformat. Dann schaute ich hinüber zur Ebernburg. Der Ausblick hatte eine beruhigende Wirkung auf mich. Langsam drehte ich mich um zu KHK Schulz. Anschließend erklärte ich ihm, was mir schon lange auf der Seele brannte.

„Wir lassen uns von diesem Entführer zum Narren halten, ohne dass es irgendetwas bringt. Ob ich diese Weine erkenne oder nicht, spielt absolut keine Rolle. Wahrscheinlich ist es auch egal, ob ich überhaupt hier bin. Ich kann mir nicht vorstellen, dass der Entführer das Risiko eingeht, ein halbes Dutzend Polizisten dabei zu beobachten, wie sie nach ihm fahnden. Ich habe es satt, den Clown zu spielen für einen Irren. Denn ich sehe nicht, dass dies dem Kind irgendwie nützt."

„Immerhin lebt es noch", entgegnete KHK Schulz.

„Ist dem so? Gibt es Beweise dafür?"

„Wenn er das Kind getötet hätte, würde er nicht mehr den Kontakt suchen."

„Das ist alles Theorie. Sie vergessen, dass wir es hier nicht mit einem gewöhnlichen Entführungsfall zu tun haben. Der Täter will etwas von mir. Haben Sie darüber je nachgedacht?"

„Wir wären sicher schon weiter, wenn wir Ihre Mandantenkartei hätten."

„Geht es schon wieder um eine Liste meiner Mandanten? Wie oft soll ich Ihnen noch erklären, dass dies absolut ausgeschlossen ist."

„Für einen Rechtsanwalt denken Sie ziemlich radikal", meinte der Beamte.

„Finden Sie? Ist es nicht Aufgabe des Strafverteidigers, genau dies zu tun?"

„Ich dachte immer, der Rechtsanwalt sei ein Organ der Rechtspflege."

„Eben. Das Recht muss täglich verteidigt werden. Nichts anderes tue ich."

„Und die Polizei? Tut die das nicht auch?"

„Mitnichten. Sie wollen Straftäter überführen, das ist Ihr Ziel. Ob das rechtskonform ist oder nicht, ist Ihnen letztlich egal. Deshalb stehen Sie ja auch unter Aufsicht der Staatsanwaltschaft."

„Kann es wirklich rechtswidrig sein, einen Verbrecher zu überführen?" Ich kannte diese Argumentation zur Genüge. Polizisten zäumten das Pferd gerne von hinten auf. Für sie war der Erfolg gerecht, egal, wie er zustande kam.

„Das Thema haben wir bereits abgehakt", beharrte ich.

„Wie Sie meinen. Ich hoffe nur, Sie können Ihre formalistische Rechtsauffassung auch gegenüber der Mutter begründen. Die wird nämlich in Zukunft bei unseren Treffen auch anwesend sein, und sie hat kein Verständnis dafür, dass Sie unsere Ermittlungen blockieren." Das war unfair. Schließlich bemühte ich mich redlich darum, den verrückten Forderungen dieses Entführers nachzukommen. Als Dank dafür wollte man mir nun die verzweifelte Mutter des Kindes auf den Hals hetzen. Ich war kurz davor, aus dem Spiel auszusteigen. Für mich ergab das Ganze ohnehin keinen Sinn.

„Wen wollen Sie noch einladen künftig? Vielleicht die Presse und das Fernsehen, damit jeder es mitbekommt, wie ich hier der Lächerlichkeit preisgegeben werde?" KHK Schulz hob abwehrend die Hände.

„Meine Idee war es nicht. Unsere Arbeit wird nicht leichter, wenn jedes Mal eine heulende Mutter hier auftaucht. Aber ich habe Anweisung von oben."

„Von oben?", wiederholte ich. „Sie wollen mir doch nicht ernsthaft erzählen, dass eine alleinerziehende Mutter, die in der Hohen Bell wohnt, so gute Beziehungen hat, dass sie Ihre Vorgesetzten beeinflussen kann."

„Scheinbar doch. Ich konnte es jedenfalls nicht verhindern."

Wütend stampfte ich mit dem Fuß auf.

„Das darf doch nicht wahr sein", schimpfte ich. „Anweisungen vom Entführer, Anweisungen von oben, Anweisungen von überall her. Gibt es denn keine Möglichkeit, diesen Unfug endlich zu beenden?" Ich unterstrich meine Worte mit einer schneidenden Bewegung meiner ausgestreckten Hand. Unglücklicherweise berührte ich dabei das Glas mit dem Probenwein. Es kippte, rollte über die Mauer und fiel schließlich hinab in die Tiefe. Ich konnte es nicht mehr rechtzeitig festhalten. Zwei Polizisten stürzten zur Brüstung und schauten dem Glas hinterher. Es verschwand im Nichts. Sein Aufprall war weder zu sehen noch zu hören. Trotzdem trafen mich unzählige vorwurfsvolle Blicke.

„Regen Sie sich nicht auf", wiegelte ich ab. „Es war nur ein etwas älterer Grauburgunder." Dann nannte ich zur Überraschung aller Anwesenden noch präzise den Jahrgang.

„Geraten oder geschmeckt?", wollte KHK Schulz wissen. Ich grinste ihn überheblich an.

„Kombiniert, Herr Kommissar. Es war das Jahr, in dem ich Abitur gemacht habe. Ich hatte damit gerechnet, dass er diesen Jahrgang wählen würde. Und ich kann Ihnen auch sagen, was als Nächstes kommt, nämlich der Jahrgang, in dem ich mein 1. Staatsexamen gemacht habe."

„Warum sind Sie da so sicher?"

„Das kann ich Ihnen noch nicht erklären. Ich weiß zwar nicht, was dieser Irre will, aber ich begreife langsam, wie er denkt. Wahrscheinlich bin ich selbst so verrückt, dass ich seine Gedankengänge verstehe, ohne sie zu begreifen." Dann begab ich mich zu meinem Auto und fuhr zurück in die Kanzlei. Es gab keinen Grund, meine Zeit länger mit KHK Schulz zu verschwenden.

Am 12. Mai unternahm die Strafjustiz einen ersten Anlauf, die Causa Berlandy abzuschließen. Der Vorsitzende des Schöffengerichts hatte sich mehrfach bemüht, mich zu einer Verfahrenseinstellung zu überreden. Er war der Meinung, Danny Berlandy sei ja bereits durch das Arbeitsgericht zur Schadenswiedergutmachung verurteilt. Da genüge es vollkommen, wenn er noch ein paar Tausender an die Staatskasse zahle.

Das Angebot war gut gemeint, denn es hätte dem Mandanten die Verurteilung erspart. Wir lehnten es dennoch ab. Danny Berlandy wollte sich auf nichts einlassen, was auch nur annähernd wie ein Schuldeingeständnis gewertet werden könnte.

Folglich lud das Schöffengericht nun also zur Hauptverhandlung über die Anklage. Zeugen waren keine geladen. Somit war klar, worauf der Termin hinauslaufen würde. Das Gericht wollte sich persönlich mit meinem Mandanten unterhalten. Es hielt mich nicht für fähig, Danny Berlandy davon zu überzeugen, dass eine Einstellung unter Auflagen das Beste für ihn wäre. Richter versuchen gerne, über den Kopf des Verteidigers hinweg die Angeklagten zu beeinflussen. Manchmal kommt mir dies sogar gelegen. Denn es ist in der Tat so, dass Mandanten ihrem Anwalt manchmal erst dann glauben, wenn ihnen ein Gericht das gleiche erzählt. Zu nichts anderem diente der heutige Termin. Der Richter würde Danny Berlandy überzeugen, oder wir würden uns ergebnislos vertagen. Ich musste mir deshalb als Verteidiger nicht den Kopf zerbrechen über die richtige Taktik. Sollte der Vorsitzende doch meinen Mandanten bereden.

Nach einer knappen halben Stunde war der Termin erledigt. Danny Berlandy hatte jegliche Einigung abgelehnt. Der Vorsitzende blätterte in seinem Terminkalender, und ich sah ihm an, dass er nicht begeistert darüber war, das Verfahren nun vollständig aufrollen zu müssen.

„Wir sehen uns wieder am 10. Juni", verkündete er. „Zum Termin werden die Zeugen Siegbert Krollmann und Dr. Eduard Himmelsbach geladen. Gibt es Beweisanträge der Verteidigung?"

„Falls dem so ist, werde ich sie vorher mitteilen", sagte ich. Im Hinterkopf hatte ich etliche Beweisanregungen, aber der Verteidiger ist nicht verpflichtet, das Verfahren zu fördern. Auf Zeit zu spielen, gehört immer zur Taktik. Man weiß schließlich nicht, was passiert. Es ist schon vorgekommen, dass Zeugen am Tag vor der Vernehmung gestorben sind. Warum sollte man sie also früher als nötig benennen?

Nach der Verhandlung besprach ich mich mit dem Mandanten und Mandy. „Wir haben nicht viel in der Hand", erklärte ich. „Der heutige Termin musste nicht vorbereitet werden, es war klar, wie das laufen würde. Aber beim nächsten Mal geht es um Alles oder Nichts. Da können wir es uns nicht erlauben, ohne jegliche Strategie aufzutauchen."

„Unsere Strategie ist die Wahrheit", verkündete Danny Berlandy selbstbewusst.

„Gute Idee. Sie sollten allerdings wissen, dass es in einem Strafprozess mehrere Wahrheiten gibt. Am besten ist die absolute Wahrheit – wenn man sie kennt und auch beweisen kann. Ansonsten gilt als Wahrheit, was vom Gericht geglaubt wird. Wie diese Wahrheit aussieht, haben Sie bereits erlebt. Wahrscheinlich wird es uns vor dem Schöffengericht nicht besser ergehen als vor dem Arbeitsgericht." Danny Berlandy lächelte. Ich wurde das Gefühl nicht los, dass er mir etwas verschwieg. Mandy schaltete sich ein.

„Das Ergebnis des Arbeitsgerichtes bedeutet auf den Strafprozess übertragen eine empfindliche Verurteilung. Warum akzeptieren wir nicht die Einstellung gegen Auflagen?"

„Weil ich es nicht will", beharrte Danny Berlandy.

Meine Bürovorsteherin warf mir einen Blick zu, der wohl andeuten sollte, dass sie anderer Meinung war als der Mandant.

„Herr Berlandy, ich stelle hiermit fest, dass Sie sich auf keinen Fall einigen wollen", fasste ich zusammen. „Ich habe versucht, Ihnen diese Möglichkeit nahezubringen. Das Gericht hat es ebenfalls versucht. Ohne Erfolg. Vermutlich hat auch Mandy mehr als einmal mit Ihnen darüber gesprochen." Er nickte. Mandy nickte auch, schüttelte aber zugleich den Kopf, weil sie mit seiner Entscheidung nicht einverstanden war.

„Ich persönlich hätte lieber gezahlt, als ein Urteil zu riskieren", erklärte ich Danny Berlandy. „Aber Sie sind der Mandant. Es ist Ihre Entscheidung."

„Dieses Schöffengericht wird mich freisprechen, daran habe ich keine Zweifel." Mit diesen Worten erhob er sich und ging. Mandy brachte ihn zur Tür, dann kehrte sie nochmals in mein Büro zurück.

„Warum haben Sie es ihm nicht ausgeredet, diesen Prozess zu führen?"

„War das ein Vorwurf?"

„Nein, aber mir ist nicht ganz klar, weshalb wir uns auf eine Hauptverhandlung einlassen sollen, bei der es noch nicht einmal den sprichwörtlichen Blumentopf zu gewinnen gibt."

„Weil ich mit einem bestimmten Zeugen noch ein Hühnchen zu rupfen habe."

„Deep throat?", fragte Mandy.

„Genau der. Das Frettchen Gallert."

„Aber der ist nur eine unbedeutende Randfigur", war ihre Auffassung. „Es sollte nicht nur um Ihre gekränkte Eitelkeit gehen." Das waren harte Worte. Außer Mandy sollte sich in meiner Kanzlei besser keiner trauen, so etwas zu mir zu sagen. Auch wenn sie nicht ganz Unrecht hatte.

„Wir können davon ausgehen, dass genau das Gegenteil von dem stimmt, was Gallert uns erzählt hat", rechtfertigte ich mich. „Folglich ist Dr. Himmelsbachs Position in der Stiftung sicherer denn je. Eine Auseinandersetzung mit ihm entspricht einem Konflikt mit der Stiftung selbst. Der Gegner heißt eindeutig Cruceniastiftung. Darum dürfen wir sie nicht länger schonen. Wir werden in diesem Strafprozess alles aufarbeiten, was wir wissen. Angefangen von den Mobilfunkmasten bis hin zu der armen Mona am Güterbahnhof. Es ist mir völlig egal, ob jemand aussagen will oder nicht. Notfalls benenne ich mich selbst als Zeugen. Was ich gehört habe, habe ich gehört."

„Dann sollten Sie vorher aber noch die kommunalpolitischen Implikationen dieses Falles klären", riet mir Mandy. „Es gibt in Bad Kreuznach schließlich nicht nur die Cruceniastiftung, es gibt auch die Familie Dexheimer. Bevor Sie eine Lawine lostreten, könnten Sie vielleicht versuchen, auf diesem Wege noch eine friedliche Lösung zu erzielen."

Nachdenklich betrachtete ich meine schlaue Mitarbeiterin. Das war kein schlechter Einwand. Weshalb war ich bisher nicht selbst darauf gekommen? Sowohl die Stiftung als auch meine Familie spielten keine unbedeutende Rolle in der Stadt. Was lag also näher, als die Diplomatie der Hinterzimmer?

Die Gelegenheit dazu ergab sich wenige Tage später an einem wunderbar milden Abend Ende Mai. Onkel Lucius Dexheimer, das nominelle Oberhaupt unseres Clans, hatte die Spitze des Familienunternehmens zusammengerufen. Es gab verschiedene Dinge zu besprechen. Seit Vaters Tod gehörte auch ich zum engeren Kreis.

Wegen des schönen Wetters fand die Sitzung auf einem Boot statt. Wir trafen uns früh abends am Liegeplatz der Firma Naheboot, direkt unterhalb der Brückenhäuser.

Bis ins Jahr 1972 gab es auf der Nahe noch Berufsfischer. Sie benutzten sehr lange schmale Boote. Naheboot hatte zwei solcher Fischerboote zu einem Katamaran zusammengefügt. In der Mitte stand ein langer Tisch. Dort nahmen wir Platz und tranken zur Begrüßung ein Glas Wein. Gerade als ich mir nachgeschenkt hatte, legte der Kahn ab. Jetzt hieß es Rudern, denn jeder bekam ein Paddel, um das Gefährt voranzutreiben.

Zuerst fuhren wir unter dem Sockel der Brückenhäuser hindurch in Richtung des Wehrs, wo es naturgemäß nicht weiterging. Beim Wenden des Kahns fiel mir ein Motiv auf, das selbst ich noch nicht kannte, weil man es eigentlich nur vom Wasser aus sehen kann: Brückenhäuser, Pauluskirche und Kauzenburg, drei Bad Kreuznacher Wahrzeichen lagen hier in einer Linie. Ich wies einen neben mir paddelnden Cousin darauf hin, der prompt ein Foto mit dem Handy schoss.

Heutzutage wird die Schönheit der Welt ja kaum noch wirklich wahrgenommen. Dafür muss sie unbedingt fotografiert werden, um anderen zeigen zu können, was man erlebt hat.

Vom Wehr aus steuerten wir unseren Kahn unter der Alten Nahebrücke hindurch den Mühlenteich aufwärts, vorbei an Cafés und staunenden Touristen. Die Strömung war nicht sehr stark, und da alle fleißig ruderten, musste ich nicht mehr tun, als das Paddel im Takt ins Wasser zu tauchen. Dies war zwar nicht sonderlich anstrengend, machte es aber unmöglich, gleichzeitig nach dem vollen Weinglas zu greifen. Fortan galten meine Gedanken nur noch der ersten Pause.

Es ist ein ganz eigenartiges Gefühl, die eigene Stadt vom Wasser aus zu sehen. Ständig erblickt man Perspektiven, die man vorher so nie sah, weil man von den Villen und Häusern nur die Straßenseite kennt. Ich lernte meine Heimatstadt auf eine Art und Weise kennen, wie ich sie noch nie erlebt hatte. Das Ganze hatte etwas Traumartiges, Irreales. Ich fühlte mich der Zeit entrissen. Dennoch war alles um mich unverfälscht und fand gerade jetzt statt.

In Höhe der Elisabethenquelle ging es vom Mühlenteich hinaus auf die Nahe. Hier überholte uns ein Viererboot des örtlichen Rudervereins. Unter den rhythmischen langen Zügen seiner trainierten Ruderer zog es hurtig an uns vorbei. Einige Enten vor uns sahen sich schon zwischen den Booten eingekeilt und ergriffen schnatternd die Flucht. Allerdings waren sie entweder viel zu faul oder zu halsstarrig, um das Problem wirklich zu lösen. Statt also die Flügel auszubreiten und sich aus dem Wasser zu erheben, zappelten sie nur kurz aber hektisch mit den Füßen. Dann stoben sie zur Seite weg, um uns auszuweichen. Dies wiederum nicht weiter, als unbedingt notwendig. Kaum waren wir vorbei, kehrten sie an ihren alten Platz zurück und zogen dickköpfig weiter ihre angestammte Bahn. Ich konnte mir ein Grinsen nicht verkneifen. Das waren zweifelsohne original Kreuznacher Enten.

„Was kann es Schöneres geben, als nach Feierabend auf der Nahe einige Runden zu rudern", meinte der Cousin neben mir. Ich stöhnte auf. Nicht dass ich grundsätzlich etwas gegen das Rudern hätte. Aber wenn man ein Paddel schwingen muss, während man neben einem gefüllten Weinglas sitzt, hat dies etwas von Folter.

Kurz vor der Salinenbrücke machten wir das Boot an einer Weide am Ufer des Nachtigallenwegs fest. Hier sollte es einen Imbiss geben. Endlich konnte ich das Paddel weglegen und zum Weinglas greifen.

Onkel Lucius als der älteste Dexheimer an Bord leitete die Besprechung und trug seine Tagesordnungspunkte vor. Ich schaute währenddessen hinüber zum anderen Naheufer, wo ein Angler gerade den Köder auswarf. Hinter ihm lag der Planetenplatz, ein Rondell mit Säulen und astronomischen Motiven. Der Platz ist Teil des 5,9 Kilometer langen Planetenweges, durch welchen unser Sonnensystem maßstabsgetreu im Verhältnis eins zu einer Milliarde abgebildet wird. Von der Sonne am Beginn der Roseninsel bis zum Mars sind es beispielsweise genau 228 Meter. Am Planetenplatz selbst trieb ein junger Mann Sport. Mit freiem Oberkörper versuchte er, im Handstand die Treppe hinunter zu laufen. Wieder und wieder übte er es. Erst schaffte er eine Stufe, dann zwei, so arbeitete er sich voran.

Ich nippte an meinem Wein und zerbrach mir den Kopf, warum jemand auf den Händen eine Treppe hinunter läuft und dann mit den Füßen wieder hinauf. Das Ganze auch gleich noch mehrfach. Vielleicht war er ja ein Künstler, der gerade eine Installation über den Unsinn des Lebens inszenierte.

Der Wein war vortrefflich, ich fand Gefallen an dieser Form einer Besprechung. Die Themen wurden auch relativ zügig abgehakt. Man denkt auf dem Wasser entspannter, weil die Atmosphäre eher freizeitlich ist.

„Gibt es noch weitere Punkte, die angesprochen werden müssen?", fragte Onkel Lucius schließlich in die Runde.

„Jawohl", warf ich ein. „Die Cruceniastiftung."

„Was haben wir mit denen zu tun?"

„Ich liege gerade im Clinch mit der Stiftung. Rein beruflich natürlich."

„Das ist schlecht." Onkel Lucius und zwei oder drei andere schauten zerknirscht drein.

„Warum ist das schlecht?", wollte ich wissen.

„Die Stiftung entwickelt sich neuerdings in eine Richtung, die wir nicht gutheißen können. Sie beginnt, sich in die Stadtpolitik einzumischen."

„Inwiefern?"

„Durch ihr Geld natürlich. Es soll Zuwendungen an Funktionsträger in der Verwaltung gegeben haben. Man erzählt sich, dass der Aufsichtsratsvorsitzende die strikte Neutralität der Stiftung nicht mehr beibehält. Das könnte zum Problem werden. Die Cruceniastiftung verfügt über genügend Kapital, um Entwicklungen in der Stadt zu steuern. Aber warum willst du das wissen?"

„Ich vertrete einen Mandanten, der ein arbeitsrechtliches Problem mit der Stiftung hat."

Onkel Lucius verständigte sich durch kurze Blicke mit einigen anderen Familienmitgliedern auf dem Boot.

„Du kannst deine Vorgehensweise selbst wählen", erklärte er dann. „Das Interesse des Unternehmens erfordert keine Rücksichtnahme auf die Stiftung." Eigentlich hatte ich gehofft, das Gegenteil zu hören.

„Haben wir denn keine Kontakte, um meinen Fall gütlich mit der Stiftung zu regeln?", fragte ich.

„Derzeit wohl kaum. Solange dieser Dr. Himmelsbach dort etwas zu sagen hat, wird sich daran auch nichts ändern. Falls dein Fall sich allerdings irgendwie dazu eignet, wären wir dir sehr verbunden, wenn du diesen Aufsichtsratsvorsitzenden zerlegen könntest. Im Sinne des Gleichgewichts der politischen Kräfte wäre dies sehr nützlich."

Gleichgewicht der Kräfte bedeutete für Onkel Lucius eher Übergewicht der Familie Dexheimer. Für die anderen an Bord bedeutete es dies auch. Und für mich bedeutete es dasselbe. Wo kämen wir denn hin, wenn politisch gegen unsere Familie entschieden werden könnte? Insofern hatte ich einen weiteren Grund, keine Rücksicht mehr auf Dr. Himmelsbach zu nehmen.

Während wir den Katamaran gemächlich mit der Strömung zurück zum Anlegesteg ruderten, wurde mir klar, dass ich absolut freie Hand hatte, gegen die Stiftung vorzugehen. Damit war zugleich entschieden, wie die Strategie im Falle Danny Berlandy zu lauten hatte. Die Zeichen standen nicht auf Frieden, sondern auf Angriff.

Wir blieben nach dem Wiederanlegen noch eine Zeitlang in dem Boot sitzen und unterhielten uns so lange über den Wein, bis alle Flaschen leer waren. Die Stiftung war kein Thema mehr, sie spielte nur in meinen Gedankengängen weiterhin eine Rolle. Der Freispruch für Danny Berlandy mochte Illusion sein, doch ich würde Dr. Himmelsbach und Siegbert Krollmann öffentlich demontieren. Letztlich ein Spiel ohne Sieger. Am Ende würden Mandant und Gegner zu den Verlierern zählen.

Eine Kampagne gegen einen Gegner wie die Cruceniastiftung beginnt man verdeckt. Verdeckt heißt nicht geheim, sondern öffentlich. Die Presse ist immer an Skandalen interessiert, weshalb es mir das Klügste schien, die Stiftung auf diesem Wege zu attackieren.

Man mag sich fragen, was eine Pressekampagne mit einem Strafprozess zu tun hat. Richter sind schließlich objektiv und nur ihrem Gewissen sowie dem Gesetz verpflichtet. Tatsächlich gibt es Untersuchungen, die beweisen, dass auch Richter oder Staatsanwälte sich von der öffentlichen Meinung ungewollt beeinflussen lassen.

Wirtschaftsanwälte veranstalten darum häufig einen großen Medienrummel um ihre Prozesse. Besonders gerne tun sie dies, wenn sie sich als Opferanwälte aufspielen. Der Opferanwalt ist eine relativ neue Erfindung. Er kommt wie alles Überflüssige in unserer Justiz aus dem amerikanischen Rechtskreis. Opferanwälte unterscheiden sich vom normalen Anwalt dadurch, dass sie das Schicksal des Mandanten in der Boulevardpresse oder in Talkshows ausschlachten. Natürlich gegen zusätzliches Honorar.

In ein paar Jahren werden Menschen feststellen, dass es ihnen nicht geholfen hat, über die Folgen einer Vergewaltigung im Fernsehen zu plaudern. Der Opferanwalt wird dann zu einer Autobiografie raten, um die psychischen Folgen des großen Medienansturms gegen ein weiteres Zusatzhonorar zu vermarkten. Noch später wird es irgendwann Opferanwälte für die Opfer von Opferanwälten geben. Es fehlt nur noch ein schicker englischer Begriff dafür. Was die Prozessführung in der Öffentlichkeit betrifft, haben die Wirtschaftsanwälte den passenden Anglizismus schon erfunden. „Litigation PR" nennen sie das, wozu ihnen selbst die Kreativität fehlt. Sie geben relativ hohe Summen aus für Agenturen, die sich darauf spezialisiert haben, ein Gerichtsverfahren in der Presse hochzukochen. Wer nur einen geschädigten Anleger vertritt, kann schließlich kaum etwas verdienen. Erst wenn die Medien verkünden, dass ein selbst ernannter Experte tapfer gegen ein ganzes Bankenkonsortium zu Felde zieht, strömen die Mandanten. So wird die Sache profitabel.

Von derartigen Methoden war ich weit entfernt. Ich hatte Pressekampagnen durch die Kommunalpolitik kennengelernt. Dort geht es eher darum, die Gegenseite zum bösen Buben abzustempeln. Aus den Reaktionen darauf kann man dann wieder Rückschlüsse für den eigenen Fall ziehen. Ist die Gegenwehr heftig oder moderat? Erfolgt sie im eigenen Namen oder werden scheinbar neutrale Dritte ins Feld geschickt? Manche reagieren sogar beleidigt und gehen gerichtlich gegen die Zeitung vor. Auf diese Weise erfährt man allmählich, wo der wunde Punkt des Gegners ist.

Ein anderes Ziel von Öffentlichkeitsarbeit kann sein, beim Gegner einfach für Verwirrung zu sorgen. Dies schien mir im Fall der Cruceniastiftung besonders angebracht. Organisationen reagieren anders als Personen. Denn hinter jeder Organisation stehen Menschen, die um ihr Pöstchen fürchten. Daher ist jede Fehlinformation über eine Organisation geeignet, hinter deren Kulissen Desorientierung zu erzeugen. Das war es, was mir vorschwebte. Deshalb entwarf ich eine schicke Falschmeldung, die ich nun so in die Öffentlichkeit lancieren musste, dass kein Verdacht auf mich fiel. Zu diesem Zweck kontaktierte ich eine Kollegin noch aus Studientagen, die in Mainz als eine der führenden Spezialistinnen im Bergrecht tätig war. Eine Exotin also, aber in jeder Hinsicht eine interessante Bekanntschaft.

„Hallo Vera", begrüßte ich sie knapp am Telefon.

„Julius, wie nett, dass du dich auch mal wieder meldest. Ich hoffe, es gibt keine Probleme wegen deines Falles."

„Welchen Fall genau meinst du? Ich habe viele Fälle?"

„Aber sicher nur einen, in dem es um Parteiverrat geht. Das ist übrigens kein Kinderspiel." Ich schluckte. Vera war wie ein Magnet für jeden Klatsch und Tratsch in der Justiz. Ihre Quellen waren unerschöpflich. Dennoch hätte ich nicht gedacht, dass sie bereits über ein gegen mich laufendes Ermittlungsverfahren informiert war. Ärgerlich beschloss ich, ihr Auskünfte dazu zu verweigern.

„Wie geht es dir, was machst du gerade?", lenkte ich vom Thema ab.

„Ich arbeite an einer Falschmeldung für die Presse. Wir planen gerade die Reaktivierung eines Steinbruches in Hessen und wollen herausfinden, wie die Bevölkerung darauf reagiert. Ich möchte den Eindruck erwecken, wir würden die Abbrucharbeiten wieder aufnehmen. Wenn der Widerstand zu heftig wird, darf die Bergbehörde aber nicht merken, dass an den Plänen etwas dran ist. Wir müssen dann jederzeit behaupten können, eine erneute Inbetriebnahme sei nie geplant gewesen."

Wie gesagt: Pressekampagnen gehören zum täglichen Brot der Juristerei.

„Ich fürchte, ich kann dir nicht helfen, weil ich das Problem nicht verstehe", räumte ich ein.

„Natürlich verstehst du es nicht. Aber ich habe schon eine Idee. Wir streuen das Gerücht von einer bevorstehenden Sprengung in dem alten Steinbruch. Das hat dort seit über einem Jahrzehnt nicht mehr stattgefunden. Keine Behörde ist so dumm, zu glauben, dass wir ohne erneutes Genehmigungsverfahren einfach sprengen würden."

„Versuch doch, es als Event zu verkaufen", riet ich ihr. „Alles, was nach Event klingt, weckt heutzutage automatisch Interesse. Was hältst du von folgendem Text: Samstag große Sprengung, anschließend Grillen auf dem heißen Stein."

„Oh Julius, bleib du bei deinen Strafsachen und misch dich bitte nicht in meine Arbeit ein. Gibt es einen Grund, warum du anrufst?" Vera dachte gerne praktisch, weil sie durch ihre Arbeit stark ausgelastet war. Was nicht hieß, dass sie sich nicht auch einmal einen freien Abend gönnte und diesen intensiv zu nutzen wusste.

„Es kommt mir fast vor wie Gedankenübertragung", erklärte ich ihr, „aber ich arbeite ebenfalls an einer Falschmeldung. Ich habe auch bereits einen fertigen Text. Nur ist das Thema derart heikel, dass ich ihn nicht über meine sonstigen Kontaktleute in die Presse bringen will."

„Ihr habt doch zwei Tageszeitungen in Bad Kreuznach, oder?"

„So ist es. Zumindest eine davon arbeitet sogar nach journalistischen Grundsätzen."

„Und die andere?"

„Die weiß manchmal nicht, ob sie neutral berichten oder eigene Politik machen soll."

„Wie muss ich das verstehen?"

„Nun, mir fällt bisweilen auf, dass die berichten, was sie wollen. Wichtige Ereignisse in der Stadt schweigen sie tot, Unbedeutendes bauschen sie auf."

„Und diese Zeitung scheint dir geeignet für deine Zwecke", resümierte Vera.

„Ganz genau. Deshalb rufe ich dich auch an. Du sitzt in Mainz. Wenn eine Information von dort kommt, hat sie quasi den Charakter einer Regierungsmeldung. Möglicherweise kannst du es ja über die Zentrale der Zeitung in Umlauf bringen."

„Verstehe. Schick mir eine Mail mit dem Text, den du lesen willst. Ich schaue, was ich tun kann."

Bereits wenige Tage später las ich in der auserwählten Zeitung eine Kurznachricht: Dexheimer und die Cruceniastiftung.

Ein Lokalreporter namens Hubert Althase berichtete, mein Vater habe in seinem Testament Geld zur Verfügung gestellt mit der Auflage, damit eine Stiftung zu gründen. Die Familie Dexheimer würde aber derzeit prüfen, ob auch eine Spende des Geldes an die Cruceniastiftung dem letzten Willen gerecht werde. Onkel Lucius rief mich sofort an.

„Steckst du hinter der heutigen Meldung zur Stiftung?"

„Natürlich. Ich will bei deren Führungspersonal die Dollarzeichen in den Augen sehen. Wenn die Cruceniastiftung zu ahnen beginnt, dass mein Fall sie viel Geld kosten könnte, gerät Dr. Himmelsbachs Position ins Wanken."

„Gute Idee", kicherte mein Onkel. „Allerdings ist das für Eingeweihte leicht durchschaubar. Welcher Dexheimer würde denn Geld stiften?"

„Vater jedenfalls nicht, deshalb wird er mir den kleinen Scherz mit seinem Andenken auch bestimmt nicht übelnehmen."

„Das sehe ich auch so, zumal er sicher genauso gehandelt hätte wie du jetzt. Viel Erfolg, Julius und ein schönes Wochenende."

„Ist die Woche schon wieder vorbei?"

„Fast. Heute ist Freitag."

Ein Freitag ist immer ein guter Tag, um zu erfahren, was in Bad Kreuznach geredet und gedacht wird. Freitags ist nämlich Wochenmarkt. Darum ließ ich es mir nicht entgehen, den Kornmarkt aufzusuchen und mich ins Getümmel zu stürzen.

Der Bad Kreuznacher Wochenmarkt ist eine der schönsten Institutionen der Stadt. Jede Woche dienstags und freitags strömen die Bürger hier zusammen. Das Angebot ist für eine Kleinstadt ganz beachtlich. Es umfasst Obst und Gemüse, Früchte, Säfte, Blumen, Kräuter. Fleisch und Wurst der Marke SooNahe, also aus heimischer Zucht, einmal monatlich auch einen Ross-Schlachter, Käse und echtes Steinofenbrot. An einem Verkaufswagen findet man nicht nur zahlreiche Sorten frischen Fisch, sondern kann sich gleich noch Backfisch zum Mittagessen frittieren lassen. Dann gibt es Delikatessenstände, die unzählige Arten von Ölen und Essigen, Gewürzen, Brotaufstrichen oder eingelegten Spezialitäten feilbieten. Der Gartenfreund findet Setzpflanzen, Stecklinge oder Sämereien, der Gesundheitsbewusste Honig und Bienenwachsprodukte, Tees, Cremes und Salben in Töpfchen, Tuben und Tiegeln.

Um den Markt herum locken eine Espressobar, Restaurants, Imbisse, Gastronomie im Freien und natürlich eines meiner Stammlokale – Karins Bistro. Das Beste an dem Markt aber ist sein Flair, dieses Gefühl, genau jetzt der Mittelpunkt einer Stadt zu sein. Der Wochenmarkt ersetzt, was in römischen Städten das Forum oder in griechischen Städten die Agora war. Er ist Treffpunkt und gesellschaftliches Ereignis. Wer über den Wochenmarkt schlendert, um dort einzukaufen, der ist allemal gut beraten, aber höchstwahrscheinlich Gast. Wer dort hingeht, um Leute zu treffen, während er seine Einkäufe tätigt, der ist Kreuznacher.

Wirtschaftsanwälte schwärmen gerne vom Networking. Sie besuchen teure Seminare, um es zu lernen. Kreuznacher haben das im Blut. Nirgendwo sonst werden Informationen so schnell umgeschlagen und Kontakte so einfach gepflegt wie auf unserem Wochenmarkt. Ich brauchte deshalb nicht lange, um herauszufinden, dass die angebliche Verbindung meiner Familie mit der Stiftung Tagesgespräch war. Nicht minder deutlich konnte ich das hohe Ansehen heraushören, welches die Cruceniastiftung genoss. Folglich musste sich dagegen meine nächste Attacke richten.

Bei einem Espresso Macchiato entwarf ich eine weitere Zeitungsmeldung. Der Abwechslung wegen versuchte ich es mit der anderen Tageszeitung. Lokalredaktionen sind freitags immer im Stress, weil die Samstagsausgabe umfangreicher ist als die sonstigen. Redaktionsschluss ist üblicherweise gegen eins, weshalb nichts ungelegener kommt als eine wichtige Nachricht freitags mittags nach zwölf.

Genau zu diesem Zeitpunkt wurde ich im Redaktionsbüro der Zeitung vorstellig, gab ein paar Kopien ab, hinterließ meine Handynummer und bat um Rückruf. Anschließend tat ich, was ich nur äußerst selten tue. Ich schaltete mein Handy aus. Außerdem tat ich, was ich ziemlich häufig tue. Ich genehmigte mir bei Karin im Bistro ein Glas Wein. Dazu stellte ich mir schmunzelnd vor, wie ein Redakteur nun verzweifelt versuchte, mich zu erreichen. Noch bevor ich ausgetrunken hatte, stand plötzlich Kerstin vor mir, die Auszubildende aus meiner Kanzlei. Mandy hatte sie geschickt.

„Sie sollen sich dringend im Büro melden. Ihr Handy ist nicht erreichbar."

„Wissen Sie zufällig, um was es geht?"

„Jemand von einer Zeitung versucht ständig, Sie zu erreichen." Ich erklärte Kerstin, dass ich für die Presse auf keinen Fall erreichbar sein wollte. Bevor ich sie allerdings mit dieser Nachricht zurückschickte, musste ich noch etwas anderes wissen.

„Wie haben Sie mich eigentlich gefunden?" Meine Auszubildende grinste und reichte mir einen Zettel.

„Mandy hat mir hier eine Liste mit Lokalen ausgedruckt, in welchen Sie vermutet wurden. Sie hat gemeint, wegen des Wochenmarktes sollte ich in diesem Bistro hier mit der Suche beginnen." Ich überflog den Zettel und fühlte mich durchschaut.

„Gibt es eigentlich auch etwas, das Mandy nicht in ihrem Rechner gespeichert hat? Es scheint mir etwas übertrieben, eine Datei mit meinen Stammlokalen zu führen."

Kerstin zuckte mit den Schultern. Zugleich sah ich ihr an, dass sie etwas wusste, was sie mir nicht sagen wollte.

„Ich gehe zurück in die Kanzlei", meinte sie und verschwand.

Bei einem weiteren Wein stellte ich mir vor, was nun nicht weit entfernt in einer Lokalredaktion los war. Wenn ich Glück hatte, beriet dort gerade die Redaktionskonferenz über eine vertrauliche Information, geschrieben auf dem Briefkopf meiner Kanzlei. Darin behauptete ich, dass es bei der Stiftung zu einem Vorfall von Untreue gekommen war. Den Schaden bezifferte ich mit wenigstens 30.000 Euro. Beigefügt waren nichtssagende Kopien aus dem Arbeitsrechtsstreit Berlandy ./. Cruceniastiftung. Den Namen meines Mandanten und beider Anwälte hatte ich geschwärzt, weshalb nur zu erkennen war, dass die Stiftung sich in einem Rechtsstreit befand. Wen ich dabei vertrat, hatte ich bewusst verschwiegen.

Natürlich hätte keine Zeitung daraus ohne weitere Recherchen einen Bericht gemacht. Deshalb hatte ich zu einem unfairen Trick gegriffen. Mein Schreiben trug im Adressfeld nämlich die Namen beider Lokalzeitungen. Tatsächlich abgegeben hatte ich den Brief nur bei einer Redaktion. So entstand der Konkurrenzdruck, den ich brauchte. Denn die Samstagsausgabe ist die wichtigste Zeitung der Woche. Ein Lokalblatt kann es sich nicht leisten, in einer Angelegenheit von Bedeutung erst montags zu berichten, was die Konkurrenz schon samstags druckt. Jedenfalls hoffte ich das. Prompt erschien tags drauf die Samstagsausgabe mit einer kleinen Randnotiz: Untreue bei der Cruceniastiftung?

Meldungen, die mit Fragezeichen versehen sind, wecken das besondere Interesse der Öffentlichkeit. Der vage Verdacht wurde im Laufe des Wochenendes Stadtgespräch.

Umso enttäuschter war ich montags beim Durchsehen der Zeitungen. Weder hatte die Stiftung mit einer Äußerung reagiert, noch die andere Lokalzeitung die Meldung aufgegriffen. Dafür hatte ich einen ziemlich missmutigen Lokalredakteur am Telefon, der für den Samstagsbericht die Verantwortung trug. Wir trafen uns zum Kaffeetrinken, in dessen Verlauf ich versuchte, Dr. Himmelsbach ins Visier der Presse zu bugsieren. Der Redakteur hörte geduldig zu, dann bedankte er sich für den Kaffee und erhob sich.

„Ich habe mit einem unserer freien Mitarbeiter gesprochen. Marcel Gallert. Er ist ziemlich gut informiert über die Cruceniastiftung. Aus seinem Munde klingt die Story etwas anders." Der Redakteur lächelte kalt. „Wie dem auch sei. Weder wir noch die Konkurrenz werden über das Thema weiter berichten. Die Redaktionsleiter haben sich darauf verständigt."

„Schade", entfuhr es mir. Der Redakteur grüßte knapp und ging. Meinen Versuch, ihn zu täuschen, trug er mir noch lange nach. Damit war meine Pressekampagne beendet, bevor sie begonnen hatte. Ich war nicht sonderlich zufrieden mit meiner Arbeit. Möglicherweise war meine Vorgehensweise auch zu dilettantisch gewesen. Für eine politische Auseinandersetzung lässt die Presse sich viel einfacher mobilisieren als für eine rechtliche. Missmutig zog ich mich in meine Kanzlei zurück, wo Mandy besorgt mit einem Schreiben winkte.

„Was liegt an?", fragte ich genervt, während ich ihr den Brief aus der Hand nahm. Es handelte sich um eine Anhörung der Staatsanwaltschaft zum Vorwurf des Parteiverrats. Sie gaben immer noch keine Ruhe und forderten mich auf, binnen zwei Wochen eine Stellungnahme abzugeben oder für immer zu schweigen. Vom Schweigen stand zwar nichts in der Anhörung, aber so war es gemeint.

Außerdem sollte ich Angaben zu meinen Einkommensverhältnissen machen, sonst würde man mich auf 3000 Euro netto im Monat schätzen. Ich war enttäuscht, wie bescheiden sie meine Verdienste einstuften. Ein Einkommen in dieser Höhe garantierte mir bereits unser Familienunternehmen. Dafür musste ich nichts anderes tun, als zur Bank zu gehen und das Geld abzuheben. Die Anwaltstätigkeit verlangte mir wesentlich mehr ab, die hätte ich nie zu diesem Preis ausgeübt. Wahrscheinlich hatte der Staatsanwalt einfach ein für seine Arbeit in dieser Angelegenheit angemessenes Gehalt zugrunde gelegt und dieses dann verhundertfacht.

Das sind die kleinen Ungerechtigkeiten in unserem Staat. Wenn jemand eine Geldstrafe erhalten soll, sein Einkommen aber nicht offenlegt, wird er eben geschätzt. Wie ein Staatsanwalt das macht, entzieht sich meiner Kenntnis. Bewertet er anhand der Kleidung oder guckt er, was man für ein Auto fährt? Ermittelt er, wo man mittags isst, oder zählt er heimlich mit, wie viele Drinks man in einer Cocktailbar zu sich nimmt? Müssen Raucher mehr zahlen? Deutet braungebrannte Haut auf Wohlstand hin? Fragen über Fragen, und nur die Justiz weiß die Antwort.

Sicher ist nur eines: Wer sich schätzen lässt, fährt besser. War die Schätzung zu hoch, kann man immer noch den Steuerbescheid offenlegen. War sie hingegen zu niedrig, ist dies bares Geld wert. Natürlich profitieren von diesem System vor allem diejenigen, die viel verdienen und niedrig geschätzt werden. Aber so soll es wohl auch sein. Unser Rechtsstaat toleriert Unrecht stets nur zugunsten der Besserverdienenden. Niemals umgekehrt.

Ich beschloss, weder zu meinem Einkommen noch zu den Vorwürfen eine Stellungnahme abzugeben, legte das Schreiben beiseite und nahm mir die Akten vor, die Mandy auf meinen Tisch gestapelt hatte. Erst danach besprach ich mich mit ihr zum Stand meiner Bemühungen um Danny Berlandy. Wir waren beide der Auffassung, durch die Zeitungsartikel nichts erreicht zu haben.

„Es ist ja erst Montag, bis zur Verhandlung am Donnerstag wird das Blatt sich bestimmt noch wenden", meinte Mandy nur ironisch.

Doch weder der Dienstag noch der Mittwoch brachten Neuigkeiten, die für uns nützlich gewesen wären. Ich wälzte die Akte hin und her, markierte bestimmte Teile früherer Aussagen, notierte mir Fragen oder Einwände, stellte mir detailliert vor, wie alles ablaufen würde und wie ich am besten reagieren sollte. Am Mittwoch Nachmittag kannte ich die Akte beinahe auswendig. Der Prozess war von mir bestens vorbereitet. Es fehlte allein die zündende Idee, welche dem Verteidiger den Glauben an einen Freispruch bringt. Ohne diesen Glauben kann man lediglich versuchen, seinen Job gut zu machen. Für einen Sieg fehlte der entscheidende Funke.

Den letzten Termin des Abends hatte Mandy einem neuen Mandanten gegeben. Er kam mit einer komplizierten Strafsache. Ich hatte viele Fragen und war dabei, seinen Fall gründlich aufzubereiten. Aber der Mandant war nervös und schaute ständig aus dem Fenster. Draußen stand der Vollmond am Himmel.

„Dauert es noch lange?", fragte er schließlich.

„Es gibt noch Einiges zu besprechen."

„Dann müssen wir einen neuen Termin machen. Tut mir leid, aber ich wusste nicht, dass heute Vollmond ist."

„Sind Sie etwa abergläubisch?" Der Mandant erklärte mir, dass er Inhaber einer kleinen Kneipe war, die nur unregelmäßige Öffnungszeiten hatte. Oft lohnte es für ihn nicht, stundenlang wegen zweier oder dreier Gäste hinter der Theke zu stehen.

„Aber wenn Vollmond ist, dann brummt das Geschäft", schwärmte er zu meiner Überraschung. „Dann kommen nämlich die Vollmondtrinker. Die lassen dann richtig viel Geld da. Ich kann darauf nicht verzichten."

„Nun gut", meinte ich, „dann beraten wir Ihren Fall eben ein andermal weiter." Ich schaute auf die Uhr und dachte an den morgigen Prozess gegen Danny Berlandy. Das Verfahren würde meine volle Konzentration fordern. Deshalb schien es mir stimmig, die Kanzlei nun zu schließen und noch das ein oder andere Glas Wein trinken zu gehen.

„Wissen Sie was?", fragte ich den neuen Mandanten. „Sie haben mich neugierig gemacht. Ich habe noch nie von einem Vollmondtrinker gehört. Wie heißt Ihre Kneipe?"

„Ganz einfach: Zum Weinberg."

„Dann sollten wir langsam aufbrechen. Ich komme mit und schaue mir das an." Wir gingen gemeinsam über die Alte Nahebrücke und dann durch die Beinde, eine der ältesten Straßen der Stadt. Als wir um die Ecke zu der Gaststätte bogen, standen schon vier Gäste vor der verschlossenen Tür.

„Endlich", meinte einer.

Ansonsten waren sie ziemlich wortkarg, wie mein neuer Mandant auch. Wir traten ein und die Schenke füllte sich nun zügig. Bald saß ein Dutzend Männer im Alter zwischen 50 und 70 Jahren an der langen Theke. Sie tranken schnell, redeten aber wenig. Der Zapfhahn stand nicht still, es herrschte eine gespenstische Ruhe.

Später betraten jüngere Gäste das Lokal. Sie plauderten lautstark, lachten viel und setzten sich an einen Ecktisch. Einer warf Geld in die Musicbox, um mit ein paar Schlagern die Stimmung aufzulockern. Die Alten an der Theke nahmen davon kaum Kenntnis. Sie starrten stumm die Wand an und tranken.

Ich beschäftigte mich mit den Weinen des neuen Mandanten. Leider war nichts Brauchbares im Angebot. Das stumme Trinken der alten Männer ließ mich fast schwermütig werden. Wie als Kontrast dazu kicherten die jungen Leute an dem Ecktisch fast unnatürlich laut vor sich hin. Ich schaute einigen genauer in die Augen und stellte fest, dass ich mich nicht geirrt hatte. Ihre gute Laune war künstlich erzeugt. Mit etwas Erfahrungen kann man das Verhalten solcher Leute zuverlässig vorhersagen. Erst wandern Tütchen und Geld unter dem Tisch hin und her, bis der Vorrat verbraucht ist. Dann wird eifrig mit dem Handy gespielt. Der Dealer muss Nachschub bringen und wird unter Verwendung verschiedener Codes oder Geheimzeichen zum Treffpunkt zitiert.

„Halbe Stunde", nickte einer seinen Kumpels zufrieden zu. Sie bestellten neue Getränke. Ich beschloss, die halbe Stunde noch abzuwarten. Für meinen Beruf war es grundsätzlich nützlich, zu wissen, wer gerade im Geschäft war. Als die halbe Stunde vorbei war, fing einer der Jugendlichen an zu telefonieren.

„Noch 20 Minuten", verkündete er dann. Ich ging in Gedanken das morgige Verfahren nochmals durch. Die Vollmondtrinker kippten mit geisterhaftem Schweigen weiterhin Bier in ihre Kehlen. Eher aus Langeweile als zum Genuss beschloss ich, einen weiteren Wein zu trinken.

„Herr Wirt, noch ein Remischen für mich."

„Das heißt hier nicht Remischen."

„Wieso nicht? An der ganzen Nahe wird das Weinglas Remischen genannt."

„Aber hier nicht", erwiderte der Wirt grantig. „Ich mag diesen französischen Quatsch nicht."

Ich erklärte ihm, dass der Name unseres Weinglases eine Wortschöpfung aus Bad Kreuznach ist. Seinen Ursprung hatte es in einer Straußwirtschaft, wo die Gäste bei Überfüllung gerne in der Remise, also dem Stellplatz für die Kutschen, untergebracht wurden. Die Gläser für die Remise wurden dann Remischen genannt. Ein Franzose würde das Wort wahrscheinlich nicht verstehen.

„Trotzdem waren es die Franzosen, die im Laufe der Geschichte mehrfach über unser Land hergefallen sind. Allein an der Nahe haben sie 30 Burgen zerstört. Am Rhein waren es noch mehr", schimpfte der Wirt weiter. Das fand ich amüsant, deshalb ließ ich mich auf das Gespräch ein.

„Mag sein, unsere Burgen haben die Franzosen ruiniert. Dafür haben sie uns aber ein paar drollige Worte hinterlassen. Nur wegen der Franzosen heißt im Nahetal die Straße Chaussee und der Bürgersteig Trottoir. Viele Worte haben wir sogar in unseren Dialekt integriert mit der Folge, dass nur noch Einheimische wissen, was gemeint ist, wenn wir von einem Lapping oder einem Schesselong reden."

„Aber die Franzosen haben auch unseren berühmten Räuberhauptmann

Schinderhannes gefangen und geköpft."

„Stimmt. Das war doch eigentlich ein feiner Zug. Nur so konnte der Schinderhannes schließlich berühmt werden. Wer will schon einen Volkshelden, der altersschwach im Bett stirbt."

Jetzt schwieg der Wirt. Er musste erst nachdenken, was er noch erwidern sollte. Ich musste das nicht, weshalb ich einfach fortfuhr.

„Besonders dankbar bin ich den Franzosen für die Bereicherung unserer Fastnacht. Viele unserer Karnevalsbräuche wurzeln im Protest gegen die französischen Besatzungstruppen. Von den Uniformen zahlreicher Garden bis hin zur närrischen Zahl Elf, die aus dem französischen „egalité-liberté-fraternité" entstanden ist, hat die Fastnacht eine klare antimilitaristische Tradition. Deshalb war die Anwesenheit unserer Nachbarn hier doch sehr fruchtbar."

Dann kam der Dealer, auf dessen Ankunft ich gewartet hatte. Er betrat die Kneipe, warf einen Blick über die Gäste und ging zu dem Tisch der jungen Leute. Im Vorbeigehen stutze er kurz, als er mich erkannte, versuchte aber, sich nichts anmerken zu lassen. Er nickte einem der Jugendlichen zu und ging mit diesem wieder hinaus. Kurz später kam der Jugendliche alleine zurück. Grinsend steuerte er den Ecktisch an, wo es nun wieder lauter und fröhlicher wurde.

Sofort ging ich hinaus, um mir den Dealer zu schnappen. Der war längst verschwunden. Trotzdem hatte ich ihn erkannt. Morgen würde ich ein sehr ernstes Wörtchen mit Mandy reden müssen. Was Danny Berlandy hier getrieben hatte, behagte mir ganz und gar nicht.

7. Kapitel

Wozu empfohlen wird:
FRÜHBURGUNDER TROCKEN
Weingut Hexamer, Meddersheim

Ein sommerlicher Nieselregen überzog das Land, als ich hinter Meddersheim eine Anhöhe hinauf fuhr.

„Wir holen Sie am Ortseingang ab. Die Wege hier sind für normale Autos kaum befahrbar", hatte KHK Schulz mir angeboten. Tatsächlich sah ich ein Polizeiauto wartend am Wegesrand. Ich parkte und wechselte den fahrbaren Untersatz. Der Polizist in dem Streifenwagen gab sich wortkarg. Das Chauffieren von Zivilisten entsprach wohl nicht seinem Berufsbild.

Ein geteerter Feldweg führte bergan zu einem Wäldchen. Je höher wir kamen, desto schlechter wurde die Fahrbahn. Der Polizist fuhr unbeeindruckt weiter. Erst an einer von drei Eichen markierten Wegegabelung musste er überlegen. Es sah aus wie der Treffpunkt für ein Rendezvous in einem Heimatfilm.

„Rechts", knurrte mein uniformierter Fahrer. Sodann steuerte er konsequent in das Wäldchen hinein, wo ich mein Auto nur ungern auf unbefestigten, ausgefahrenen Wegen ramponiert hätte. Sollte doch der Staat mögliche Fahrzeugschäden tragen.

Als das Polizeiauto kurz in einem Schlagloch versank und dann heftig emporwippte, erblickte ich diverse Ameisenhügel von mindestens einem Meter Höhe. Dann endete der Baumbewuchs längs des Weges. Wir fuhren hinaus auf eine große Lichtung, eine Wiese, umstanden von Laubwald und Hecken. An jeder Seite dieser Grünfläche war ein Jägerstand aufgebaut, damit die Anhänger der Wildballerei sich gehörig austoben konnten. Ein Reh, das diese Wiese betrat, lief unweigerlich Gefahr, in einer Art Fernkreuzigung aus allen Himmelsrichtungen mit Blei vollgepumpt zu werden.

Ich gehöre zu den Leuten, die über den Witz: „Treffen sich zwei Jäger – beide tot" herzhaft lachen können. Der Anblick der Hochsitze bestätigte mich in meiner ablehnenden Haltung gegenüber den waidmännischen Heckenschützen. In der Urzeit lebten die Menschen als Jäger und Sammler. Die Sammler nennt man heute Messis und versucht, sie zu heilen. Der Jagdtrieb ist seltsamerweise noch nicht als Krankheit oder wenigstens Verhaltensstörung anerkannt. Dabei ist doch offensichtlich, dass ein Grünrock, der Wild erst anlockt, um es dann hinterrücks abzuknallen, einen Schuss hat.

Das belegen auch die archaischen Rituale: Traratrari – Hirsch tot, traritrara – Sau tot. Tirilatirili – Bier trinken, tirilitirila – Schnaps hinterher. Tatatatü – heimfahren, tatütata – Lappen abgeben. So etwas nennt sich dann auch noch Naturschutz.

Der Polizist brachte seinen Dienstwagen ruckelnd zum Stehen.

„Hier ist es", informierte er mich. Einige Meter neben mir saß auf einem halbverwitterten Rundballen ein Mäusebussard und glotzte mich an. Ich glotzte zurück. Er blieb standhaft, bis ich die Tür öffnete. Dann erhob er sich träge, um nach Westen davon zu fliegen. Ich blickte ihm nach und meinte, in der Ferne sogar Schloss Dhaun zu erkennen. Wir befanden uns folglich an der Schwelle zum Kirner Land. Kaum war ich ausgestiegen, eilte KHK Schulz auf mich zu.

„Nettes Plätzchen", sagte ich beim Blick nach Norden, wo der Soonwald den Hunsrück überzog. Wieder einmal fiel mir auf, dass ich von allen Stationen, die der Entführer vorbereitet hatte, dieses eigentümliche Mittelgebirge sehen konnte. Ob die Lösung des Rätsels im Hunsrück lag?

Nach einem Merksatz für die Schule schließen zwar Mosel, Nahe, Saar und Rhein rings den Hunsrück ein. Das dient aber nur dazu, dass auch Friesen und Bayern sich wenigstens grob orientieren können. Tatsächlich ist die Abgrenzung viel differenzierter zu sehen. Viele Aussichtspunkte im Nahetal bieten diesen faszinierenden Anblick, der verdeutlicht, wie sensibel der Wein ist. Direkt an der Nahe bedecken unzählbare Reben die Hügel. Doch schon wenige Kilometer weiter gibt es nur noch Äcker und Wald. Man vermag beim Blick über die Landschaft förmlich die Grenze einer Kultur mit den Augen zu greifen. Das begeistert mich so an unserem Weinbaugebiet. Es ist nicht wie bei den großen Massenproduzenten, wo Weinreben wachsen, so weit das Auge reicht. Von derartigen Monokulturen sind wir weit entfernt. Im Nahetal wird stets auf der Schwelle gearbeitet.

Wenn zwischen Allerheiligen und Weihnachten der erste Schnee fällt, kann man es genau sehen. Der Hunsrück ist dann weiß, das Naheland nicht. Dort oben ist schon Winter, bei uns wurden gerade erst die Freibäder geschlossen. Sage also bloß niemand, wir seien Hunsrücker. Es könnte als Beleidigung aufgefasst werden.

Die mitunter schwierigen Verhältnisse in dieser Grenzregion sind auch ein Garant für die Qualität unseres Weines. Denn die Rebe schlägt hier nicht einfach überall dort Wurzeln, wo man sie in den Boden rammt. Schon vor dem Anbau muss sorgfältig bedacht werden, welche Weinsorte für welchen Boden in welcher Lage geeignet ist. Das macht sowohl die Vielfalt als auch den unverwechselbaren Charakter des Naheweines aus.

„16 Uhr. Es ist höchste Zeit", behauptete KHK Schulz.

Er war schon nervös. Es wollte ihm immer noch nicht in den Kopf, dass unsere Treffen eine Farce waren, weil der Entführer uns unmöglich beobachten konnte.

„Heute gibt es Rotwein", blinzelte er mir zu. Dann reichte er mir die vorbereitete Probe. Zweifelsohne ein roter Wein, sogar ein sehr dunkelroter, leicht ziegelrot, jedoch mehr rubin- als karminrot.

„Welche Farbe dominiert Ihrer Meinung nach?", fragte ich den Kriminalisten beim Schwenken des Weines. „Ist dieser Wein rostrot, purpurrot, scharlachrot, blutrot, feuerrot oder einfach dunkelrot?"

„Verdammt nochmal, Dexheimer, Sie wissen doch, dass ich von so etwas keine Ahnung habe. Stellen Sie mich hier nicht bloß."

„Es ist aber sehr wichtig. Ich bin mir nämlich unsicher. Meiner Meinung nach können wir zwar die Farben Puterrot, Lachsrot, Krebsrot, Kupferrot und Kirschrot sicher ausschließen. Es bliebe jedoch noch das Granatrot, das Hochrot, das Zinnoberrot, das Rosenrot und nicht zu vergessen das Knallrot."

KHK Schulz geriet ins Schwitzen.

„Ist das wirklich so wichtig?"

„Grundsätzlich schon. Es sei denn, wir könnten uns auf Weinrot einigen."

„Da stimme ich zu. Ich würde die Farbe auch Weinrot nennen."

„Bestens. Dann notieren Sie bitte fürs Protokoll, dass der Rotwein eine weinrote Farbe aufweist. Möglicherweise wird ein Staatsanwalt dies jedoch beanstanden."

„Egal. Die Ermittlungen führe ich."

Als Nächstes prüfte ich das Aroma. Mein erster Eindruck signalisierte Spätburgunder. Doch die Farbe war mir zu intensiv. Keine leichte Übung. Die Blume des Weines enthielt Brombeere, Schwarze Johannisbeere, Himbeere und ein klein wenig Kirsche. Außerdem ein wenig Mokka, was aber auch nicht weiterhalf, den Wein zu bestimmen. Erst ein zarter Rauchton führte mich auf die richtige Spur.

„Wir haben es wahrscheinlich mit einem Frühburgunder zu tun", erläuterte ich KHK Schulz.

An seinem glücklichen Aufatmen erkannte ich, dass ich richtig lag. Dennoch wollte ich den Wein natürlich noch verkosten. Der Frühburgunder hat nicht so eine ausgeprägte Säure wie der Spätburgunder. Außerdem sind seine Beeren sehr klein, weshalb das Verhältnis der Schale zum Rest der Beere größer, die Saftigkeit folglich geringer ist. Dies führt zu sehr samtigen, körperreichen Weinen.

Ich nahm einen Schluck und fühlte mich bestätigt. Die Probe war würzig und gehaltvoll, wie ich es erwartet hatte, dazu sehr ausgereift, aber für einen Wein dieser Qualität noch nicht zu alt.

„Frühburgunder", bestätigte ich.

Wie bei der letzten Station schon angekündigt, tippte ich beim Jahrgang auf das Jahr meines Ersten Staatsexamens. Auch damit lag ich genau richtig. Was die Herkunft des Weines betraf, so wählte ich einfach die bekannteste und beste Lage des Weinortes Meddersheim: Rheingrafenberg. Auch damit landete ich einen Treffer.

„Ich kann nicht beurteilen, ob Sie nun geraten haben oder Ihr Fachwissen so umfangreich ist. Aber ich muss Ihnen gratulieren. Als ich den Auftrag erhielt, diesen Wein zu kaufen, dachte ich, Sie würden heute unterliegen. Es ist das erste Mal, dass ich überhaupt die Sorte Frühburgunder gehört habe."

KHK Schulz war merkwürdig zutraulich. Ich schielte nach der geöffneten Weinflasche, um abzuschätzen, wie viel schon fehlte. Daran lag es aber nicht. Möglicherweise fühlte er sich unwohl wegen Sonja Krämer, die wie angekündigt heute ebenfalls anwesend war.

Dann standen wir nebeneinander und schauten. Wo wir waren, endete das Weinbaugebiet Nahe nach Westen hin. Ich hatte die leise Hoffnung, dass damit auch die Entführung endete.

„Wie lange soll das noch weitergehen?", grübelte ich laut. „Es dauert nun schon über einen Monat. Das arme Kind."

„Ich habe vorsorglich bereits meinen Urlaub storniert", bemerkte KHK Schulz.

„Wann wollten Sie denn fahren?"

„Die ersten beiden Wochen im August", gab er zögernd Antwort. Damit war klar, dass er durchaus noch einen weiteren Monat einplante, bis das Kind wieder frei sein würde.

„Was ist mit Ihnen? Haben Sie Urlaub geplant?" Ich schüttelte den Kopf.

„Der Sommer ist doch die schönste Zeit hier. Bestes Wetter und viele Weinfeste rundum in den Weindörfern an der Nahe. Ich verstehe nicht, wie man da wegfahren kann. Noch dazu womöglich in den Süden, wo es dann unerträglich heiß, extrem voll und teuer ist. Den Sommer muss man einfach im Naheland verbringen. Allerdings sind die anderen Jahreszeiten auch nicht schlecht. Den Herbst als die Zeit der Weinlese kann ich mir nur hier vorstellen. Ganz zu schweigen vom Frühjahr, das an der Nahe die angenehmste Zeit ist. So ein mildes Klima wie hier – wo finden Sie das sonst noch?"

„Aber im Süden hat man doch eher eine Chance auf konstantes Sommerwetter." KHK Schulz musste offensichtlich erst noch überzeugt werden.

„Wussten Sie, dass bei uns weniger Regen fällt als im Rest Deutschlands? Bad Kreuznach ist die sonnenreichste Stadt in diesem Land. Zudem haben wir Wasser, Wald, ausgedehnte Landschaften zum Wandern, pittoreske Sehenswürdigkeiten und historische Kleinode, das ganze zu erschwinglichen Preisen. Mehrere Naturparks, Themenrouten, vielfältige Flora und Fauna sowie natürlich der Wein runden das Angebot ab. Ich kann mir kein besseres Urlaubsland als das Nahetal denken." KHK Schulz tat meine Rede als Schwärmerei ab.

„Sie haben doch im Naheland noch nicht einmal ein Meer."

„Mag sein, aber dafür haben wir Meerluft. Zwischen Bad Kreuznach und Bad Münster am Stein-Ebernburg stehen Gradierwerke von über einem Kilometer Länge. Früher hat man mit diesen Salinen Salz gewonnen. Heute ist es das größte Freiluftinhalatorium Europas. Wenn Sie im Sommer durch das Salinental spazieren, verursacht die salz- und mineralhaltige Thermalsole Meeresklima pur. Völlig ohne Algen- oder Ölpest. Dem Wassersport können Sie zudem wahlweise am Niederhäuser Stausee frönen, auf dem Rhein oder auf dem Bostalsee im Quellbereich der Nahe." Der Kriminalbeamte guckte etwas abschätzig.

„Wenn man Sie so hört, könnte man meinen, Sie machen nie Urlaub."

„Genau so ist es", bestätigte ich ihm. „Vor ein paar Jahren musste ich einmal im Auftrag unseres Familienunternehmens in die Toskana fahren. Damals war ich voller Vorfreude, weil jeder die Toskana als den schönsten Teil Italiens preist. Es wäre auch ungerecht, zu behaupten, die Reise hätte sich nicht gelohnt. Aber landschaftlich reizvoller finde ich es bei uns."

„Dann sind Sie sicher Wintersportler und entspannen in den Alpen beim Skifahren", unternahm KHK Schulz einen letzten Versuch. Ich schaute ihn mitleidig an.

„Für den Wintersport haben wir den Hunsrück, genauer gesagt den Idarkopf mit 746 Metern und den Erbeskopf mit 818 Metern Höhe. Schlepplifte, Skihänge und Rodelkanäle gibt es dort ausreichend. Allerdings mache ich mir nichts daraus. Zur Winterzeit erholt man sich am besten im Weinberg. Haben Sie je die Ruhe erlebt, die man genießt, wenn man durch einen winterlichen Weinberg wandert? In der kalten Jahreszeit ruhen die Reben. Wenn Sie im Frost oder sogar im Schnee dort spazieren gehen, wird der Kopf klar. Die Ruhe des Winters überträgt sich zwangsläufig auf den gesamten Organismus. Besonders den Rebschnitt kann ich Ihnen empfehlen. Alleine in den Weinbergsreihen zu stehen und die Reben zu schneiden, ist eigentlich der beste Urlaub, den man sich gönnen kann. Was ist eine überfüllte Skipiste gegen die Kälte und die Einsamkeit des Winterwingerts? Rebschnitt ist Me-

ditation, Besinnlichkeit, wahre Selbstfindung. Dafür müssen Sie in Kurklini-
ken viel Geld bezahlen." Der sächsische Kriminalbeamte wollte sich einfach
nicht überzeugen lassen.

„Das Lebensgefühl ist doch im Süden ein ganz anderes. Diese Leichtigkeit
des Seins finden Sie in Deutschland nicht."

„Das liegt nur daran, dass die Deutschen zwiespältige Wesen geworden
sind. Sie kehren aus südlichen Gefilden zurück, schwärmen von der dortigen Lebensweise und gehen zur Tagesordnung über. Das, was sie genossen haben, nennen sie „savoir-vivre" oder „dolce vita". Es gibt anscheinend
noch nicht einmal ein deutsches Wort dafür, so wesensfremd scheint uns
diese Lebensart zu sein." KHK Schulz nickte. „Tatsächlich besteht das so
bewunderte südliche Lebensgefühl im Prinzip nur aus zwei Getränken: Espresso und Wein", belehrte ich ihn. „Das Leben wird ganz wunderbar ent-
schleunigt, wenn man hin und wieder die nächste Bar ansteuert, und für ein
Tässchen Espresso lang die Zeit anhält – möglichst ohne zu meckern, dass
es nur halbvoll ist. Das ist so wie die schnelle Fluppe vor der Tür, nur viel
stilvoller. Noch wichtiger ist es, zur Mittagszeit ein, höchstens zwei Gläschen Wein zu genießen. Lebensqualität pur! Gerade weil es im Berufsleben
so verpönt ist, vermittelt es ein Gefühl von Urlaub. Diesen Tipp habe ich
übrigens von einem steinalten Winzer an der Nahe. Es ist also eine durchaus
heimische Lebensweisheit, die nur wiederentdeckt werden müsste. Mein
Winzer hat sogar einen deutschen Begriff dafür. Er nennt es: Den Tag teilen.
Ich empfehle es ausdrücklich."

Der erwartete Ansturm der Presse blieb aus. Nur Gallert, das Frettchen, saß
im Gerichtssaal.

„Sind Sie ganz alleine?", fragte ich, nachdem ich mich überwunden hatte,
ihn anzusprechen.

„Die Stiftung hat alle Redaktionen angeschrieben und um Vertraulichkeit
gebeten. Irgendetwas ist im Busch."

„Was denn?"

„Abwarten. Top secret."

„Aber Sie wissen bereits, um was es geht?" Er rieb sich voller Vorfreude die
Hände.

„Abwarten", sagte er nochmal. „Die Position von Dr. Himmelsbach ist nicht
unantastbar. Ich hatte es Ihnen von Anfang an gesagt."

Ich stapelte meine Akten auf den Verteidigertisch. Danny Berlandy hatte bereits Platz genommen und grinste mich unverschämt an.

„Schade um die viele Arbeit", sagte er mit Blick auf meine Unterlagen.

„Guten Morgen erstmal. Wie geht es Ihnen?"
Er zog die Nase hoch und nickte.
„Alles klar." Dazu hob er seine Faust mit ausgestrecktem Daumen.
„Ihren Optimismus möchte ich haben", meinte ich. „Was sollte das gestern Abend?"
„Was war da?" Er schaute mich so unschuldig an, wie er immer schaute.
„Ich habe Sie genau erkannt. Was Sie in die Gaststätte „Zum Weinberg" geführt hat, ist mit nicht entgangen."
„Ich wollte nur Freunde treffen. Sonst nichts."
Noch einmal bewies er mir, dass er auf Kommando die Miene eines Unschuldslammes aufsetzen konnte. Ich hatte jetzt schon genug von diesem Prozesstag und ging wieder hinaus, um mir in der Gerichtskantine einen Cappuccino zu ziehen. Als ich mich mit dem Becher in der Hand wieder dem Gerichtssaal näherte, standen Krollmann und Dr. Himmelsbach vor der Türe. Krollmann musterte mich feindselig. Dr. Himmelsbach waren keine Emotionen anzusehen. Er reichte mir freundlich die Hand.
„Ihr Vater wird sich im Grabe umdrehen", raunte er mir zu. Ich erklärte ihm, dass meine Aufgabe darin bestand, Angeklagte zu verteidigen, und ich auch auf die Cruceniastiftung keine Rücksicht nehmen konnte. Große Worte angesichts meiner aussichtslosen Position.
„Ihre Tage als Anwalt sind gezählt", meinte Dr. Himmelsbach trocken. „Zumindest in dieser Stadt."
Ein Gong ertönte. Zeit, den Gerichtssaal zu betreten. Kaum hatte ich meinen Platz eingenommen, trat das Schöffengericht in den Saal. Der Vorsitzende eröffnete die Sitzung. Personalien wurden festgestellt, die Anklage verlesen und dann meinem Mandanten das Wort erteilt. Ich erhob mich und verlas eine Erklärung, die ich abschließend wie folgt zusammenfasste:
„Mein Mandant hat seine Aufgaben stets korrekt erledigt. Er hat sich weder bereichert, noch die Stiftung anderweitig geschädigt. Die Vorwürfe gegen ihn sind ein Konstrukt und nicht beweisbar."
Der Vorsitzende nickte.
„War´s das?"
„Zunächst einmal ja."
„Dann beginnen wir mit der Beweisaufnahme." Er beugte sich vor zum Saalmikrofon.
„Der Zeuge Dr. Himmelsbach bitte in den Sitzungssaal!"
Die Tür öffnete sich, der Aufsichtsratsvorsitzende der Cruceniastiftung nahm auf dem Zeugenstuhl Platz. Hinter ihm betrat der Kollege Graf zu Anhausen den Saal.

„Ich wurde gebeten, als Zeugenbeistand aufzutreten", erklärte er jovial und setzte sich neben den Zeugen. Der zog ein Schreiben aus seinem Sakko. „Ich würde meine Aussage gerne verlesen", ließ Dr. Himmelsbach verlauten. Ich protestierte. „Zeugen haben frei auszusagen."

„Mehr als meine vorbereitete Erklärung werde ich nicht sagen", erwiderte der Zeuge kühl. Sein Anwalt nickte. Der Vorsitzende räusperte sich.

„Der Verteidiger hat Recht", belehrte er den Zeugen. „Sie müssen sich aufgrund Ihrer Erinnerung äußern. Die Verlesung vorbereiteter Erklärungen ist unzulässig." Graf zu Anhausen schaltete sich ein.

„Herr Vorsitzender, die schriftliche Erklärung meines Mandanten wird alle Fragen umfassend beantworten. Ich bitte zu beachten, dass er vom Verteidiger des Angeklagten erheblicher Straftaten bezichtigt wird, zu denen er sich nicht äußern muss. Das Recht des Zeugen, einzelne Fragen nicht zu beantworten, verdichtet sich hier zu einem umfassenden Zeugnisverweigerungsrecht. Er ist nicht verpflichtet, überhaupt auszusagen."

Ich starrte auf das Blatt, das Dr. Himmelsbach in seiner Hand hielt. Der vorbereitete Text umfasste nicht einmal eine volle Seite.

„Ich habe ein Fragerecht", beharrte ich. „Solange ich meine Fragen nicht gestellt habe, kann niemand wissen, ob der Zeuge diese beantworten muss." Der Vorsitzende tuschelte mit seinen Schöffen. Dann versuchte er, zu vermitteln.

„Das Gericht neigt dazu, zuerst die schriftliche Erklärung zu hören und dann zu entscheiden, ob der Zeuge weitere Fragen beantworten muss. Besteht hierzu Einverständnis?"

„Nein", erklärte ich. „Der persönliche Eindruck aufgrund der freien Rede des Zeugen ist wesentlich für die Beweiswürdigung."

„Ich betone nochmals, dass mein Mandant nicht aussagen muss und lediglich seine schriftliche Erklärung zu Protokoll geben wird", beharrte der Zeugenbeistand Graf zu Anhausen. Die Richter berieten sich erneut flüsternd.

„Der Zeuge möge seine Erklärung verlesen", verkündete der Vorsitzende schließlich. Ich sprang auf.

„Die Verteidigung widerspricht dieser Anordnung. Ich verlange eine Entscheidung des Gerichts."

Es wirkt immer sehr kämpferisch, wenn man verfahrensleitende Anordnungen eines Vorsitzenden kritisiert. Bei ganz großen Meinungsverschiedenheiten kann man ihn sogar zwingen, einen schriftlichen Gerichtsbeschluss zu fertigen. Dann müssen die Schöffen mitwirken, die aber kaum den Vorsitzenden überstimmen werden. Vor einem Landgericht mögen solche Scharmützel auch für die spätere Revision nützlich sein. Beim Amtsgericht ist dies grundsätzlich überflüssig. Allerdings verschafft man sich wenigstens eine Pause zum Nachdenken, wenn man das Gericht zu einer Zwischenberatung zwingt.

„Kein Problem", erwiderte deshalb der Vorsitzende gelassen. „Das Gericht wird beraten." Er stand auf, um sich mit den ehrenamtlichen Richtern ins Beratungszimmer zurückzuziehen. Graf zu Anhausen erhob sich ebenfalls, nahm seinem Mandanten die schriftliche Erklärung aus der Hand und überreichte sie dem Gerichtsvorsitzenden. Ich protestierte erneut.

„Das Gericht darf dieses Schriftstück nicht zur Kenntnis nehmen."

„Das Gericht muss wissen, worüber es berät", erwiderte der Kollege und stellte sich zwischen mich und den Vorsitzenden. Der schaute mich fragend an, womit er wohl andeuten wollte, dass er selbst keine Ahnung hatte, was genau jetzt zu tun war.

„Das Gericht wird beraten", wiederholte er. Dann verschwand er mit seinen Schöffen im Nebenzimmer. Nach fünf Minuten öffnete sich die Tür wieder.

„Der Staatsanwalt und der Verteidiger werden ins Beratungszimmer gebeten", rief ein Schöffe. Kollege Graf zu Anhausen nickte mir vielsagend zu. Ich folgte dem Staatsanwalt in das Seitenkämmerchen des Sitzungssaales. Als ich wieder herauskam, sprach mich mein Mandant flüsternd an.

„Freispruch?", fragte er, aber es war nur eine rhetorische Frage. Ich fühlte mich hintergangen.

„Wie kommen Sie darauf? Kannten Sie den Inhalt der Erklärung?" Danny Berlandy grinste.

„Ich habe über ein Jahr bei der Stiftung gearbeitet. So manche Abläufe lassen sich vorhersagen." Bevor ich ihn zur Rede stellen konnte, trat das Gericht wieder ein. Der Vorsitzende ergriff das Wort.

„Staatsanwalt, Verteidiger und Schöffen hatten Gelegenheit, die schriftliche Erklärung des Zeugen selbst zu lesen. Alle Beteiligten haben sich damit einverstanden erklärt, dass das Schriftstück durch mich verlesen wird. Keine Partei erhebt Einwände dagegen."

Er wartete, bis der Protokollführer diese Stellungnahme notiert hatte. Dann fuhr er fort.

„Beschlossen und verkündet: Die schriftliche Erklärung des Zeugen Dr. Eduard Himmelsbach soll verlesen werden." Er zog das Dokument aus seinem Aktenstapel und las es laut vor:

„Hiermit erkläre ich, Dr. Eduard Himmelsbach, dass ich Herrn Danny Berlandy nicht länger wegen strafbarer Handlungen zu Lasten der Cruceniastiftung beschuldige. Meine bisherigen Aussagen sowohl im Strafverfahren als auch in der Funktion des Zeugen vor dem Arbeitsgericht waren so nicht zutreffend. Etwaige Unregelmäßigkeiten in der Buchführung der Cruceniastiftung habe ich persönlich zu verantworten. Jedweden entstandenen Schaden werde ich der Cruceniastiftung erstatten. Zugleich erkläre ich hiermit meinen Rücktritt von allen Funktionen, welche ich für die Cruceniastifting innehabe."

Außer meinem Mandanten, dem Protokollführer und dem Frettchen Gallert war der Text allen Anwesenden bereits bekannt. Ich beobachtete diese drei Personen intensiv, während der Richter las.

Der Protokollführer döste entspannt vor sich hin. Er musste nur darauf achten, dass die Erklärung bei der Gerichtsakte blieb. Das ersparte ihm die Mühe des Abschreibens. Der Inhalt war ihm völlig egal. Gallert lehnte sich entspannt zurück. Er machte sich keine Notizen, also war er bereits informiert. Danny Berlandy schniefte einige Male. Ansonsten hatte er ein Gesicht wie aus Stein gemeißelt. Obwohl sein aussichtsloser Kampf gegen die Stiftung sich soeben einem siegreichen Ende zuwendete, zeigte er keine Gefühlsregung. Wie meistens zog er nur trotzig die Nase hoch.

Der Vorsitzende entließ Dr. Himmelsbach ohne weitere Fragen und rief Siegbert Krollmann in den Zeugenstand. Der verweigerte die Aussage unter Hinweis auf eine mögliche Selbstbezichtigung wegen strafbarer Handlungen. Das wurde allgemein akzeptiert.

Der Staatsanwalt beantragte ebenso wie ich Freispruch. Das Gericht folgte dem. Das Urteil wurde durch Rechtsmittelverzicht noch in der Verhandlung rechtskräftig. Danny Berlandy war unabänderlich freigesprochen.

Als ich den Gerichtssaal verließ, wartete der Kollege Graf zu Anhausen dort auf mich.

„Schicken Sie Ihre Honorarnote bitte nicht an die Staatskasse, sondern zu meinen Händen in meine Kanzlei. Mein Mandant wird sie umgehend begleichen."

„Was geht hier eigentlich vor?", fragte ich ihn in der Hoffnung auf einen kollegialen Ratschlag. Er wandte sich ab und ging ohne den unter Anwälten üblichen Handschlag.

„Einen schönen Tag noch, Herr Kollege, und viel Erfolg bei Ihrer weiteren Karriere. Gut, dass Ihr Vater das nicht mehr erleben muss."

Danny Berlandy schlich an mir vorbei und eilte dem Ausgang zu.

„Ich muss dringend eine rauchen", wich er meinem fragenden Blick aus. Mit steigendem Grimm folgte ich ihm nach draußen, wo ich ihn barsch zur Rede stellte.

„Was wird hier gespielt?", fuhr ich ihn an.

„Nur der Freispruch ist wichtig. Waren das nicht Ihre Worte?" Er griente gehässig, bis ich ihn am Kragen packte und meine Faust vor seinem Gesicht ballte.

„Reden Sie! War hier Erpressung im Spiel? Wissen Sie, dass Sie möglicherweise meinen Ruf als Strafverteidiger soeben vollständig ruiniert haben?" Dann sah ich es. Eigentlich hätte es mir längst auffallen müssen. Das nervöse Flackern in seinen Augen. Die stecknadelkopfkleinen Pupillen. Der leere Blick.

„Verdammt, Sie sind nicht nur ein Dealer, Sie nehmen selbst Drogen. Deshalb Ihr ständiges Schniefen. Das war mir von Anfang an verdächtig. Sie sind ein Kokser."

Er schwieg.

„Weiß Mandy davon?"

„Vermischen Sie bitte nicht Berufliches und Privates. Sie sind zur Verschwiegenheit verpflichtet." Meine Faust ballte sich fester.

„Sie haben die Gelder der Stiftung wirklich unterschlagen. Damit haben Sie Ihren Konsum finanziert. Kokain ist teuer. Wie viel brauchen Sie? Ein Gramm am Tag? Das Gramm für 70 Euro. Wenigstens zwei Mille pro Monat, das Ganze 15 Monate lang. Es passt alles." Er schlug meine Hand weg.

„Wagen Sie es nicht, irgendjemandem auch nur ein Sterbenswörtchen davon zu erzählen. Auch Mandy nicht." Dann ging er einfach davon.

Auf dem Treppenpodest vor dem Gericht, wo sonst immer Justizangestellte, Anwälte, Zeugen oder Mandanten stehen, um zu rauchen, war es menschenleer. Mein Blick richtete sich zur Straße. Ich hatte das Gefühl als würden hinter mir tausend Augen aus den Fenstern auf mich starren.

Wutentbrannt raste ich in die Kanzlei und zitierte Mandy in mein Büro. Sie wusste bereits von dem Freispruch, doch die zu erwartende Erleichterung war ihr nicht anzusehen.

„Danny Berlandy wurde rechtskräftig freigesprochen. Das Berufungsverfahren vor dem Landesarbeitsgericht werden wir auch gewinnen. Sieg auf der ganzen Linie", fasste ich zusammen.

„Ein Erfolg, um den uns selbst General Pyrrhus beneidet hätte", bemerkte sie bitter.

„Danke. Es freut mich immer, wenn Mitarbeiter sich in griechisch-römischer Geschichte bewandert zeigen. Haben Sie eine Erklärung dafür, warum Dr. Himmelsbach diese Kehrtwende vollzogen hat?"

„Leider nein. Danny hat mich nur kurz telefonisch informiert. Er war noch nicht hier", seufzte Mandy. Sie war offensichtlich nicht glücklich über den Verlauf dieses Tages.

„Wahrscheinlich muss er sich erst einen Kick versetzen, bevor er sich hier einfindet", kommentierte ich. Mandys Reaktion zeigte mir, dass sie es wusste. Weder empörte sie sich, noch fragte sie nach, was diese Anspielung zu bedeuten hätte.

„Sie wissen, dass er drogenabhängig ist?", vergewisserte ich mich.

„Na und. Sie haben sich doch stets für solche Leute engagiert."

„Aber nur als Anwalt, weil das eben zu meinem Job gehört."

„Nur als Anwalt? Erinnern Sie sich nicht mehr an letztes Jahr? Ihr ständiger Aufenthalt an einschlägigen Orten. Sie haben sogar Gerichtstermine verpasst deshalb. Wollen gerade Sie über einen Menschen den Stab brechen, weil er Drogen nimmt?"

Es war mein erster ernsthafter Disput mit Mandy. Nie zuvor hatten wir uns gestritten.

„Verstehen Sie wenigstens, dass hier eine unglückliche Verquickung von Beruf und Privatleben vorliegt?", hielt ich ihr entgegen. „Er ist drogenabhängig, Sie wussten es und haben mich nicht informiert. Sie machen Ausnahmen von Ihren eigenen Prinzipien. Es ist offensichtlich, dass Sie nicht trennen können, zwischen den Interessen der Kanzlei und denen Ihres Freundes."

Mandy senkte den Blick zu Boden. Als sie wieder zu mir aufblickte, wirkte sie geistesabwesend.

„Danny ist ein besonderer Mensch, zärtlicher und liebenswürdiger als ich es je erlebt habe", sagte sie. Ich wollte nicht darüber nachdenken, welche anderen Erfahrungen sie mit Männern hatte. Mitbekommen habe ich davon nie etwas. Sie fuhr fort. „Danny ist so außergewöhnlich, so anders. Er wäre in der Lage, mir einen Strauß Blumen zu pflücken, wo gar keine wachsen. Wenn er sich im Normalzustand befindet, wollte ich keinen anderen haben als ihn." Mit der Faust schlug sie sich in die offene Hand. „Aber dann hat er im Hinterkopf diesen Dachschaden. Verdammte Drogen. Als ich es gemerkt habe, war es schon zu spät, ihn noch zu verlassen. Mein Herz hing bereits zu sehr an ihm."

„Seit wann wissen Sie von seinem Drogenproblem?"

„Es fiel mir etwa einen Monat nach unserem Kennenlernen auf. Diese ständigen Stimmungsschwankungen. Es war mit normalen Argumenten einfach nicht zu erklären."

„Was haben Sie dagegen unternommen?"

„Er hat mir versprochen, sich therapieren zu lassen. Wieder und wieder. Aber er fand jedes Mal einen Grund, schon die Entgiftung zu verschieben. Dann kam der Ärger mit der Cruceniastiftung. Danach wollte er endgültig aufhören. Er hat es mir geschworen, ehrlich und glaubhaft geschworen."

„Das übliche Verhalten aller Suchtkranken", unterbrach ich sie. „Aufschie-

ben und immer wieder aufschieben." Mandy starrte ins Leere. Ich schwieg.
„Er braucht relativ hohe Dosen", gab sie irgendwann noch zu. „Eigentlich ist
er irgendwie immer auf Drogen."
„Sogar bei der Erstberatung in dieser Kanzlei", warf ich ein. „Wissen Sie
noch, dass er damals nur auf dem Balkon eine rauchen wollte und dann für
eine kleine Ewigkeit in der Toilette verschwand?"
„Es ist Ihnen also nicht entgangen?"
„Doch, anfangs schon. Erst später wurde mir klar, was da eigentlich passiert
ist." Ich dachte zurück an diesen Abend, als ich ihn kennenlernte und daran, dass ich es eigentlich gleich hätte merken müssen. Aber er war Mandys
Freund. Damit genoss er automatisch das Vertrauen, das ich in sie setzte.
Wie konnte ich ihm da gleich bei unserer ersten Begegnung schon misstrau-
en?
„Hatten Sie nie den Verdacht, dass die Vorwürfe der Cruceniastiftung wahr
sein könnten?", wollte ich wissen. „Sucht kostet Geld, meistens mehr, als
jemand verdient. Vor diesem Hintergrund ist es nicht gerade unwahrscheinlich, dass er tatsächlich in die Kasse gegriffen hat." Mandy schüttelte denn
Kopf.
„Er hat gesagt, er sei unschuldig. Ich glaube ihm. Außerdem sollten Sie
einmal an Ihre eigenen Worte denken: unschuldig bis zum Beweis des Ge-
genteils. Halten Sie ihn etwa nun für schuldig, nur weil er drogenabhängig
ist?"
„Er wurde nicht verurteilt", hielt ich fest. „Nur das zählt. Was ich denke, ist
egal."
Stille trat ein. Uns fehlten die Worte. Wir hatten unsere erste Krise, doch ich
war nicht fähig, damit umzugehen. Mir fehlte das notwendige Gefühl für
ein persönliches Gespräch. Zu sehr war ich es gewohnt, immer sachlich zu
bleiben, keine Gefühle zu zeigen. Anwalt zu sein. Schon bei dem Versuch,
von Gefühlen zu reden, bildete sich ein Kloß in meinem Hals. Dann spürte
ich Kälte in meiner Brust aufsteigen. Fahr hin, der Sonne Hass zu tragen.
„Sie wissen, dass er auch dealt?", fragte ich. Die Zeit, ihn zu schonen, war
vorbei.
„Ich weiß es, seit Sie es wissen. Er kam sofort zu mir gestern Abend und hat
mir erzählt, dass Sie ihn entdeckt haben." Mandy lächelte kurz. „Es ist doch
immer wieder interessant, an welchen Theken Sie sich herumtreiben."
„Auf jeden Fall war ich zur rechten Zeit am rechten Ort."
„Wir haben uns sehr gestritten deswegen gestern. Ich hätte Schluss gemacht,
wenn nicht heute Vormittag seine Verhandlung vor Gericht gewesen wäre.
So unmenschlich wollte ich nicht sein, zumal ich nicht einmal davon zu träu-

men gewagt habe, dass Dr. Himmelsbach plötzlich seine Aussage ändert."

„Eine sehr merkwürdige Wendung, die der Prozess genommen hat. Ich frage mich, was in Dr. Himmelsbach gefahren ist. Schließlich hat er vor dem Arbeitsgericht noch als Zeuge den Mandanten schwer belastet. Das wird für ihn strafrechtliche Konsequenzen haben."

Mandy antwortete nicht. Sie war kein Anwalt. Ihre Gedanken galten dem Menschen Danny Berlandy, nicht seinem Fall. Seit Jahren dachten wir in die gleiche Richtung, verstanden uns blind. Wir waren es nicht gewohnt, zu streiten. Nun hatten wir den Punkt erreicht, wo sich der Unterschied zwischen ihr und mir offenbarte. Sie fühlte das Schicksal des Mandanten. Ich analysierte es als Jurist. Der Name auf seiner Akte war für mich beliebig. Fahr hin, der Sonne Hass zu tragen.

Um sie nicht wie eine Schuldige dastehen zu lassen, versuchte ich etwas Vermittelndes zu sagen. Dazu bemühte ich unsere erfolgreiche Zusammenarbeit über so lange Zeit.

„Wissen Sie eigentlich, dass Sie mir seit wir uns kennen nur zwei Mandanten vermittelt haben? Einer war Danny Berlandy, der andere war vor Jahren ein Vietnamese namens Gung Ho. Auch damals hatte ich das Gefühl, dass Sie mir etwas verschweigen."

Ihre weit aufgerissenen Augen deuteten einen Gedanken an, der mir auch soeben kam. Wieder einmal dachten wir wie eine Person.

„Was ist eigentlich aus Gung Ho geworden?", fragte ich.

„Das weiß ich nicht, aber er dürfte wieder auf freiem Fuß sein. Und er ist gefährlich."

„Wenn er frei ist, wird er sich um Drogengeschäfte kümmern."

Bei dem Hinweis auf Drogengeschäfte schien es mir, als hätte sie kurz gezuckt, doch als sie sich jetzt erhob, war sie ganz die perfekte Mandy, wie ich sie kannte.

„Ich werde dennoch der Frage weiter nachgehen, was aus Gung Ho geworden ist. Es ist zwar nur eine hauchdünne Spur, aber bisher die Einzige, die wir haben."

„Einverstanden", sagte ich. „Tun Sie das. Ich möchte Gung Ho ungern wieder begegnen." Damit war das Thema für mich erledigt. Mandy ging zurück an ihren Arbeitsplatz, ich nahm mir die nächste Akte vor.

Draußen hatte sich während unseres Gesprächs der Himmel bewölkt. Nun fiel der Regen und lenkte mich von der Arbeit ab. Ich kann einfach nicht konzentriert in einem Büro sitzen, wenn aus einer Hitzewelle plötzlich ein ergiebiger Landregen wird. Mandy kannte das. Sie blickte seufzend auf den Terminkalender, als ich die Kanzlei verließ. Es war ihr klar, dass ich heute nicht mehr zurückkommen würde. Eine schwer erklärbare Unruhe trieb mich hinaus, wo ich ziellos umherbummelte, um mich nass regnen zu lassen.

Türkische Cafés sind hervorragende Anlaufpunkte an solchen Tagen. Die Türken haben eine bemerkenswerte Disziplin. Sie können sich stundenlang an diesen Orten aufhalten, ohne über die Stränge zu schlagen. An deutschen Theken wird viel getrunken, wenn es regnet. Türken sitzen beim Tee, lesen Zeitung oder pflegen das persönliche Gespräch. Oft spielen sie auch Hosgün, eine Mischung aus Skat und Rommé, wobei jeder zu Spielbeginn 25 Karten in zwei Etagen übereinander hält. Meine ersten Vokabeln des Türkischen habe ich an Regentagen in solchen Cafés gelernt.

Im „Vatan" traf ich Mustafa, einen Klienten, dessen gesamte Familie mir regelmäßig ihre Fälle anvertraute. Mustafa war in Bad Kreuznach geboren und aufgewachsen. Er sprach den Dialekt meiner Heimatstadt, sein Pass wies ihn als deutschen Staatsbürger aus. Seine Kinder besuchten deutsche Schulen, ihre Freizeit verbrachten sie in deutschen Vereinen, wo sie Sport trieben oder Tanzen lernten. Wenn seine Landsleute ihn in meinem Beisein auf Türkisch ansprachen, bestand er immer darauf, dass sie deutsch redeten. Gleichwohl plagte ihn die Sehnsucht nach der Türkei.

Wann immer wir uns unterhielten, war er dennoch brennend neugierig auf alles, was zu unserer Kultur gehörte. Oft sprachen wir ausgiebig über unsere verschiedenen Religionen. Der Abraham des Alten Testaments ist als Ibrahim auch der Stammvater der arabischen Völker. Seltsamerweise verband uns dieser Urahn, als wäre es ein gemeinsamer Verwandter. Mustafas größter Wunsch war es, einmal ein Kirche zu besichtigen.

„Du lebst seit über 30 Jahren in dieser Stadt und hast noch nie eine unserer Kirchen von innen gesehen?", fragte ich überrascht.

„Wie sollte ich das tun?"

„Unsere Kirchen stehen jedem offen. Magst du mit mir hingehen? Die Kreuzkirche ist nicht weit." Er hätte nichts lieber getan, doch er traute sich nicht.

„Ich bin doch Muslim", betonte er, als ob ich das nicht gewusst hätte. Es wurde ein seltsamer Nachmittag. Wir luden uns gegenseitig ein, er mich in seine Moschee, ich ihn in eine Kirche. Doch keiner erhob sich, um einfach dorthin zu gehen. Manchmal schauten wir uns schweigend in die Augen, hoffend, dass einer es nun sagen würde: „Komm, wir gehen einfach hin."

Irgendwann vertagten wir es auf eine unbestimmte Zeit nach dem Regen. Als ob der Niederschlag uns daran hätte hindern können, einige Straßenkreuzungen weiter zu gehen. Mehr wäre es ja nicht gewesen.

Der alte Schlager vom griechischen Wein ging mir durch den Kopf. Vielleicht wurde das Heimweh der Ausländer nie treffender besungen. Als ich mich schließlich erhob, um weiterzugehen, fiel mir noch ein Zitat von Max Frisch ein: „Wir haben Arbeiter gerufen, aber es sind Menschen gekommen." Welch wahres Wort.

Vom türkischen Café zog es mich weiter durch diese an Gaststätten so reiche Stadt. Irgendwann landete ich im Grünen Punkt. Mir gefiel der Wein dort: einfach, aber trinkbar. Alles dort war einfach, das machte das Leben leichter. An der Theke saßen meistens Menschen, die zwei Berufe gleichzeitig ausübten: Bundestrainer und Bundeskanzler. Sie wussten vielleicht nicht alles, aber zumindest alles besser. Auch deshalb war das Leben dort einfach. Einer fand sich immer, der die Welt erklärte. Dabei zu sitzen und einfach nur zuzuhören, war eine hervorragende Entspannungsmethode.

Wenn ich Glück hatte, nahm mich niemand zur Kenntnis. Hin und wieder kam es allerdings auch vor, dass ich um meine Meinung gebeten wurde. Dann war ich es, der die Welt erklärte. Einfach, aber so, dass alle Fragen beantwortet wurden.

Als ich an jenem Tag im Grünen Punkt erschien, lief im Fernsehen gerade ein Bericht über radikale Islamisten in der Türkei. Die Sendung wollte den Zuschauern glauben machen, der Islamist sei der Normalfall und nicht die Ausnahme. Der Wirt schüttelte nur den Kopf und schaute mich zweifelnd an.

„Hier wollen sie in die Europäische Union aufgenommen werden und dort benehmen sie sich wie im Mittelalter", jammerte er. „Das passt doch nicht. Ich finde, die Türkei gehört nicht nach Europa."

Vor kurzem hatte er noch heftig gegen Europa gewettert.

Die zwei Zecher am Stammtisch waren auch da. Sie schauten mich lauernd an, weil sie nicht wussten, wie ich über das Thema dachte. Vorsichtshalber äußerten sie sich selbst nicht.

Bad Kreuznach hat eine relativ große türkische Gemeinde. Wir leben seit Jahrzehnten mit den Türken zusammen. Sie haben Moscheen, verfügen über Geschäfte, Unternehmen, Restaurants und Cafés. Vor allem betreiben sie im Pariser Viertel eines der besten Lebensmittelgeschäfte der Stadt.

Ich persönlich hatte etliche Türken in der Mandantschaft. Darum fand ich es überhaupt nicht in Ordnung, wie das Fernsehen hier Stimmung machte gegen Menschen, die ich schätzte und von denen ich viele zu meinem Freundeskreis zählte. Es lag ganz eindeutig ein Fall für Julius Dexheimer vor, denn Anwälte können nicht schweigen, wenn Massenmedien Tatsachen verdrehen. Ich räusperte mich kurz und nahm dann den Wirt ins Visier.

„Kennst du Ana Haber?", fragte ich.

„Nie gehört. Wer ist das?"

„Ich bin ein Fan von Ana Haber. Wenn ich gelegentlich Zeit habe und ausnahmsweise keine Lust auf ein Glas Wein, gehe ich in ein türkisches Café und schaue mir die Nachrichtensendung an. Da moderiert sie. Kritisch, bissig, sachkundig, kompetent und – wahnsinnig gutaussehend. Eine richtige Granate. Während ich ihr zuschaue, trinke ich Cay, diesen schwarzen Tee in kleinen, vasenförmigen Gläsern. Mit Würfelzucker."

„Sprichst du etwa auch Türkisch?", erkundigte sich der Wirt.

„Nein, leider nicht. Jedenfalls nicht viel. Es reicht mit Sicherheit nicht aus, um türkische Nachrichten zu verstehen. Eigentlich schade, denn es würde mich wirklich mal interessieren, um was es da geht." Der Wirt brummte etwas Unverständliches und zündete sich eine Zigarette an.

„Was hat es jetzt auf sich mit dieser Ana?"

„Nichts. Außer dass sie gut aussieht. Manchmal gibt es auch Nachrichten ohne Ana. Die verstehe ich ebenso wenig, aber die Reporterinnen sind ebenfalls ausnahmslos hübsch, genauso kritisch und bissig. Dann gehen mir die deutschen Vorurteile durch den Kopf. Islam ist Islamismus, Kopftuch ist Burka, Nationalstolz ist Rückständigkeit. Passt das eigentlich zu diesen Nachrichtensendungen?"

„Warum denn nicht. Das eine schließt doch das andere nicht aus."

„Aber die Hauptnachrichten sind doch immer schon das Aushängeschild des Zeitgeistes in einem Land. Denk nur mal zurück, wie sich Tagesschau und heute-journal im Laufe der Jahre verändert haben. Glaubst du ernsthaft, ein angeblich rückständiges und europafeindliches Land würde sich derart modern präsentieren? Wenn die Mehrheit der Türken wirklich so uneuropäisch wäre, wie man uns zu vermitteln versucht, dann würde man im türkischen Fernsehen doch nicht so eindeutig auf attraktive Reporterinnen setzen – behaupte ich mal. Rückständig ist anders." Das brachte den Wirt zum Nachdenken.

„Nun ja", stellte er schließlich fest. „Vorurteile sind normalerweise sinnlos, wenn man sich nicht die Mühe gemacht hat, die Bevorurteilten persönlich kennen zu lernen. Da muss ich dir schon Recht geben."

Die beiden Zecher am Stammtisch nickten mit ihren Köpfen, sagten jedoch nichts.

„Übrigens habe ich meinen Cay noch nie bezahlt", fügte ich noch hinzu.

„Die Türken laden mich jedes Mal ein." Jetzt wurde einer der Rentner vom Stammtisch aufrührerisch.

„Aber guck dir doch einmal an, wie die sich anziehen. Kopftücher und Schleiergewänder. Das passt nicht in unser Land." Ich hatte nur ein mitleidiges Lächeln für ihn übrig.

„Kopftücher lehnst du ab? Obwohl bei uns die Jugendlichen mittlerweile nur mit Mützen auf dem Kopf herumlaufen? Mach dich nicht lächerlich. Schau dir an, was bei uns gerade modern ist: Talibanhosen. Damit meine ich diese Mischung aus Rock und Hose – ein Beinkleid im wahrsten Sinne des Wortes. Bisher kann man sie nur vereinzelt in der Stadt sehen. Aber spätestens zum Jahrmarkt werden die Frauen von Welt das Naheweinzelt flächendeckend nur in Talibanhosen betreten. Mode hat ja auch immer etwas von Uniform." Der Wirt grinste.

„Das habe ich auch schon gesehen. Die scheinen jetzt wirklich modern zu sein, diese Talibanhosen."

„Stimmt", bestätigte ich ihm. „Aber politisch korrekt ist die Bezeichnung Haremshose. Offenbar identifiziert sich die modebewusste Dame nämlich eher mit der Drittfrau eines fetten Sultans, als mit den Steinzeitfundamentalisten, gegen die wir am Hindukusch die Freiheit verteidigen, gerade keine Haremshosen tragen zu müssen."

„Na gut, dann trink noch einen auf mich. Du hast mich gerade darin bestätigt, dass man den Nachrichten heutzutage auch nicht mehr trauen kann."

Da der Tag sich ohnehin dem Ende zuneigte, blieb es nicht bei einem Glas, weshalb der Wirt letztlich keinen Verlust mit mir machte. Aber das war es mir wert. Hatte ich doch einen bescheidenen Beitrag gegen Ausländerfeindlichkeit geleistet und den Wirt davon überzeugt, dass man besser seinem Anwalt vertrauen sollte als den staatlichen Nachrichten.

So endete dieser 10. Juni und ging über in eine kurze Nacht, während der ich kaum Schlaf fand. Am Morgen danach stand ich früh auf, wanderte über den Kauzenberg zum Teetempelchen, dann über den Panoramaweg hinab zur Nahe. Ich begab mich früh in die Kanzlei. Als ich dort ankam, rief gerade der Justizminister an, um mir mitzuteilen, dass am Tag zuvor ein Kind entführt worden war.

8. Kapitel

Wozu empfohlen wird:
GEWÜRZTRAMINER SPÄTLESE TROCKEN
Weingut Albert Gälweiler, St. Katharinen

KHK Schulz klang äußerst hektisch, als er mich anrief. Etwas Bedeutendes musste vorgefallen sein.

„Er hat einen Fehler gemacht, heute schnappen wir ihn."

„Was für einen Fehler?", fragte ich überrascht.

„Wie gut kennen Sie sich in St. Katharinen aus?"

„So leidlich."

„Sie müssen um 17 Uhr dort sein. Auf einer Anhöhe, die Schafsberg genannt wird. Finden Sie die? Kann ich mich darauf verlassen?"

„Selbstverständlich." Schon legte er wieder auf. Im selben Moment betrat Mandy mein Büro.

„Es gibt einen neuen Auftrag", teilte ich ihr mit. „Ich muss in zwei Stunden in St. Katharinen sein. Verlegen Sie bitte die Termine!"

Auf dem Weg zum Schafsberg ging ein Regenschauer nieder, aber er währte nicht sonderlich lange. Vor Ort musste ich mich durchfragen, denn nur die Einheimischen bezeichnen den Hügel, zu dem ich unterwegs war, als Schafsberg. Am Ziel angekommen, traf ich auf einen sehr veränderten KHK Schulz.

„Ich hatte eine brillante Idee", jubelte er. „Ich habe ein Lebenszeichen von dem Entführer gefordert. Er wird um 17.30 Uhr anrufen und uns kurz mit dem Kind verbinden. Ansonsten würden wir uns weigern, sein Spielchen weiter mitzuspielen, habe ich ihm erklärt."

„Wie wollen Sie ihn dabei schnappen?"

„Durch Ortung. Wir werden sein Handy orten."

„Geht das heutzutage so schnell? Er ist schließlich nicht dumm und wird sich darauf beschränken, möglichst knappe Anweisungen zu erteilen. Möglicherweise benutzt er ja auch einen Festnetzanschluss oder sogar eine Telefonzelle."

„Eben." KHK Schulz grinste breit. „Deshalb werden wir ihm seinen Plan zunichtemachen. Sobald er anruft, gebe ich das Telefon an Sie weiter. Damit rechnet er nicht. Sie verwickeln ihn in ein ausführliches Gespräch. Das dürfte Ihnen nicht schwerfallen als Anwalt. Dabei stellen wir dann seinen Aufenthaltsort fest."

„Sie wollen eine ausdrückliche Weisung des Entführers missachten?"

„Genau das."

„Aber ..."

„Kein aber. Das ist ein Taktikwechsel und führt zu einem Überraschungsmoment."

„Mit dem Risiko, dass wir das Kind gefährden." Sonja Krämer, die neben KHK Schulz stand, schüttelte den Kopf.

„Ich habe diese Maßnahme gefordert, ich bin es auch, die dafür die Verantwortung übernimmt."

„Warum telefonieren Sie dann nicht mit ihm?"

„Weil er dann wahrscheinlich auflegt", erklärte KHK Schulz. „Wir haben das im Team besprochen. Er ist auf sie fixiert. Seine Verwirrung wird daher am größten sein, wenn er Sie am Apparat hat."

„Wenn Sie der Auffassung sind, dass wir dem Kind damit helfen, dann muss ich mich dem wohl anschließen", erklärte ich. „Allerdings ist meine Erfahrung mit Psychopathen eine andere. Nach meiner Einschätzung wird er durchdrehen und eher etwas völlig Verrücktes anstellen. Ich sehe eine Gefährdung des Kindes. Das möchte ich hier ganz klar zum Ausdruck bringen." KHK Schulz verrollte die Augen.

„Wann werden Sie es endlich einsehen, Herr Dexheimer, dass ich hier die Entscheidungen treffe. Die Vorgehensweise ist bereits beschlossen. Ich trage die Verantwortung, nicht Sie."

„Gerade eben hieß es noch, die Mutter trägt die Verantwortung." Frau Krämer nickte bestimmend mit dem Kopf.

„Auch das ist nicht Ihr Problem. Die polizeiliche Verantwortlichkeit liegt bei mir. Frau Krämer unterstützt unsere Vorgehensweise."

Für einen Beamten ist es immer wichtig, dass die Zuständigkeiten geregelt sind. Mir persönlich war dies egal. Etwas widerwillig fügte ich mich der beschlossenen Sache.

Natürlich beherrscht ein Rechtsanwalt die Kunst, hohle Phrasen zu dreschen. Ich traute mir durchaus zu, den Entführer am Telefon hinzuhalten. Nur war mir nicht klar, warum nun plötzlich die Taktik geändert werden sollte. Immerhin war ich seit rund sieben Wochen dazu verdammt, jeder Anweisung des Entführers sklavisch zu folgen.

Bevor ich KHK Schulz danach fragen konnte, bemerkte ich, wie er mir mit versteckten Gesten sein Dilemma zu verdeutlichen versuchte. Dazu zeigte er abwechselnd auf Frau Krämer und dann zum Himmel. Ich verstand. Die Frau aus der Hohen Bell hatte wieder einmal ihre Beziehungen spielen lassen.

„Welcher Wein wird mir heute geboten?", fragte ich seufzend in die Runde. Es folgte der angenehme Teil der Aufgabe. Sie war diesmal nicht sonderlich anspruchsvoll, was die Bestimmung der Weinsorte betraf. Ich konnte es schon beim Einschenken des Glases riechen.

„Gewürztraminer. Eine leider lange vernachlässigte Sorte, die allmählich wieder an Bedeutung gewinnt", erklärte ich den Umstehenden. Dann zerbrach ich mir den Kopf darüber, welche Weinlagen es in St. Katharinen gab. Das Dorf hatte seinen Namen von einem alten Zisterzienserkloster. Eine Lage mit Namen Klosterberg oder so ähnlich war mir aber nicht bekannt. Ich schaute in die Landschaft, als ob des Rätsels Lösung dort verborgen wäre.

Beim Betrachten der Umgebung zeigte sich das charakteristische Bild des Nahelandes. Kleine Dörfer in der Senke zwischen rebenbesetzten Hügeln. So ist es immer hier. Unten im Tal sitzt man heimelig in urigen Gehöften bei Weinproben. Steigt man auf die Anhöhen, bietet sich eine bezaubernde Weitsicht, immer wieder aufgelockert durch den Wechsel von Feldern, Wäldern und Weinbergen. Die Wolken des vorangegangenen Regens hingen noch dunkel über dem Hunsrück. Wie auf der Erde zwischen Naheland und Hunsrück eine unsichtbare Grenze besteht, so verlief sie in diesem Augenblick auch am Himmel quer durch das Firmament. Dort die Wolken, über uns strahlendes Blau. Sonnenlicht fiel herab auf die noch nassen Rebstöcke. Es gibt keine Pflanze, die auf Sonne so einmalig reagiert wie die Rebe. Wenn nach dem Regen das Licht zurückkommt, beginnt der Weinstock zu strahlen. Kein Grün kann satter, kein Laub intensiver leuchten, als die feuchten Blätter in einem Weinberg. Während ich auf dem Schafsberg stand und zusah, wie die Hügel umher zu schillern begannen, gab es keinen Ort auf der Erde, wo ich lieber gewesen wäre.

„Die Lage kann ich nicht bestimmen, was egal sein dürfte", erklärte ich. KHK Schulz verzog keine Miene.

Zum Jahrgang hatte ich meine Theorie, wonach wohl das Jahr meines Zweiten Staatsexamens nunmehr an der Reihe war. Das lag zwar schon einige Jährchen zurück, dennoch musste der Wein deshalb nicht zwangsläufig alt schmecken. Das tat er auch nicht. Die Frische eines jungen Weines war bereits verloren gegangen, die Firne des Alters noch nicht in Erscheinung getreten. Der Wein passte zu meiner Hypothese, diese wiederum zur Denkweise des Entführers. Nachdem ich KHK Schulz den Jahrgang genannt hatte, rang ihm dies nur ein müdes Lächeln ab.

„Vorhersehbar. Darauf hätte ich auch getippt. Mir scheint, dass wir eines der Rätsel des Entführers gelöst haben."

Er schaute auf die Uhr. Dann gab er seinen Mitarbeitern Zeichen. Der erwartete Anruf stand bevor. KHK Schulz hielt sein Telefon in der Hand. Er stand bei einem Polizeibus, in welchem die Technik zur Ortung des Entführers steckte. Neben ihm begann Frau Krämer, sich aufgeregt die Hände zu reiben. Die Spannung stieg an. Keiner sprach ein Wort. Dann klingelte es. KHK Schulz ließ den Anrufer nicht zu Wort kommen. Überzeugend, wie Beamte eben sind, wenn sie die Erforderlichkeit einer ganz bestimmten Verfahrensweise erklären, hielt er dem Entführer einen Kurzvortrag. Dann reichte er mir das Telefon.

„Guten Tag, Sie sprechen mit Rechtsanwalt Julius Dexheimer. Ich bin derjenige, der für Sie regelmäßig Weine verkosten darf. Der heutige Gewürztraminer war ein Höhepunkt der bisherigen Degustationen." Der Mann am Telefon stöhnte auf.

„Anwalt, wieso bist du am Telefon?", fragte er. Dann knurrte er bedrohlich. Ich kannte diese Stimme, ich wusste, wer er war. Es fiel mir nur noch nicht ein.

„Ihr meint, ihr wärt schlauer als ich, was? Na warte. Komm her Kleine."

Der letzte Satz galt offensichtlich dem Kind. Ich erschrak, denn ich hörte ein Wimmern vom anderen Ende der Leitung. Als ich KHK Schulz anschaute, machte dieser mit einer Hand kurbelnde Bewegungen.

„Weiter, weiter", formulierten seine Lippen ohne Ton.

Das Mädchen am anderen Ende der Leitung weinte jetzt, der Irre beschimpfte sie. Mein Blick fiel auf Sonja Krämer, die Kindesmutter. Sie erkannte sofort das Entsetzen in meinen Augen, setzte sich wie in Trance in Bewegung und kam auf mich zu.

„Barbara! Ist etwas mit Barbara?" Der Irre keuchte in den Hörer.

„So Anwalt, nun pass gut auf, wie ich dich lehre, künftig auf mich zu hören."

Das Kind jammerte in Panik und flehte immerzu: „Nein, bitte nicht."

KHK Schulz kurbelte weiter die leere Luft an, Barbaras Mutter war mittlerweile bei mir. Sie griff nach dem Hörer, ich drehte mich weg und presste das Telefon fest an mein Ohr.

„Barbara! Ich möchte mein Kind sprechen", schrie Frau Krämer, während sie an meinem Arm zerrte. KHK Schulz kurbelte schneller. Der Irre lachte teuflisch. Das Kind winselte. Was tat er ihr an?

Ich versuchte, die Kindesmutter abzuwehren. Keinesfalls durfte sie diese Szene mitbekommen. Es war zwar nicht zu verhindern, was gerade geschah, aber es war zu verhindern, dass eine Mutter ihr Kind in diesem Moment hören konnte. Energisch wandte ich mich erneut ab, drehte der Mutter den Rücken zu. KHK Schulz kurbelte. Frau Krämer riss an meinem Arm. Dann drang ein markerschütternder entsetzlicher Schmerzensschrei des Kindes durch den Hörer. Im selben Moment riss mir die Kindesmutter das Telefon aus der Hand. Geistesgegenwärtig drückte ich das Gespräch weg, denn schon begann Frau Krämer, ihrer Tochter zuzureden. Sie versuchte verzweifelt, den abgerissenen Kontakt noch zu halten. Mit ihren entsetzlich leidenden Augen starrte sie mich an, drückte panikartig alle Tasten wild durcheinander und schrie den Namen ihres Kindes in das Telefon.

Ich stand wie unter Schock. Der Schrei gellte in meinen Ohren. Was hatte er dem Kind angetan?

KHK Schulz stürmte wie ein Stier mit gesenktem Kopf auf mich los.

„Wieso haben Sie aufgelegt? Was fällt Ihnen ein? Wir hätten ihn fast gehabt!" Er schrie mich zusammen wie einen dummen Schulbuben.

„Das Kind", stammelte ich. „Er hat das Kind ..."

„Das Kind ist jetzt in Lebensgefahr!" Der Kriminalbeamte war außer sich. „Sie sollten die Verbindung halten um jeden Preis. Was haben Sie sich nur dabei gedacht?" Frau Krämer ging heulend und mit trommelnden Fäusten auf mich los.

„Was ist mit meinem Kind? Was haben Sie getan?" Sie sank schluchzend auf die Knie, hörte nicht mehr auf, zu weinen und zu schreien. KHK Schulz zog mich von ihr weg.

„Los erzählen Sie. Was ist passiert?"

„Ich kenne ihn. Die Stimme. Der Mann hatte früher einmal etwas mit mir zu tun."

„Warum haben Sie aufgelegt?"

„Er hat dem Kind etwas angetan. Ich weiß nicht, was genau passiert ist. Es war so ein riesiges Durcheinander. Diese Stimme, die ich kenne. Das Kind. Die Mutter. Ich konnte nicht zulassen, dass sie das mit anhört."

Der verantwortliche Einsatzleiter ging bereits dazu über, die Verantwortung von sich zu weisen und mir die Schuld an seinem Fehler zuzuschieben.

„Das war keine Glanzleistung von Ihnen, Herr Dexheimer. Sie haben das Kind gefährdet."

„Es war doch Ihre Idee, den Entführer zu orten."

„Natürlich. Diese Idee war ja auch richtig. Aber Sie hätten das Gespräch nicht unterbrechen dürfen. Wir waren kurz davor, ihn zu schnappen."

„Hätte ich zulassen sollen, dass die Mutter diesen Schrei hört? Es klingt mir jetzt noch in den Ohren. Etwas Fürchterliches ist passiert."

„Sie können sich einfach nicht daran gewöhnen, dass dies hier eine polizeiliche Operation ist. Hören Sie doch endlich auf, sich eigene Gedanken zu machen. Wir sind in dieser Angelegenheit die Fachleute, nicht Sie. Ich muss mich darauf verlassen können, dass Sie sich an Absprachen halten. Sonst wird das Risiko unkalkulierbar."

„Der Schrei. Das Kind. Die Mutter", stammelte ich.

„Vergessen Sie es. Ihre Sentimentalität hilft nicht weiter. Sie haben einen Fehler gemacht. Ich werde das im Einsatzbericht vermerken."

Normalerweise hätte ich mich jetzt zu voller Größe aufgerichtet, um diesem Beamten klipp und klar zu erklären, dass er nicht mit einem seiner Untergebenen sprach. Aber ich hatte den Schrei des Kindes im Ohr. Machtspiele unter Männern waren bedeutungslos für mich in jenem Augenblick. Es war die fürchterlichste Situation der gesamten Entführung. Zumindest bis zu diesem Zeitpunkt.

KHK Schulz scheuchte sein Team umher. Die Beamten packten im Nu ihre Ausrüstung zusammen und traten den geordneten Rückzug an. Ohne weitere Wortwechsel fuhren sie alle davon. Zurück blieben nur Frau Krämer und ich.

Die Mutter der kleinen Barbara hatte sich mittlerweile wieder erhoben. Sie stand an einem Weinbergspfahl, stumm, leidend. Eine erstarrte Niobe.

„Ich sehe kein Fahrzeug außer meinem. Wie kommen Sie zurück in die Stadt?", fragte ich sie.

„KHK Schulz nimmt mich mit zurück."

„Der ist bereits nicht mehr hier." Sie drehte sich um. Dann nahm sie erst wahr, dass wir mittlerweile alleine waren.

„Was ist mit meinem Kind passiert?"

„Ich weiß es nicht."

„Warum haben Sie das Telefonat unterbrochen? Weshalb wollten Sie verhindern, dass ich mit meiner Tochter spreche? Zumindest ein paar tröstende Worte, einen einzigen Satz. Wenigstens ihre Stimme hören, selbst daran glauben können, dass sie noch am Leben ist." Je länger ich darüber nachdachte, desto zweifelhafter schien mir, ob ich mich richtig verhalten hatte. War es ein Fehler gewesen, das Telefonat abzubrechen?

„Ich muss zurück, in der Kanzlei warten Mandanten auf mich. Kann ich Sie mitnehmen?"

Unangenehmen Fragen weicht man am besten aus, indem man Geschäftigkeit heuchelt. Frau Krämer sagte kein Wort mehr, sie ließ sich schweigend von mir nach Bad Kreuznach fahren. Am Holzmarktkreisel wollte sie plötzlich aussteigen.

„Kommen Sie bitte heute Abend um acht Uhr zu mir. Sparen Sie sich Ihre Ausreden, ich weiß genau, dass man jeden Termin verlegen kann, wenn etwas anderes wichtiger ist. Es geht um ein Kind, um mein Kind. Als Mutter verlange ich, dass Sie mir die Wahrheit sagen." Dann stieg sie aus und ging zu Fuß weiter.

Zweifelnd begab ich mich in meine Kanzlei. Es war nicht mehr allzu lange hin bis acht Uhr. Mandy blickte zunächst nicht auf, als ich versuchte, mich an ihrem Arbeitsplatz vorbei in mein Büro zu drängen. Dann hob sie plötzlich den Kopf, schaute mir direkt in die Augen und wusste, dass etwas Unerwartetes geschehen war.

„Ist alles in Ordnung?"

Eine rein rhetorische Frage. Tatsächlich der Versuch, eine Aussprache zu beginnen.

Nachdem ich ihr das unerwartete Ende meines Abstechers nach St. Katharinen berichtet hatte, traf sie kurzerhand an meiner statt die Entscheidung.

„Sie müssen der Mutter ehrlich sagen, was sich zugetragen hat. Barbara ist nicht Ihr Kind. Meiner Meinung nach sollte man sich gegenüber Eltern nicht anmaßen, etwas hinsichtlich deren Kinder besser zu wissen."

„Aber es wird die Mutter nur noch verzweifelter machen."

„Damit muss Frau Krämer selbst klarkommen. Sie hat in den letzten Wochen so viel durchgemacht, dass sie auch diese Nachricht noch überstehen wird. Das Schlimmste ist die Ungewissheit über das Schicksal eines Kindes. Die sollten Sie ihr nehmen. Im Übrigen finde ich nicht, dass Sie sich falsch verhalten haben. Ich hätte das Telefonat auch beendet."

Somit entschied ich mich, am Abend Frau Krämer aufzusuchen, um ihr den vollständigen Ablauf des Anrufes zu berichten. Etwa gegen Viertel vor acht steuerte ich mit dem Auto die Hohe Bell an. Eine Gegend voller trister Wohnblocks in Blassgelb, Blassrosa oder einem anderen Blass. Zur Auflockerung Waschbetonplatten an den Balkonen, die klein und schmal zwischen zehn Etagen hohe Wände gemauert sind.

Gerade als ich in die Straße einbog, sah ich Autos der Treuer GmbH. Die Treuer GmbH ist der Schädlingsbekämpfer im Naheland. Wenn ich eines ihrer Autos sehe, weiß ich, dass etwas Unangenehmes passiert ist. Dies kann ein Wespennest auf einem Balkon sein oder der Wanzenbefall einer ganzen Schule. Manchmal kommen sie mit neutralen Autos, etwa wenn die Seuchenpolizei in bekannten Restaurants ein Übermaß an Lebensmittelschädlingen entdeckt hat. Dann wieder tauchen sie mit einer ganzen Fahrzeugkolonne auf, das signalisiert besondere Katastrophen. Einsätze der Treuer GmbH sind ein notwendiges Übel. Keiner wünscht sich, dass sie kommen, aber jeder ist froh, dass es sie gibt. Aus historischer Sicht drängt sich der Vergleich mit den Pestknechten des Mittelalters auf. Eine eher moderne Parallele wäre der Beruf des Strafverteidigers.

In der Hohen Bell standen gleich mehrere dieser Autos. Dazu Polizei und Ordnungsamt sowie zahlreiche Gaffer. Ein seuchentechnisches Megaevent. Ich stellte mein Auto in angemessener Entfernung ab und dachte nach. Menschen, die sich gaffend zusammenrotten, sind mir zuwider. Nicht zu wissen, was dort vor sich ging, war mir noch mehr zuwider. Kurzentschlossen näherte ich mich dem Schauplatz, wo ich einen dieser sensationslüsternen Tunichtgute unauffällig befragte.

„Ist etwas passiert?"

„Ja klar. Da soll ein Toter in der Wohnung liegen." Behutsam arbeitete ich mich durch die Menge nach vorne. Wenn man schon gafft, dann wenigstens aus der ersten Reihe.

Die Schädlingsbekämpfer stapften in weißen Schutzanzügen umher, hatten Kapuzen auf und Masken vor dem Gesicht. Polizisten und Beamte des Ordnungsamtes trugen nur ihre gewöhnlichen Uniformen. Alle kamen sie aus der gleichen Wohnung heraus. Ganz in meiner Nähe diskutierte ein Treuer-Mann heftig mit einem städtischen Beamten.

„Wir brauchen einen Kran", forderte er.

„Unmöglich. Wer soll die Kosten dafür übernehmen?"

„Wenn sie ihn über die Treppen heruntertragen lassen, besteht die Gefahr, dass er platzt. Die Leiche ist stark aufgedunsen. Er liegt sicher schon mehrere Tage dort und das bei dieser Hitze."

„Der Bestatter ist erfahren. Er wird beim Tragen den Sarg so heben, dass er in der Waagerechten bleibt."

„Über mehrere Treppen und um Ecken herum? Ausgeschlossen. Ich garantiere Ihnen, dass der platzt. Wir sind hier zuständig für die Desinfektion. Darum rate ich Ihnen, einen Kran anzufordern, damit die Leiche durchs Fenster hinausgehoben wird."

Damit hatte ich genug gehört. Etwas angeekelt wandte ich mich ab und drängte mich durch die Menge zurück. Willkommen in der Hohen Bell.

Der Wohnblock, in welchem Frau Krämer wohnte, war nicht weit entfernt. Als ich vor der Haustür stand, um aus den vielen Klingeln die richtige herauszusuchen, fühlte ich mich beobachtet. Ich drehte mich um und sah im Wohnblock gegenüber eine alte Frau. Sie lehnte aus dem geöffneten Fenster, spähte durch die Geranien in den Blumenkästen und fixierte mich ausdruckslos. Auf dem Balkon über ihr stand ein Rentner, der gerade rauchte. Er trug nur ein Unterhemd am Oberkörper, über dem die Hosenträger spannten. Auch er blickte stumm und teilnahmslos auf mich herab.

Sonja Krämer öffnete mir schweigend die Tür. Ihre Wohnung war klein, aber geschmackvoll eingerichtet. Sie wies mit der Hand auf einen Ledersessel, wo ich Platz nahm.

„Möchten Sie etwas trinken?"

„Haben Sie Wein?"

Bei einem trockenen Chianti classico löste sich langsam meine Zunge. Der Chianti hat in den letzten Jahren eine atemberaubende Entwicklung durchgemacht. Vom Inbegriff eines italienischen Fusels, abgefüllt in strohumflochtenen Flaschen mit gedrehtem Hals, hat er sich zu einem echten Qualitätsprodukt gewandelt. Nach wie vor ist er allerdings keine Weinsorte, sondern ein Cuvée, also aus mehreren Weinen zusammengeschnitten. Sangiovese ist sein Hauptbestandteil, mindestens 80 Prozent. Hinzu kommen andere Rotweine, oft Merlot oder Cabernet Sauvignon. Das Dazumischen von Weißweinen wie Trebbiano oder Malvasia ist neuerdings verboten. Die Herstellung wird von einem speziellen Konsortium überwacht. Nur kontrollierte Chiantiweine erhalten den „gallo nero", also einen schwarzen Hahn auf dem Flaschenhals. Ich mochte die granatrote Farbe und den herben würzigen Geschmack dieses Weines.

„Was ist heute passiert, während Sie mit dem Entführer telefoniert haben?", wollte Frau Krämer wissen.

Entspannt zurückgelehnt erzählte ich ihr in allen Einzelheiten den Ablauf des Telefonats. Sie nahm es mit steinerner Miene auf, ohne Nachfragen, ohne Reaktion. Anschließend saßen wir stumm da und tranken Chianti.

„Kann ich ein Bild von Barbara sehen?", fragte ich.

„Warum möchten Sie es sehen?"

„Weil ich mir eine Vorstellung von dem Kind machen möchte. Immerhin habe ich aus unerklärlichen Gründen schon den ganzen Sommer mit diesem Fall zu tun." Sie erhob sich und ging voraus in das Kinderzimmer. Dort befand sich eine kleine Galerie, das Leben des Kindes breitete sich plötzlich vor mir aus. Barbara nach der Geburt, die Kindergartenzeit, die Einschulung, Bilder von Geburtstagen. Sie war ein aufgewecktes Mädchen mit blonden Naturlocken, ein Kind eben wie so viele. Warum der Entführer sie ausgesucht hatte, blieb mir schleierhaft. Auf keinem der Fotos war ein Mann zu sehen.

„Wer ist der Vater des Kindes?", fragte ich unvermittelt. Ich hatte es nicht geplant, es rutschte mir einfach so heraus.

„Eine hochgestellte Persönlichkeit", antwortete Sonja Krämer. „Ich möchte mich dazu nicht äußern." Dann öffnete sie die Tür vom Kinderzimmer zum Balkon und ging hinaus. Gegenüber schaute die alte Frau durch die Geranien zu uns hinauf. Der Rentner im Unterhemd schnippte gerade einen Zigarettenstummel in den Abendhimmel.

„Möchten Sie rauchen?"

„Ich bin nur Gelegenheitsraucher. Wenn Sie rauchen, nehme ich gerne auch eine."

Sonja Krämer zündete zwei Zigaretten an und reichte mir eine. Ich blies einen Nikotinkringel in die Luft.

„Warten Sie hier, ich hole die Gläser." Ihre Stimme hatte sich verändert, sie war jetzt nicht mehr so verbittert, sondern weicher. Nachdem sie kurz in die Wohnung zurückgegangen war, kam sie mit zwei gefüllten Rotweingläsern wieder zurück. Wir stießen an und lauschten dem Klingen nach. Der Rentner gegenüber zündete sich die nächste Zigarette an und starrte zu uns.

„Sehen Sie den Mann dort?"

„Er ist mir schon aufgefallen, als ich unten an der Klingel stand, genauso wie die Alte in den Geranien."

Sonja Krämer hob ihr Glas in Richtung der Nachbarn, als wollte sie diesen zuprosten.

„Das geht den ganzen Tag so", meinte sie. „Die beobachten alles, was hier geschieht. Ist Ihnen klar, was die beiden nun von uns denken?"

„Geschwätz und Gerüchte interessieren mich nicht."

„Aber sie wissen, welche Gerüchte gerade entstehen."

„Ich kann es mir denken. Das ist wohl auf der ganzen Welt so."

„Dann tun sie es doch."

„Was?", fragte ich irritiert. „Ach so, das."

Mit der freien Hand strich sie gedankenabwesend an ihrem Hals entlang. Ich schaute sie an. Eine nicht unattraktive Frau.

„Es ist wohl besser, wenn ich gehe", sagte ich. „Der Tag war anstrengend. Für mich und erst recht für Sie." Wir rauchten fertig, gingen wieder hinein und setzten uns auf das Sofa.

„Es ist nicht mehr viel Wein in der Flasche", sagte Sonja Krämer. „Lassen Sie uns die noch leeren." Zugleich schenkte sie mir den Rest des Chiantis ins Glas. Ihr Blick ruhte nachdenklich auf mir. Sie hatte es sich einfach in den Kopf gesetzt. Warum auch immer. Als ich ausgetrunken hatte und mich erheben wollte, geschah es. Auf dem Sofa.

Beim Verlassen des Wohnblocks warf ich einen verstohlenen Blick zu den Geranien gegenüber. Die alte Frau schaute starr, aber wissend zu mir herab. Einen Balkon darüber dampften Nikotinschwaden.

Unzufrieden mit dem Tag, mir selbst und meiner ewigen Leichtfertigkeit fuhr ich an den tristen Wohnblocks der Hohen Bell vorbei zurück in die Altstadt. Ich würde jetzt keinen Schlaf finden, das war mir klar. Also ging ich noch auf einen Abstecher in den Grünen Punkt. Dort saßen lediglich noch

zwei einsame Gestalten schweigend vor ihrem Bier. Einer sprach mich an.
„Nächstes Wochenende fahre ich auf den Betzenberg", lallte er. „Ich habe
Karten für das Topspiel. Warst du schon mal auf dem Betzenberg?"
„Wenn auf dem Betzenberg ein Topspiel stattfindet, liegt dies doch nur dar-
an, dass die Auswärtsmannschaft gut ist. Warum sollte ich also dorthin fah-
ren? Wenn ich Topspiele sehen will, gehe ich nach Mainz ins Stadion und
schaue mir dort die Heimmannschaft an."
»Aber die Roten Teufel sind doch ...“
Wie immer, wenn es um Fußball geht, drohte die Diskussion unsachlich zu
werden. Ich hatte deshalb kein Interesse daran, mich von diesem Gast in ein
Gespräch verwickeln zu lassen. Das hier war kein Fall für Julius Dexheimer.
Deshalb fertigte ich den Frager so ab, wie dies in Bad Kreuznach üblich ist,
wenn man sich für etwas nicht interessiert.
„Rote Teufel. Kann man das essen?"
„Nein. Natürlich nicht."
„Dann muss ich es nicht wissen. Oder kann man es vielleicht trinken?"
„Nein. Auch nicht."
„Dann muss ich es erst recht nicht wissen."

9. Kapitel

Wozu empfohlen wird:
HERMANNSBERG GG RIESLING TROCKEN
Weingut Gut Hermannsberg, Niederhausen

Über sieben Wochen dauerte die Entführung schon an, als der letzte Tag des Juli begann. Nachdem er die Krise verursacht und mich dafür verantwortlich gemacht hatte, stellte KHK Schulz nun tatsächlich unter Beweis, dass er Spezialist für Entführungen war. Seine Täteranalyse erwies sich nämlich als zutreffend. Leider. Bei seinem Anruf am späten Nachmittag klang er hektisch und frustriert. Wie von KHK Schulz vorausgesagt, hatte der Entführer mit brachialer Gewalt auf den missglückten Ortungsversuch reagiert.

„Es geht weiter. Machen Sie sich sofort auf den Weg", kommandierte der Kriminalbeamte. „18 Uhr, Hermannshöhle. Rechnen Sie mit dem Schlimmsten."

„Was wäre das Schlimmste?"

„Ein Mord, was sonst."

Er legte auf, und ich schaute auf die Uhr. Es war schon 17 Uhr vorbei. Höchste Zeit zum Aufbruch. Nervös steuerte ich mein Auto stadtauswärts. In meinem Kopf wirbelten die Gedanken umher. Somit hatte der Irre das Kind also getötet. Was bedeutete das für mich? Warum hatte er das getan, wenn es in Wirklichkeit um mich ging?

Die Fahrt naheaufwärts gleicht ein wenig einer Reise in eine andere Zeit. Bad Kreuznach ähnelt einem Knotenpunkt. Gemütlichkeit und landschaftliche Schönheit des oberen Nahetals treffen dort wie ein Stück Vergangenheit auf die Moderne, den Fortschritt und die Wirtschaftskraft der unteren Nahe. Denn naheabwärts wird das Tal flach und weit. Der Fluss strömt behäbig und gerade zur Mündung in den Rhein. Er passiert Gewerbestandorte, Industriekomplexe und Autobahnen.

Naheaufwärts ist es genau umgekehrt. Hier schlängelt sich das Wasser durch ein zerklüftetes Tal voll ursprünglicher Natur. Bizarre Felsformationen säumen den Nahestrand, wobei der Rheingrafenstein besonders charakteristisch hervorsticht. Anschließend führt die Straße am Fuß des Rotenfelsmassivs vorbei, bevor sie auf das Niederhäuser Wehr zuläuft. An den der Sonne zugewandten Südhängen überziehen Reben die schroffen Steillagen. Die Nordhänge hingegen sind für den Wein zu schattig. Dort bedecken Wälder das Naheufer.

Hinter dem Wehr ist die Nahe zu einem See gestaut. Ruderer trainierten auf dem Wasser für die nächste Regatta. Im Sumpfgebiet vor dem Schilfgürtel am Ufer harrten Fischreiher wie zu Steinsäulen erstarrt auf Beute. Mein Blick fiel auf den Lemberg. 422 Meter hoch ragte er vor mir auf. Ehrfurchtsvoll wird er der König der Nahe genannt. Die Aussicht vom Lemberg muss man genossen haben. Wer hier nie war, kennt das Naheland nicht. Obendrein macht es kaum Mühe, den Gipfel des Berges zu erreichen. Der Weg dorthin ist mit dem Auto befahrbar. Puristen können auch in der nächstgelegenen Ortschaft parken. Dann bedarf es eben eines 20- bis 30-minütigen bequemen Spazierganges unter schattigen Bäumen, um das Panorama zu genießen. Das passende Glas Wein dazu wird in einer Hütte des Deutschen Alpenvereins geboten.

Mein Ziel lag indes nicht auf dem Lemberg. Rechts ab durch einen Viadukt führte statt dessen der Weg in Richtung Schloßböckelheim. Hier noch von einer Straße zu sprechen, wäre übertrieben. Eine gute Autobreite, mehr Platz steht dort nicht zur Verfügung. Als mir am Fuße der Kertz, einer der steilsten Weinlagen der Nahe, auch noch ein Pkw entgegenkam, mussten wir umständlich rangieren, damit wir aneinander vorbei fahren konnten. Aber das Land in dieser Gegend ist wertvoll und zu schade, um es für den Straßenbau zu verschwenden. Eigentlich müsste man den Viadukt hinter Niederhausen sogar zu Fuß durchschreiten, denn er ist das Tor zur wahren Schatzkammer des deutschen Weinbaus.

Auf terrassierten Lagen, abgestützt durch Trockensteinmauern, gedeihen hier die Reben unter einzigartigen Bedingungen. Licht, Luft und Wärme, vor allem aber die Böden garantieren die unvergleichbare Qualität hier erzeugter Rieslinge. Vulkanischen Ursprungs sind die Felswände, deren poröse Struktur die Sonne aufsaugt, speichert und reflektiert. Bedeckt sind sie mit vielfältigsten Erden aus Porphyr, kalkreichem Schieferton, Löss oder Melaphyr. Diese geben dem Wein Aroma und mineralischen Gehalt. Ein Mikroklima, das seinesgleichen nicht findet.

Der Vulkan ist für mich die faszinierendste aller Naturerscheinungen. Entsteht er doch in einer dem Menschen auf ewig unzugänglichen Region: im Innersten der Erde. Was ist der Meeresgrund, was das Weltall gegen die Gewalt weit unter unseren Füßen? Selbst Steine schmelzen dort in der Tiefe, bis eine gigantische Eruption sie als feurige Masse in den Himmel spuckt. Krater ergießen Lava, einen glühend heißen Tsunami, der alles unter sich vernichtet, bis ihm sein eigenes Zerstörungswerk die Kraft raubt. Danach erstarrt die tödliche Masse, es bleibt allein verbrannter Stein, über den nun die Zeit hinweggeht. Nicht Menschenalter dauert es, Erdalter sind vonnöten, bis die Bestie aus der Unterwelt zu verwittern beginnt und sich Mutterboden bildet, darin erste Pflanzen Fuß fassen können. Wiederum vergehen unendliche Zeiträume, dann pflanzt der Mensch den Weinstock in diese Erde von einmaliger Herkunft. Die Rebe saugt die Urgewalt des vulkanischen Untergrundes auf, konzentriert sie in den Trauben, woraus der Winzer sie zu Wein presst. So entstehen Spitzenrieslinge.

Die Nahe ist reich an guten Weinlagen. Selbst in kleinen Nestern, die bisweilen aus nicht viel mehr als einer Burgruine bestehen, bezeichnen Winzer ihre Betriebe stolz als Schlossgut. Gerne behaupten sie auch, historisch belegte Spitzenlagen zu bewirtschaften, nur weil ihr Acker vor über hundert Jahren einmal auf Karten verzeichnet wurde. Das kann man glauben, man muss es aber nicht. Vor allem sollte man es nicht schon deshalb für bare Münze nehmen, weil es in irgendwelchen Weinführern steht. Was hingegen die Weinberge hinter dem Niederhäuser Viadukt betrifft, kann es solche Zweifel nicht geben, denn dort ist eindeutig Rieslingland. Dort sind die Spitzenlagen des Rieslinganbaus nicht nur an der Nahe, sondern in Deutschland, ja in der Welt.

Ich war dem Entführer nicht undankbar dafür, dass er mich hierher geführt hatte. Zwar konnte man sich auch in Bad Kreuznach durch regelmäßige Verkostung über die Qualität der hier kreierten Weine auf dem Laufenden halten. Mit eigenen Augen zu schauen, wo die Tröpfchen gedeihen, ist jedoch erst der wahre Genuss. Das ist wie bei einem Seefisch, der nirgendwo so gut schmeckt wie direkt am Meer.

Mittlerweile befand ich mich auf der Zufahrt zu unserem Treffpunkt. Auf einem Köpfchen unterhalb des Steinberges thronte in exponierter Lage Gut Hermannsberg, die vormals Königlich Preußische Weinbaudomäne. Ich fuhr sehr langsam auf das stattliche Gutsgebäude zu. Das Polizeiaufgebot war beträchtlich, umfangreicher als sonst. KHK Schulz kam mir entgegen und öffnete die Autotür.

„Ich habe es befürchtet", schimpfte er. „Sie haben ihn zum Äußersten getrieben."

„Ich? Es war doch Ihre Idee, ihn per Fangschaltung zu jagen."

„Das ist jetzt auch egal. Fassen Sie nichts an, die Spurensicherung ist bereits in Aktion."

Zögernd stieg ich aus. Mein Blick wanderte bergab. Unten im Tal überspannte die Luitpoldbrücke in sechs Bögen die Nahe. Seit 1889 steht sie dort, wo einst die Länder Preußen und Bayern aufeinanderstießen. Solange die Bayern von dem geisteskranken König Ludwig II. regiert wurden, hat man von unserer Seite aus lieber Abstand zu dem Nachbarland gehalten. Kaum war der weg, entstand diese markante Brücke. Die Gegend hier ist so friedlich, dass glücklicherweise weder vordringende Amerikaner, noch sich zurückziehende Deutsche es bei Kriegsende für erforderlich hielten, dieses Kulturdenkmal der Nahe zu zerstören. Der Abend war hochsommerlich warm, die Luft flirrte, die Nahe funkelte. Eine Idylle, so trügerisch wie jede Idylle. Denn unter mir im Hang standen mitten in den Weinbergszeilen einige Männer in weißen Schutzanzügen.

„Sind Sie bereit?", fragte KHK Schulz.

„Bereit wozu?"

„Sie sollen die Leiche als Erster identifizieren. So lautet die Anweisung des Entführers."

Wir gingen zwischen den Rebstöcken talabwärts. Die Spurensicherer wichen zur Seite, worauf ich einen menschlichen Körper erkannte, der dort bäuchlings unter den Trauben lag.

Wenn der Tod in das Leben tritt, gerät das Leben aus den Fugen. Tut er dies gewaltsam, stirbt es sogar mit, zumindest ein klein wenig. Eine kurze Zeit ist man selbst wie tot. Die Zeit steht still, nichts ergibt mehr einen Sinn. Unfassbar, was Menschen einander antun können.

KHK Schulz drängte mich weiter. Als ich nach seiner Meinung nahe genug herangetreten war, drehten zwei Polizisten die Leiche um. Sie stieß mit dem Kopf an einen Rebstock. Den Wein dieses Jahrgangs würde sie nicht mehr trinken.

Ihre leeren Augen starrten von unten in die charakteristischen Merkmale dieser Weinreben. Mittelgroße Blätter, fünflappig, stumpf gezähnt. Geschlossene Stielbucht, blasig derbe Spreite. Kurzer holziger Traubenstiel, zylinderförmige Trauben, eher klein und sehr dichtbeerig. Rundliche Beeren von gelb-grünlicher Farbe, dickschalig und ins gelb-braune übergehend.

Ich ließ meinen Blick über die Rebzeilen schweifen und dann die Hänge entlang, wo Abertausende grüner Triebe leicht schwankend in der warmen Luft die Sonne aufsogen. Kein schlechter Ort, um zu sterben.

„Kennen Sie diese Person?," fragte KHK Schulz.

Ich nickte.

„Ja, ich kannte ihn", sagte ich, während ich in die Hocke ging und eine Hand auf den steinigen Untergrund legte.

Wir Dexheimers sind sehr erdverbunden. Das kommt daher, dass wir alle mit dem Wein aufwachsen. Gespräche über die Entwicklung des Wetters sind für uns nicht leere Floskeln, das ständige Beobachten der Natur liegt uns im Blut. Es hat dazu beigetragen, unseren Aufstieg zu begründen. Als ich nun mit der bloßen Hand in diese warme Erde griff, war das wie ein

Ausflug in meine Kindheit. Ich zerrieb einige Krumen in meinen Fingern und roch daran. Das würzige Aroma eines guten Humus erfüllte meine Nase und setzte Glückshormone in mir frei.

„Alles in Ordnung?", fragte KHK Schulz belustigt. „Falls Sie da Spuren suchen, sollten Sie das lieber unseren Profis überlassen. Die Methoden von Winnetou und Old Shatterhand sind veraltet."

„Riesling", antwortete ich.

„Wie bitte?"

„Dieser Boden ist einfach ideal zum Anbau von Riesling. Es ist kein Terroir für einen Burgunder oder sonstige Weine. Diese Erde hat etwas Einmaliges mitzuteilen. Sie möchte dem Wein Tiefe geben, Aromatik, Mineralität. Man sollte grundsätzlich nur Reben in sie hinein pflanzen, die den Wert dieser Lage optimal zu nutzen verstehen."

„Meinetwegen eben Riesling", antwortete KHK Schulz kopfschüttelnd. „Aber das ändert nichts daran, dass hier ein Verbrechen geschehen ist, das wir aufzuklären haben."

„Hier geschehen?" Ich lächelte ihn an und sog nochmals den Duft des schieferhaltigen Grundes ein.

„Dieser Boden ist mit Sicherheit nicht blutgetränkt. Wir befinden uns vielleicht am Fundort einer Leiche, aber niemals am Tatort des Mordes."

„Überlassen Sie es besser uns, dies zu klären. Wer ist dieser Tote?"

„Sein Name ist Danny Berlandy."

„Woher kannten Sie ihn?"

„Er war einmal Mandant von mir. Eigentlich ist er es immer noch, weil eines seiner Verfahren noch nicht beendet ist."

„Aha." KHK Schulz wagte nicht, weitere Fragen zu stellen, da er sich nicht wieder mit mir über meine Verschwiegenheitspflichten streiten wollte. Mittlerweile hatte er gelernt, dass mein Beruf und sein Beruf oft unterschiedliche Reaktionen auf dieselbe Tatsache verursachten. Gerade heute war ich allerdings zum Plaudern aufgelegt. Die Tragweite dieser Entdeckung forderte Offenheit. Ich konnte mein Wissen nicht einfach für mich behalten.

Seit seinem Freispruch hatte ich Danny Berlandy nicht mehr gesehen. Mandy gab mir keine Auskunft über ihn, was wohl daran lag, dass ich sie nicht danach fragen wollte. Ich wusste nicht einmal, ob sie noch zusammen waren. Längst vermutete ich eine Wechselbeziehung zwischen beiden Fällen. Der Freispruch und die Entführung – beides war am gleichen Tag geschehen. Nur konnte ich mir keinen rechten Reim darauf machen. Wo sollte der Zusammenhang sein? Weshalb war das Kind noch nicht frei, wo doch Danny Berlandy sein Ziel längst erreicht hatte? Und was wollte der Entführer fortwährend von mir?

Das Ermittlerteam hatte ich nie von meinen Befürchtungen in Kenntnis gesetzt. Schließlich war ich verpflichtet, über das Mandat Berlandy Stillschweigen zu bewahren. Bis zu diesem Tag, an dem das eingetreten war, was ich am meisten gefürchtet hatte. Die bisher getrennten Fälle waren zu einem geworden.

Doch anders, als ich manchmal erhofft hatte, würde mich Danny Berlandy nicht auf die Spur des Kindes bringen. Er würde niemanden mehr auf irgendeine Fährte führen.

„Können wir zurückgehen zu den Autos? Ich möchte nicht über einen Toten reden, der gerade vor meinen Füßen liegt", sagte ich.

„Selbstverständlich." Er gab den Kriminaltechnikern ein Zeichen, damit diese ihre Arbeit an der Leiche fortsetzten. Einer seiner Mitarbeiter hatte mittlerweile telefonisch den Polizeicomputer abgefragt.

„Ordnungsgemäß gemeldet, keine Voreintragungen. Erkenntnisse nur durch das Betrugsdezernat. Ein Verfahren endete mit Freispruch", erstatte er Bericht. KHK Schulz musterte mich kritisch.

„Haben Sie ihn in der Betrugssache verteidigt?"

„Ja. Sein Freispruch war genau am Tag der Entführung."

„Sonderbar. Oder nicht?" Wir setzten uns auf die Terrasse vor der Vinothek des Gutes Hermannsberg. Leider gab es nur Wasser zu trinken. Dann erzählte ich in groben Zügen den Fall. KHK Schulz hörte aufmerksam zu, ohne mich zu unterbrechen. Erst als ich geendet hatte, stellte er seine Fragen.

„Sie sagten, ein Verfahren sei noch nicht beendet."

„Der Kündigungsschutzprozess befindet sich in der Berufung."

„Aber die dürfte er nun wohl gewinnen."

„Nein. Er ist tot."

„Ja. Allerdings. Wissen Sie etwas über seine Angehörigen?"

„Eine Mitarbeiterin meiner Kanzlei ist mit ihm liiert. Sie wird sich darum kümmern." Er schaute mich stirnrunzelnd an.

„Nein, Sie werden sie nicht befragen", stellte ich klar. „Wie schon erwähnt, war der Mann mein Mandant. Meine Mitarbeiter werden Ihnen nicht mehr erzählen als ich." Er grummelte unzufrieden vor sich hin. Polizisten sind unerschütterlich davon überzeugt, dass sie aus einem Zeugen mehr herausfragen können als ein Anwalt. Wahrscheinlich ist dies sogar zutreffend.

„Wie Sie meinen", seufzte KHK Schulz. „Ich muss mir ohnehin erst in Ruhe Gedanken machen, welche Rückschlüsse aus diesem Leichenfund zu ziehen sind. Bei dieser Hitze hier ist das Denken ja kaum möglich."

„Dann sind wir fertig für heute?"

„Nein. Es gibt wieder das übliche Weinrätsel", gestand er mir zögernd. „Ich könnte verstehen, wenn Sie nicht in der entsprechenden Stimmung dazu sind."

„Nicht in der Stimmung um Wein zu trinken?" Ich schaute hinunter zu den weißen Overalls, die dort an der Leiche Danny Berlandys arbeiteten.

„Solange ich es nicht bin, der dort liegt, werde ich das Angebot zu einer Weinprobe niemals ausschlagen. Es wäre geradezu eine Sünde, diesen Ort aufzusuchen und nicht gleich mehrere Weine zu probieren. Wo ist das Fläschchen?"

Die Verkostung war ein Selbstläufer. Ich musste nur einen kleinen Wirbel im Glas erzeugen und das Bukett des Weines genießen, schon war ich im Bilde.

„Riesling. Niederhäuser Hermannsberg", sagte ich, ohne auch nur ein Schlückchen zu probieren. Dann nannte ich ihm den Jahrgang. KHK Schulz fiel die Kinnlade hinab.

„Es ist eine Frage der Kombination", beruhigte ich ihn. „Lage und Sorte waren hier zwingend. Das Jahr ist das meiner Anwaltszulassung. Nachdem wir zuletzt Wein aus dem Jahr meines zweiten Staatsexamens hatten, war dies der nächste Höhepunkt meiner Vita."

„Aber Sie haben trotzdem intensiv an dem Glas gerochen. Blind geraten haben Sie nicht."

„Vorsicht ist die Mutter der Porzellankiste."

„Wie schafft man es eigentlich, so detailliert über den Wein informiert zu sein?"

„Die Kunst besteht darin, jeden Tag ungefähr eine Flasche Wein zu trinken, ohne betrunken zu sein."

„Aber das ist unmöglich."

„Ist es nicht, wenn man den Konsum über den Tag verteilt. Beginnen Sie zur Mittagszeit mit einem oder zwei Gläschen Wein. Probieren Sie bewusst immer dieselben Sorten. Einen Riesling, einen Burgunder. Jeden Mittag. So prägt sich nicht nur der Geschmack ein, sondern auch der Kontrast."

„Aber ich bitte Sie, es ist doch heutzutage undenkbar, während des Dienstes Alkohol zu trinken."

„Die Mittagszeit sollte Freizeit sein. Zwar ist es heutzutage leider üblich geworden, mittags durchzuarbeiten, um abends früher nach Hause gehen zu können. Aber ich halte es für sinnvoller, sich zur Mittagszeit bewusst eine großzügige Pause zu gönnen. Mit Wein natürlich, aber nur in Maßen. Den Tag teilen, haben das die Alten genannt. Das war allerdings noch zu einer Zeit, wo zwischen Arbeit und Freizeit nicht getrennt wurde."

„Man kann doch nicht den ganzen Tag im Dienst sein." KHK Schulz zog ein Gesicht, als hätte er in eine Zitrone gebissen. Natürlich lebte er als Beamter nach der Stechuhr.

„Ich bin Freiberufler", sagte ich. „Mein Beruf ist mein Leben. Ich bin rund um die Uhr Rechtsanwalt. Deshalb kann ich es mir auch erlauben, den Tag zu teilen." Er schien zu glauben, dass ich flunkerte.

„Eine ganze Flasche Wein am Tag halte ich dennoch für übertrieben."

„Es sind fünf bis zehn bewusst genossene Proben, also nur ein Bruchteil dessen, was die Welt des Weines zu bieten hat. Ich verstehe Ihr Problem nicht."

„Meiner Meinung nach denken Sie nicht mehr zeitgemäß, Herr Dexheimer. Sie können doch nicht ernsthaft einen Lebensstil propagieren, der darin besteht, rund um die Uhr zu arbeiten und zur Entspannung hin und wieder einen Wein zu verkosten."

„Ich habe es nie anders kennengelernt. Mein Vater hat es so gemacht, sein Vater hat es so gemacht. Ein Dexheimer lebt vom Wein und für den Wein."

KHK Schulz betrachtete die Weinflasche auf dem Tisch, schien darüber nachzudenken, selbst ein Schlückchen zu probieren, und sagte dann nichts mehr. Das war auch besser so. Wir wären sonst wohl in Streit geraten.

Es ist sinnlos, mit einem Beamten den Unterschied zwischen einem Beruf und einer Berufung zu diskutieren. So etwas versteht im Zweifel ohnehin nur, wer schon über Generationen in die Selbständigkeit hinein gewachsen ist. Es sind die Bauern und Winzer, die Handwerker und die Freiberufler, die dieses Bewusstsein haben. All jene, die ihren Lebensunterhalt tagtäglich aus eigener Kraft und in eigener Verantwortung verdienen, die nicht den Arbeitstag kennen, sondern noch den Werktag, die niemand abwerben und niemand feuern kann. Menschen, die keinem anderen gehorchen, als nur sich selbst.

Wir reichten uns die Hand, um uns für heute zu verabschieden. Weiter unten hoben sie gerade Danny Berlandy in einen metallenen staatseigenen Sarg. Ich überlegte, ob ich noch ein versöhnliches Wort an KHK Schulz richten sollte. Er hatte wenigstens den Versuch gemacht, die dienstliche Ebene zu verlassen und eine private Beziehung zu mir aufzubauen. Er hatte Interesse gezeigt an meiner Person und zu verstehen versucht, wer ich bin.

Trotzdem hatte ich keine Lust, in der Zusammenarbeit mit ihm etwas anderes zu sehen als eine berufliche Notwendigkeit. Ich stand nicht unter dem Druck, jeden neuen Menschen gleich als potenziellen Mandanten anschauen zu müssen. Ich bin kein Wirtschaftsanwalt.

In vielen Branchen gilt es heutzutage als karrierefördernd, wenn die angeborene Distanz gegenüber einem Fremden schnell überwunden und mit persönlichen Details aus dem Privatleben durchwoben wird. Darum haben Wirtschaftsanwälte meistens die gleichen Hobbys wie ihre wichtigsten Mandanten, peppen ihren Wortschatz mit schwachsinnigen Anglizismen auf und halten so etwas Langweiliges wie einen Börsenkurs für ein interessantes Gesprächsthema.

Bei einem Strafverteidiger scheint mir diese Anbiederung grundsätzlich falsch. Verteidiger sind immer störrische Individualisten. Man erlebt es manchmal in Strafprozessen, dass Richter oder Staatsanwälte den persönlichen Kontakt suchen. Wenn man sich wochenlang ständig beharkt hat im immerwährenden Kampf um das gerechte Urteil, kommt auch irgendwann der Punkt, wo man sich zufällig am Kaffeeautomaten trifft. Dann sieht man sich plötzlich an und fragt sich verschämt, warum man diese Person so hartnäckig bekämpft.

Es ist dem Menschen nicht angeboren, Konflikte auszutragen. Die Seele strebt vielmehr nach Harmonie. Der Jurist, der vor Gericht auftritt, versündigt sich gleichsam wider die menschliche Natur. Streiten zu wollen, noch dazu in anderer Leute Namen, ist nämlich im Prinzip eine psychopathologische Symptomatik. Wäre es also nicht wenigstens gesünder, das anwaltliche Rollenverhalten zu überdenken und sich mehr um ein menschliches Miteinander mit den Strafverfolgern zu bemühen?

Immer wenn diese Zweifel an meinem Beruf sich regen, denke ich an Bubilein.

Die Geschichte von Bubilein ist schnell erzählt. Eine gescheiterte Existenz, der zum Schluss einzig eine Gitarre verblieben war. Ich erlebte es einmal, wie er spät abends in trauter Runde darauf spielte. Ein weltfremder Träumer ohne Hoffnung, doch völlig eins mit seinem geliebten Instrument. Leider war Bubilein etwas unbelehrbar im Hinblick auf fremdes Eigentum. Man könnte auch sagen, dass er seinen bescheidenen Lebensunterhalt durch Diebstähle finanzierte. Das brachte ihn hinter Gitter, obwohl kein Haftgrund vorlag. Bubilein hatte Bad Kreuznach noch niemals verlassen, und er würde es auch nicht verlassen. Fluchtgefahr war auszuschließen.

„Wenn ich den Turm der Kreuzkirche nicht mehr sehe, werde ich krank", hatte er mir einmal anvertraut. Darum wusste ich, dass er nie fliehen würde. Alles, was er wollte, war Gitarre spielend zu Hause zu sitzen. Seit ich Bubilein dabei zugehört hatte, war mir klar, dass er das Eingesperrtsein ohne Gitarre nie ertragen würde.

Bubileins Haftrichter war ein Studienkollege von mir, worin ich zunächst einen Vorteil sah. Er sagte mir auch ehrlich, dass er meinen Mandanten mit Sicherheit nicht auf freien Fuß setzen würde. Im Hinblick auf unsere gute

Bekanntschaft mied ich den Konflikt, anstatt für Bubilein zu kämpfen. Es erschien mir ziemlich unwahrscheinlich, dass der Haftrichter Bubileins Gitarrenspiel lauschen würde, um ihn besser zu verstehen. Auch das Argument, dass mein Mandant nirgendwohin gehen konnte, wo er den Turm der Kreuzkirche nicht mehr sah, klang nicht wirklich überzeugend. Ich ließ es einfach unerwähnt.

„Nicht einmal einen Versuch ist es wert", redete ich mir ein, weil ich den Haftrichter eben gut kannte und mich nicht blamieren wollte.

Einen Prozess gegen Bubilein gab es nie. Er hat sich schon während der Untersuchungshaft das Leben genommen. Am Tag vor seinem Tod war ich noch bei ihm gewesen.

„Einschlägige Vorstrafen, Bewährung und Bewährungsbruch. Ich befürchte eine Haftstrafe ohne Bewährung." So hatte ich ihm erklärt, wie ich die Sache sah. Schnürsenkel und das Fensterkreuz waren seine Antwort. Bei unserem letzten Händedruck, als ich noch nicht wusste, dass es der letzte sein würde, hatte ich eine Idee.

„Dürfen Häftlinge eine Gitarre besitzen?", fragte ich das Personal der Justizvollzugsanstalt. Ich erhielt die Erlaubnis, ihm beim nächsten Besuch seine Klampfe mitzubringen. Als ich mit dem Instrument vor dem Knasttor stand, war er bereits tot und für mich stellte sich die Frage nach meiner Mitschuld. Denn ich hatte es nicht geschafft, seine Untersuchungshaft zu verhindern. Statt für ihn einzutreten, hatte ich mich damit getröstet, ihm die Haft erträglicher zu gestalten. Einem Konflikt mit dem Richter war ich feige aus dem Weg gegangen.

Für das Gericht entscheidet regelmäßig der erste Eindruck, zumal es üblicherweise der einzige Kontakt überhaupt zu einem Angeklagten ist. Aber der Verteidiger weiß mehr, manchmal nahezu alles von einer Person. Er hat ihn noch in Freiheit gekannt, ihm in der Haft beigestanden, über Monate den Kontakt zu Familie und Freunden aufrechterhalten.

Ich habe Frauen erlebt, die beim Beratungsgespräch in der Haftzelle körperliche Nähe suchten, weil in der Einsamkeit des Gefängnisses der Rechtsanwalt ihre engste Bezugsperson war. Auch bei Männern wird in der Haft der Händedruck zum Abschied länger, als unbedingt notwendig.

Die immer wieder geforderte Sachlichkeit und Distanz ist in der Strafverteidigung nicht durchzuhalten. Haft ist eine Extremsituation, die dem Anwalt auch sein Mitgefühl abverlangt. Nicht professioneller Abstand ist erforderlich, sondern menschliche Anteilnahme. Die Frage ist nur, wie eng der Kontakt zum Mandanten sein darf und muss. Die Justiz bearbeitet einen Fall, welcher zum Abschluss zu bringen ist. Der Verteidiger hat einen Mandanten mit einem ganz eigenen Schicksal. Er steht denen am nächsten, um die sich das Strafverfahren dreht.

Darum mag ich es nicht, wenn es zwischen Verteidigern und Strafverfolgern allzu sehr menschelt. Denn der ganze Einsatz hat dem Mandanten zu gelten, nicht dem persönlichen Verhältnis zu Richtern, Staatsanwälten oder Polizisten. KHK Schulz stand auf der anderen Seite, auch wenn wir hier am selben Strang zogen. Schon morgen konnte es ein Klient von mir sein, den er verfolgte. Dann wären wir Gegner und ein freundschaftliches Verhältnis hätte uns beiden die Arbeit erschwert.

Die häufig beklagte Identifizierung des Anwaltes mit seinen Mandanten ist aus meiner Sicht zwingend notwendig. Sie darf selbst dann nicht aufgegeben werden, wenn dies zu schweren persönlichen Kontroversen mit anderen Beteiligten im Prozess führt.

Der Konflikt vor Gericht lässt sich wieder vergessen, die Erinnerung an Bubilein ist unsterblich.

Als ich vom Gut Hermannsberg in die Kanzlei zurückkehrte, musste ich Mandy die traurige Nachricht überbringen. Sie nahm es schweigend zur Kenntnis, verließ mein Büro und zog sich in ein Zimmer zurück, welches sie von innen abschloss. Nach etwa einer Stunde tauchte sie mit einer alten Strafakte wieder auf. Ihre Augen wirkten verweint, aber sie war darum bemüht, sich nichts anmerken zu lassen.

„Das Verfahren gegen Gung Ho", erklärte sie, während sie die Papiere auf meinen Tisch legte. In meiner Erinnerung tauchte das Gesicht eines lange vergessenen Mandanten auf. Ich schloss die Augen und versuchte, mich an ihn zu erinnern.

„Diese Stimme", sagte ich. „Ich glaube, das ist der Mann, dessen Stimme ich in St. Katharinen am Telefon gehört habe."

„Es passt alles zusammen", meinte Mandy. „Sie haben das Mandat damals selbst als glücklos bezeichnet. Etwas ist im Termin vorgefallen, wovon Sie mir nie berichtet haben. Er hatte Sie als Verteidiger abgelehnt, und Sie wollten niederlegen. Das Gericht hat Sie dennoch als Pflichtverteidiger beigeordnet, damit der Termin nicht platzt. Gung Ho wurde zu dreieinhalb Jahren verurteilt." So langsam kam die Erinnerung zurück.

„Haben Sie nicht damals mit ihm zusammengewohnt?"

„Wir hatten getrennte Wohnungen im gleichen Haus. Mehr nicht. Er behauptete stets, über für mich nicht genau nachvollziehbare Verbindungen mit mir verwandt zu sein."

„Ist er es?"

„Er ist ebenso wie ich vietnamesischer Abstammung. Mehr konnte ich nicht feststellen. Aber keine Blutsbande könnten so stark sein, dass ich ihm verzeihe, was er getan hat."

„Noch ist es Spekulation, dass Gung Ho der Entführer ist oder sogar der Mörder." Sie zuckte bei dem Hinweis auf den Mord zusammen.

„Er wurde im letzten Herbst aus der Haft entlassen. Er geht keiner festen Arbeit nach, weshalb ich davon ausgehe, dass er sein früheres Gewerbe fortsetzt."

„Drogenhandel?"

Mandy nickte und fuhr fort. „Es bestanden Kontakte zwischen Gung Ho und Danny. Wahrscheinlich war er Dannys Lieferant."

„Das ist noch kein Mordmotiv."

„Zuletzt waren sie zerstritten."

„Woher wissen Sie dies alles?"

„Ich weiß es eben."

„Haben Sie die beiden auseinander gebracht?" Meine Mitarbeiterin schaute mich mit ihren blauen Augen aus unergründlichen Tiefen an. Ihre Lippen zitterten ein wenig, dann fuhr sie ruhig und sachlich fort.

„Die Frage, die wir uns stellen sollten, ist vielmehr die, ob Danny und ich durch Gung Ho erst zusammengebracht wurden. Seit nunmehr knapp einem Jahr ist er wieder in Freiheit, kurz später trat Danny in mein Leben. Danny hat mir nach und nach fast alles von sich erzählt, nur die Verbindung zu Gung Ho hat er nie erwähnt. Warum wohl?"

„Weil er seinen Lieferanten nicht verpfeifen will?"

„Weil er sich seinem Lieferanten mehr verpflichtet fühlte als mir." Wieder zuckten ihre Mundwinkel. Vielleicht war dieses Gespräch ihre Art, den Tod von Danny Berlandy zu verarbeiten.

„Wie haben Sie es trotzdem herausgefunden?"

„Sein Handy. Ich sah einmal bei einem eingehenden Anruf das Kürzel „G.H." Sofort kam mir eine Ahnung. Also habe ich die Nummer heimlich aus dem Handy ausgelesen und von einem anderen Anschluss verdeckt angewählt. Dabei erkannte ich die Stimme, genau wie Sie."

„Was schlagen Sie nun vor?"

„Danny ist tot. Gung Ho ist sein Mörder. Ich denke nicht, dass Sie oder ich hier der Geheimhaltungspflicht unterliegen."

„Keinesfalls. Ich bin einverstanden, wenn Sie KHK Schulz informieren."

„Das werde ich", sagte Mandy. Die Verbissenheit, mit der sie dies sagte, überzeugte mich davon, dass sie tatsächlich im Alleingang die Identität des Entführers gelüftet hatte.

Wenige Tage später berichtete KHK Schulz mir am Telefon von den neuesten Ermittlungsergebnissen.

„Wir haben seine DNA. Sie fand sich an der Leiche, am Fundort, überall. Er hat sich nicht bemüht, seine Spuren zu verwischen."

„Gut. Wer ist es?"

„Wissen wir nicht."

„Wieso nicht?"

„Die DNA ist bisher noch nicht in der Kartei." Eigentlich sollte ich mich als Strafverteidiger darüber freuen, dass das DNA-Register noch Lücken hat. Im konkreten Fall fand ich es eher misslich.

„Sie haben den genetischen Fingerabdruck eines Mörders, der höchstwahrscheinlich auch unser Entführer ist. Dennoch ist es Ihnen nicht möglich, den Mann zu identifizieren?"

„So ist es. Genspuren sind immer wertlos, wenn sie zum ersten Mal auftauchen."

„Hat er Fingerabdrücke hinterlassen?"

„Nichts."

So einfach kann das Leben eines Mörders sein, jedenfalls dann, wenn man es zum ersten Mal tut. Man braucht nichts anders, als ein paar gute Handschuhe, wie sie in jedem Verbandskasten zwingend vorhanden sein müssen. Das genügt, um unerkannt zu bleiben. Natürlich gibt es immer noch Kommissar Zufall, meist in Gestalt eines Zeugen, der zunächst unbewusst etwas gesehen hat. Aber wir hatten es mit einem Täter zu tun, der uns seit Wochen an der Nase herumführte. Auf den Zufall konnte nur noch ein Narr vertrauen.

„Was haben Sie unternommen im Hinblick auf einen Herrn Gung Ho?", fragte ich.

„Das ist der Mann, den Ihre Bürovorsteherin ins Gespräch gebracht hat, oder?"

„Ins Gespräch gebracht?" Ich glaubte, mich verhört zu haben. „Gung Ho ist der Mann, nach dem wir suchen. Ich habe keinerlei Zweifel."

„Das mag sein. Aber wir haben keinerlei Beweise."

„Vielleicht passt seine DNA ja zu den gefundenen Spuren."

„Wir haben auch die DNA dieses Herrn Gung Ho nicht im Register."

„Aber Gung Ho saß dreieinhalb Jahre in Haft."

„Das hilft uns auch nicht weiter. Es gibt keine persönlichen Gegenstände mehr von ihm in der Justizvollzugsanstalt."

„Aber doch wenigstens eine Adresse, hoffe ich."

„Fehlanzeige. Gung Ho ist nirgendwo amtlich gemeldet."

Ich war kurz sprachlos. Da sitzt jemand jahrelang hinter deutschen Gittern, dann wird er entlassen und löst sich einfach in Luft auf. Er verschwindet spurlos ohne genetischen Fingerabdruck oder wenigstens eine Meldeanschrift. Einen besseren Weg, um in die Illegalität zu flüchten, konnte es kaum geben, schien mir.

„Ich habe bisweilen Mandanten, die untertauchen müssen", erklärte ich. „Künftig werde ich denen raten, sich wegen einer Bagatelle kurz inhaftieren zu lassen. Dann verliert sich die Fährte einfach im Gefängnis, und anschließend hilft der Staat sogar mit, die Spuren des früheren Lebens zu verwischen."

„Ich kann Ihren Zorn verstehen", räumte KHK Schulz ein. „Aber es ist alles nach Recht und Gesetz abgelaufen. Sie können dem Staat keinen Vorwurf machen." Dann meinte er offenbar, noch etwas Versöhnliches sagen zu müssen.

„In einem Punkt hatten Sie übrigens Recht", lobte er mich. „Der Fundort der Leiche war nicht der Tatort. Verraten Sie mir den Trick mit dem Sie das herausgefunden haben?"

„Der Trick ist die Verinnerlichung des Weines", erklärte ich ihm. „Wein ist in erster Linie nicht eine Ware, sondern ein Gefühl. Er ist so unerklärlich und zugleich so echt wie alle Gefühle. Ich kann ihnen diese innere Verbindung nur dann überzeugend erklären, wenn sie das Gleiche spüren. Dann jedoch würden sie mich ohne jegliches Wort verstehen, einfach aus dem Inneren heraus."

„Ich weiß nicht, ob ich Ihnen folgen kann", unterbrach mich KHK Schulz. „Reden Sie jetzt von dem Produkt Wein oder seiner Herstellung oder seiner Lage?"

„Die Frage lässt sich leider so nicht beantworten, da sie etwas trennen, was unauflöslich miteinander vereint ist. Versuchen Sie schlicht, den Wein nicht zu verstehen, sondern ihn zu spüren. Dann beantwortet sich Ihre Frage von selbst. Es wird Ihnen nie gelingen, sich die Welt des Weines durch Studieren, Lesen oder Zuhören anzueignen. Sie müssen den Wein verkosten. So wie man Schwimmen nur im Wasser lernt, erschließt sich der Rebensaft nur im Glas, im Auge, in der Nase und auf der Zunge. Es bedarf der Sinne, nicht des Verstandes, den Wein zu verstehen."

„Klingt kompliziert."

„Dann merken Sie sich einfach eines: Bevor der Wein zum Produkt wird, ist er einfach nur eine Emotion."

Ebenfalls Emotionen in mir löste ein Schreiben aus, das ich wenige Tage später auf meinem Schreibtisch fand. Es war in dem gelben Umschlag einer amtlichen Zustellung und kam vom Amtsgericht Bad Kreuznach. Als ich es sah, hatte ich eine dunkle Ahnung, die nach dem Öffnen der Gewissheit wich.

Die Zustellung war ein Strafbefehl. Wegen der Verteidigung des Alexander Nagorsnik warf man mir vor, einen Parteiverrat begangen zu haben. Die festgesetzte Geldstrafe belief sich auf 120 Tagessätze, mithin vier Nettomonatseinkommen.

Geldstrafen unter 90 Tagessätzen werden nicht in ein Führungszeugnis aufgenommen, deshalb darf man sich trotz solcher Strafen als nicht vorbestraft bezeichnen. Bei 120 Tagessätzen war dies nicht mehr der Fall.

Ich hatte nun zwei Wochen Zeit, Einspruch einzulegen. Andernfalls würde der Strafbefehl rechtskräftig werden und ich wäre ein vorbestrafter Rechtsanwalt. Anschließend würde die Rechtsanwaltskammer ein berufsrechtliches Verfahren gegen mich eröffnen.

Ein Anwaltsgericht hätte dann zu entscheiden, ob ich weiterhin Anwalt sein dürfte oder meine Zulassung verlieren würde. Angesichts solcher Post stand mir der Sinn danach, den Kunden im Grünen Punkt wieder einmal zu erklären, wie schlecht die Welt war. Mir wurde nämlich gerade bewusst, dass sie noch schlechter war, als ich je vermutet hatte. Es gelüstete mich danach, mich irgendwie abzureagieren. Ein ordentliches Wortgefecht, eine hitzige Diskussion, ein zünftiger Streit musste her.

Als ich die Schänke betrat, war wenig Betrieb. Der Fernseher zeigte Berichte über den Ausgang eines großen Wirtschaftsstrafverfahrens. Der Angeklagte hatte 20 Millionen Euro gezahlt für die Einstellung seines Verfahrens.

„Alles Verbrecher", grummelte der Wirt. Am Stammtisch saßen die beiden mürrischen Zecher und stimmten ihm zu.

„Es gibt keine Gerechtigkeit mehr. Früher war es noch besser", ließen sie verlauten.

Der passende Fall für Julius Dexheimer. Der Wein war noch der gleiche. Er inspirierte mich. Also ergriff ich kühn das Wort im Dienste der Gerechtigkeit.

„Ich kann nicht beurteilen, ob es früher besser war, denn ich bin noch nicht alt genug, um überhaupt etwas gesehen zu haben, was wenigstens gut ist", erklärte ich. Der Wirt dachte ausgiebig nach, bevor er seine Kritik an unserem System wiederholte.

„Aber trotzdem hätte es das doch früher nicht gegeben, dass sich jemand einfach freikauft."

„Gab es schon", erklärte ich ihm. „Das gab es zu allen Zeiten. Unser Problem ist nur, dass mittlerweile alles sehr kompliziert geworden ist." Die beiden Zecher am Stammtisch hatte ich bereits überzeugt.

„Zu kompliziert. Das Leben ist viel zu kompliziert", unkten sie einheitlich. Nur der Wirt zweifelte noch.

„Klar haben wir heute zu viele Gesetze. Aber es geht doch auch immer mehr ums Geld", beharrte er.

„Schauen wir doch einmal genauer hin", schlug ich vor. „In seinen babylonischen Ursprüngen war Strafjustiz noch Teil des Regierens. Der Herrscher war zugleich Richter. Man hatte entweder genug Geld, ihn zu bestechen, oder eben nicht. In der griechisch-römischen Kultur wurde der Richter durch Geschworene ersetzt. Das machte die Bestechung zwar teurer, aber auch effektiver. Viele ließen sich ja nur zu Geschworenen wählen, um fette Bestechungsgelder zu kassieren. Im weiteren Verlauf der Geschichte wurden dann immer ausgefeiltere Mechanismen erdacht, um die Willkür der Strafjustiz zu verschleiern. Ich sage bewusst nicht „verhindern", sondern ausdrücklich „verschleiern". Damit kommen wir dem Wesen des Strafrechts auf die Spur. Egal zu welcher Zeit und in welchem System, es gab immer einige wenige, die über dem Gesetz standen, die einfach nicht verurteilt werden. In einer Bananenrepublik dürfen einige ungestraft Vieles tun, in der Bundesrepublik viele einiges. Es gibt also Grenzen, aber es gibt nach wie vor solche, die über dem Gesetz stehen, zum Beispiel, weil sie ihr Ehrenwort für wichtiger halten." Der Wirt nickte bedächtig. Allmählich begann er, meine Gedanken zu verstehen. Ich fuhr fort.

„Wenn ich nun also behaupte, dass unsere heutige Zeit einfach zu kompliziert ist, so meine ich damit Folgendes: Im modernen Rechtsstaat braucht man mittlerweile ein mehrstufiges Verfahren mit Staatsanwälten, Richtern und Schöffen, mit endlosen Aktenbergen und zahlreichen Scheingefechten. Schauen Sie sich diesen Prozess dort im Fernseher an. Welch ein Aufwand, nur damit der Staat das erreicht, was er immer schon wollte, nämlich bestimmte Leute über das Gesetz zu stellen. Man meidet jeden Anschein der Käuflichkeit und erklärt umständlich, weshalb das öffentliche Interesse plötzlich keine Verurteilung mehr verlangt. Am Ende haben wir also das gleiche Ergebnis wie in Babylon zu Zeiten Hammurabis. Wir erreichen es nur auf unendlich verschlungeneren Wegen. Wir haben ein System geschaffen, das die Verurteilung solcher Leute faktisch unmöglich macht. Wenn es ein Gericht trotzdem wagt, kommt die nächste Instanz und hebt das Urteil wieder auf. Der ganze Prozess beginnt von vorne, am Ende kassiert der Staat Millionen und stellt das Verfahren ein." Jetzt war der Wirt überzeugt.

„Gut erklärt", sagte er. „Wirklich gut erklärt. Komm, trink noch einen auf meine Rechnung."

Während er nachschenkte, reifte in ihm die Erkenntnis, dass irgendetwas doch komisch war an dieser Geschichte. Er verkorkte nachdenklich die Flasche, stellte sie in den Kühlschrank zurück und schaute mich forschend an.

„Wenn ich das jetzt richtig verstanden habe, ist es am Ende ja doch eine Frage des Geldes, ob man verurteilt wird oder nicht."

„Natürlich ist es das. Aber es war nie anders."

„Und wo ist dann jetzt der Unterschied zu den Babyloniern?"

„Der Unterschied ist der Rechtsstaat. In der Antike wusste noch jeder, wer über dem Gesetz stand. Es war eben so. Wir geben dem Ganzen einen Anstrich, der nach Gerechtigkeit aussieht. Deshalb geschieht es bei uns im Verborgenen und die Wenigsten wissen, welche Verbrecher statt des fälligen Strafurteils das Bundesverdienstkreuz erhalten."

Der Rentner mit den weißen Haaren mischte sich nochmals ein und präsentierte eine jener herrlichen Weisheiten, die nur an Theken entstehen können.

„Ich behaupte, dass jemand, der Millionen dafür zahlen kann, dass er nicht verurteilt wird, alleine deshalb schon verurteilt werden müsste." Damit hatte ich mein Ziel erreicht. Es ging mir nun viel besser.

Man muss als Anwalt den Menschen ständig das Gefühl vermitteln, dass etwas faul ist in unserem Staate, dass der Fisch nicht nur am Kopf stinkt, sondern bereits an allen Ecken und Enden. Denn erstens ist es die Wahrheit, und zweitens leben sie dann fürderhin in der Gewissheit, dass man heutzutage ohne Anwalt verloren ist.

Wirtschaftsanwälte würden diese Strategie wahrscheinlich als langfristige mandantenorientierte Kundenbindung bezeichnen. Ich nannte es schlichtweg Panikmache.

10. Kapitel

Wozu empfohlen wird:
NAHE DORNFELDER TROCKEN
Weingut Schmidt-Kunz, Windesheim

Ein kleines einmotoriges Sportflugzeug drehte seine Kreise über der Altstadt. Das ständige Summen lenkte mich von meiner Arbeit ab. Ich sah vom Schreibtisch auf und aus dem Fenster, schaute ihm einige Augenblicke zu. Schlossberg, Kauzenburg, Rittergut Bangert, Römerhalle. Wie mochte das alles von hoch oben aussehen?

Genau in diesem Moment betrat Mandy mein Büro, betrachtete kurz mich und dann das Flugzeug.

„Fernweh, Herr Dexheimer?", fragte sie.

„Eher nicht. Ich würde mich kaum freiwillig in so eine Maschine setzen. Das scheint mir alles viel zu wackelig."

„Hervorragend, dann könnten Sie sich ja um folgende Akten kümmern ...". Sie legte mir einen Zettel mit Fristennotierungen vor und wartete, bis ich entschieden hatte, welche Akten ich benötigte. Als ich ihr das Blatt zurückgab, blieb sie nachdenklich stehen.

„Ist noch was?", fragte ich. Sie zögerte einen Moment, bevor sie sich abwandte.

„Ich hole zunächst einmal die Fristakten." Kurz später war sie wieder da, stapelte mir einige Akten auf den Tisch und blieb wieder stumm stehen. Ich schaute sie an.

„Alles in Ordnung, Mandy?"

„Ich müsste heute früher gehen."

„Kein Problem. Das wissen Sie doch." Mandy war noch nie früher gegangen. Sie stand weiter vor mir und blickte erwartungsvoll auf mich herab. Vielleicht hoffte sie, dass ich nach einem Grund fragte, was ich jedoch aus Prinzip nicht tat. Das Privatleben meiner Angestellten geht mich nichts an. Zum zweiten Mal bereits beging ich diesen Fehler.

Fahr hin, der Sonne Hass zu tragen!

Mandys Augen füllten sich mit Tränen. Seit Danny Berlandy tot war, hatte sie nicht einen Wimpernschlag lang angedeutet, wie es in ihr aussah. Dabei konnte ich mir nicht vorstellen, dass dieses Ereignis spurlos an ihr vorübergegangen war. Ich erhob mich, ging um den Tisch herum und umarmte sie. Wortlos. Einfach so. Einige Minuten lang weinte sie still vor sich hin, den

Kopf an meine Schulter gelehnt, das Gesicht von mir abgewandt. Dann umschlang sie mich mit ihren Armen und drückte sich mit ihrer ganzen Kraft an mich.

„Auf Wiedersehen Herr Dexheimer. Ich gehe dann jetzt", sagte Mandy und verlies mein Büro. Ich setzte mich wieder an meine Akten. Die hinter mir liegende Szene ging mir durch den Kopf. Die stolze unnahbare Mandy hatte an meiner Schulter geweint. Es fühlte sich gut an, wie sie mir vertraute. So lange schon war sie der ruhende Pol in meinem Leben, die Stütze meiner Kanzlei, die perfekte Mitarbeiterin. Wie es ohne sie wäre, mochte ich mir nicht vorstellen. Es gab aber auch keinen Grund, darüber nachzudenken, denn sie hatte sich an meiner Schulter ausgeweint. Mandy würde mir treuer sein als jeder andere Mensch in meinem Leben. Wir würden bis ans Ende meiner Anwaltstätigkeit zusammenarbeiten, gemeinsam älter werden wie ein Liebespaar und uns niemals näher kommen als gerade eben. Ich summte fröhlich eine Melodie vor mich hin, las mich in die nächste Akte ein und war glücklich.

Glück hatte ich oft in meinem Leben. Doch wurde es mir immer erst im Nachhinein bewusst, deshalb konnte ich es nie genießen. Das liegt zunächst daran, dass die Befassung mit Juristerei nicht dazu angetan ist, Reflexionen über das eigene Dasein zu fördern. Wir haben gelernt, das Leben emotionslos in die Schemata des Gesetzes zu pressen. Nur so kann man es in unserem Fach zu etwas bringen. Je verkümmerter die Seele, desto qualifizierter der Rechtsgelehrte. Gute Juristen verstehen die Welt zwar nicht, aber sie beherrschen sie. Das ist unser Pakt mit dem Teufel.

Obendrein ist Glück haben etwas anderes, als glücklich zu sein. Die wenigen Ausnahmen, in denen ich mich auch tatsächlich glücklich fühlte, waren regelmäßig der Beginn einer Katastrophe. Wenn ich genauer darüber nachdenke, weiß ich nicht, was das überhaupt sein soll, glücklich zu sein. Ich kenne das Glück in den Armen einer Frau, das vergänglich ist. Daneben gibt es das Glück, einen guten Wein zu trinken, das treu ist. Ansonsten ist es wohl eher eine Sache für Philosophen, sonst würden die sich nicht seit tausenden von Jahren damit befassen, Weisheiten für Glückskekse zu liefern. Gebracht hat es eher wenig, wenn ich mich so umschaue. Zumindest mir ist es offensichtlich nicht gegeben, irgendwann nicht nur Glück zu haben, sondern glücklich zu sein.

Darum hätte ich es wissen müssen. Statt fröhlich vor mich hinzusummen, wäre es besser gewesen, selbst in dem Flugzeug über der Altstadt zu sitzen und mich auf einem einsamen Feld zu Tode zu stürzen. Doch das Schicksal lässt sich ohnehin nicht täuschen. Die Würfel waren längst gefallen.

Etwa zwei Stunden, nachdem Mandy gegangen war, schickte sie mir eine SMS: „Bitte kommen Sie um 19 Uhr nach Hargesheim in die Lindenstube. Es ist sehr wichtig."

Sofort rief ich sie an, aber mein Anruf wurde weggedrückt. Verdutzt schaute ich auf mein Telefon. Mandy hatte noch niemals einen Anruf von mir nicht angenommen. Ein Blick auf die Uhr sagte mir, dass es bereits Zeit war, loszufahren. Auf dem Weg zum Auto wehte eine Windböe den Straßenstaub vor mir her. Der Himmel war bedeckt, die Temperatur endlich einmal erträglich, wenngleich die Luft schwül drückte. Die Strecke nach Hargesheim war nicht weit. Ich blickte während der Fahrt auf dunkle Gewitterwolken über dem Soonwald. Sie formierten sich zum Angriff auf die Stadt.

Die Lindenstube musste ich erst suchen, ich kannte sie noch nicht. Es war eine typische Eckkneipe. Nach hinten in den Hof hinaus gab es ein paar Stühle im Freien, doch das Wetter lud nicht zum Draußensitzen ein. Also nahm ich drinnen an der Theke Platz. Mandy war noch nicht hier.

„Was darf's sein?", fragte der Wirt.

„Die Weinkarte."

„Gibt es hier nicht. Rot oder weiß, herb oder mild?"

„Dann weiß und trocken." Während ich an dem Glas nippte, wanderten die Zeiger der Uhr auf sieben. Ich verschluckte mich fast, als es mir klar wurde. Die letzte Station, die der Entführer vorgeben hatte, war um 18 Uhr gewesen. Vor Schreck sprach ich laut zu mir selbst.

„Er wird doch nicht ..." In diesem Augenblick klingelte mein Telefon. Ich erkannte Mandys Nummer.

„Guten Abend, Herr Rechtsanwalt Dexheimer", sagte eine männliche Stimme.

„Wer sind Sie?"

„Mein Name ist Gung Ho. Ich bin der Verlobte ihrer Angestellten Mandy Nguyen. Anlässlich unserer Verlobung sind Sie zu einem Umtrunk eingeladen. Bevorzugen Sie lieblich oder trocken? Oh, entschuldigen Sie, welch dumme Frage. Mandy belehrt mich soeben, dass sie trocken trinken. Vorzüglich. Dann genießen Sie nun den Aufenthalt in der Lindenstube bei einer Flasche rotem und einer Flasche weißem Wein. Wenn Sie diese geleert haben, gehen Sie über den Berg zurück nach Bad Kreuznach. Bevor Sie losgehen, schicken Sie freundlicherweise Mandy eine SMS. Sonst informieren Sie bitte niemanden."

„Sind Sie verrückt?"

„Stellen Sie keine Fragen, denken Sie lieber an das Kind!" Er legte auf. Ich wählte Mandy an, sie drückte weg.

„Herr Wirt, Nachschub."

Das erste Glas war leer, schnell trank ich zwei Halbe hinterher. Der Halbe bezeichnet einen halben Schoppen. In der Pfalz misst der Schoppen einen halben Liter und wird von mehreren Leuten zusammen getrunken. Eine Unsitte. Man muss wohl Pfälzer sein, um ohne Ekel mit anderen aus einem Glas trinken zu können. An der Nahe fasst der Schoppen 0,4 Liter. Dafür trinken wir ihn auch alleine leer. Mit drei Halben hatte ich nun erst etwas mehr als einen halben Liter intus. Zwei Flaschen waren vorgegeben, wobei es dummerweise den Wein hier auch noch in Literflaschen gab. Der Weg zum Ziel war also noch weit, doch Weisungen des Entführers waren strikt zu befolgen. So hatte KHK Schulz es angeordnet.

Mit einem Donnerschlag öffnete der Himmel seine Schleusen. Draußen ging das Gewitter nieder, das ich schon den ganzen Tag erwartet hatte. Ich bestellte erneut einen Halben und außerdem etwas zu essen. Möglichst viel, möglichst fett. Dann lauschte ich dem Plätschern des Regens und dachte über das Wetter nach.

Ich habe Gewitter im Hochgebirge und am Meer erlebt. Sie kommen und gehen, das war's. Urgewaltig bauen sie sich auf aus dem Nichts, brechen nieder mit tosendem Donner und taghellen Blitzen. Dann frisst die Sonne die Wolken und es ist vorbei. Ein Spektakel wie das Feuerwerk an Silvester, mehr nicht.

Wenn über dem Naheland ein Unwetter aufzieht, so beginnt schon der Vormittag damit, dass der Himmel sich langsam bedeckt und die Luft milchiger wird. Über dem Hunsrück wächst dann trübes Gewölk pilzartig zu Gebirgen, und in Bad Kreuznach fragt man sich, ob es heute wohl noch regnet. Drückend belagert Schwüle die Stadt, die Menschen lechzen nach Erfrischung, es baut sich jene eigenartige Spannung auf, die bedeutenden Ereignissen voran geht. Teils hoffnungsvoll, teils bangend schauen die Menschen immer wieder nach Norden, von wo bei uns das Wetter kommt.

Gegen Nachmittag verdunkelt sich dann der Horizont, bis es schließlich losbricht, das Gewitter, und langsam über die Dörfer wandert. Wie Kinder zählt man bei jedem Donner in Dreierschritten die Entfernung. Zieht es vorüber oder kommt es näher?

Wo ich gerade saß, musste keiner die Sekunden zählen. Blitz und Donner krachten fast gleichzeitig, die Fensterscheiben zitterten. Es war genau über uns. Ich hörte Plätschern und Brodeln im Hof. An ein Seitenfenster peitschten die Äste einer Trauerweide, die heftig niedergebogen dem Sturm zu trotzen versuchte. Dies alles währte allerdings nur kurz, dann grummelte der Donner gedämpfter, der Regen wurde sanfter. Leise nieselnd zog das

Gewitter von dannen.

Die Menschen an der Theke schauten mit eingezogenen Köpfen zu den Fenstern hinaus, fragten sich, in welchem Dorf es nun wüten mochte. Ich stellte mir vor, was sich bald überall abspielte, wo das Unwetter sich verzogen hatte. Die Natur atmet durch. Die untergehende Sonne saugt den Regen aus den Böden, Weinberge dampfen im Dunst aufsteigender Feuchtigkeit. Als Erstes erwacht dann die Vogelwelt zu neuem Leben. Spatzen baden in frischen Pfützen, Amseln hüpfen hastig über Wiesen auf der Jagd nach Würmern. Dann strecken Menschen die Köpfe aus den weit geöffneten Fenstern ihrer Häuser. Sie genießen die frische Kühle, wo nur Regen das dürre Land getränkt hat. Wenn es Hagelschlag gab, gilt der Gedanke nun den Weinbergen, den Trauben, die vielleicht verletzt wurden und dann alsbald dahin faulen.

Währenddessen sprudeln zwischen den Reben kleine Rinnsale hervor, wenn die Erde das Wasser nicht mehr fassen kann. Gelblich wie der Löss, schokoladig wie die humusreichen Schwarzerden oder siegelfarben wie vom roten Sandgestein gurgeln sie hinab in die anschwellenden Bäche, schlammbraun zur Nahe und mit dieser wild tobend zum Rhein. Im Kontrast dazu quillt das Naheland auf in frischem Grün, besonders nach einer längeren Trockenheit.

Der fünfte Halbe war leer, der erste Liter geschafft und ich dabei, die Welt romantisch zu verklären.

„Ich probiere mal den Roten", rief ich dem Wirt zu und lauschte meinen Worten hinterher. Waren sie noch halbwegs zu verstehen oder bereits unverständlich lallend? Als der Wirt den ersten Halben des Roten einschenkte, wurde mir klar, welchen Fehler ich gemacht hatte. Ein unverzeihlicher Fehler, der nie hätte passieren dürfen. Ich hatte es nämlich versäumt, sofort nach dem Anruf des Entführers den Roten zu probieren. Nun erkannte ich mit Entsetzen, dass es sich um einen Dornfelder handelte, mithin um jene Weinsorte, die ich niemals freiwillig gewählt hätte.

Mittlerweile hatte sogar Paul Dornfelder im Sortiment. Durch Ausbau im Barriquefass war es ihm gelungen, statt eines billigen Massenweins trinkbare Qualität zu erzeugen. Aber das beseitigte nicht meinen grundsätzlichen Argwohn gegen diesen Wein. Es gibt immer Winzer, die sich von der Masse abheben und aus den bescheidenen Anlagen mancher Sorten wenigstens das Beste herausholen. Vor kurzem hat mit jemand sogar erzählt, dass es einem Moselwinzer gelungen sein soll, einen trinkbaren Elbling herzustellen. Allerdings halte ich das für ein Gerücht und den Elbling weiterhin für das, was er ist: ungenießbar wie alle Moselweine.

„Ist es nicht langsam genug?" Der Wirt schaute mich mahnend an. „Sie sind doch mit dem Auto gekommen." Ich zog meinen Autoschlüssel und warf ihn auf den Tisch.

„Akzeptieren Sie den hier? Es sollte mir möglich sein, meinen Verlust wett zu machen."

In meinem Hinterkopf versuchte eine Synapse, die Gehirnzellen anzuzapfen, in denen ich die James-Bond-Filme abgespeichert hatte. Es gelang ihr aber nicht, herauszufinden, aus welchem Film ich das Zitat gestohlen hatte. Verwundert stellte ich fest, dass mein Glas neu gefüllt wurde. Ich musste also schon einen Roten hinter mir haben. Wie das? Handelte es sich doch nicht um Dornfelder? Oder war der Wein plötzlich trinkbar?

„Von wem ist der Rote?", fragte ich den Wirt.

„Der kommt von einem Winzer in einem Nachbardorf."

Wirte machen gerne ein Geheimnis daraus, von wem sie die einfachen Schankweine beziehen. Ich kenne welche, die füllen den Wein sogar um in neutrale Flaschen, wobei mir nie ganz klar ist, was sie damit erreichen wollen. Schämen sie sich für den Wein? Gönnen sie ihrem Lieferanten keine Werbung? Oder haben Sie Angst, ein Kunde könnte die Preise vergleichen und die Gewinnspanne ausrechnen?

In Gedanken ging ich die Nachbardörfer von Hargesheim durch: Gutenberg, Roxheim, Rüdesheim. Die Chance lag bei eins zu drei.

„Auf die Winzer aus Gutenberg", sagte ich mein Glas erhebend. Wie erhofft korrigierte mich der Wirt.

„Nicht Gutenberg. Windesheim."

Wirte waren noch nie cleverer als Anwälte. Zumindest den Wohnort seines Lieferanten hatte ich schon ermittelt. Das Weingut herauszufinden, würde schwieriger werden. Ich musste mir eine besonders gute Finte ausdenken. Doch noch während ich darüber nachgrübelte, verlor ich das Interesse an der Sache.

„Was halten Sie eigentlich von vorbestraften Anwälten?", wechselte ich ziemlich abrupt das Thema.

„Ich halte überhaupt nichts von Anwälten", sagte er, „aber wenn ich einen bräuchte, dann würde ich einen nehmen, der auch schon einmal selbst auf der Anklagebank gesessen hat. Der weiß wenigstens, wovon er redet."

Der Mann stimmte mich froh. Innerlich stellte ich mich wohl schon darauf ein, bald vorbestraft zu sein.

„Gute Einstellung", lobte ich. „Und wie würden Sie den richtigen Priester für eine katholische Trauung aussuchen?" Er gab mir leider keine Antwort mehr.

Beim nächsten Roten entschloss ich mich zu einem radikalen Schritt. Es war an der Zeit.

Man muss dazu wissen, dass das Weingelage eines unserer ältesten Kulturgüter ist. In der Wiege der abendländischen Kultur, im antiken Hellas, pflegten die Gebildetsten der Gebildeten diese Kunst, die man damals noch „Symposion" nannte. Die alten Griechen waren nämlich eigentlich nichts anderes als ein Haufen zechender Schöngeister. Wahrscheinlich hat der Philosoph Diogenes nur deshalb in einem Fass gelegen, weil er es vorher leergetrunken hatte. Jedenfalls waren diese hellenischen Zecher sogar so gierig nach Wein, dass es ihnen irgendwann nicht mehr genügte, den Wein nur zu sehen, zu riechen und zu schmecken. Sie wollten ihn mit allen Sinnen erfahren, weshalb der Wein auch hörbar gemacht werden musste. Daher stammt der Brauch, mit Weingläsern anzustoßen.

Dieser Horde philosophierender Trunkenbolde verdankt die Weinkultur auch eine Technik, die es ermöglicht, mehr zu trinken, als man trinken kann. Im Volksmund des Nahelandes heißt es zwar, man solle nicht mehr trinken, als mit Gewalt hineingeht. Ein klassisch gebildeter Weinfreund gibt sich jedoch nicht mit derartigen Volksweisheiten ab. Er besinnt sich der Kultur eines Sokrates, eines Platon, eines Archimedes und wie diese knabenlüsternen Denker alle hießen. Wenn das Symposion nämlich der Frage zustrebt, ob man aufhören muss oder irgendwie noch weitermachen kann, sind dem wahren Humanisten die antiken Vasenbilder vor Augen, die seit zweieinhalbtausend Jahren jenes erhabene Ritual für die Ewigkeit bewahren, das den gebildeten Kenner des Weines im entscheidenden Moment über die vulgären Säufer emporhebt: bewusstes Erbrechen.

Die Hellenen haben es tatsächlich künstlerisch verewigt, und auf entsprechenden Tonscherben kann man es heute noch sehen. Während der gewöhnliche Trunkenbold irgendwann vom Stuhl fällt und sich selbst vollkotzt, hatten griechische Zecher einen Sklaven, der sie mit einer Feder am Gaumen kitzelte. Anschließend ließen sie sich von dem Sklaven stützen, um sich gewissermaßen in Würde zu erleichtern.

Nachdem ich gut Dreiviertel meiner Aufgabe bewältigt hatte, versetzte also meine klassische Bildung mich in die Lage, die letzten zwei Halben auch noch zu schaffen. Anschließend legte ich den größten Schein, den ich dabei hatte, auf die Theke. Es wäre peinlich geworden, wenn ich das Geld hätte abzählen wollen. Dem Wirt war zum Glück mein humanistischer Trick, nicht aber meine Gesamtleistung entgangen.

„Ein Liter Weißer, ein Liter Roter, Sie dürfen gerne jeden Tag kommen."

Dann gab er mir mein Wechselgeld und ich torkelte hinaus.

Draußen war es bereits dunkel, die Luft hatte nach dem Gewitter angenehm aufgefrischt. Schwankend stand ich am Straßenrand und tippte eine SMS an Mandy: „Gehe jetzt lllos ..." Beim Versuch, die Sendezeit zu lesen, stellte ich fest, dass es entweder 22 oder schon 23 Uhr war. Vielleicht hatten sie ja auch dieses Mal die Sommerzeit schon im August umgestellt und es war beides. Zu allem entschlossen marschierte ich voran. Die Angelegenheit belustigte mich, was zweifelsohne auf meinen zwischenzeitlich eingetretenen Zustand zurückzuführen war.

An einer Kreuzung nahm ich Kurs auf eine Schule, bog dann aber direkt hinter dem Friedhof ab in die Weinberge. Der Entführer hatte ausdrücklich gesagt, ich solle über den Berg gehen, obwohl es geradeaus nur ein Katzensprung gewesen wäre. Also tat ich es.

Der Beginn des Weges war etwas unheimlich, er führte an einem mit Gebüsch gesäumten Bächlein vorbei, das nach dem Gewitterregen heftig strömte. Mehrfach glaubte ich, ihn hinter einer Hecke stehen zu sehen, ging aber unbeirrt weiter. Dann kam ich an eine Gabelung. Ein Kreuz stand dort in der Nacht, umgeben von einem kleinen Blumenbeet und mit einer kleinen beschriebenen Tafel versehen. Ich lächelte still über die ständig zur Schau gestellte Frömmigkeit der Menschen in dieser Gegend, machte mir aber nicht die Mühe, die Schrift zu lesen.

Wieder ein wenig weiter war der geteerte Weg zu Ende. Von nun an balancierte ich zwischen großen Pfützen hindurch einen unbefestigten Feldweg entlang. Das gelang mir nicht so gut, wie ich wollte, deshalb waren Schuhe und Hosenbeine bald ziemlich verdreckt.

„Vielleicht hätte ich doch das Schild lesen sollen", dachte ich mir, „vielleicht war es eine Nachricht für mich." Doch ich hatte keine Lust umzudrehen.

Auf der Kuppe des Hügels angelangt, stellte ich erstaunt fest, wie dunkel es hier war. Nicht nur, dass kein Mond schien und dicke Wolken am Himmel hingen, es war auch kein einziges Licht einer Ortschaft zu sehen. Das ganze Land wirkte so düster und kafkaesk, wie ich es noch nie erlebt hatte. Ganz erstaunt schaute ich mich nach allen Richtungen um. Alle Dörfer waren wie vom Erdboden verschluckt. Nur Hügel mit Wäldern, Hügel mit Weinbergen und Hügel mit Äckern waren zu sehen. Ein stilles, totes Niemandsland. Bedrohlich lag weit vor mir der langgezogene Bergrücken, den man den „Hungrigen Wolf" nennt. Über diesen musste ich hinüber.

Beim Weitergehen erblickte ich links unter mir doch noch eine winzige Siedlung: den Breitenfelser Hof. Ein kleines Kapellchen, ein paar Häuser und Ställe, gänzlich ohne Licht, nicht sehr einladend. Ich ließ die Höfe da liegen, wo sie eben lagen, und orientierte mich dorthin, wo es aus meiner Sicht nach

Bad Kreuznach ging. Die kühle Luft hatte mich erfrischt, ich merkte nicht mehr viel von dem Weingenuss.

„Hoffentlich war es ein sauberer Wein, damit ich morgen kein Kopfweh habe", brummte ich vor mich hin, während ich zum wiederholten Male durch schmierigen Matsch in Pfützen rutschte. Dann flogen zwei Lichter durch die Nacht, Scheinwerfer eines Autos, die mir den Weg zur nächsten Straße wiesen. Kurz später hatte ich die Landstraße nach Winzenheim erreicht. Dieser galt es nun zu folgen. Strammen Schrittes marschierte ich auf der Gegenfahrbahn voran und fragte mich bereits, was diese Aktion zu bedeuten hatte. Das logische Denken setzte wieder ein.

Von vorne kam erneut ein Auto angefahren. Es fuhr ziemlich schnell auf mich zu, weshalb ich die Fahrbahnseite wechselte. Kurz vor mir bog das Fahrzeug jedoch ab und sauste auf einer anderen Straße mit laut aufheulendem Motor davon. Betrunkene Jugendliche, unterwegs in Richtung Guldental, da gab es für mich keinen Zweifel.

Ich trat unbeabsichtigt in ein Loch, verlor das Gleichgewicht und fiel in den Matsch. Mochte das Gehirn zum Denken wieder funktionieren, die Koordination mehrerer Arme und Beine gelang ihm noch nicht.

Die Ebene vor dem Hungrigen Wolf wird nicht zum Weinbau genutzt. Rechts und links der Straße breiteten sich Äcker aus, unter anderem ein langgestrecktes Sonnenblumenfeld. Ich ging zielstrebig weiter die Straße entlang. Schon wieder hörte ich ein Auto nahen, diesmal von hinten, weshalb ich erneut auf die Gegenfahrbahn wechselte. Das Rauschen des Fahrzeuges kam näher, die Kegel der Scheinwerfer leuchteten allmählich die Fahrbahn vor mir aus. Um nicht unter den Rädern eines Betrunkenen zu landen, drehte ich mich um und sah dem Auto entgegen. Tatsächlich fuhr es auf der falschen Seite und raste direkt auf mich zu. Schnell wich ich in einen Acker aus, zeigte dem vorbeirasenden Fahrer wütend die Faust und brüllte ihm eine geballte Ladung Schimpfwörter hinterher. Hören konnte er das sowieso nicht. Zu meiner Überraschung drehte das Auto nach einigen hundert Metern auf der Fahrbahn um und kam zurück.

„Mist", fluchte ich in mich hinein, „der Typ sucht Ärger."

Offenbar hatte dieser Fahrer sich über meine Handzeichen geärgert und war auf eine Auseinandersetzung aus. Ich wappnete mich innerlich für ein Wortgefecht mit einem betrunkenen Trottel. Eine mit zotigen Schimpfwörtern überfrachtete Schreierei im südländischen Stil hätte mir jetzt Laune gemacht.

Allerdings hielt das Auto wiederum direkt auf mich zu. Von Waffengleichheit, die für uns Juristen immer wichtig ist und meines Wissens sogar vom

Bundesverfassungsgericht gefordert wird, hielt der nächtliche Querulant offenbar nichts. Wieder war ich gezwungen, in einen Acker neben der Straße auszuweichen, um nicht überfahren zu werden. Nicht einmal das Nummernschild konnte ich erkennen, so schnell ging alles.

Ich wechselte nochmals die Straßenseite und beschleunigte meinen Schritt. Sehr spaßig schien dieser Zeitgenosse nicht zu sein, zumal ich bereits hörte, wie das Auto ein weiteres Mal drehte und zurückkam. Dieses Mal würde ich sein Nummernschild entziffern. Nur so wäre es mir möglich, ihn gleich am nächsten Tag zu verklagen. Ich konzentrierte mich zuerst auf die Buchstaben, die jedoch merkwürdig auf und ab tanzten. Die Zahlen wollten auch nicht stehenbleiben. Zudem kam mir das Auto ein weiteres Mal bedrohlich nahe. Also flüchtete ich endgültig vom Straßenrand weg und dieses Mal hinein in das große Sonnenblumenfeld.

Das Auto drehte nun nicht mehr um, sondern fuhr mit quietschenden Reifen zurück. Schnell lief ich so weit ich kam in die Sonnenblumen hinein und warf mich zu Boden, als das Auto anhielt. Es stand nun mit laufendem Motor etwa dort, wo ich die Straße verlassen hatte. Auf der Beifahrerseite stieg ein Mann aus und richtete eine Pistole auf die Sonnenblumen. Mein Herz klopfte ziemlich heftig, wenngleich ich mir sicher war, dass er mich nicht sehen konnte. Hoffentlich würde er nicht anfangen, nach mir zu suchen.

Ein Knall ertönte, dann ein leises Zischen, und als Nächstes jagte eine Leuchtkugel über das Feld. Die schwarze Nacht war mit einem Mal pinkrosa. Eine zweite Kugel folgte, diesmal eher in Gelb aber etwas mehr in meine Richtung. Der nächste Schuss war grün, wesentlich tiefer gehalten und verfing sich irgendwo in den Sonnenblumen. Noch immer keine direkte Gefahr für mich.

„Komm raus Anwalt!", brüllte der Mann durch die Nacht.

Jetzt erst wurde mir klar, dass ich dem Irren gegenüberstand. Sofort sprang ich auf, doch der Alkohol zweier Liter Wein packte mich wie eine Welle und riss mich wieder um. Ich sah die Figur am Straßenrand hin- und herschwimmen zwischen bunten Farben im Sonnenblumenfeld. Dazwischen hörte ich immerzu das Geschrei dieses Wahnsinnigen, von dem ich nur ein einziges Wort verstand: „Anwalt ... Anwalt ... Anwalt ...!"

Hektisch suchte ich nach meinem Handy, wählte KHK Schulz an.

„Er schießt auf mich", rief oder lallte ich.

„Um Himmels willen, Dexheimer, wo sind Sie?"

„In einem Sonnenblumenfeld vor Winzenheim."

„Wir sind gleich da."

Nun ging ich aufs Ganze und erhob mich ein weiteres Mal. Die Entfernung zur Straße betrug etwa 50 Meter, doch von den Sonnenblumen erhoffte ich mir einen guten Schutz gegen die Leuchtkugeln.

„Hier bin ich du teignasige Missgeburt", rief ich und duckte mich sofort wieder weg. Gebückt lief ich weiter, um ihn vielleicht in das Feld hinein locken zu können. Aber der Irre roch den Braten. Flugs schwang er sich auf der Beifahrerseite in sein Auto, zog aber die Tür noch nicht bei.

„Gib Gas, Mandy!", kommandierte er so laut, dass ich es hören musste. Dann knallte er die Tür zu, das Auto gab Gas und jagte davon. Ich zog mein Telefon und wählte Mandy an. Der Anruf wurde weggedrückt.

Die Polizei war schnell, aber nicht schnell genug. Ich konnte nicht sicher sagen, wohin der Irre geflüchtet war. Das lag an der nahen Bundesstraße, über welche er sich in zahlreiche Richtungen blitzschnell absetzen konnte. Welchen Weg er auch immer genommen haben mochte, er war entkommen. Zurückgelassen hatte er nur einen zitternden, verdreckten und reichlich angetrunkenen Anwalt.

Die Polizisten, die zuerst vor Ort waren, zeigten sich sichtlich angewidert von meinem Zustand. Erst als KHK Schulz in einem weiteren Wagen erschien, um mich abzuholen, legten sie ihre feindselige Haltung mir gegenüber ab.

„Das ist mal wieder typisch", fluchte ich. „Da wird man als braver Steuerzahler fast von einem Irren erschossen, aber die Polizei nimmt einen nicht ernst, weil man ein Gläschen Wein zu viel genossen hat."

„Beruhigen Sie sich." KHK Schulz führte mich zu seinem Auto. „Die Polizei stellt sich unter einem Rechtsanwalt eben etwas anderes vor, als eine schmutzige Vogelscheuche inmitten lauter Sonnenblumen."

„Meinen Sie damit etwa mich?"

„Sehen Sie hier sonst noch jemanden, der ein Gläschen zu viel getrunken hat? Ich persönlich tippe übrigens auf mindestens ein Fläschchen zu viel."

„Wollen Sie es ganz genau wissen? Kein Problem. Ich beherrsche die Widmark-Formel in alle Richtungen. Also passen Sie auf: Ich hatte einen Liter Weißwein mit etwa 11,5 Volumenprozent. Das ergibt 115 ml reinen Alkohol. Die Dichte des Alkohols beträgt 0,8. Folglich enthielt die Flasche wohl 92 Gramm Alkohol. Hinzu kommt ein Liter Rotwein, wahrscheinlich mit 12,5 Volumenprozent, also 100 Gramm Alkohol. Mein Körpergewicht dürfte etwa 85 Kilo betragen. Hiervon sind wegen des Fettanteils aber nur etwa 70 Prozent durchblutet, bei Frauen wegen des höheren Fettanteils sogar nur 60 Prozent. Zu berücksichtigen wäre bei mir folglich ein Gewicht von rund 60 Kilo. Nehmen wir nun die 192 Gramm Alkohol und teilen sie durch 60, so ergibt dies etwa drei Promille, die aber nur den theoretischen

Maximalwert darstellen. Zu berücksichtigen ist auch noch die Resorption, also der Alkoholabbau durch den Körper. Pro Stunde werden nämlich etwa 0,2 Promille wieder vernichtet, so dass Sie wenigstens 1 Promille wieder abziehen können. Eine gewisse Resorptionsverzögerung ist möglicherweise durch das fette Essen eingetreten, dafür bin ich hinterher stramm durch die frische Luft marschiert. Das hebt sich gegenseitig auf. Im Ergebnis dürfte ich bei etwa zwei Promille liegen, also nur knapp über der Fahruntauglichkeit. Wenn Sie mich in diesem Zustand je am Steuer erwischen sollten, brauchen Sie mir nicht einmal eine Blutprobe zu nehmen. Ich kann Ihnen vorrechnen, wie viel Promille ich habe. Ist das nicht genial?"

„Steigen Sie ein, wir fahren zur Dienststelle", meinte KHK Schulz ungerührt. Ihm behagte es wohl nicht, dass jemand seinen Promillewert selbst ausrechnen konnte. Anschließend stand mir eine längere Prozedur bevor, denn die Kriminalpolizei wollte es wieder einmal ganz genau wissen. Er fuhr mit mir zum Revier, besorgte Kaffee und begann eine endlose Befragung.

Erstaunlicherweise war mir alles sehr genau im Gedächtnis geblieben. Ich erzählte mit geschlossenen Augen, weil ich die Szene auf der Straße wie einen Film vor mir ablaufen sah. Niemand unterbrach mich dabei. Erst als ich geendet hatte, kamen die Fragen. Noch genauer, noch präziser sollte ich berichten.

„Welche Farbe hatte das Auto?"

„Es war doch stockfinstere Nacht."

„Aber die Leuchtkugeln haben für Licht gesorgt."

„Die Leuchtkugeln haben alles eingefärbt, mal rot, mal gelb, mal grün, ich konnte keine anderen Farben erkennen." Alles wurde notiert. Ich fragte mich, ob sie in der nächsten Nacht Versuche machen würden, um zu sehen, welche Farben man im Licht von Leuchtkugeln erkennt. Geduldig ließ ich alles über mich ergehen, bis KHK Schulz auch noch das letzte Detail genauer hinterfragte.

„Und Sie sind sicher, dass er nicht selbst gefahren ist?" Während unserer Unterhaltung hatte ich wiederholt versucht, Mandy anzutelefonieren. Zweimal wurde der Anruf abgeblockt, seither war ihr Handy aus.

„Gib Gas Mandy", waren seine Worte, wiederholte ich für KHK Schulz.

„Also eine weibliche Fahrerin."

„Scheint so."

„Aber den Nachnamen dieser Mandy hat er nicht zufällig genannt?" Er fragte das mit vollem Ernst, musste nicht einmal grinsen über seine unfreiwillige Komik.

„Ich denke mal, sie heißt mit Nachnamen Nguyen."

„Nguyen? Komischer Name. Wie kommen Sie darauf?"

„Es handelt sich um meine Bürovorsteherin." KHK Schulz reagierte fast mit einem Tobsuchtsanfall und schrie mich an, als ob ich nicht schon genug Kopfschmerzen gehabt hätte.

„Eine Spionin? Direkt vor Ihrer Nase? Das ist ja unglaublich!"

„Wieso denn Spionin?", wollte ich wissen.

„Geht Sie mit Ihnen ins Bett, dass Sie so blind sind? Es ist doch völlig klar, dass diese Frau für den Entführer arbeitet. Sie informiert ihn heimlich über unsere Maßnahmen, deshalb waren wir auch bisher erfolglos."

„Mandy ist keine Spionin. Was sollte sie dem Entführer denn erzählen? Die Erfolglosigkeit der Fahndung beruht darauf, dass der Typ uns bisher keine Chance gegeben hat, ihn zu schnappen."

„Weil er alle Informationen aus erster Hand bekommt. Von dieser Mandy. Sie sollten sich Ihr Personal wirklich besser aussuchen, Herr Rechtsanwalt. Die eine Sekretärin treibt es mit dem mutmaßlichen Erpresser Berlandy, die andere mit einem Entführer."

„Sie ist nicht Sekretärin, sondern Bürovorsteherin."

„Soll das etwa heißen, die Bettgenossin von Berlandy war auch diese Mandy? Das wird ja immer schlimmer. Sie haben uns wichtige Details verschwiegen und dadurch die Ermittlungsarbeit behindert. Wissen Sie das eigentlich? Durch Sie wurde das Leben des Kindes gefährdet." Er schrie in seinem Dienstzimmer herum und marschierte stampfend vor mir auf und ab. Wir hatten beide schon eine lange Nacht hinter uns. Dennoch enttäuschte es mich, dass er nicht darüber nachdachte, ob Mandy vielleicht in Gefahr war.

„Immerhin hat der Entführer nun ein Gesicht", triumphierte KHK Schulz. „Jetzt ist es nur noch eine Frage der Zeit, bis wir ihn haben."

„Sein Gesicht ist kein besonders schönes", fühlte ich mich verpflichtet, ihn vorzuwarnen.

„Das ist mir egal. Wieso hatten Sie eigentlich diesen Gung Ho nie in Verdacht?"

„Wir haben ihn verdächtigt, seit Danny Berlandy tot in der besten Riesling-lage der Nahe gefunden wurde." KHK Schulz stutzte.

„Sie haben einen Zusammenhang mit dem Wein gesehen?"

„Nein", lächelte ich. „Absolut nicht. Es war Mandy, die an diesem Tag den Verdacht geäußert hat, dieser Gung Ho könnte der Entführer sein. Sie hatte Anweisungen, Ihnen davon Mitteilung zu machen."

„Aber sie hat uns nicht gesagt, dass sie Kontakt zu ihm hat. Warum wohl? Weil sie für ihn arbeitet."

„Nein. Sie hat mich doch erst auf die Idee gebracht, dass er der Mörder sein könnte. Ist Ihnen eigentlich klar, dass wir neben unserem Entführungsfall auch einen Mordfall haben?"

„Dafür ist die Mordkommission zuständig. Mein Spezialgebiet sind die Lebenden, nicht die Toten."

Ich war trotzdem nicht davon überzeugt, dass Gung Ho der große Unbekannte sein sollte. Wo kämen wir hin, wenn jeder, der wegen mir einen Prozess verloren hat, gleich zum Mörder würde? Außerdem war der hinter mir liegende Abend nicht typisch für die Spielchen des Entführers.

„Sie sind doch nur froh, überhaupt eine Spur zu haben", warf ich meinem Gegenüber vor. Er ließ das locker an sich abtropfen.

„Hat er Sie nicht ausdrücklich damit bedroht, dass er dem Kind etwas antun könnte? Außerdem passte die Uhrzeit genau. Der heutige Abend war die zehnte Station. Eindeutig."

„Er könnte auch ein Mitläufer sein. Gung Ho war ein Drogendealer, kein Weinkenner. Er hat nicht das Wissen, mich auf solch einen Parcours zu schicken."

„Was braucht man denn dazu? Einen Reiseführer des Nahelandes und ein paar Lebensdaten von ihnen. Die konnte ihm diese Mandy sicher liefern."

„Oder eine Kanzleibroschüre und ein bisschen Fantasie. Hören Sie auf, Mandy zu belasten."

„Ich habe Ihnen schon mehrfach erklärt, dass wir hier die Profis sind, Herr Dexheimer. Ihr Job beginnt erst, wenn der Mann hinter Gittern sitzt. Dann wird er einen Verteidiger bitter nötig haben."

„Kann es nicht sein, dass es eine zweite Entführung gibt?"

„Das ist doch Unfug. Die Dame macht für ihn den Chauffeur und wer weiß, was sonst noch. Wir haben nicht den kleinsten Hinweis darauf, dass sie dazu gezwungen wird. Wo wohnt diese Mandy? Wir werden augenblicklich ihre Wohnung auf den Kopf stellen. Außerdem brauche ich ein Bild. Die werde ich zur Fahndung ausschreiben, und ich werde sie finden, das können Sie mir glauben." Dabei stach er mit seinem Zeigefinger Löcher in die Luft, als könne er Mandy so festnageln.

Der Gedanke, dass man Mandys Wohnung durchsuchen würde, war mir unerträglich, aber das konnte ich nicht verhindern. Finden würden sie dort ohnehin nichts Verdächtiges, dessen war ich mir sicher. Genauso sicher war ich mir, dass Mandy auch im Rahmen einer Fahndung nicht zu finden war. Dafür würde meine Kanzlei bloßgestellt. Die angebliche Verräterin in diesem Fall kam aus meiner eigenen Kanzlei, das hätte meinen Ruf ruiniert.

„Ich bin nicht mit einer Fahndung einverstanden", protestierte ich.

„Wie meinen Sie das?" Ich erklärte es KHK Schulz, und er brauste erneut wütend auf.

„Was glauben Sie denn, wer Sie sind? Es geht hier um das Leben eines Kindes, ein Leben, das Sie gefährdet haben."

„Dennoch stimme ich einer Fahndung nicht zu." Nun wurde er etwas gehässig.

„Herr Rechtsanwalt, Sie sollten die Vorschriften doch eigentlich kennen. Wo steht denn da, dass die Polizei Sie fragen muss vor einer Fahndung?" Eine typische Beamtenformulierung.

„Die Vorschriften", erwiderte ich ruhig, „wenn ich das schon höre: Die Vorschriften. Es gibt Gesetze und die haben Namen, Herr KHK Schulz. In unserem Fall geht es um die Strafprozessordnung, die eine eigene Kompetenz der Polizei nur in Ausnahmefällen vorgibt. Ansonsten nennt die Strafprozessordnung Sie einen ‚Hilfsbeamten der Staatsanwaltschaft', das sollten Sie doch eigentlich wissen."

Heutzutage heißen Polizisten offiziell „Vernehmungsbeamte der Staatsanwaltschaft". Daran kann man erkennen, wie sehr ihre Lobby sich engagiert hat, die Bezeichnung „Hilfsbeamter" aus dem Gesetz zu tilgen. Damals konnte man sich aber als Verteidiger noch den Scherz erlauben, Polizisten als Hilfsbeamte zu bezeichnen, was ich genüsslich tat und dazu nun meinerseits mit dem Finger auf seine Brust zeigte. Wie nicht anders zu erwarten, war sein Stolz verletzt, und er wich vom Thema ab.

„Hilfsbeamte, so ein Quatsch, wer sich das ausgedacht hat, verkennt die Realitäten. Wir sind die Ermittlungsbehörden. Staatsanwälte sind doch nur zum Abnicken da. Oder haben Sie während dieser ganzen Entführung bisher schon einen Staatsanwalt vor Ort gesehen?"

„Es geht dennoch darum, wer die Fahndung veranlasst, und das sind Sie genauso wenig wie ich", fuhr ich fort, ihn über seine Kompetenzen zu belehren.

„Ich brauche nur eine Unterschrift von so einem Staatsanwalt, was meinen Sie, wie schnell das geht. Ruckzuck habe ich die."

„Und wenn Sie sich die holen, dann steige ich aus." Es war eine unfaire Drohung, aber ich hatte den Ruf meiner Kanzlei zu retten. Oder tat ich es doch für Mandy? Jedenfalls ging es auch um die Kanzlei, deshalb war ich zu allem entschlossen.

„Wenn diese Fahndung rausgeht, werde ich keiner Weisung des Irren mehr folgen", betonte ich nochmals. „Und ich meine es verdammt ernst."

KHK Schulz setzte sich, um aus dem Fenster in die dunkle Nacht zu schauen. Seine Finger trommelten auf den Tisch. Dann wurde er umgänglicher.

„Wissen Sie was, Herr Dexheimer? War ′ne harte Nacht für uns. Lassen Sie uns einmal darüber schlafen. Die kleine Schlampe läuft uns nicht weg." Der Ausdruck „kleine Schlampe" tat weh. Das war seine Rache für meine Erpressung. Aber ich hatte ihn da, wo ich ihn haben wollte, wenngleich nicht auszuschließen war, dass er Mandys Bild und Namen öffentlich machen würde, sobald ich sein Büro verlassen hatte. Verhindern konnte ich das momentan leider nicht.

Mit dem Taxi ließ ich mich zu Paul fahren, der in seinem Büro saß und arbeitete.

„Julius, was machst du denn hier? Es ist fast zwei Uhr nachts. Meine Güte, wie siehst du überhaupt aus? Verdreckt von oben bis unten. Und nüchtern bist du auch nicht unbedingt."

„Ich könnte dich auch fragen, wieso du um diese Zeit arbeitest? Fälschst du gerade die Weinbücher?"

„Du hast Recht. Genug gearbeitet. Ich nehme an, du verträgst noch ein Schlückchen."

Bei einem herausragenden Chardonnay setzte ich ihn über den Entführungsfall und seine Verästelungen in Kenntnis. Paul hörte konzentriert zu. Als ich Mandy erwähnte, schüttelte er fassungslos den Kopf.

„Bist du sicher, dass du dich nicht irrst?"

„Sie geht nicht mehr ans Telefon. Ich bin mir sicher. Die Frage ist, ob sie die Seiten gewechselt hat oder in Gefahr ist."

„Ich fürchte, da muss ich dich enttäuschen", erwiderte Paul zu meinem Entsetzen. „Du sagst, sie hat dich nach Hargesheim gelockt. Ich kann mir nicht erklären, wie das gegen ihren Willen geschehen sein soll."

„Aber es muss einen Grund geben. Ich weigere mich, zu glauben, dass sie mich hintergeht."

„Es klingt in der Tat völlig unglaublich, dennoch musst du dich an den Gedanken gewöhnen, dass deine Angestellte Verrat begangen hat." Etwas in mir wehrte sich dagegen, das Offenkundige zur Kenntnis zu nehmen. KHK Schulz war Kriminalist, er hielt von Berufs wegen jeden für schuldig. Paul war mein Freund. Doch seine Welt war der Wein. Mandy war meine rechte Hand. Sie konnte keine Verräterin sein. Solange man mir diese Hand nicht abhackte, wollte ich es nicht glauben.

„Erkläre es mir noch einmal. Warum denkst du das von ihr?", bat ich.

„Julius, komm zu dir. Du selbst kannst dir diese Frage beantworten, wenn du dich nicht länger weigerst, die Realität zu sehen. Sie ist früher gegangen. Offensichtlich hatte sie etwas vor, das ihr wichtiger war als die Kanzlei. Das ist zwar kein Verbrechen, aber für Mandy äußerst ungewöhnlich. Anschließend hat sie dich zu dem Ort gelockt, wo der Entführer dich haben wollte.

Sie stand neben ihm, als er mit dir telefonierte. Er nennt sie seine Verlobte. Sie ist nicht mehr erreichbar für dich. Weshalb zweifelst du noch?"

„Kann es nicht doch sein, dass er sie gezwungen hat?"

„Sehr hypothetisch. Wie sollte er das getan haben? Wenn ich dich richtig verstanden habe, hat er bei dem Sonnenblumenfeld vor dem Hungrigen Wolf sogar das Auto verlassen. Warum ist sie in diesem Moment nicht weggefahren oder wenigstens ausgestiegen und weggelaufen? Zu viele Ungereimtheiten. Ich verstehe, dass es bitter für dich ist. Doch du musst aufhören, zu träumen. Trink noch ein Glas oder zwei oder drei und leg dich schlafen. Wenn du wach wirst, siehst du klarer. Auf dein Wohl Julius."

Guter Wein hat einen Nachteil: Man kann ihn nicht schnell trinken. Wenn man ständig damit beschäftigt ist, Aromen zu erspüren, hält man sich viel länger mit einem Gläschen Wein auf als ein Vollmondtrinker mit seinem Bier. Dennoch erkannte Paul bald, dass ich nicht mehr reden wollte, sondern nur noch trinken. Er verabschiedete sich.

„Ich lege mich schlafen. Denk daran, dass auch der beste Wein nie die Antwort sein kann auf eine Frage."

„Ich suche auch keine Antwort", gab ich zurück. „Ich will die Frage vergessen."

Es gibt Situationen im Leben, da möchte man vergessen, nur noch vergessen, alles vergessen. Leider hatte der Verlauf des Abends mich schon so stark beansprucht, dass es mir nicht mehr gelang, mich mit Pauls Wein zu berauschen. Ich weiß noch, dass ich mir nochmals nachschenkte, nachdem er schon gegangen war. Als ich wieder zu mir kam, lag das Glas zerbrochen neben dem Sessel, in dem ich saß.

Draußen dämmerte die Sonne empor, glutrot vor azurfarbenem Himmel. Wieder ein fantastischer Sommertag, wieder diese Hitze. Ich versuchte, sie anzuschauen. Sie schien mich mehr denn je zu hassen.

Bei Paul gab es Brötchen und Marmelade zum Frühstück. Ich hatte keinen Hunger. Seine Frau war besorgt, bot mir Kräuterquark an, dann Rührei, Spiegelei, Pfannkuchen, Würstchen. Ich lehnte alles ab, trank nur Unmengen Wasser. Anschließend fuhr Paul mich in die Stadt.

„Leg dich wieder hin und schlaf dich aus", riet er mir.

„Nein, setz mich bitte an der Kanzlei ab."

„Wie du meinst." Als ich ausstieg, klopfte er mir auf die Schulter.

„Ein Liter weiß, ein Liter rot. Nicht schlecht", grinste er. Ich knallte ihm die Tür vor die Nase. Schon der Gedanke daran verursachte mir Übelkeit.

Mandy war nicht in der Kanzlei. Ich teilte dem Büro mit, sie sei erkrankt. Ungläubig staunend wurde mein äußeres Erscheinungsbild beäugt. Ich kümmerte mich nicht darum, setzte mich an meinen Schreibtisch und versuchte, sie anzurufen. Ihr Handy war aus.

Niemand kam herein und brachte mir einen Cappuccino, niemand wies mich auf Fristen hin, niemand stapelte mir Akten auf den Tisch. Ich saß dort und hatte nichts zu tun. Während ich noch überlegte, wie es nun weitergehen sollte, schlief ich ein. KHK Schulz weckte mich mit einem Anruf.

„Wie machen wir weiter?", fragte er.

„Sie suchen den Entführer, schnappen ihn, befreien das Kind, bekommen einen Orden und lassen mich in Ruhe."

„So wird es am Ende auch sein. Aber was ist mit der Fahndung nach ihrer Büroschlampe?"

„Was sich in meiner Kanzlei abspielt, geht Sie einen Dreck an. Ich brauche Sie nicht und Sie brauchen mich nicht. Das Kaspertheater, das sich dieser Entführer ausdenkt, ergibt keinen Sinn. Dabei ist es völlig egal, ob er Gung Ho heißt oder nicht. Wenn er das nächste Mal anruft, tun Sie so, als würden seine Aufträge ausgeführt, und dann machen Sie das gleiche wie bisher, nämlich nichts."

„Sachte, sachte Dexheimer, immer geschmeidig bleiben. Wir haben hier beraten und uns entschieden, dass diese Mandy nicht weiter wichtig ist. Ob sie für den Typen die Beine breit macht oder nicht, spielt für den Fall keine Rolle. Schnappen wir ihn, haben wir auch sie. Kein Grund zur Panik. Sie ist unwichtig."

Kaum hatte er sie als unwichtig bezeichnet, schoss mir das Blut in den Kopf. Ich stand auf, um freier sprechen zu können, hielt das Telefon genau vor meinen Mund und schrie ihn an.

„Wissen Sie was, Herr Polizeiwachtmeister Schulz, Ihre Beleidigungen können Sie sich sparen. Viel Spaß noch bei der Schnitzeljagd. Auf Nimmerwiederhören." Den Telefonhörer warf ich in Richtung Wand. Er wurde vom Kabel zurückgehalten, polterte gegen die Schreibtischplatte und blieb dann auf dem Boden liegen. Aus der Hörmuschel meldete sich immer noch KHK Schulz.

„Dexheimer! Sind Sie noch dran? Dexheimer!"

Ich schaute auf die Uhr und stellte fest, dass ich etwa zwei Stunden geschlafen haben musste. Niemand hatte mein Büro betreten, es gab immer noch keine Akten auf meinem Tisch. Anscheinend war ich überflüssig. Um wenigstens nicht völlig bedeutungslos zu wirken, ging ich zum Empfang, teilte mit, dass ich einen wichtigen Auswärtstermin hätte, und begab mich nach Hause, um dort weiter zu schlafen.

Erst am Nachmittag kehrte ich zurück, frisch geduscht und in sauberer Kleidung. Auf meinem Schreibtisch lag weiterhin keine Akte. Volker Kaiser hatte als einziger Anwalt in der Kanzlei die Führung übernommen. Er betrat mein Zimmer, um mich zu informieren.

„Die Posteingänge sind abgearbeitet, die Fristen sind kontrolliert. Ich habe in zwei Fällen Verlängerung beantragt, weil ich nicht wusste, wann Sie wieder im Büro sind."

„Bestens", lobte ich. „In Hargesheim gibt es eine Gaststätte namens Lindenstube. Dort ist mein Autoschlüssel in Verwahrung. Vielleicht könnte den jemand abholen."

„Kein Problem, wird erledigt. Sonst noch etwas?" Volker Kaiser wartete. Er wartete darauf, dass ich Anweisungen erteilte. Aber ich war es nicht gewohnt, zu organisieren. Meine Aufgabe bestand darin, Strafprozesse zu führen. Alles andere hatte stets Mandy geregelt.

„Sie könnten sich vielleicht noch darum kümmern, dass ich keine Termine mehr habe", bat ich ihn schließlich. Das klang wenigstens so, als ob ich einen Plan gehabt hätte.

„Keine Termine, wird erledigt. Für wie lange?"

„Ich weiß es nicht."

Er ging hinaus und ich war gespannt, wie er das nun regeln würde. Dann glotzte ich weiter meinen leeren Schreibtisch an, auf dem nur ein hässlicher gelber Brief lag. Der Strafbefehl, der mich meine Existenz als Anwalt kosten konnte. Keiner brachte mir Akten, es gab nichts für mich zu tun.

Kurz vor Feierabend saß ich immer noch apathisch an meinem Schreibtisch. Es klopfte und Kerstin trat ein, die Auszubildende in meiner Kanzlei.

„Darf ich Sie kurz stören?"

„Eigentlich nicht", brummte ich. Was sollte es im Leben einer Auszubildenden geben, das jetzt von Bedeutung war?

„Es geht um Mandy", sagte sie schnell, bevor ich sie hinausbitten konnte.

„Kommen Sie herein, schließen Sie die Tür." Kerstin setzte sich auf einen Stuhl vor meinem Schreibtisch und kam sofort zur Sache.

„Ich glaube, es könnte hilfreich sein, Mandys Rechner zu knacken."

„Warum denn das?"

„Sie arbeitet mir relationalen Datenbankverknüpfungen."

„Wie bitte?"

Kerstin lächelte. „Ich dachte mir, dass Sie davon keine Ahnung haben." Für eine Auszubildende war sie erfrischend freimütig.

„Jetzt mal langsam und der Reihe nach. Wieso machen Sie sich Gedanken über Mandy?"

„Es ist ein offenes Geheimnis in diesem Büro, dass Mandy nicht krank ist."

„Sondern?"

„Die Meinungen sind geteilt. Das juristische Personal geht davon aus, dass sie ein krummes Ding gedreht hat. Alle anderen Angestellten fürchten, dass ihr etwas zugestoßen sein könnte."

„Interessant. Warum denken Juristen immer das Schlechteste von den Menschen?"

„Soll das heißen, dass Sie Mandy ebenfalls nicht mehr vertrauen?" Ich betrachtete meine Auszubildende eingehend. Dann entschied ich, dass es nicht anging, meine privaten Gedankengänge mit ihr zu teilen. Obwohl es mit Mandy genau so begonnen hatte.

„Was bedeutet das mit dieser relativen Datenbank?"

„Relationale Datenbankverknüpfungen", korrigierte sie mich. „Es ist ein Programm, das Informationen speichert und sie nach beliebigen Stichwörtern zusammenstellt. Meiner Meinung nach kommt es der Denkweise des menschlichen Gehirns sehr nahe."

„Geht es etwas genauer?"

„Klar. Nehmen Sie beispielsweise unser Adressverzeichnis. Wir speichern Namen, Adressen, Geburtsdaten, Versicherungen und Bankverbindungen."

„Stimmt", sagte ich, damit es so aussah, als könnte ich noch mitdenken.

„Mit einem Datenbankprogramm können Sie diese Informationen beliebig mischen. Sie können Gemeinsamkeiten herausfiltern."

„Was für Gemeinsamkeiten?"

„Alle. Wer hat die Hausnummer 5 und im Januar Geburtstag."

„Interessant. Wozu brauche ich das?" Sie schaute so selbstbewusst, als sei es ihr gutes Recht, mir meine Zeit mit diesem Unfug zu stehlen.

„Eine gute Datenbank wird ständig umfangreich gefüttert. Orte, wo jemand war, Personen, die jemand kennt. So wie ich Mandy einschätze, hat sie alles erfasst. Deshalb arbeitete sie so perfekt. Sie registrierte alle möglichen Zusammenhänge."

„Woher wollen Sie das wissen?"

„Ich kenne mich zufällig aus mit Datenbankprogrammen. Wir hatten einen Lehrer in der Schule, der fast nur darüber unterrichtet hat. Es ist ein sehr spannendes Thema."

„Mag sein, aber woher wollen Sie wissen, dass Mandy so gearbeitet hat?" Sie lehnte sich vor und schien nachzudenken. Meine Geduld mit ihr war bereits erschöpft, was sie zu spüren schien. Entweder sie überzeugte mich jetzt, oder ich würde ihre Idee verwerfen, Mandys Rechner zu knacken.

„Können Sie sich an den Tag erinnern, als Sie vor der Presse abgetaucht sind und ich Sie in diesem Bistro am Kornmarkt aufgesucht habe?"

„Mit einer gedruckten Liste meiner möglichen Aufenthaltsorte."

„Eben. Das war solch ein Datenbankausdruck. Mandy hat offensichtlich ihre Stammlokale mit Wochentagen oder sonstigen Ereignissen verknüpft. Wochenmarkt, Freitag, Bistro. Verstehen Sie?"

„Ich beginne zu verstehen. Fahren Sie fort."

„Es gab einen Vorfall vor einigen Monaten. Ich sollte eine ziemlich komplizierte Kostenrechnung entwerfen. Unterschiedliche Streitwerte, verschiedene Verfahrensstufen, Anrechnungsprobleme und so weiter. Mandy fand ständig Fehler und ließ mich die Aufgabe etliche Male wiederholen. Die anderen hatten alle bereits Feierabend, nur ich musste an dieser Abrechnung weiter arbeiten."

„Typisch Mandy", grinste ich.

„Ich hatte für diesen Abend eine Einladung zu einer Kappensitzung. Daher weiß ich genau, dass es während der Fastnachtszeit war. Außerdem trug sie ihre Haare noch lang."

„Meinetwegen war es vor Aschermittwoch. Was geschah dann?"

„Als ich die Aufgabe endlich geknackt hatte, ging ich zu ihr und warf ihr die Akte auf den Schreibtisch. Sie zuckte kurz hoch und drehte sich erschrocken von ihrem Rechner weg. In diesem Moment sah ich, dass sie an einer Datenbank arbeitete."

„Dann war es eben so. Was soll daran jetzt so bedeutsam sein?"

„Der Name, den sie gerade eingeben hatte. Sie befasste sich mit Danny Berlandy."

„Der zu diesem Zeitpunkt noch nicht Mandant der Kanzlei war", ergänzte ich und war in diesem Moment von ihrem Vorschlag überzeugt. Computer sind und bleiben für mich rätselhaft. Ich verstehe nicht, wozu man ein Programm braucht, das ähnlich wie ein Gehirn arbeitet, solange man selbst noch ein Gehirn hat. Aber ich bin zum Herumschnüffeln geboren, und ich erkannte sofort, dass es sich lohnen würde, diese Datenbank zu erforschen. Wenn Danny Berlandy darin erfasst war, bevor er Mandant wurde, dann hatte Mandy das Programm auch zu privaten Zwecken genutzt.

„Auf geht es", entschied ich. „Wir zerpflücken jetzt umgehend Mandys Rechner."

„Aber was ist mit dem Passwort?" Kerstin war offensichtlich der Typ Frau, die es gerne spannend macht.

„Ich vermute, Sie sind nicht mit Ihrem Vorschlag zu mir gekommen, um mir nun zu erklären, dass unser Vorhaben am Passwort scheitert."

„Stimmt. Man kann das Passwort zurücksetzen."

„Zurücksetzen?"

„Wenn Sie mir Zugang zum Server geben, kann ich das Passwort an Mandys Rechner auf Null setzen."

„Aber ich kenne das Passwort für den Server genauso wenig wie das von Mandys Arbeitsplatz."

„Der Administrator kennt es. Er wartet bereits auf Ihren Anruf." Sie reichte mir einen Zettel mit einer Handynummer. Zumindest bis hierher hatte sie vorausgedacht, was ich anerkennend zur Kenntnis nahm. Was mich an guten Mitarbeitern immer wieder begeistert, ist die dezente Kompetenzüberschreitung. Sie müssen einfach spüren, wann sie das zu tun haben, was ihnen eigentlich verboten ist.

Nach einem Telefonat mit dem Administrator reichte ich Kerstin den Zettel zurück. Sofort war sie unterwegs zum Server und schaltete Mandys Rechner frei.

„Es kann losgehen. Das Passwort besteht nun nur noch aus vier Nullen."

„Bitte eine Flasche Wein aus meinem privaten Vorrat und ein Glas", sagte ich. Währenddessen fuhr ich selbst Mandys Rechner hoch und gab das neue Passwort ein. Ich wollte nicht, dass jemand anderes dies tat. Kaum war die Kiste allerdings betriebsbereit, übergab ich an Kerstin und setzte mich mit einem Glas Wein in der Hand neben sie. Meine Auszubildende hatte einen trockenen Traminer ausgewählt. Vielleicht hatte Sie auch einfach blind nach irgendeiner Flasche gegriffen.

Sie klickte sich ein wenig durch die Programme des Rechners, dann wurde sie fündig.

„Bitteschön. Die Datenbank. Keine weiteren Sicherungsvorkehrungen. Sie haben uneingeschränkten Zugriff." Ich saß starr vor Mandys Rechner. Eine Verräterin, die nicht einmal ihre Spuren auf einem Computer tilgt? Das wäre vielleicht anderen passiert, nicht aber Mandy.

„Besten Dank, Kerstin." Nochmals nippte ich an dem Traminer und war ratlos. „Was machen wir denn nun mit dieser Datenbank? Um ehrlich zu sein: Ich habe keine Ahnung. Es wäre mir recht, wenn Sie das übernehmen."

„Kein Problem", erwiderte sie, zog die Tastatur zu sich heran und begann zu tippen. Das Erste, was sie eingab, war der Name des Mandanten Danny Berlandy. Ich sah Tabellen auf dem Monitor erscheinen und hörte Kerstin seufzen.

„Jede Menge Information. Nach was sollen wir suchen?"

„Ausdrucken", wies ich sie an. „Ich hasse es, Dokumente am Monitor zu lesen."

Kerstin ging zum Drucker und kam mit etwa zehn Seiten Papier zurück. Ich überflog die Zeilen und stieß auf ein Schlüsselwort, das mich sogleich magisch anzog.

„Suchen Sie bitte weiter nach allem, was Danny Berlandy mit Betäubungsmitteln verbindet." Sie tippte, die nächsten Tabellen erschienen auf dem Monitor. Ich ließ sie ausdrucken, überflog sie und gab ihr neue Begriffe vor, nach denen sie suchen sollte. Allmählich begriff ich das System dieser Datenbank. Es war ein richtiger Krake. Man musste sie nur ausreichend mit Informationen füttern. Ich mochte mir kaum vorstellen, wie viel Zeit Mandy in dieses Programm investiert hatte. Kerstin druckte seitenweise Berichte aus, die ich überflog, um sofort neue Auswertungen anzufordern. Dann stieß ich auf eine heiße Spur.

„Gung Ho. Hier steht Gung Ho. Ich möchte alles zu diesem Gung Ho wissen."

„Vielleicht sollten wir es so handhaben, dass ich Ihnen in groben Zügen erkläre, was das System gespeichert hat. So können wir die Suche verfeinern und zumindest einiges an Papier sparen."

„Meinetwegen. Schießen Sie los."

Kerstins Finger flogen über die Tasten. Nebenher erklärte Sie mir, was Sie herausfand.

„Es gibt eine Reihe von Einträgen zu Gung Ho, die aber schon Jahre alt sind. Es endet damit, dass er inhaftiert wurde. Erst vor kurzem hat Mandy damit begonnen, die Informationen zu aktualisieren. Der erste neuere Eintrag entstand an einem Tag, der etliche neue Eingaben enthält. Unter anderem den Freispruch von Danny Berlandy."

Ich hatte es befürchtet. Mandy war Dr. Himmelsbachs Geständnis genauso wenig glaubwürdig erschienen wie mir. Sie hatte umgehend begonnen, ihren eigenen Freund auszuspionieren.

„Zwei Tage nach Berlandys Freispruch hat sie den ersten Querverweis zwischen Danny und Gung Ho angelegt", fuhr Kerstin fort. „Sie vermerkte mit Fragezeichen, dass Gung Ho vielleicht Danny Berlandys Dealer sein könnte. Danach häufen sich die Vermerke."

Meine Auszubildende rief sich Tabellen auf den Monitor, löschte sie wieder und ließ neue Berichte erstehen. Eine Weile schien sie nicht mehr daran zu denken, mich zu informieren. Dann schnalzte sie mit der Zunge.

„Hier ist es. Treffen zwischen Danny Berlandy und Gung Ho. Einen Tag vor Dannys Tod. Heftiger Streit. Beide fahren zusammen in Dannys Auto fort."

„Sie hat das Treffen beobachtet?"

„Sieht so aus. Woher sollte sie sonst die Informationen haben?"

„Weiter. Suchen Sie weiter, Kerstin. Was können Sie mir noch erzählen, was steckt alles in diesem Rechner?"

„Einen Moment, ich bin gerade dabei. Hier ist etwas Interessantes. Sie hat mit Gung Ho telefoniert. Gestern Morgen."

„Gestern? Woher hatte sie denn plötzlich die Nummer?"

„Keine Ahnung, darüber steht hier nichts. Telefonat gegen zehn Uhr. Sie vereinbaren ein Treffen."

„Wo und wann?"

„Keine Eintragung. Doch hier. Weiteres Telefonat um 15 Uhr. Er schlägt Hargesheim vor. Lindenstube, 17 Uhr. Er verlangt absolute Diskretion, da sonst Barbara in Gefahr."

„Verdammt. Dann hat sie sich gestern Abend mit ihm in der Lindenstube getroffen."

Kerstin war plötzlich sehr blass im Gesicht.

„Wenn Sie mich fragen, Herr Dexheimer, dann haben wir es hier mit einer weiteren Entführung zu tun. Mandy hat diesen Gung Ho irgendwie ausfindig gemacht und sich mit ihm getroffen. Seither ist sie verschwunden."

„Warum hat sie mich nicht informiert?"

„Weil er es verlangt hat. Absolute Diskretion, da sonst Barbara in Gefahr."

„Aber sie hätte doch wenigstens mir sagen können, was sie vorhat. Ganz im Vertrauen."

„Hätte sie das?" Kerstin drehte sich auf ihrem Bürostuhl um und wandte sich mir zu. „Wenn ich es richtig verstanden habe, dann ist dieser Gung Ho der Mörder von Danny, Mandys großer Liebe. Anschließend droht er damit, dem Kind etwas anzutun. Glauben Sie wirklich, dass Mandy da noch die Kraft hatte, sich seinen Anweisungen zu widersetzen?"

„Aber sie hat gestern Abend auch mich in diese Lindenstube gelockt? Die SMS kam von ihrem Handy."

„Von ihrem Handy. Aber auch wirklich von ihr?"

Meine Auszubildende wartete, dass ich eine Entscheidung traf, die sie für sich selbst längst getroffen hatte. Ich hätte jetzt anordnen können, dass sie über all dies hier Stillschweigen zu bewahren hatte. Doch sie hätte das nicht getan, ich sah es ihr an. Es gab nur eine Reaktion, die jetzt noch richtig war. Deshalb zog ich mein Handy und rief KHK Schulz an.

„Ich mache einen Ausdruck der Datenbank mit den hier relevanten Feldern. Es kann allerdings sein, dass der Polizei dadurch Informationen in die Hände fallen, die nichts mit diesem Fall zu tun haben." Kerstin tippte auf der Tastatur des Rechners herum.

„Vergessen Sie die ganze Geheimhaltung und geben Sie der Polizei, was immer die haben wollen. Mandanten, Gegner, Datenbanken, Akten, ganz egal was. Wir müssen Mandy da wieder rausholen."

„Wird gemacht, Herr Dexheimer."

Sie konnte ein zufriedenes Lächeln nicht unterdrücken. Schließlich hatte sie mich auf Umwegen genau dahin gebracht, wo sie mich haben wollte.

Kurz später traf KHK Schulz ein zusammen mit drei Mitarbeitern. Ich setzte ihn kurz über mein neuestes Wissen in Kenntnis und verwies ihn dann an meine Auszubildende.

„Die junge Dame kann Ihnen alles erklären." KHK Schulz musterte Kerstin grimmig. Sein Blick zeigte deutlich, dass er Mandy weiterhin für eine Überläuferin hielt und Kerstin allenfalls für deren Komplizin. Dann referierte meine Auszubildende ihre Erkenntnisse aus der Datenbank. KHK Schulz begann, Interesse zu zeigen. Länger als eine halbe Stunde durchforstete er mit Kerstin die Informationen aus Mandys Computer, während ich Traminer trank und mich selbst bemitleidete. Schließlich erhob sich KHK Schulz und reichte meiner Mitarbeiterin die Hand.

„Hervorragende Arbeit." Er zog seine Visitenkarte und zeigte auf seine E-Mail-Adresse.

„Könnten Sie mir die Datenbank an diese Adresse mailen? Unsere Spezialisten werden die weitere Auswertung übernehmen." Er kam zu mir und legte mir eine Hand auf die Schulter.

„Tut mir leid, Herr Dexheimer. Es sieht so aus, als hätten wir uns geirrt. Wir müssen wohl davon ausgehen, dass Mandy sich unfreiwillig in der Gewalt des Entführers befindet." Anschließend trollte er sich mit seinem Stab von dannen. Kerstin fuhr Mandys Rechner herunter und verabschiedete sich ebenfalls. Das Heft des Handelns war mir aus der Hand genommen worden von meiner eigenen Auszubildenden.

In der Weinflasche waren noch etwa zwei Gläser Traminer verblieben. Ich beschloss, diese noch zu trinken. Es ging bereits wieder auf Mitternacht zu, und nach den zurückliegenden Ereignissen war ich ausgelaugt und leer. Mein Blick fiel auf Mandys erloschenen Rechner sowie auf die zahlreichen Ausdrucke, die Kerstin für mich gefertigt hatte. Etwas hilflos blätterte ich in den Papieren, so als ob ich jetzt noch eine geniale Erkenntnis zu Mandys Verschwinden beitragen könnte. Leider verstand ich nicht einmal, was ich dort las.

Wenn ich zurückblicke auf die interessantesten Entdeckungen in meinem Leben, dann fällt mir auf, dass ich diese alle nach Feierabend gemacht habe. Immer sind es die Überstunden in der Kanzlei, die den Knoten eines Falles lösen. Wie oft hatte ich mit Mandy, mit Mandanten oder allein mit meinen Akten hier gesessen und gegen den Schlaf gekämpft. Meistens kam der rettende Gedanke schon auf der Schwelle zum Traum, so als ob nicht der wache

Verstand, sondern das phantasierende Unterbewusstsein ihn erzeugt hätte. Wahrscheinlich belohnen die Götter gerne den Fleißigen, der sich die Nacht mit Arbeit um die Ohren schlägt. Hin und wieder haben sie mich aber auch schon bei Weinproben inspiriert, was mir ein weiterer Beweis dafür zu sein scheint, dass Wein ein gottgefälliger Zeitvertreib ist. Vor allem dann, wenn man so in den Abgrund schaut, wie ich an jenem Abend.

Am nächsten Tag erschien Mandy immer noch nicht. Volker Kaiser war irritiert, als ich in meiner eigenen Kanzlei erschien.
„Sie hatten darum gebeten, alle Termine zu verschieben", erinnerte er mich.
„Ich bin inkognito hier."
Der Schreibtisch in meinem Büro war leer bis auf die gelbe Zustellung. Ich setzte mich davor und versuchte, nachzudenken. Niemand brachte mir einen Cappuccino. Der einzige brauchbare Gedanke, den ich hatte, bestand darin, mich mit Vera zum Abendessen zu verabreden.
„Ein Anwalt, der sich selbst verteidigt, hat einen Narren zum Mandanten", heißt es völlig zu Recht. Bevor ich die gelbe Zustellung an einen versierten Strafverteidiger abgab, wollte ich mich mit einer Kollegin meines Vertrauens darüber austauschen.
Unser Stammlokal, die spanische Bodega im Pariser Viertel, hatte leider gerade Betriebsferien. Also trafen wir uns auf dem Hofgut Rheingrafenstein, ebenfalls eine der herausragenden kulinarischen Adressen der Stadt. Vera war zum ersten Mal dort und sofort begeistert, als ich mit ihr durch das Hofgut schlenderte, um ihr die Anlage zu zeigen.
„Ich finde diesen Ort sehr inspirierend", meinte sie nach kurzem Rundgang. „Je nachdem wo man sitzt, bietet das Haus ein ganz unterschiedliches Flair."
„Das ist Absicht", belehrte ich sie. „Es gibt hier eigentlich drei Gastronomiebetriebe in einem, nämlich den Panoramaweingarten mit Blick über den Stadtwald, die Lounge im Innenhof, wo man sich eher zum Cocktailschlürfen trifft, und schließlich das Restaurant, das ich für den heutigen Abend bevorzugen würde. Je nach Jahreszeit kann man sich auch noch an einen Kamin setzen oder vor Feuerkörbe in der Lounge."
„Ein wahrhaft abwechslungsreiches Angebot. Bad Kreuznach findet allmählich Anschluss an die größeren Städte", lästerte sie, was mich aber nicht anfocht.
„Falls du meinst, uns mit Mainz vergleichen zu müssen, dann haben wir euch bereits überholt. Ihr mögt Landeshauptstadt sein, aber ein Hofgut wie dieses habt ihr sicher nicht."

Das Hofgut liegt hoch oben auf dem Kuhberg und bietet einen gigantischen Ausblick weit hinaus ins Land. Vera geriet immer mehr ins Schwärmen. „Ein wunderbarer Ort. Optisch kenne ich keine gastronomische Adresse in dieser Stadt, die mit diesem Ort auch nur annähernd vergleichbar wäre. Wenn Küche, Keller und Service nun halten, was die Aussicht verspricht, dann wird dies ein gelungener Abend."

„Sie werden", erwiderte ich knapp. Ich kannte das Hofgut von verschiedenen Besuchen. Es gab keinen Grund für mich, vollmundig anzukündigen, was sie im Laufe des Abends ohnehin selbst feststellen würde.

Damit war dieses Thema durch. Wir nahmen, wie von mir vorgeschlagen im Restaurant Platz, um die Speisenkarte zu studieren. Ich bevorzugte an diesem Tag eine Rinderkraftbrühe mit Maultaschen, danach ein Rumpsteak mit Pfefferrahmsauce, Röstitalern und Ofengemüse. Vera orderte sich als Vorspeise einen großen Antipastiteller mit Serranoschinken, getrockneten Tomaten, Manchegokäse, Mozzarella, Oliven und diversen anderen Köstlichkeiten. Als Hauptgericht beabsichtigte sie, hausgemachte Tagliatelle in Kräuterolivenöl angeschwenkt zu verspeisen, dazu ebenfalls ein Rumpsteak, allerdings in Burgunderjus. Als sei das nicht genug, ließ sie sich zum Dessert noch Erdbeer-Tiramisu und Bayrische Creme mit marinierten Waldbeeren reservieren.

Beim Aperitif plauderte Vera über alte Zeiten. Wer gerade was tut, war für sie immer ein Thema höchster Priorität. Aktuell schien es in unserem Jahrgang gerade modern zu sein, sich zu verheiraten.

„Seltsamerweise hast du nie zum engeren Kreis gehört", wunderte sie sich. „Ich werde ständig zu Hochzeiten alter Klassenkameraden eingeladen, nur dich treffe ich dort fast nie."

„Das stimmt", gab ich zu. „Ich habe ein gespaltenes Verhältnis zur Ehe. Mein Beruf und mein Lebensstil lassen sich mit einem geregelten Familienleben kaum vereinbaren. Der Gedanke, mich ständig rechtfertigen zu müssen, warum ich wann nach Hause komme, widert mich an. Darum genügt es mir, wenn die alten Schulfreunde einige Jahre nach der Hochzeit zu mir kommen und mir ihre Scheidungsmandate erteilen. Man erinnert sich meiner vielleicht nicht so, dass ich zum Feiern eingeladen werde. Aber man vertraut mir genug, um mich als Anwalt zu beauftragen. Das ist mir ehrlich gesagt auch lieber so.

„Ich dachte, du machst kein Familienrecht."

„Das ist nach wie vor so. Meine gelegentlichen Auftritte vor Scheidungsgerichten haben mich nur in meiner Auffassung bestärkt, dass die Ehe nicht die richtige Lebensform für mich ist. Deshalb habe ich einen Rechtsanwalt eingestellt. Volker Kaiser. Er kümmert sich unter anderem um die Scheidungsmandate."

„Du schlägst dich nach wie vor als Strafverteidiger durch?"

„So ist es."

Nach dem Aperitif einigten wir uns auf einen Spätburgunder. Gastronomen empfehlen nach wie vor dunklen Wein zu dunklem Fleisch und hellen Wein zu hellem Fleisch. Spätburgunder zu Rumpsteak war demnach eine schulmäßige Wahl. Ich finde allerdings, dass ein guter Spätburgunder zu jeder Situation passt, selbst wenn man überhaupt nichts essen möchte.

„Was macht eigentlich dein Strafverfahren?" Vera erwähnte es ganz nebenbei, während sie die letzten Oliven von ihrem Vorspeisenteller pickte. Ich versuchte, in ihrem Gesicht zu lesen, ob sie bereits Bescheid wusste. Dann schmeckte ich lange an dem Wein in meinem Glas, bevor ich sie schließlich über meine Misere in Kenntnis setzte.

„Sie haben mir einen Strafbefehl geschickt. 120 Tagessätze."

Wenn Vera nicht eine übernatürlich begabte Schauspielerin war, dann offenbarte sie in diesem Augenblick, dass sie nicht vorher Bescheid gewusst hatte. Ihr ganzer Körper wand sich wie von einem Stromschlag getroffen. Sie konnte den Bissen im Hals nicht herunterschlucken und begann zu husten.

„Sie wollen dir eine Strafe anhängen für eine Verteidigung, die jeder Anwalt in diesem Land genauso geführt hätte? Das ist ein Affront, das ist ein Eingriff in die anwaltliche Berufsfreiheit, das ist ein Angriff gegen unseren gesamten Berufsstand."

„Beruhige dich. Es ist nur ein Strafbefehl. Eine kleine Meinungsverschiedenheit zwischen mir und einem Staatsanwalt. Es geht nur um Geld."

„Es geht um mehr als das. Es geht um Gerechtigkeit. Wenn wir Anwälte uns ständig dafür aufreiben, Mandanten zu ihrem Recht zu verhelfen, dann haben wir doch wohl Anspruch darauf, selbst nicht ungerecht behandelt zu werden." Sie konnte sich aufgrund ihrer Prinzipientreue so wunderbar über Lappalien aufregen.

„Ich zahle und die Sache ist erledigt", beharrte ich. „Wir reden von einem Strafbefehl, von einer unbedeutenden Episode im Leben eines unbedeutenden Rechtsanwaltes. Glaubst du im Ernst, ich würde meine Zeit damit verschwenden, irgendwelchen Paragraphenreitern zu vermitteln, wie die Realität außerhalb ihrer 12-Quadratmeter-Normbüros aussieht? Wenn die unbedingt Unterricht in angewandter Rechtskunde wollen, dann müssen die mich bezahlen, nicht ich sie."

Vera steigerte sich langsam zu einem Wutausbruch, der wohl nur deshalb ausblieb, weil das Hauptgericht serviert wurde.

„Du musst dagegen angehen", fuhr sie leiser fort, während ich die ersten Rösti verzehrte. „Schließlich hast du nichts Falsches gemacht. Jeder halbwegs brauchbare Strafverteidiger wird diesen Strafbefehl in der Luft zerfetzen."

„Ja, das wird er tun. Allerdings in einer öffentlichen Hauptverhandlung."

„Die mit deinem Freispruch endet."

„Etwas bleibt immer hängen", dämpfte ich ihren Optimismus. „Das Ergebnis wird vergessen. Doch die Leute werden sich immer daran erinnern, dass da mal was war. Das Gefährlichste an Strafverfahren ist die Rufschädigung."

„Aber es ist einfach nicht gerecht, Julius. Wie kannst du es zulassen, dass man dir das Schlimmste anlastet, was man uns als Anwälten vorwerfen kann?" Sie arbeitete nur im Verwaltungsrecht, daher dachte sie sehr formell. Ich überlegte, wie ich es ihr erklären sollte.

„Ich fürchte, du weißt nicht, wie ein Strafverfahren wirklich funktioniert. Vor allem machst du den Fehler, das Strafrecht am gesunden Menschenverstand zu messen. Davon ist es aber weit entfernt."

„Erklär mir das."

Veras Augen funkelten zornig. Sie sprach zwar nur halblaut, doch eindeutig mit unterdrücktem Zorn. Am Nachbartisch schauten Gäste irritiert zu uns herüber. Man konnte uns durchaus für ein zerstrittenes Ehepaar halten. Wenn sich einfach nur Mann und Frau zanken, unterstellen die Leute eine Versöhnung spätestens im Bett. Erweckt man hingegen den Anschein verheiratet zu sein, wird der Mann als bemitleidenswerter Volltrottel betrachtet. Das drückt die Wertigkeit des Ehemannes in unserer heutigen Gesellschaft aus.

Ich versuchte, Vera mit einem Beispiel zu überzeugen.

„Ein Mandant von mir wurde neulich auf einem Parkplatz etwas eng zugeparkt. Er hat seinen Beifahrer gebeten, ihn aus der Parklücke herauszuwinken. Beim Rangieren hat er das Auto hinter ihm leicht touchiert. Sofort ist er ausgestiegen und hat zusammen mit seinem Beifahrer nachgeschaut, ob ein Schaden entstanden ist. Beide konnten nichts erkennen, deshalb ist der Mandant davongefahren. Eine Passantin hat das Ganze beobachtet und die Polizei gerufen. Ergebnis: 2700 Euro Geldstrafe und drei Monate Fahrverbot. Hältst du das für Gerechtigkeit?"

„Es entspricht zumindest dem Gesetz, denn er hätte selbst die Polizei rufen müssen."

„Auch dann, wenn kein Schaden entstanden ist?"

„Das hat nicht dein Mandant zu entscheiden. Er muss dafür Sorge tragen, dass seine Personalien erfasst werden." Der Ober schenkte nach, ich liebkoste meinen Gaumen mit einem Schlückchen Wein.

„Du bist formal im Recht", bestätigte ich Vera. „Aber hältst du das für lebensnah. Weißt du, was es für den Mandanten als Geschäftsmann bedeutet, drei Monate seinen Führerschein abzugeben?" Sie wiegte den Kopf hin und her, schien aber noch nicht überzeugt.

„Ein anderes Beispiel", sagte ich. „Nehmen wir die Beleidigungsdelikte. Wenn ein Irrer auf der Autobahn mit 180 Kilometer pro Stunde eine Handbreit auffährt und mich hupend zum Fahrbahnwechsel nötigt, dann will ich ihm bei seinem Überholvorgang verdammt noch mal nicht nur einen Vogel, sondern auch den gestreckten Mittelfinger zeigen dürfen. Es kann nicht richtig sein, dass ich mich damit strafbar mache. Vor allem nicht deshalb, weil ich alleine fahre und der drei Zeugen im Auto hat."

„Du übertreibst. So ist es nicht." Vera sagte es ohne innere Überzeugung.

„Ich übertreibe nicht. Ich erzähle dir, wie es wirklich zugeht vor unseren Gerichten. Wir streiten uns um den Schutz der Ehre, als lebten wir im 18. Jahrhundert. Nur weil kein Richter den Mut hat, einmal klar zu sagen, dass in bestimmten Kreisen Worte wie „Idiot", „Penner" oder „dumme Sau" die Normalität sind. Es handelt sich dort nicht um Beleidigungen, sondern um relativ höfliche Titulierungen. Bis die niederste dieser Kreaturen daherkommt, Anzeige erstattet und behauptet, sie fühle sich beleidigt. Schon wird der Staat zum Sekundanten und reicht dem ehrlosen Gesindel noch die Pistole zum Schießen. Welche Ehre soll da geschützt werden? Die des schlechten Verlierers? Es ist der schiere Wahnsinn, Vera."

„Was hat das jetzt mit deinem Strafbefehl zu tun?"

„Ich versuche dir zu verdeutlichen, dass die Rechtsprechung oftmals aus dem Elfenbeinturm heraus entscheidet. Wenn es um einen Begriff wie „widerstreitende Interessen" geht, dann ist es letztlich reiner Zufall, ob ein Anwalt auf der Anklagebank landet oder nicht. Die uns anklagen, betrachten uns doch ohnehin als Störfaktor im System. Wir verhindern in Extremfällen, dass sie ihre weltfremden Ansichten durchsetzen können. So etwas rächt sich irgendwann. Staatsanwälte beurteilen die Arbeit von Rechtsanwälten, ohne jemals durch deren Brille geschaut zu haben. Meinst du wirklich, ich würde diesen Quatsch ernst nehmen? Ich zahle und hake den Fall ab."

„Mein lieber Julius, ich stelle eine gewisse Radikalisierung bei dir fest." Vera wollte sich immer noch nicht geschlagen geben. „Es mag sein, dass ich die Essen mit dir besonders genieße, aber du bist nicht der einzige Kollege, der mich einlädt. Ich kann dir versichern, dass auch sehr praktisch denkende Juristen deine Meinung nicht teilen würden. Deshalb sage mir jetzt bitte ehrlich, was mit dir los ist. Du kannst mich nicht ernsthaft glauben machen, es gäbe in diesem Land weder Staatsanwälte noch Richter, welche die Arbeit eines Rechtsanwaltes zutreffend beurteilen könnten."

„Es ist kein gutes Thema zu einem Abendessen", lenkte ich ab. „Über Staatsanwälte zu reden, verdirbt einem nur den Appetit."

„Dann lass dir ein anderes Thema einfallen." Eine Kellnerin trat an unseren Tisch. Die Teller wurden abgeräumt, die Weingläser nachgefüllt, dann waren wir wieder unter uns.

Mit knappen Worten berichtete ich Vera von dem seltsamen Entführungsfall, der mich seit Wochen beschäftigte. Dann kam ich auf Mandys unerklärliches Verschwinden. Es war allerdings auch kein passendes Thema zum Abendessen. Meine Stimmung fiel ab, während ich erzählte und erzählte. Die Leere, die ich fühlte, seit es geschehen war, breitete sich wieder in mir aus. Auch Vera wirkte zunehmend bedrückt.

Schließlich wurde ihr Dessert serviert. Ich schaute schweigend zu, wie sie aß. Danach orderte ich Espresso, zu dem ich eine Grappa nahm. Vera begnügte sich damit, den Rest ihres Weines zu genießen. Als sie das Glas schwenkte und daran roch, sagte ich ihr frei heraus, was mir durch den Kopf ging.

„Ich habe Angst um Mandy."

„Warum? Weil sie dir als Bürovorsteherin fehlt?"

„Nein. Es ist mehr."

„Hattest du etwas mit ihr?" Seltsamerweise musste ich nachdenken, ob da wirklich nichts war. Es wäre mir nie eingefallen, so etwas auch nur in Erwägung zu ziehen. Dennoch konnte ich jetzt nicht ehrlich behaupten, dass nichts zwischen uns war.

„Sie liegt mir schon am Herzen", stammelte ich. Sofort musste ich mich selbst korrigieren. „Denk jetzt nichts Falsches. Es hat nichts damit zu tun, dass sie eine Frau ist und ich ein Mann. Ich fühle mich einfach mit ihr verbunden. Wir denken wie eine Person. Genauer kann ich das nicht beschreiben."

Es ist immer wieder faszinierend, wie ausdrucksvoll Blicke sein können. Was Veras Augen in diesem Moment stumm formulierten, lässt sich kaum wiedergeben. Sie strahlten Tiefe aus, Wärme, Sorge, Mitgefühl. Es war eine betörende Erfahrung, so angeschaut zu werden.

„Hast du eigentlich jemals Freundschaft kennengelernt?", flüsterte mir Vera leise zu. „Ich weiß, dass du und Paul seit ewigen Zeiten befreundet seit. Aber wenn wir Paul einmal außen vor lassen, gibt es dann irgendeinen Menschen, den du als Freund bezeichnen würdest?" Ich winkte dem Ober mit dem leeren Glas.

„Noch eine Grappa, bitte."

„Also nicht", resümierte Vera. „Du weißt nicht, was Freundschaft bedeutet. Du bist ein sehr armer Mensch, Julius, weißt du das? Was dir fehlt, seit Mandy verschwunden ist, nennt man Freundschaft. Du hast es nur nie verstanden, weil du dich für den Chef gehalten hast." Sie legte ihre Hand auf meinen Arm.

„Fahr hin der Sonne Hass zu tragen", murmelte ich zu mir selbst. Vera lächelte, als hätte sie verstanden. Aber sie konnte das nicht verstehen.

„Versprich mir, dass du gegen den Strafbefehl Einspruch einlegst und vor allem, dass du dir einen Anwalt nimmst. Du weißt, dass ein Anwalt, sich nicht selbst verteidigen sollte. Tu es meinetwegen für Mandy. Sie wird zurückkommen, und sie würde es von dir erwarten."

Was Vera sagte, war richtig. Es war meine Pflicht, mich zu wehren. Meine Selbstachtung, meine Würde als Anwalt, meine Pflicht als Spross der Familie Dexheimer ließen es nicht zu, diesen Strafbefehl zu akzeptieren. Man kann verlieren vor Gericht, das ist keine Schande, sofern man gekämpft hat. Wer als Anwalt in den Abgrund marschiert, sollte dies wenigstens mit wehenden Fahnen tun, anstatt sich kampflos zu ergeben. Nur leider fehlte mir die Kraft dazu. Die langen Wochen des Katz-und-Maus-Spiels hatten mir nichts ausgemacht. Wäre es nicht um ein Kind gegangen, hätte ich es als einen trefflichen Spaß angesehen, durch das Naheland zu jagen und Weine zu probieren. Durch Mandys Verschwinden war ich nun selbst bis ins Mark betroffen. Das hatte die Situation verändert.

„Die Frist ist noch nicht um", beschied ich Vera. „Ich werde über deine Worte nachdenken."

„Warum nur nachdenken, Julius? Warum willst du alles aufgeben?"

„Wer redet davon, alles aufzugeben?"

„Du, Julius. Du denkst darüber nach, ich sehe es dir an. Aber was willst du machen ohne Anwaltszulassung? Gerade du. Ich kann mir überhaupt nicht vorstellen, dass du kein Anwalt bist."

„In unserer Firma gibt es immer etwas zu tun. Vielleicht gehe ich für ein paar Jahre ins Ausland."

„Ins Ausland. Du kannst doch ohne dein Naheland nicht leben. Vermutlich gehst du schon zugrunde, wenn du nur einmal morgens aufwachst und den Turm der Kreuzkirche nicht mehr siehst. Ist es nicht so?" Ein leichtes Zucken durchfuhr mich.

„Diesen Satz habe ich vor Jahren schon einmal gehört. Erinnere mich jetzt nicht an Bubilein."

Vera blickte etwas verdutzt. „Ich kenne kein Bubilein, und du sollst nicht ständig ablenken, wenn ich dich etwas frage. Guck mich an, Julius, und sage mir, was mit dir los ist."

„Vielleicht ist es einfach der Überdruss", antwortete ich. „Seit Jahren reibe ich mich nun auf für das, was andere Gerechtigkeit nennen, für etwas, das nicht annähernd erreichbar ist. Kein Tag hat seinen Feierabend, keine Woche ihren Ruhetag. Es gibt keine Uhrzeit, zu der ich noch nicht als Anwalt gearbeitet hätte. Mein Leben findet statt an einem Schreibtisch, auf Polizeistationen, in Gefängnissen und Gerichtssälen. Es ist ein Leben ohne Freude geworden, ein leeres Leben, in dem man nur noch von einem Fall zum nächsten hetzt. Der Sinn meines Daseins reduziert sich darauf, Akten anzuhäufen und wieder abzuarbeiten. Vielleicht will ich es nicht mehr, vielleicht kann ich es auch einfach nicht mehr. Denn ich bin müde, Vera, so unendlich müde. Es gibt, glaube ich, in diesem Leben nicht so viel Schlaf, wie ich mir ersehne."

Sie starrte mich mit offenem Mund an.

„Julius, du bist noch etwas zu jung für eine Midlife Crisis. Was dir fehlt, ist einfach ein bisschen Abwechslung. Gönn dir mal wieder ein Vergnügen."

Sie legte auch ihre zweite Hand auf meinen Arm und schaute mir tief in die Augen.

„Soll ich dich auf andere Gedanken bringen?"

„Eigentlich bin ich auch dazu zu müde."

Sie zahlte, dann gingen wir. Wir gingen gemeinsam, ich weiß nicht, warum. Die Leere verschwand trotzdem nicht. Doch wenigstens wurde sie nicht größer.

11. Kapitel

Wozu empfohlen wird:
WEISSER BURGUNDER AUSLESE TROCKEN
Weingut Franz Jäckel, Wallhausen

Nachdem KHK Schulz erst einmal von Mandys Unschuld überzeugt war, ließ er nichts unversucht, sie zu retten, allerdings ohne Erfolg. Ich suchte ihn selbst in seinem Büro auf, um zu erfahren, was er unternommen hatte.

„Dieser Gung Ho ist ein Phantom", schimpfte KHK Schulz. „Unglaublich. Das ist doch alles nicht mehr nachvollziehbar. Der Mann sitzt jahrelang in deutschen Gefängnissen, und es gibt keine einzige Spur von ihm. Seit er aus der Haft entlassen ist, hat ihn offenbar der Erdboden verschluckt. Wahrscheinlich ist Ihre These zutreffend, dass man am besten über einen Haftaufenthalt in den Untergrund abtaucht."

„Immer noch keine Spur?", wiederholte ich ungläubig.

„Sie haben richtig gehört. In was für einem Staat leben wir nur? Keine Adresse, kein Telefon, kein Auto, kein Konto. Eigentlich kann man nur im Knast ohne all dies leben. Dann wird man entlassen und verschwindet spurlos."

„Was ist mit den Telefonen?"

„Handyortungen nach Mandys und Gung Hos Telefonen blieben erfolglos." Ich erfuhr, dass KHK Schulz sich gnadenlos alle Personen vorgeladen hatte, die nach Mandys Notizen mit Danny Berlandy in Verbindung standen. Dadurch war es ihm fast im Vorübergehen gelungen, zahlreiche Details aus der Drogenszene der Stadt zu ermitteln. Nur die dringend benötigten Hinweise auf den Aufenthalt Gung Hos fehlten.

„Berlandy war der Läufer, der Mann mit den Kontakten zur Straße, Gung Ho sein Lieferant", resümierte KHK Schulz frustriert. „Bei diesem System gibt es kaum Verbindungen zwischen den verschiedenen Ebenen."

Das war durchaus nachvollziehbar. Der Lieferant will regelmäßig zu seinem eigenen Schutz unerkannt bleiben. Der Läufer hat ebenfalls ein gewichtiges Interesse daran, seine Quelle geheim zu halten. Nur so kann er die Kunden auf der Straße an sich binden und seine Gewinnspanne durchsetzen. Wenn er den Lieferanten offenbart, würden seine Abnehmer den Läufer umgehen, um billiger an den Stoff zu kommen.

„Ihre Kollegen von der Drogenfahndung waren im letzten Jahr ziemlich erfolgreich" ergänzte ich. „Der Markt war zwischenzeitlich fast leer, weil zu viele Händler hinter Gittern sitzen. Das führt immer dazu, dass neue Leute aufsteigen. Gung Ho wäre nicht der Erste, der die Stadt mit Drogen überschwemmt, ohne dass seine Identität bekannt wird. Allerdings ist Danny Berlandy tot. Es muss einen Nachfolger geben."

„Diesen Gedanken hatten wir auch schon. Aber ich habe mit dem Drogendezernat gesprochen. Die haben weniger Erkenntnisse als wir."

„Als Mandy", korrigierte ich.

„So könnte man es auch sagen." Er grinste. „Die Drogenfahndung hat derzeit keine Kontaktleute dort draußen. Bis die neue verdeckte Ermittler eingeschleust haben, vergeht Zeit, die uns wahrscheinlich nicht mehr zur Verfügung steht. Der Entführer schweigt schon zu lange. Es kann sein, dass er seine Opfer bereits getötet hat und abgetaucht ist."

Tatsächlich hatte er sich seit Mandys Verschwinden nicht mehr gemeldet. Seit dem Beginn meiner Zusammenarbeit mit Mandy hatte ich es nicht erlebt, so lange nichts von ihr zu hören. Wir standen sonst täglich in Kontakt, selbst an Wochenenden. Ich war darum in diesen Tagen kaum noch ein Schatten meiner selbst. Der Kanzleibetrieb lief völlig an mir vorbei. Manchmal legte Volker Kaiser mit Schreiben zur Unterschrift vor. Gerichtstermine übernahm er selbst, ebenso wie Rücksprachen mit Mandanten. Ich erfuhr kaum noch etwas aus meinem eigenen Büro.

„Gibt es überhaupt eine andere Möglichkeit, als zu warten, bis Gung Ho sich meldet?", fragte ich den Kriminalisten. „Wenn ich Sie richtig verstanden habe, sind alle Versuche, ihn aufzufinden, erfolglos geblieben." KHK Schulz ließ sich sehr viel Zeit mit einer Antwort.

„Wir sehen noch eine Möglichkeit", begann er vorsichtig mein Interesse zu wecken.

„Welche?"

„Die Polizei hat momentan keinen Draht ins Milieu, aber ...".

„Was, aber?" Er sprach sehr langsam und bedächtig weiter.

„Manchmal haben auch Strafverteidiger sehr gute Kontakte."

„Von wem oder was reden Sie?"

„Es ist nur eine Idee. Letztlich müssen Sie das entscheiden." KHK Schulz konnte nicht ernsthaft glauben, dass seine Idee funktionieren würde. Aber er war zu sehr Polizist, um sich diese Chance entgehen zu lassen.

„Worauf wollen Sie hinaus?", fragte ich ungeduldig. Ich war nicht ganz bei mir, so sehr quälte mich die Sorge um Mandy.

„Vergessen Sie einmal das ganze Drumherum", sagte der Kriminalbeamte. „Ich möchte genau wie Sie auch Mandy schnell und unbeschadet auffinden. Darum betrachten Sie unser Gespräch nun bitte ganz privat."

Ich sah, dass bei seinem Mitarbeiter ein Zigarettenpäckchen aus der Hemdtasche lugte.

„Kann mir vielleicht jemand eine Zigarette geben?", fragte ich.

„Hier ist Rauchverbot", meinte KHK Schulz erschrocken.

„Wieso das?"

„Weil dies hier eine Behörde ist, ein öffentliches Gebäude".

„Aha", erwiderte ich. „Soviel zum Thema privat. Versuchen Sie nicht, sich mit mir zu verbrüdern. Sagen Sie mir, worauf Sie hinaus wollen. Dann überlege ich mir, ob ich mitmache."

„Nun gut. Dann beantworten Sie mir doch zunächst einmal die Frage, wie es um Ihre Kontakte aussieht, Herr Dexheimer?"

„Wie meinen Sie das?"

„Ich habe mich über Sie informiert. Ihre Spezialität ist das Betäubungsmittelstrafrecht. Die Kollegen vom Drogendezernat behaupten, Ihr Umgang mit Ihren Klienten sei sehr flexibel."

Ich hätte ihn sofort zur Rede stellen sollen, anstatt mir solche schlüpfrigen Andeutungen anzuhören. Doch es gelang mir nicht mehr, über die nächsten zwei oder drei Schritte hinaus zu denken. Mein Kopf war so dumpf.

„Glauben Sie, das würde Mandy retten?", fragte ich matt.

„Ich glaube gar nichts. Aber ich weiß, dass es nur eine Möglichkeit gibt, Kontakt zu Gung Ho aufzunehmen. Jemand, der das Vertrauen der entsprechenden Kreise genießt, muss sich schnellstens dort umhören. Versuchen Sie, Interesse zu wecken, indem Sie vorgeben, große Mengen kaufen zu wollen. Nicht nur ein paar Gramm, sondern mehrere hundert Gramm, bis zu einem Kilo. Das sind höchstwahrscheinlich die Mengen, bei denen er anbeißt. Suchen Sie den Nachfolger von Berlandy, die Person, die solche Mengen besorgen kann. Der wird uns zu Gung Ho führen."

„Falls ich diese Person finde und falls es zufällig ein Mandant von mir ist", dachte ich laut. Dann schwieg ich, ohne meinen Satz zu beenden. KHK Schulz öffnete mir die Tür, was eindeutig eine Aufforderung war zu gehen. „Wir können nur warten, bis er anruft", sagte er. „Sie haben es in der Hand. Mandy oder ein Mandant? Eine weitere Unschuldige oder ein Krimineller, einer, den wir sowieso irgendwann erwischen." Damit schob er mich hinaus und knallte seine Bürotür hinter mir zu. Ich musste nicht lange überlegen, was jetzt zu tun war.

Bad Kreuznach – die Kurstadt, die Drogenstadt. Die Wundervolle, die Abgrundtiefe. Kronjuwel der Nahe, Kloake der Nachtgestalten. Ich kannte beide Seiten dieser Stadt, den fetten Bauch und die hungrigen Augen, das liebliche Antlitz und die hässliche Fratze. Es ist kein Vergnügen, in die Unterwelt dieser Stadt hinab zu steigen. Denn dort tobt die nackte Gewalt, der tägliche Kampf ums Überleben. In dem Jahr, welches unsere Familie das dunkle Jahr nennt, hätte ich mich beinahe dorthinein verloren. Ich wusste, was mir bevorstand. Doch ich tat es für Mandy.

Als ich an Robys Theke Platz nahm, fühlte ich mich schon durchschaut, als trüge ich einen Stempel auf der Stirn, der mich als Polizeispitzel kennzeichnete. Ein Betrunkener erhob sich, torkelte an mir vorbei hinaus und rempelte mich an. Seine Hoffnung war, dass ich Streit mit ihm suchte. Er hatte einmal mit einem Holzknüppel vor mir gestanden und mir die Zähne ausschlagen wollen. Ein leichtes Zittern konnte ich bei seinem Anblick nicht unterdrücken.

Und dies war erst der Anfang, der Eingang in ihre Welt. Hier hatte noch jeder Zutritt, hier tranken Touristen Kaffee, während sie auf Züge oder Busse warteten. Hier konnte nur in die Abgründe schauen, wer sich auskannte, die Zeichen des Milieus zu lesen verstand. Es war nur das Tor zur Hölle.

„Hallo Anwalt, lange nicht gesehen", begrüßte mich Roby. Köpfe fuhren herum, flüsternd trug sich die Botschaft fort – der Anwalt, der Anwalt, der Anwalt.

„Du hast mir eine Mandantin geschickt wegen eines Problems mit einem Nachbarn", sagte ich zu Roby.

„Der indische Imbiss?"

„Ja, so etwas muss es gewesen sein."

„Der Imbiss hat geschlossen. Hast du es noch nicht gehört?"

„Himmel, es sollte doch nur jemand mit ihm reden."

Roby grinste. „Mehr haben wir auch nicht gemacht." Er nannte mir die Namen zweier Männer, die den Job ausgeführt hatten. Nach meiner Erinnerung waren sie absolut zuverlässig und sehr bedacht.

„Deine Mandantin hat die Sache im Grunde genommen selbst erledigt", kicherte Roby. „Sie hat eines ihrer Mädels zu dem Inder hinübergeschickt. In voller Montur." Er deutete mit den Händen weibliche Kurven an. „Nachdem die Tussi dreimal hintereinander den Inder angebalzt hat, ist seine Frau durchgedreht."

„Durchgedreht?"

„Wie man hört, ist sie zurück in die Heimat. Mit allem Schwarzgeld."

„Keine schlechte Lösung", lachte ich und verschwieg, woher der Tipp gekommen war. „Mach mir noch etwas zu trinken."

V-Leute der Polizei fallen zuerst dadurch auf, dass sie kontrolliert trinken. Entweder sie nippen Stunden an einem Bier herum oder sie wollen ein Drogengeschäft einfädeln, während sie ständig mit Apfelsaftschorle anstoßen. Beides ist unglaubwürdig. Deshalb schien es mir ganz nützlich, dem Wein ordentlich zuzusprechen.

Die ersten Mandanten kamen grüßend auf mich zu. Ich lud sie auf eine Runde ein. Nach und nach stieg die Stimmung. Jemand bot mir eine Zigarette an. Einfach so im Vorbeigehen. Ich griff zu, und er ging weiter, ließ mich einfach stehen.

„Kannst du mir mal Feuer geben?", fragte ich den Nächsten.

„Nein!" Er grinste. „Wenn ich es dir gebe, ist es weg."

„Ich gebe es dir doch zurück."

„Davon hast du aber nichts gesagt. Du hast nur gefragt, ob ich es dir gebe. Da du Anwalt bist, muss ich bei dir ja besonders aufpassen."

Er versuchte, besonders verschlagen zu gucken. Seine beiden Saufkumpane, die bei ihm standen, warteten gespannt, wie ich reagieren würde. Insgeheim freuten sie sich bestimmt schon auf eine Prügelei.

Juristerei ist an den Theken in diesem Land eines der ergiebigsten Themen. Ich schätze, dass Rechtsfragen nach dem Fußball und der Politik den dritten Platz in der Liste der Stammtischthemen innehaben. Die Leute diskutieren die Lösung eines Rechtsfalles also mit der gleichen Inbrunst wie die Bundesligaergebnisse vom nächsten Wochenende oder den Wahlausgang vom nächsten Herbst. Sie halten nämlich grundsätzlich jedes Ergebnis für denkbar und die richtige Lösung für eine Frage der Wahrscheinlichkeiten. Wer Recht hat oder nicht, entscheidet sich für sie nach dem gleichen Prinzip wie ein Würfelspiel. Erst wenn die Würfel gefallen sind, weiß man, was Sache ist.

Während wir Anwälte wenigstens noch unterscheiden, ob man nur Recht hat oder auch Recht bekommt, macht man sich in der Kneipe keine Illusion mehr. Recht ist ein Glücksspiel – gezinkte Karten inbegriffen.

„Ich hasse Menschen, die mit einem Juristen um Worte streiten wollen", sagte ich zu dem Fremden mit dem Feuerzeug. „Du sitzt ohnehin am kürzeren Hebel."

Ein Raunen ging um die Theke. Gleich würde entweder ein Laie eine juristische Lektion bekommen oder ein Anwalt sich blamieren. Für Unterhaltung war also gesorgt.

„Noch habe ich das Feuerzeug", erwiderte mein Gegenüber, sich offensichtlich für wahnsinnig gewitzt haltend.

„Nun gut", seufzte ich. „Wenn du wirklich Bedenken hast, es zurück zu bekommen, dann biete ich dir hiermit den Abschluss eines befristeten Leihvertrages über ein Feuerzeug an und zwar unter der aufhebenden Bedingung, dass diese Zigarette damit angezündet wird." Der Andere dachte nach. „Mach's nicht", rief jemand aus den hinteren Reihen. Ich schaute ihn vorwurfsvoll an. „Der Mann hier meint, ich wollte sein Feuerzeug behalten", rief ich. „Also biete ich ihm ausdrücklich die Rückgabe an, sobald diese Zigarette brennt. Wo soll das Problem sein?" Es war wie bei der Vorführung eines Taschenspielertricks. Irgendein Kabinettstückchen musste her.

„Klingt zwar ziemlich juristisch, was du da gesagt hast, aber ich sehe keine Falle. Du kannst mein Feuerzeug haben."

Mein Widerpart machte das Dümmste, was denkbar war, er tat nämlich so, als hätte er mein Juristendeutsch verstanden. Tatsächlich hob er sein Feuerzeug, doch ich griff nicht zu und zündete meine Zigarette noch nicht an.

„Siehst du", erklärte ich ihm laut, „schon habe ich dich über den Tisch gezogen."

„Hä?"

Das war genau das, was jetzt alle hören wollten. Sie waren einfach zutiefst davon überzeugt, dass es gefährlich ist, sich in die Fänge der Justiz zu begeben. Zwar hatte noch keiner verstanden, wo die Fußangel lag, aber sie bauten fest darauf, dass es eine gab. Ich begann, Ihnen den Haken an meiner geschraubten Formulierung zu erläutern.

„Dieser Mann hier", ich zeigte auf den mit dem Feuerzeug, „hat sich soeben vertraglich verpflichtet, dafür Sorge zu tragen, dass diese meine Zigarette angezündet wird. Falls sein Feuerzeug nun nicht funktioniert, ist er verpflichtet, auf eigene Kosten eines beizuschaffen, das diesen Zweck erfüllt."

„Wieso ich?", fragte der andere.

„Weil unser Vertrag nicht dieses konkrete Feuerzeug betrifft, sondern irgendein Feuerzeug, das dazu geeignet ist, meine Zigarette anzuzünden. Und erst wenn diese Zigarette brennt, stehst du nicht mehr in meiner Schuld."

„Irre", meinte er. „Das bedeutet, ich muss jetzt hier so lange Feuerzeuge suchen, bis du eine rauchen kannst." Sein Kumpel lachte schadenfroh.

„Wenn dich das nächste Mal ein Anwalt nach Feuer fragt, dann gib ihm am besten kommentarlos dein Feuerzeug, schenk ihm noch Zigaretten dazu und verzichte auf die Rückgabe." Ein knappes Dutzend Leute nickte anerkennend und fragte nach Visitenkarten. Das Einzige, was sie verstanden hatten, war, dass die anwaltliche Geschwätzigkeit mal wieder gesiegt hatte. Ich wurde zu mehreren Getränken eingeladen, und irgendwann hatte Roby Erbarmen mit mir und gab mir endlich Feuer für meine Zigarette. Nach wie vor hatte mir nämlich noch keiner ein Feuerzeug geliehen.

„Typisch Bahnhof", meinte er. „Da wird aufwändig hin und her diskutiert und beinahe hätte es auch noch Zoff gegeben. Dabei wollte sich nur jemand eine Zigarette anzünden."

„Macht nichts", lachte ich. „Hauptsache, die Leute wissen, warum es gut ist, einen Anwalt zu haben."

So erschlich ich mir das Vertrauen des Publikums und verriet meine Ehre als Anwalt. Bei jedem neuen Glas prostete ich insgeheim Mandy zu und stürzte mich dann mit neuem Elan ins Getümmel, ständig auf der Suche nach einer Möglichkeit, die begehrte Information zu erlangen. Schließlich rief Roby die letzte Runde aus. Er schloss gegen acht Uhr abends. Ich hatte noch keine Drogen im Umlauf gesehen. Die Szene schien sich woanders hin verlagert zu haben, was bedeutete, dass ich ihnen folgen musste. Irgendwo würde es eine Spelunke geben, wo der Stoff offen gehandelt wurde.

Mein Mut sank. Was mir nun bevorstand, war der Schritt hindurch, durch das Tor der Hölle. Spelunken, in denen Heroinsüchtige im Delirium dösten, wo Mädchen sich für ein Gramm verkauften, wo Alkohol und Aggression versteckt unter einer gespielten Fröhlichkeit lauerten, bevor sie sich aus nichtigen Anlässen heraus brachial entluden. Mir stand der Sinn nicht danach, mich tiefer ins Milieu hinein zu begeben. Schließlich lauerten dort auch Leute, die mich lieber tot als lebendig gesehen hätten.

In Mandys Interesse musste ich dorthin. Aber ich war nicht stark genug, es zu wagen. Denn ich war angegriffen, geschwächt durch den Verlust. Das spüren sie. In ihrer Welt gilt radikal das Recht des Stärkeren. Jedes Zeichen von Schwäche wird schon ausgenutzt. Man darf sich dort nie eine Blöße geben.

Mit dem Mut der Verzweiflung änderte ich meine Taktik und wandte mich an Roby.

„Ich suche jemanden oder etwas", bemühte ich einen alten Code. Er nickte, ohne durch eine Regung anzudeuten, ob er mir noch traute.

„Worum geht's?" Ich schluckte und tat, als sei mir das Folgende furchtbar unangenehm.

„Ein Mandant von mir. Drogen", raunte ich. „Sie haben ihn geschnappt. Frau und drei Kinder."

„Woher?"

„Wöllstein."

Roby verdrehte die Augen: „Woher auch sonst?"

„Er hat noch einen Bunker. Etwa ein halbes Pfund Koks, rund 100 Ecstasy und einige Platten Hasch."

„Her damit!"

Er blinzelte mir zu, doch ich tat weiter so, als könne ich vor Peinlichkeit kaum reden.

„Versteh mich nicht falsch", wehrte ich ab. „Ich bin Anwalt, ich will mit dem Mist nichts zu tun haben. Aber die Frau braucht das Geld."

„Wer zahlt dein Honorar?"

Natürlich wäre es strafbare Geldwäsche, wenn ich Drogengeld als Honorar genommen hätte. Aber ich konnte ja schlecht behaupten, dass die Frau kein Geld zum Leben hatte, mein Vorschuss aber schon bezahlt war. Also biss ich in den sauren Apfel und bezichtigte mich gleich noch eines Sakrilegs des anwaltlichen Berufsrechts.

„Ein Tausender ist für mich", würgte ich hervor. Damit hatte ich Robys Vertrauen gewonnen.

„Hast du noch die gleiche Handynummer wie damals?"

„Unverändert. Willst du sie nochmal haben?"

„Ich habe sie noch gespeichert. Und jetzt würde ich gerne kassieren. Ich habe Feierabend."

Der Anruf kam etwa drei Stunden später, als ich im Grünen Punkt vor einem Glas Wein saß und mein Schicksal bedauerte. Als mein Handy klingelte, nahm ich es zuerst nicht einmal wahr. Doch der Wirt war gnädig mit mir.

„Der Herr Rechtsanwalt hat noch Kundschaft", bemerkte er mit einem Kopfnicken in Richtung meines Telefons auf der Theke. Ich nahm den anonymen Anruf an.

„Jemand meint, ich sollte dich mal anrufen. Habe ich das richtig verstanden?" Der Anrufer nannte keinen Namen.

„Durchaus. Mir wäre es allerdings lieber, unter vier Augen mit dir zu reden."

„Ich kenne dich doch gar nicht."

„Tja, no risk no fun."

Er sagte einen Augenblick nichts mehr und ich ahnte, dass er sich mit anderen im Hintergrund flüsternd unterhielt.

„Morgen um zehn Uhr bei Roby", blökte er plötzlich in den Hörer und legte auf. Umgehend schickte ich eine SMS an Mandy, mit der Bitte, mir den morgigen Vormittag freizuhalten. Dann wurde mir wieder bewusst, was geschehen war.

„Herr Wirt, noch einen Wein", sagte ich mit schon schwerer Zunge.

Oh diese faszinierende Stadt Bad Kreuznach. Die Wundervolle, die Abgrundtiefe. Kronjuwel der Nahe, Kloake der Nachtgestalten. Traum und Albtraum. Traulich und treu sind deine Menschen, tumb und tobend dein Moloch. Ich kenne dich, kenne dich wie niemand sonst. Meine Familie hat nach dir gegriffen, deine Fänge haben nach mir gegriffen. Die unsichtbaren Bande sind gelöst, aber noch kenne ich dich, kenne dich wie niemand sonst.

Verzückendes Städtchen, verwunschene Stadt. Gesegnet sei deine Größe, verflucht deine Tiefen. Leben mögest du allezeit auf deinen Straßen und Plätzen, in deinen Winkeln und Gassen. Vergehen und Vergessen deinen Löchern und dem Kot, dem Abschaum und der Gosse. Bad Kreuznach, ich kenne dich, kenne dich wie niemand sonst.

„Was ist denn mit Ihnen passiert?", fragte KHK Schulz entsetzt. „Sie sehen ziemlich verkatert aus." Es war acht Uhr morgens. Wir waren zu einer Lagebesprechung verabredet. Er hatte mit seinem Team ein riesiges Schaubild vorbereitet, auf dem alle bisherigen Stationen durch Pfeile und Kommentare miteinander verknüpft waren.

„Keine Sorge, das ist gleich vorbei", beruhigte ich ihn.

Ein Rechtsmediziner hat mir einmal erklärt, wodurch der Kater entsteht. Ich weiß nur noch, dass es irgendetwas mit dem Alkohol zu tun hat. Legendär sind die Rezepte dagegen, angefangen bei sauren Gurken, über salzige Heringe, bis hin zu warmem Bier. Gewohnheitstrinker haben sogar den Grundsatz entwickelt, man müsse morgens mit dem anfangen, womit man abends aufgehört hat. Darum trinken sie rund um die Uhr Bier und Korn. Wahrscheinlich wissen sie nicht einmal, ob sie gerade den Kater bekämpfen oder sich einen neuen zuziehen. Letztlich sind diese angeblichen Therapien nur Ammenmärchen.

Nach meiner Erfahrung hilft nur eines gegen den Kater: Denken. Wenn der Schädel brummt, muss man sich intensiv mit kniffligen Problemen auseinandersetzen. Dann klärt sich vielleicht nicht das Problem, auf jeden Fall aber der Kopf.

Als ich mich nun daran machte, die vor mir ausgebreiteten Skizzen zu studieren, merkte ich sofort, wie die dumpfe Lähmung meines Gehirns sich löste.

„Jede Station zu einer anderen Uhrzeit an einem anderen Ort", analysierte ich. „Man könnte auch sagen: ein Tag im Naheland."

„Aber durch die Weinauswahl hat er einen Bezug zu Ihrem Leben geschaffen", ergänzte KHK Schulz. „Kann es sein, dass er Ihr Leben Revue passieren lässt?" Mein Blick fiel auf die Notizen zu den ersten beiden Stationen, die etwas abseits angeordnet waren.

„Warum heben Sie diese beiden Tage hervor?"

„Weil sie nicht ins Schema passen. Kein Wein und kein Ausblick. Möglicherweise wusste er am Anfang noch nicht genau, was er will."

„Weil die Entführung ursprünglich nur dazu diente, Dr. Himmelsbach zu erpressen?"

KHK Schulz legte seine Hand in die Lücke zwischen den Aufzeichnungen und schaute mich an.

„Dr. Himmelsbach hat mit dieser Odyssee nichts zu tun. Der Entführer hat mit den Aufgaben erst begonnen, als Berlandy schon freigesprochen war. Er verfolgt andere Ziele als Berlandy. Aber warum schickt er Sie zuerst ins Gericht und dann in diese Klosterkirche?" Das war das Stichwort.

„Genau darum ging es ihm. Die Justiz und die Kirche. Die einzigen beiden Institutionen, die ich respektiere. Dazu ab der dritten Station der Wein. So könnte man es deuten."

„Das macht Sinn", bestätigte KHK Schulz.

„Das macht keinen Sinn", konterte ich. Es widerstrebte mir, das Handeln dieses Entführers als sinnvoll zu bezeichnen.

„Wir sollten eines nicht vergessen: Ein Mensch, der ein Kind entführt, um solche Spielchen zu spielen, ist verrückt. Wir haben es mit einem Irren zu tun und welche Symbolik auch immer er vermitteln will – es macht keinen Sinn!"

Mein Kopf war wieder klar, ich hatte mich entschieden, dem Entführer jede Anerkennung für sein Tun zu verweigern. Schließlich missbrauchte er ein Kind für seine Zwecke, was ich niemals tolerieren würde. KHK Schulz rechtfertigte sich.

„Es gibt im Fernsehen fast jede Woche Serien, in denen ein Psychopath Symbolen folgt. Die Zehn Gebote, die Sieben Todsünden, die Zwölf Apostel oder was auch immer. Natürlich sind solche Menschen krank im Kopf. Aber wenn man ihr Handlungsschema durchschaut hat, werden Sie berechenbar. Deshalb müssen wir versuchen, das Gesamtbild hinter seinen Aufgaben zu erkennen. Überlegen Sie genau, ob Ihnen noch etwas einfällt, was für unsere Analyse wichtig sein könnte."

Ich blickte wieder auf das Schaubild. Meine Kopfschmerzen waren verschwunden. Ich konnte wunderbar klar denken. Daher fiel mir tatsächlich ein Detail auf, das bisher übersehen worden war.

„Die erste Station, das Urteil. Es war die Höchststrafe. Früher oder in anderen Ländern wäre es die Todesstrafe gewesen."

KHK Schulz schaute mich mit offenem Mund an, während einer seiner Assistenten spontan herausplatzte: „Dann schwebt jemand in Lebensgefahr."

Um zehn war ich bei Roby und wartete. Es wurde halb elf, dann elf. Ich hatte mittlerweile alle Zeitungen intensiv gelesen. Roby brachte mir meine vierte Weinschorle.

„Geht auf mich", sagte er. „Es dauert nicht mehr lange."

Die Unpünktlichkeit meines Kontaktmannes war ein Indiz dafür, dass ich es mit einem kleinen Fisch zu tun hatte. Wenn es irgendetwas im Drogenhandel auf den unteren Ebenen nicht gibt, dann ist es Pünktlichkeit. Das liegt daran, dass der Stoff so oft weiterverkauft wird. Jeder verspätet sich nur ein bisschen und schon kommt die ganze Kette durcheinander. Das ist wie auf der Autobahn. Einer bremst, der zweite etwas mehr und immer so weiter, bis dann plötzlich Stau ist. Ironischerweise ist diese miserable Organisation der Grund, warum gerade auf der unteren Stufe der Leiter so viele geschnappt werden. Wenn die Polizei Telefone abhört, merkt sie nämlich schlichtweg an dem häufigen Verschieben von Terminen, wo sich gerade ein Geschäft anbahnt. Der Deal selbst wird meistens unter vier Augen vereinbart. Aber die kleinen Fische schaffen es regelmäßig nicht, ihre verdammten Termine einzuhalten.

Wer fünf Kilo liefert, hat die Macht, Zeit und Ort genau vorzugeben. Seine Organisation funktioniert reibungslos. Beim Weiterverkauf wird es dann immer schwammiger. Die am Ende nur noch im Grammbereich dealen, sind ständig im Stress. Bei keinem anderen Delikt wird die Ausführung so oft geändert wie beim Betäubungsmittelhandel mit Kleinstmengen.

„Komme 15 Minuten später. – Schlecht. Geht auch 16 Uhr? – Dann aber nicht am vereinbarten Ort. – Schlag was vor. – Schlosspark? – OK."

Solche Dialoge in unzähligen Abwandlungen wandern massenhaft über das Telefonnetz – und ziehen Drogenfahnder magisch an. Anlass für mich, darüber nachzudenken, auf was ich mich eigentlich einließ. Kein Staatsanwalt war eingeschaltet worden. Ich hatte von niemandem die Zusage der Straffreiheit, nicht einmal von KHK Schulz, der dazu ohnehin nicht befugt war. Trotzdem war es mir egal, denn ich hatte ein höheres Ziel. Meine Karriere als Rechtsanwalt zählte für mich nicht mehr.

Ein Zufallsgast suchte das Gespräch. Er wedelte mit einer Boulevardzeitung und zeigte auf das Bild einer Hollywoodschönheit.

„Das ist die erotischste Schauspielerin der Welt", verkündete er, ohne dass ich ihn nach seiner Meinung gefragt hatte.

„Die einzigen erotischen Frauen im modernen Film sind die Leichen in der Gerichtsmedizin", beschied ich ihn. „Die sind nämlich wenigstens noch nackt. Alle anderen drehen sogar Bettszenen im BH, was wir den Amerikanern zu verdanken haben, die mit ihrer Prüderie das Leben surreal verfremden. Ich kann daran nichts Erotisches finden."

„Das stimmt nicht. Ich habe gestern einen Film gesehen, da war das anders. Die Handlung war zwar ziemlich kompliziert, aber dafür ging es auch richtig nackt zur Sache."

„Das war sicher ein französischer Film."

„Hast du ihn auch geguckt?" Er grinste anzüglich, aber ich konnte ihm nicht den Gefallen tun, mich nun mit ihm auf eine Stufe zu stellen.

„Ich habe den Film nicht gesehen. Aber wenn ein Film kompliziert ist, kommt er meistens aus Frankreich. Ich glaube, die Franzosen wollen uns mit Filmen nicht unterhalten, sondern zum Nachdenken bringen. Deshalb bauen sie gerne Nacktszenen ein, die zwar deftig, aber regelmäßig völlig sinnlos sind. Bekanntlich denkt man über nichts so lange nach, wie über das, was keinen Sinn ergibt."

Mein aufgedrängter Gesprächspartner schaute reichlich verwirrt. Jetzt hatte er etwas zum Nachsinnen und ich meine Ruhe vor ihm. Dann endlich kam mein Kontaktmann. Ich hatte ihn noch nie gesehen, wusste nicht, mit wem ich es zu tun hatte. Er setzte sich zu mir und grinste mich Kaugummi kauend an.

„Wann kannst du liefern?", wollte er wissen. Keine Floskeln zum Kennenlernen, keine Preisverhandlungen. Er war so unprofessionell, dass ich befürchtete, doch einen V-Mann der Polizei vor mir zu haben. Aber KHK Schulz hatte das ausgeschlossen. Mein Problem war indes ein anderes. Ich war als Lieferant aufgetreten und hatte nichts zu liefern. Jetzt musste ich die Kurve kriegen und herausfinden, ob mein Kontaktmann auch Drogen besorgen konnte. War er der neue Danny Berlandy?

„Es gibt eine kleine Schwierigkeit", sagte ich. „Bist du informiert worden, wo ich das Zeug herbekomme?"

Mit einem Grinsen blies er seinem Kaugummi auf und ließ ihm platzen.

„Ok", fuhr ich fort. „Die Frau hat sich offenbar auch selbst umgehört und schon an andere verkauft. Ich habe nichts mehr." Sofort wurde er nervös. Wieder fabrizierte er eine Kaugummiblase, die allerdings misslang.

„Weißt du, an wen es gegangen ist?"

„Keine Ahnung".

„Das ist schlecht. Aber so läuft eben das Geschäft", sagte er und guckte mich zweifelnd an. „Bist du wirklich Anwalt?"

„Erzähl das bloß nicht überall herum."

„Wenn du Anwalt bist, könnten wir fantastische Geschäfte machen. Du unterliegst doch keiner Postkontrolle, oder?"

„Wovon redest du? Willst du Drogen in den Knast schmuggeln?"

„Die Abnehmer habe ich schon. Ich brauche nur noch einen zuverlässigen Weg, es hinein zu bekommen."

„Was fällt für mich dabei ab?"

„Ein Anteil, den wir noch aushandeln müssen. Außerdem verschaffe ich dir meine Kunden da drinnen als Mandanten."

„Klingt gut", sagte ich möglichst locker. Mein Herzschlag hämmerte in strammem Galopp wegen dem, worauf ich mich da gerade einließ.

„Aber du vergisst, dass ich nicht liefern kann. Womit sollen wir deine Kunden bedienen?"

„Mein Problem", erwiderte der Fremde. „Ich besorge dir, was du brauchst. Du musst nur sicherstellen, dass etwa alle zwei Tage ein Umschlag in den Knast geht."

„Gerade wolltest du noch selbst kaufen, und jetzt kannst du angeblich Stoff besorgen?", warf ich ihm vor. Es schien mir geschickt, nicht sofort auf seinen Vorschlag einzugehen. Er klopfte mir auf die Schulter wie zum Zeichen, dass ich ihm vertrauen sollte.

„Ich wollte sicherstellen, dass dein Stoff vom Markt kommt und mir nicht meine Preise kaputtmacht. Wenn du jemals wieder so ein Problem hast, wende dich sofort an mich."

„Ok, wie erreiche ich dich?"

Der Kontaktmann kaute Kaugummi und musterte mich.

„Los, gib mir deine Handynummer, damit ich sie an KHK Schulz weiterleiten kann", dachte ich. Da stand er plötzlich auf und verabschiedete sich.

„Ich melde mich in zwei bis drei Tagen bei dir. Dann bekommst du das erste Päckchen und schickst es als Verteidigerpost rein. Okay?"

„Abgemacht." Schnell drehte ich mich weg, damit er meine Enttäuschung nicht sehen konnte. Nachdem er gegangen war, versuchte ich noch ein paar Informationen über ihn von Roby zu bekommen. Aber der hielt sich bedeckt.

„Guter Mann, groß im Geschäft seit Neuestem", meinte er nur. Mehr wollte er nicht preisgeben. Das war bitter. Ich hatte nichts in der Hand, obwohl ich so nahe dran gewesen war. Nun konnte ich nichts tun, als zu warten. Schließlich wollte er sich melden. Aber würde die Zeit noch reichen?

Nachdem der Entführer einfach schwieg, wurde die Lage unerträglich. KHK Schulz rief mich ständig an, ob ich etwas gehört hätte, und jedes Mal versicherte ich ihm, mich dann sofort zu melden. Mit der Kindesmutter war ich in der Stadt zufällig zusammengetroffen. Eine schweigsame Begegnung und dieses Schweigen war eine stumme Anklage gegen mich gewesen.

Als ich dann in der Freitagausgabe der Zeitung die Werbung für die „Wallhäuser Kerb" las, beschloss ich, mich dort zu entspannen. Die Kirmes ist in jedem Dorf ein besonderes Fest, in Wallhausen ist sie der Ausnahmezustand schlechthin. Neben dem Weinglas in der Hand erkennt man den echten

Wallhäuser an diesen Tagen an der tiefschwarzen Sonnenbrille. Spätestens nach dem ersten Abend haben sie nämlich vom vielen Trinken alle so dicke Augen, dass sie das Tageslicht nicht mehr ertragen. Bisweilen kommt man sich dann vor wie in einer süditalienischen Mafiahochburg, weil man nur noch schwarze Brillen sieht. Die Wallhäuser Kirmes war also der richtige Ort für mich, um für eine Zeit lang die Tristesse meines Daseins zu vergessen. Ich arbeitete noch ein paar Akten weg und ließ mir kurz vor Büroschluss von meiner Auszubildenden ein Taxi rufen.

„Wallhausen?", fragte sie lächelnd.

Sie hatte eben von Mandy gelernt, mitzudenken. Ein echtes Talent. Dann dachte ich daran, dass es noch immer keine Spur von Mandy gab, und meine gute Laune war dahin.

Der Taxifahrer nahm die Route über Windesheim, was wohl der schönste Weg nach Wallhausen ist. Man fährt über ein Plateau auf den Johannisberg zu, den das ganze Jahr über ein großes beleuchtetes Kreuz schmückt. Kaum kommt man über die Kuppe des Berges, sieht man das Dorf Wallhausen unter sich im Tal liegen. Ein harmonisches altes Weindorf mit einem alten Schloss und einer imposanten Kirche im klassizistischen Baustil im Zentrum. Aus dem Kirchturm hingen an langen Stangen Fahnen heraus und wehten sanft in der lauen Abendluft. Der Tag war brütend heiß gewesen, noch immer ging kaum ein Wind.

Ich ließ mich am Bunker absetzen. Eine Einrichtung, die seit Jahrzehnten nur von Jugendlichen betrieben wird. Kaum ein Projekt der Jugendarbeit hält sich über so lange Zeit. Im Bunker schlürfte ich einen Cocktail, bevor ich weiter schlenderte in die Allee, dem eigentlichen Schwerpunkt der Kirmes. Direkt am Bach unter alten Bäumen finden sich dort die Stände, an denen sich das Treiben abspielt. Ich nahm mir vor, zumindest die trockenen Weine alle zu probieren.

Später wechselte ich in das Sektzelt, das jedes Jahr auf einem Gerüst über dem Gräfenbach errichtet wird. Ein beliebter Treffpunkt für die Gäste von außerhalb, weshalb ich schnell manchen Bekannten traf. Wie es sich für ein Weindorf gehört, fragte mich niemand nach meiner Tätigkeit als Anwalt. Die bodenständigen Menschen auf dem Land hielten es im Grunde ihres Herzens noch für unanständig, einen Streit nicht einvernehmlich zu lösen. Sie taten das am liebsten bei einem Glas Wein. Das Gericht anzurufen, war hier verpönt, in Strafsachen verwickelt zu sein sogar undenkbar. Obwohl kaum eine halbe Autostunde von der Stadt entfernt, schien die Welt hier eine andere.

Was die Leute interessierte, war der Wein und damit ein Produkt, bei dessen Vermarktung das Haus Dexheimer keine unbedeutende Rolle spielte. Deshalb drehten sich unsere Gespräche viel um Entwicklungen in der Weinpolitik, um Absatzchancen und Ernteerwartungen. Endlich war ich einmal etwas anderes als ein Rechtsanwalt. Ich vergaß meine Sorgen und ließ mich vom Sekt und den Menschen dort ablenken von allen Gedanken an meinen Beruf.

In dem Zelt war es eng und schwül, mein Glas schon wieder leer. Ich drehte mich in Richtung des Ausschanks und stand genau vor einer aufregend aussehenden Schwarzhaarigen. Sie strahlte mich mit feurigen Augen an.

„Kennen wir uns?", fragte ich.

„Sag nicht, dass du mich vergessen hast."

„Du kannst gerne die Erinnerung in mir wecken."

„Denk nach oder lass es bleiben." Ich betrachtete sie etwas intensiver. Ein Traum von einer Frau.

„Wenigstens einen kleinen Tipp", bat ich. Sie verdrehte mit aufwallendem Zorn die Augen. Ich war fasziniert von ihrem Temperament.

„Du änderst dich wohl nie", tadelte sie. „Bist du immer noch so oberflächlich und beziehungsunfähig?"

„Du scheinst mich mit jemandem zu verwechseln. Oder woher kennen wir uns?"

„Denk doch mal an Moskau, Tokio, New York."

„Ich war aber noch in keiner dieser Städte."

„Ich auch nicht, Dex."

Die Musik dröhnte, die vielen Menschen verursachten einen Lärm, der mich fast mit Taubheit belegte. Ich schaute in ihre Augen und langsam kam die Erinnerung. Diese Abkürzung meines Namens – wer hatte mich früher so genannt? Die Frau lächelte mich funkelnd an. Ich dachte daran, dass es noch etwas anderes gab als Entführer und Entführte. Meine wohlige Entspanntheit wich einer angenehmen Spannung. Es war gerade einmal zwanzig Uhr, der Abend versprach, interessant zu werden.

Inmitten dieses Brodelns spürte ich den Anschlag meines Handys in der Hemdtasche. Das sanfte Vibrieren ließ augenblicklich jede Freude von mir abfallen. Ich fühlte, dass er es war. Im Sektzelt war es so laut, dass ich kein Wort verstehen konnte.

„Rufen Sie gleich noch mal an, ich suche einen ruhigeren Ort", schrie ich. Dann bahnte ich mir einen Weg aus der Menge. Massen gutgelaunter und oft schon betrunkener Menschen sahen erstaunt zu mir, als ich mich ziemlich hektisch durch sie hindurch wühlte. Es dauerte ewig lange Minuten, bis ich den Ausgang des Sektzeltes erreichte. Aber draußen in der Allee war es noch turbulenter. Kein Mensch wollte sich hier noch vorwärts bewegen, alle tranken und lachten, wo sie gerade standen. Ich schaufelte mich mit kraulenden Armen dem Ende der Allee entgegen, überquerte eine Brücke und zog mich in ein Seitengässchen zurück. Ein intensiv sich küssendes Pärchen sah kurz aus einer dunklen Ecke auf und beschäftigte sich dann wieder mit sich selbst. Ich hielt mein Handy parat und begann es zu beschwören.

„Ruf an", murmelte ich, „ruf an!" Dann klingelte das Gerät, aber es war nicht der Entführer, sondern der Kontaktmann vom Bahnhof.

„Wo steckst du gerade, Anwalt?"

„Wallhausen."

„Kirmes? Hervorragend. Wie geschaffen für eine Übergabe. Halte dich bereit, ich rufe dich wieder an. Und sieh zu, dass du schleunigst von dort verschwindest, nachdem wir uns getroffen haben." Er lachte gehässig und legte auf.

Das Pärchen in der dunklen Ecke sah mich an, weil ich beim Telefonieren umherging und ihm zu nahe gekommen war. Ich wechselte die Richtung, wartete auf einen erneuten Anruf. Als es wieder klingelte, war KHK Schulz am Apparat.

„Guten Abend, Herr Dexheimer. Gibt es zufällig etwas Neues, das Sie uns mitteilen möchten?"

„Sie hören doch nicht etwa mein Handy ab?"

„Wie kommen Sie denn darauf?"

„Ich bin Strafverteidiger. Es ist absolut verboten, mein Telefon zu überwachen."

„Es sei denn, Sie wären selbst Täter einer Straftat."

Dieser ausgekochte Fuchs! Schickte mich als Drogenkäufer ins Milieu und besorgte sich dadurch den Gerichtsbeschluss, um mich abhören zu können. Clever eingefädelt.

„Wenn der Entführer sich melden sollte, werde ich Sie umgehend informieren", schrie ich in den Hörer und drückte den Polizisten weg. Dann wartete ich im Dunkel jenseits der Allee. Das Pärchen in der Ecke gab stöhnende Laute von sich und nahm mich nicht mehr wahr. Nach etwa 30 Minuten kam der nächste Anruf.

„Schalte dein Handy aus und geh zu dem Weinstand am Ende der Allee. Dort bekommst dort einen Umschlag."

„Der Stoff liegt einfach so am Weinstand?"

„Nein, in dem Umschlag sind weitere Informationen. Und bleib locker. Die wissen absolut nicht, worum es geht. Es hat nur jemand etwas hinterlegt für einen anderen, der gleich vorbei kommt."

Sofort eilte ich zu dem vorgegebenen Weinstand, dessen Betreiber ich auch selbst gut kannte. Keine Frage, dass KHK Schulz nun bereits dorthin unterwegs war. Also musste ich mich sputen. Strammen Schrittes hastete ich erneut durch die Allee. Hie und da winkten Bekannte. Ich tat, als würde ich sie nicht sehen. Dann erreichte ich den Stand.

„Ist hier etwas für mich hinterlegt worden? Dexheimer mein Name."

„Der Mann, der den Umschlag abholt? Einen Moment."

Während die Winzerin meine Post suchte, überflog ich die Weinkarte. Mindestens fünf der angebotenen Weine hätte ich gerne probiert. Ich schaute mich um, ob schon Polizisten in Sicht waren. Wenigstens ein Gläschen sollte doch möglich sein. Doch die Frau hatte den Umschlag bereits gefunden. Schweren Herzens sputete ich ohne einen Wein davon. Jetzt bloß nicht der Polizei in die Arme laufen.

Ich flüchtete um zwei Ecken, tauchte ins Dunkel ab und stolperte fast über das Pärchen, das nun eindeutig nicht mehr gestört werden wollte. Eine Gasse weiter war es ziemlich menschenleer. Dort riss ich den Umschlag auf und las die Instruktion: Kirche St. Laurentius. Sofort!

Eine Drogenübergabe in einer Kirche. Manche Menschen hatten einfach vor gar nichts Respekt. Schnell eilte ich zu dem Gotteshaus und wartete auf dem Platz vor dem Haupteingang.

Katholische Kirchen sind tagsüber für die Gläubigen offen. Evangelische Kirchen sind grundsätzlich verschlossen und werden nur zu Messen geöffnet. Anscheinend glauben Evangelische nur auf Kommando. Jedenfalls sind nachts alle Kirchen verschlossen. Als Katholik ist einem das so in Fleisch und Blut übergegangen, dass ich einfach nicht darüber nachdachte, ob die Kirche geöffnet sein könnte. Statt dessen stand ich davor und wartete.

Die Pfarrkirche Wallhausen ist einer der wenigen klassizistischen Sakralbauten im Naheland. Als ich nun vor ihr stand, fiel mir das deutlich auf. Vier hohe korinthische Säulen trugen ein großes steinernes Dreieck, ähnlich dem Tympanon bei griechischen Tempeln. Zwei kleinere Säulen im gleichen Stil stützten einen Mauervorsprung über dem großen Portal. Darunter hätte ich meinen Kontaktmann erwartet, doch es war niemand dort.

Erst als nach längerer Wartezeit niemand erschien, kam ich doch auf die Idee, dass unser Treffen eventuell in der Kirche stattfinden könnte. Ich zog vorsichtig an der Eingangstür, wobei mir die Beschädigung am Schloss auffiel. Jemand hatte den Zugang aufgebrochen. Langsam betrat ich das Innere der Kirche. Als die Tür hinter mir zufiel, verstummte endlich der Lärm der Kirmes. Ich benetzte die Fingerspitzen meiner rechten Hand mit Weihwasser und schlug ein Kreuzzeichen. Dann blickte ich in dem dunklen Raum umher. Niemand war zu hören oder zu sehen. Im linken Seitenschiff brannte eine Kerze, der ich mich näherte. Sie stand auf dem Boden unter einem der Bilder des Kreuzweges. Etwas ungewöhnlich, aber für mich nicht von Bedeutung. Da anscheinend niemand außer mir hier war, schaltete ich mein Telefon wieder an und ging zurück zum Ausgang. Sofort ging ein Anruf ein. Es war nicht der, den ich erwartet hatte.

„Du hältst dich für klug, Anwalt. Stimmt's? Aber niemand ist klug genug, mir eine Falle zu stellen. Das Maß ist voll, halte dich bereit. Das Ende naht."

Der Entführer legte auf. Unmittelbar darauf kam der nächste Anruf.

„Wo zum Teufel stecken Sie, Dexheimer? Und weshalb war Ihr Handy ausgeschaltet?"

„Ich warte vor der Kirche auf Sie", sagte ich. In welcher Ortschaft ich mich befand, verriet ich ihm nicht. Er war trotzdem wenige Minuten später da. In seiner Begleitung tauchte der Leiter des Drogendezernats auf.

„Wo ist der Stoff?"

„Es gibt keinen." Natürlich hatten sie mich abgehört.

„Wieso gibt es keinen Stoff?", fragte der Drogenfahnder misstrauisch.

„Wahrscheinlich, weil ich zu dumm für so etwas bin." Ich zeigte auf den Eingang von St. Laurentius. „Statt den Dealer zu treffen, hatte ich dort drinnen eine Begegnung mit dem Entführer. Leider nur per Telefon." KHK Schulz schaltete sich ein.

„Wie Sie sicher schon bemerkt haben, zeichnen wir Ihre Telefonate auf. Zu Ihrem eigenen Schutz. Deshalb sind wir jetzt auch hier. Wir werden die Aufnahme morgen genau auswerten. Im Moment würde mich lediglich interessieren, ob er etwas zum Verbleib seiner Geiseln gesagt hat."

„Er meinte, das Maß sei voll, ich solle mich bereithalten, das Ende sei nah."

„Seltsame Formulierung."

„Er wollte hoffentlich nicht andeuten, dass ich nächstes Mal Bier trinken muss. Schon gar nicht eine ganze Maß."

„Das wäre eine zu einfache Lösung", beruhigte mich KHK Schulz. „Ich denke eher, dass er das Versteckspiel beenden will."

„Wird auch langsam Zeit", knurrte sein Assistent. „Immerhin haben wir jetzt schon elf Stationen hinter uns, wenn man das heutige Treffen mit einbezieht." Ich schaute ihn an, dann fiel mir etwas ein.

„Einen Augenblick, ich muss gerade nochmal zurück in die Kirche."

Die Kerze brannte noch immer. Ich trat näher heran und betrachtete das Kreuzwegbild, unter dem sie brannte. KHK Schulz war mir gefolgt.

„Die 12. Station. Der Tod", flüsterte er. „Ich habe Ihnen doch gesagt, dass wir verstehen müssen, wie er denkt. Jetzt wissen wir es." Im Kopf überflog ich die anderen Bilder des Kreuzweges.

„1. Station: das Urteil", murmelte ich. „Aber dann? Wo soll der Zusammenhang sein?"

KHK Schulz winkte seinen Assistenten herbei.

„Fertigen Sie bitte eine Liste aller Kreuzwegstationen." Ich schaute ihn fassungslos an.

„Der Religionsunterricht in Dresden war wohl nicht sehr nachhaltig, was?", lästerte ich.

Er blieb ganz gelassen.

„Ich glaube nicht an Gott. Dafür ist die Welt einfach zu schlecht. Sind Sie etwa gläubig?"

Was für eine hirnlose Äußerung, bloß weil er die Stationen des Kreuzweges nicht auf die Reihe brachte. Verschwörerisch beugte ich mich zu ihm hinüber, tat sehr geheimnisvoll und flüsterte so leise es nur ging.

„Ich weiß, dass es keinen Gott gibt. Das hat mir nämlich der Heilige Geist erzählt."

Dann verließ ich die Kirche St. Laurentius, während ein Polizist noch immer die Kreuzwegstationen notierte. Es gab keinen Zusammenhang, das war mir längst klar. Allerdings machte mich der Hinweis auf die 12. Station nervös. Der Entführer plante das Ende. Die nächste Station würde die letzte sein.

„Können wir Sie irgendwohin mitnehmen?", bot KHK Schulz an, als es vor Ort nichts mehr zu tun gab.

„Nein, danke, ich bleibe noch etwas hier." Mit diesen Worten eilte ich zurück zum Sektzelt. Anschließend schritt ich suchend die Allee ab. Bekannte winkten mir fröhlich zu. Ich hatte keinen Blick für sie. Ich suchte nur eine. Doch sie war nicht mehr da.

An den folgenden Tagen kehrte ich nicht nochmals zur Wallhäuser Kerb zurück, um die schwarzhaarige Schönheit zu suchen. Irgendwann würde es mir schon einfallen, wer sie war.

Allerdings suchte ich sonntags um die Mittagszeit nochmals die Kirche St. Laurentius auf. Es kam mir so vor, als hätte ich eine Botschaft des Entführers übersehen. Weil in Wallhausen Ausnahmezustand herrschte, entschied ich mich ausnahmsweise gegen das Auto und statt dessen für eine Radtour entlang des Gräfenbaches. Die Strecke ist unter Juristen gefürchtet wie keine andere. Das liegt an einer bestimmten Kurve des Radweges. Ein Baum hat dort seine Wurzel durch die Straßendecke gedrückt, so dass ein unachtsamer Radfahrer hier leicht stürzen kann. Ein Berufskollege hatte vor einiger Zeit gemeint, seine Leistungsfähigkeit auf dem Fahrrad testen zu müssen. Prompt war er zu schnell durch diese Kurve geradelt, dann gestürzt und mit gebrochenem Arm von seinem Ausflug zurückgekehrt. Dies hat die schadenfrohe Anwaltschaft nicht ruhen lassen, weshalb sich eine Woche später mehrere Kollegen zusammentaten. Gemeinsam wollten sie zu der Stelle radeln, wo einer von uns sich den Arm gebrochen hatte. Nun sind Anwälte aber nicht nur neugierig, sondern meistens auch ehrgeizig. Die Besichtigungstour artete deshalb zu einer kleinen Wettfahrt aus, worüber die Gefahrenstelle völlig in Vergessenheit geriet. Als der erste Anwalt die Kurve erreichte, war er natürlich viel zu schnell, stürzte und brach sich ebenfalls den Arm.

Ich vermied den Fehler der Kollegen schon deshalb, weil ich grundsätzlich versuche, ein Fahrrad selbst rollen zu lassen, besonders wenn es bergauf geht. Zwar klingelten hinter mir wütend einige Familienausflügler, weil ihre radelnden Kleinkinder durch meine eher gemächliche Fahrweise irritiert wurden. Dafür erreichte ich die Wallhäuser Kirche unverletzt, was mich in meiner Auffassung bestätigte, zumindest unter Bad Kreuznacher Anwälten einer der gewieftesten Taktiker zu sein.

Wie in der Kirmesnacht ging ich in das linke Seitenschiff und betrachtete nochmals die Szene des Kreuzweges. Dann suchte ich die Stationen rechts und links davon ab, ohne neue Erkenntnisse zu gewinnen. Ich ging in die Mitte der Kirche, schickte ein Stoßgebet zum Himmel und warf noch einen letzten Blick zu dem Kreuzweg. Jetzt sah ich es. Über den Stationen war ein großes Kirchenfenster mit kunstvoller Bleiverglasung. Abgebildet war eine Heilige, deren Name mir einen Schreck einjagte: Barbara.

Lange betrachtete ich das Bild. Barbara wird meist nur in Verbindung gebracht mit den Kirschzweigen, die an ihrem Namenstag geschnitten werden. Aber mir fielen noch zwei weitere Eigenschaften dieser Märtyrerin ein. Zum einen ist sie die Schutzheilige gegen den jähen Tod. Zum anderen war sie lange Zeit ihres Lebens in einem Verlies eingesperrt – und zwar von ihrem eigenen Vater.

12. Kapitel

Wozu empfohlen wird:
SPÄTBURGUNDER „R"
Weingut Marx, Windesheim

Die dritte Augustwoche begann. Es war die Woche der Jahrmarktseröffnung. In der Stadt breitete sich die Vorfreude auf dieses größte Fest im Naheraum aus. Sie war fast mit den Händen zu greifen. Allerdings nicht für jedermann. Über zwei Monate befand die kleine Barbara sich bereits in der Hand des Entführers. Nahezu zwei Wochen war Mandy spurlos verschwunden.

Ich erwachte am Montagmorgen voller Tatendrang. Mein Ausflug nach St. Laurentius hatte mir neue Kraft gegeben. Es war Zeit, den Anschluss an das normale Leben wieder zu finden. Daher saß ich schon zeitig an meinem Schreibtisch. Ich staunte, dass immer noch keine Akten dort lagen. Nur das hässliche gelbe Einschreiben wartete auf mich.

Nachdem ich gerade die Tageszeitungen gelesen hatte, meldete der Entführer sich persönlich auf meinem Handy. Er forderte mich auf, die Kanzlei nicht zu verlassen und auf Abruf bereitzustehen.

„Ich erwarte einen standesgemäßen Auftritt. In Robe", keuchte er, bevor er auflegte. Er setzte an zum Finale. Sofort informierte ich KHK Schulz. Der Kriminalist stellte mir am Telefon die üblichen Fragen.

„Hat er gesagt, was dann passiert? Hat er irgendwelche Andeutungen gemacht? Was hat er noch gesagt?" Man glaubte mir einfach nicht, dass ich in der Lage war, ein Gespräch selbständig umfassend zu rekapitulieren. Wir würden nie ein Team werden, aber das war jetzt auch nicht mehr nötig, denn ich spürte deutlich, dass die letzte Etappe angebrochen war.

Kurz später erschien KHK Schulz in meinem Büro. Er wirkte sehr gut gelaunt, wie in freudiger Erwartung, und tat so, als habe er Hausrecht.

„Er ist endgültig am Ende", dozierte der Spezialist für Entführungen. „Er hat keine Ideen mehr, er will es zum Abschluss bringen. Heute setzte er den Schlusspunkt."

„Sie meinen, dass er die Kleine heute freilässt?"

„Ganz bestimmt, es kommt zur Übergabe."

„Und dann?"

Zum ersten Mal stellte ich ihm diese Frage. Bisher war es nur darum gegangen, das Kind frei zu bekommen. Jetzt, so kurz vor dem Ziel, stand für mich mit aller Deutlichkeit das Problem im Vordergrund, was eigentlich mit mir passieren sollte. Noch immer war mir rätselhaft, welche Verbindung ich mit diesem Fall hatte. Zumindest für KHK Schulz schien jedoch alles klar zu sein.

„Er wird Sie gegen seine Geisel austauschen. Dann wird er versuchen, mit Ihnen zu fliehen. Dabei schnappen wir ihn."

„Und wozu dann die Robe?"

„Keine Ahnung, vielleicht damit er Sie besser erkennt." KHK Schulz grinste. „Jedenfalls haben wir das Ding bereits präpariert. Hier schauen Sie." Er zeigte mir einen kleinen silbernen Knopf in der Seitentasche der Robe. „Mikrofon und Sender, damit wir hören können, was los ist. Das Gleiche noch mal für Sie selbst, falls Sie die Robe ausziehen müssen."

Erst jetzt bemerkte ich, dass zwei Beamte an mir herumhantierten und mir einen Knopf in die Brusttasche des Hemdes einbauten.

„Wenn ich eine Robe anhabe, sendet der Knopf in der Hemdtasche", stellte ich fest. „Wenn ich die Robe nicht trage, sendet der Knopf in der Hemdtasche ebenfalls. Wozu dann noch ein Sender in der Robe?"

„Reine Vorsicht. Irgendetwas muss es ja mit der Robe auf sich haben. Möglicherweise benötigt er den Talar auch für sich. Dann haben wir gleich auch ein Mikrofon an ihm dran." Sehr überzeugend wirkte das nicht. Ich bekam allmählich Schwierigkeiten, die Nerven zu behalten.

„Ein Sprengsatz in der Robe wäre mir lieber."

„Sprengsatz?"

„Ja, ich habe kürzlich gelesen, dass der israelische Geheimdienst eine Bombe in das Handy eines Terroristen eingebaut hat. Kaum hat der telefoniert ... bumm ... Sie verstehen?"

„Hmmm ...", KHK Schulz schien ernsthaft darüber nachzudenken. „So eine Technik haben wir leider nicht. Ich weiß auch nicht, ob das rechtlich einwandfrei wäre. Denken Sie nur mal an die Diskussionen um den finalen Todesschuss, die müssten Ihnen doch geläufig sein."

„Bitte jetzt keine Juristereien", winkte ich nervös ab. „Juristen sind dazu da, es hinterher besser zu wissen. Wenn gehandelt werden muss, sind Gesetzeskenntnisse fehl am Platz. Der Handelnde ist immer ohne Gewissen."

Dann klingelte mein Mobiltelefon. An dem Zittern meiner Hand merkte ich, dass ich mich mehr und mehr der Entscheidung näherte. Auch die Stimme des Irren war angespannter, als ich sie zuletzt in Erinnerung hatte.

„In 30 Minuten in der Stromburg. Und keine Polizei, sonst ...."

Er ließ die Stille etwas wirken und legte auf. Es war mein letztes Telefonat mit ihm.

Kurz später fuhr ich mit dem Auto von Bad Kreuznach in Richtung Stromberg. Ich wählte den Weg über die Martinsbergtrasse. So kam ich an der Pfingstwiese vorbei, dem Schauplatz des Kreuznacher Jahrmarktes. Das Riesenrad drehte sich bereits im Probelauf. Kurz darauf führte die Straße bergan, und ich überquerte wieder einmal die Anhöhe, die man den „Hungrigen Wolf" nennt.

Dann lag der Hunsrück vor mir, eine sanft ansteigende Hügellandschaft, die noch in den Weinhängen beginnt und sich über Äcker und Wiesen hinweg in große Wälder verwandelt. Am Horizont hingen dunkle Wolken und verdeckten die Sonne, aber über diesen war der Himmel golden und blau. Wo die Wolken Lücken ließen, stachen Sonnenstrahlen hindurch und weiteten sich zu einem Fächer, der sich über das Land verteilte.

Rasch ging es wieder in ein Tal hinab und dann am Guldenbach entlang meinem Ziel entgegen. Nach einer kurzen kurvenreichen Fahrt sah ich die Stromburg über mir und erreichte schließlich die Stadt Stromberg.

Warum Stromberg eine Stadt ist und kein Dorf, habe ich nie verstanden. Man muss es nur einmal mit Bad Kreuznach vergleichen, dann wird jedem klar, dass wir die Stadt sind und die das Dorf. Die Stromberger berufen sich dagegen gerne auf historische Gründe, denn sie pflegen ein äußerst seltsames Geschichtsbild. Im 30-jährigen Krieg ist es tatsächlich einmal einem der ihren gelungen, bekannt zu werden. Der erste und letzte Stromberger von Bedeutung. Er hat sich einige Jahre lang nutzlos auf den Schlachtfeldern herumgetrieben und ging dann als „Deutscher Michel" in die Geschichte ein. Den Grund dafür weiß niemand, und wenn es jemand wüsste, würde er es nicht verstehen. Es macht nämlich keinen Sinn.

Wir Kreuznacher haben unseren eigenen Michel: Michel Mort. Das war ein anständiger Kerl, der auch einen richtigen Beruf gelernt hatte, und zwar den des Metzgers. Er zog schon einige hundert Jahre vor dem Stromberger Michel in den Krieg. Als er merkte, dass sein Boss vom Gegner eingekreist war, griff er zur Axt. Damit schlug er eine Bresche in die Gegner Schar, dass Arme und Beine nur so umherflogen. So rettete er selbstlos seinen Anführer. Anschließend zählte er durch, wie viele Wunden er sich bei dieser Aktion zugezogen hatte. Es waren derer eindeutig zu viele, selbst für einen Metzgermeister. Somit tat er, was ein ordentlicher Kriegsheld eben zu tun pflegt. Er fiel um und blieb tot liegen. Prompt haben wir ihm ein Denkmal auf den Eiermarkt gestellt.

Wahrscheinlich aus Neid auf unseren Michel wollten die Stromberger ihren Michel auch vermarkten. Bloß gab es im 30-jährigen Krieg keine Helden, sondern lediglich eine barbarische Soldateska, die plündernd, vergewaltigend und mordend über die gepeinigte Bevölkerung hergefallen ist. Man muss schon sehr robust sein, sich für solche Mitbürger nicht zu schämen. Nun zählt aber Stromberg nicht mehr zum Naheland, sondern eindeutig zum Hunsrück. Hunsrücker sind seltsame Leute. Bei ihnen gibt es keinen Weinbau, weshalb sie nicht sehr geistreich sind, so wie das überall der Fall ist, wo kein Wein mehr wächst. Sie denken sehr einfach und immer ein wenig schräg. Das muss man wissen, wenn man verstehen will, weshalb die Stromberger sich einmal jährlich zu einer drollig aussehenden „Rittergilde" zusammenschließen und ihren viehischen deutschen Michel mit einem Stadtfest feiern, das sie ausdrücklich als mittelalterlichen Markt bezeichnen, weil der 30-jährige Krieg ja im Mittelalter stattfand. So genau nimmt man es im Hunsrück mit den historischen Fakten nicht. Uns in Bad Kreuznach würde es nie einfallen, die Geschichte so zu verdrehen, was jeder schon von weitem an der liebevoll detailgetreu wieder aufgebauten Kauzenburg erkennt. Im Moment interessierte mich aber einzig und allein die Stromburg hoch über dem städtischen Dorf. Mit dem Val d'Or beherbergte sie eines der besten deutschen Restaurants. Auch darüber hatte mich KHK Schulz vorsorglich belehrt. Als ob man mir sagen müsste, wo in unserer Gegend die kulinarischen Höhepunkte zu finden waren.

In wenigen Serpentinen ging es einen Berg hinauf. Dann parkte ich mein Auto vor der Stromburg, durchschritt den Zugang durch einen Turm und befand mich in einem von Kastanien umstandenen Hof. Zwei Polizisten beobachteten mich, einer sprach in ein Funkgerät.

Nach kurzem Umherschlendern blieb ich an einer alten Kanone stehen, die dort hinab auf Stromberg zeigte. Ein Hauch von Vergänglichkeit wehte um dieses alte Geschütz, das schon so lange hier stand als Relikt einer vergangenen Zeit. Der Blick ging hinaus in den Hunsrück sowie zur Burg Gollenfels auf einem gegenüberliegenden Hügel. Die Stadt selbst war überwiegend hinter Bäumen versteckt. Ein weiterer Beweis dafür, dass Stromberg ein Dorf ist. Welche Stadt könnte schon durch ein paar Laubbäume verdeckt werden?

KHK Schulz kam aus dem Rosensaal der Stromburg heraus auf mich zu. Er wirkte verändert, stark angespannt, aber zugleich auch gelassen.

„Der Entführer hat sich in dem großen Keller hinter der Burg verschanzt", informierte er mich.

„Ein Keller hinter der Stromburg? Ich weiß nur von einem Weinkeller, der aufgrund seines überragenden Angebotes sicher zum Besten gehört, was hier im weiten Umkreis zu finden ist."

„Es gibt aber noch ein Gewölbe, das allerdings nur von außen begangen werden kann. Uns ist einigermaßen schleierhaft, wie der Entführer von diesem Keller erfahren hat. Zum einen weiß kaum jemand von dessen Existenz, zum anderen liegt er auf der Rückseite der Burg in der Nähe des Lieferanteneingangs. Dort hat eigentlich kaum jemand Zugang." Er führte mich, während er redete, zur Rückseite der Burg. Ich hätte Kohorten von Polizisten erwartet. Es standen jedoch nur wenige Uniformierte dort herum.

„Das Sondereinsatzkommando ist gerade überall in der Burg verteilt", meinte KHK Schulz. „Sie prüfen Zugriffsmöglichkeiten auf den Keller."

„Ist der Verrückte alleine dort unten?"

„Wir wissen es nicht. Niemand hat ihn kommen sehen. Ich gehe davon aus, dass er das Kind bei sich hat."

„Wie groß ist der Keller?"

„Die Ausmaße sind ganz beachtlich. Sie könnten dort unten beinahe ein reguläres Volleyballturnier austragen. Lediglich mit der Höhe dürfte es dabei Probleme geben."

„Bringen Sie den Irren bloß nicht auf diesen Gedanken. Es reicht bereits, dass ich mich hier wie ein Dienstbote mit dem Hintereingang zu begnügen habe. Wenn ich jetzt noch Bälle in Netze oder Körbe befördern müsste, wäre ich geneigt, dies als ehrenrührig zu empfinden." KHK Schulz zuckte mit den Schultern.

„Wir wissen nicht, was Sie dort unten erwartet. Er wird Sie dazu benutzen, die Erfüllung seiner Forderungen durchzusetzen, die übrigens lächerlich sind. Ein Fluchtauto und eine Million in bar. Es wird eine kleine Verfolgungsjagd geben. Sind Sie dazu bereit?" Ein Trupp getarnter und vermummter Uniformierter rückte an.

„Der Kellergeist hat doch gefordert, dass die Polizei außen vor bleibt", merkte ich an.

KHK Schulz erklärte mir, dass Entführer bei Geiselübergaben immer die völlige Abwesenheit der Polizei forderten. Zugleich wüssten sie aber bereits, dass diese Forderung nie erfüllt würde. Deshalb könne man die Weisung des Entführers insoweit ignorieren. Manchmal argumentierte er schlüssig wie ein Anwalt.

Neben ihm tauchte Sonja Krämer auf. Sie sah um Jahre gealtert aus. Was mochte es für sie bedeuten, dass ihr Kind so lange schon gefangen war, dass es nun in einem Keller dieser Burg saß, nur weil ein Irrer es auf mich abgesehen hatte?

KHK Schulz begann zu drängen.

„Die 30 Minuten seit seinem Anruf sind um. Jetzt oder nie, Herr Dexheimer."

„Oder nie", wiederholte ich. „Habe ich überhaupt eine Wahl?"

Frau Krämer begann still zu weinen. Mir war klar, dass ich keine Wahl hatte. Es war kein beliebiger Tausch, bei dem einer sich uneigennützig gibt, damit ein anderer gerettet wird. Dann hätte ich es nicht gemacht. Ich bin kein Michel Mort. Doch hier ging es nicht um Heldentum, sondern um Verantwortung. Der Irre hatte es auf mich abgesehen, nicht auf das Kind. Was immer ihn bewegen mochte, es war meine Schuld, nicht Barbaras. Nicht ich musste mich für sie in diesen Keller begeben, sie hatte von Anfang an meine Position innegehabt. Während ich im Licht dieses Sommers das Leben und den Wein genossen hatte, war sie für mich durch ein dunkles Tal der Tränen gegangen. Die Logik des Entführers mochte die eines Verrückten sein. Doch der Irrsinn galt nicht Barbara, er galt mir.

„Er wird Ihnen nichts tun, er will Sie als Geisel", versuchte KHK Schulz mich zu beruhigen.

„Und dann? Was geschieht dann?"

„Das werden wir schon sehen. Er kann dieses Gelände praktisch nicht verlassen, ohne dass wir ihm folgen. Diese zwölfte Station wird seine letzte sein. Wenn sie allerdings Zweifel haben, dann müssen Sie da nicht hineingehen."

„Doch, ich muss", antwortete ich. „Niemand anders als ich muss dies tun. Belehren Sie einen Dexheimer nicht, was Pflicht bedeutet."

„Dann sollten Sie nun ihre Robe anlegen und die Sache zu Ende bringen."

„Eine Frage noch, Herr KHK Schulz. Was ist, wenn sich für mich die Möglichkeit ergibt, ihn umzubringen? Darf ich das?"

„Sie sind doch Jurist, das müssen Sie besser wissen als ich."

„Na gut", sagte ich, „dann hätte ich gerne eine Waffe, mit der auch ein ungeübter Schütze trifft. Dazu Streumunition, die den Idioten zu Hackfleisch macht." KHK schaute mich zweifelnd an.

„Sie dürfen ihn nicht provozieren. Tun Sie, was er verlangt, zumindest, bis das Kind in Freiheit ist."

„Ich will ihn nicht provozieren, sondern umlegen."

„Wir haben die Situation von hier draußen unter Kontrolle. Bevor es riskant wird, werden wir eingreifen. Darauf können Sie sich verlassen."

„Wie Sie meinen. Aber falls Ihre Leute wirklich eingreifen müssen, wäre ich Ihnen dankbar, wenn niemand auf mich schießt. Auch nicht aus Versehen."

Mit diesen Worten warf ich mir meine Robe über und knöpfte sie zu. Dann betrat ich das Gewölbe. Barbara hatte genug gelitten für mich. Ich hatte nun zu regeln, was immer es dort unten zu regeln gab. Es war Zeit, dass ich endlich meinen Platz einnahm.

Natürlich hätte ich es lieber in meiner Heimatstadt Bad Kreuznach erledigt als in den mir fremden Gefilden des Hunsrücks. Die hatte der Irre wahrscheinlich bewusst gewählt, dabei aber zugleich etwas Wesentliches übersehen. Wahrscheinlich konnte er es ohnehin nicht verstehen, selbst wenn er es gewusst hätte: In wenigen Tagen begann der Jahrmarkt.

Niemand, selbst so ein Psychopath nicht, hält einen Kreuznacher davon ab, zum Jahrmarkt zu Hause zu sein. Wenn im Naheweinzelt die ersten Korken aus den Weinflaschen gezogen werden, würde ich dort sein. Nicht in einem Keller und nicht in einem Fluchtwagen, sondern auf der Pfingstwiese in der schönsten Kur- und Badestadt Deutschlands. Dort wo die Wespengarde singt, wo der Nahewein am besten schmeckt, wo Bad Kreuznach zur puren Lebensfreude wird. Dort und nirgendwo sonst.

Als sich die Kellerpforte hinter mir schloss, blieb ich zunächst stehen, bis meine Augen sich an die Dunkelheit gewöhnt hatten. In der schwärzesten Ecke sah ich einen Mann stehen, den ich nach langem Überlegen als Gung Ho wiedererkannte. Bei unserem letzten Treffen war er eine gepflegte Person in einem Nobelanzug gewesen. Von diesen Äußerlichkeiten war wenig geblieben. Er trug Shorts, ein T-Shirt und Sandalen. Es war sein Blick, an dem ich ihn erkannte. Ein Blick voller Hass.

Die mehrjährige Haft hatte ihn ausgemergelt, aber das wilde Flackern in seinen Augen war nicht erloschen. Er musterte mich abschätzig, bis meine Aufmerksamkeit sich auf seine Füße richtete. Dort lag ein kompaktes Bündel, dem er nun einen Tritt gab, so dass es mir entgegen purzelte und genau vor mir liegen blieb. Ich erkannte ein kleines Mädchen, das kniend vor mir kauerte, die Arme schützend über dem Kopf verschränkt.

„Sie dürfen ihn nicht provozieren. Tun Sie, was er verlangt, zumindest, bis das Kind in Freiheit ist." Das hatte KHK Schulz mir eingebläut.

Ich musste mich schwer zusammennehmen, seinen Ratschlag nun zu beherzigen. Das Mädchen vor mir war nur noch ein Häufchen Elend, zitternd und verdreckt. Wahrscheinlich hatte sie sich seit ihrer Entführung nicht einmal waschen können. Um ihre linke Hand trug sie einen schmutzigen Verband. Wie ich später erfuhr, war dem Mädchen durch den Irren der Finger gebrochen worden, während ich mit ihm telefoniert hatte und KHK Schulz ihn orten wollte.

„Hallo Barbara", sagte ich und kniete nieder, um nicht so groß auf sie zu wirken. Barbara schaute mich mit einem von Panik erfüllten Blick an und lächelte kurz. Ihre Augen waren blass mit dunklen Rändern.

„Deine Mutter wartet draußen. Du kannst gleich zu ihr gehen", flüsterte ich ihr zu.

Sie begann zu weinen und wurde noch kleiner. Ich legte eine Hand auf sie, zog sie an mich und schloss sie fest in meine Arme.

„Der barmherzige Samariter", kicherte Ho. Barbara begann zu zittern.

„Darf ich dann bei Mami bleiben oder muss ich danach wieder zu dem bösen Mann da zurück?"

„Deine Mama nimmt dich mit nach Hause. Es ist vorbei. Du musst ganz sicher nicht hierher zurück."

Wir sprachen flüsternd, sie hielt die Augen meistens geschlossen wie aus Angst davor, Gung Ho noch einmal anschauen zu müssen. Barbara weinte. Auch mir liefen die Tränen über die Wangen. Alles in mir drängte danach, Gung Ho an die Gurgel zu gehen. Jetzt sofort.

„Sie dürfen ihn nicht provozieren. Tun Sie, was er verlangt", hörte ich wieder KHK Schulz zu mir sprechen.

Trotzdem wollte ich mich von dem Mädchen lösen und ihren Entführer mit bloßen Händen angreifen. Ich hatte eine Wut im Bauch, gegen die er chancenlos gewesen wäre. Doch Barbara klammerte sich an mich.

„Bitte geh nicht fort", schluchzte sie.

Ich schloss sie noch fester in meine Arme. Eine Sentimentalität, die sich letztlich als tödlich erweisen sollte. Hätte ich in dieser Situation auf meinen Instinkt gehört, wer weiß, wie anders alles gekommen wäre.

„Ich bringe dich jetzt zur Tür", sagte ich zu dem zitternden Mädchen. „Bist du bereit?"

„Wartet da draußen ganz bestimmt meine Mami auf mich?"

„Ja. Sie wird dich mitnehmen und nur für dich da sein. Hab keine Angst. Es ist wirklich vorbei." Wieder wurde das Kind von Weinkrämpfen geschüttelt.

Bis zur Tür waren es keine zehn Schritte. Hinter der Tür war es hell, dort war Sicherheit, dort wartete ihre Mutter. Doch nach wochenlangem Martyrium hatte Barbara nicht mehr die Kraft, den Schutz meiner Arme freiwillig wieder aufzugeben. Sie presste sich an mich, wollte das Wenige halten, anstatt mit mir zum Ausgang zu gehen und alles zu gewinnen. Ich ließ sie weinen und streichelte sanft ihren Rücken. Mit den Augen versuchte ich, Gung Ho in Schach zu halten, der wohl unschlüssig war, wie er reagieren sollte.

„Raus jetzt mit dem Biest", brüllte er plötzlich. Die Szene dauerte ihm zu lange angesichts dessen, was er noch vorhatte.

„Bitte Barbara, wir müssen jetzt hinaus zu deiner Mami. Komm mit mir."

Ich erhob mich und trug das Kind auf meinen Armen zur Tür. Gung Ho wedelte plötzlich mit einer Pistole herum.

„Wehe du versuchst zu fliehen, Anwalt", drohte er.

„Beruhigen Sie sich", antwortete ich höflich. „Ich bringe nur das Kind zur Tür. Weiter werde ich nicht gehen." Dem Bündel in meinen Armen sprach ich unterdessen weiter Mut zu. „Gleich sind wir bei Mama."

„Kommt der Edi auch?", fragte sie jetzt.

„Wer ist Edi?"

„Na mein Papa."

„Du wirst ihn sicher auch bald treffen", antwortete ich, während sich in meinem Kopf ein Räderwerk in Bewegung setzte. Eine Mutter mit unerklärlichen Beziehungen. Eine Wohnung der Cruceniastiftung. Unterhaltszahlungen über den Hilfsfond. Für BK – Barbara Krämer. Edi, der Papa. Eine wichtige Persönlichkeit der Stadt. Dr. Eduard Himmelsbach. Beim Erreichen der Tür war mir klar, wie Danny Berlandy seinen Freispruch erreicht hatte.

„Halt", schrie der Irre mit erhobener Pistole. „Nur das Kind!"

Ich setzte Barbara ab und trat einen Schritt zurück.

„Geh hinaus zu deiner Mama. Und zu Edi, deinem Papa."

„Und du? Kommst du nicht mit?"

„Ich muss noch kurz mit dem bösen Mann reden. Geh jetzt!"

„Pass gut auf. Er ist wirklich sehr böse." Mit diesen Worten öffnete sie die Tür, durch die sie sich hinaus in die Freiheit schob. Ich sah kurz Licht von draußen hereinfallen, hörte einen jauchzenden Aufschrei ihrer Mutter. Dann fiel die Tür hinter ihr zu, und es wurde wieder dunkel. Das dunkle Jahr war zurückgekehrt.

Vielleicht wird dieses Bild das letzte sein, das ich sehen werde in der Stunde meines Todes. Das Licht, das blitzt, die Stimmen, die verstummen und die Tür, die sich schließt. Dann das Dunkel einer friedlosen Nacht. Wenn es dereinst so kommen wird, möge es eben so sein. Ich hoffe nur, dass Gott mich dann davor verschont, einem Monster wie Gung Ho gegenüberzustehen. Der wurde zu allem Überfluss nun auch noch sehr gesprächig. Er redete und redete, meiner Meinung nach nur wirres Zeug. Seine Worte untermalte er mit dem Pistolenlauf.

„Hierher, Anwalt. Ab in diese Ecke. Ich habe lange genug auf dich gewartet."

Er drängte mich in das düsterste Loch des Kellers und stellte sich vor mich. Auf einem Stehtisch, den er in meiner Nähe drapiert hatte, sah ich verschiedene Utensilien eines Drogenabhängigen, darunter ein Tütchen mit weißem Pulver und eine Rasierklinge. Offensichtlich hatte er ein längeres Ritual vorbereitet, weshalb ich seine Waffe nicht sonderlich fürchtete. Vielmehr genoss ich, dass das Kind nun endlich in Sicherheit war und ich meinem Hass gegen diesen Unmenschen freien Lauf lassen konnte. Er hatte mich zwar als Geisel genommen im Austausch gegen das Mädchen, doch er saß in der Falle. Noch badete er sich in dem Rausch seiner Macht über mich, aber ich war schon dabei, ihn auf den Boden der Tatsachen zurückzuführen.

„Seit wann duzen wir uns?", fragte ich möglichst überheblich. „Wir sind nicht zusammen zur Schule gegangen. Ich bezweifele sogar, dass Sie je dort waren. Meines Wissens sind Sie das Abfallprodukt einer asiatischen Wanderhure, die einen Balg vorzeitig aus ihrem geschlechtskranken Schoß abgestoßen hat, damit sie endlich wieder anschaffen kann. Dieser Balg wurde an einem Trog mit den Schweinen erzogen und als eines der Schweine begann, auf zwei Beinen zu laufen, hat man es Gung Ho genannt."

„Sie dürfen ihn nicht provozieren. Tun Sie, was er verlangt", hätte KHK Schulz jetzt gesagt. Aber ich bin ein Instinktmensch. Ich spüre es, wie ich auf Menschen zugehen muss, um sie brutal aus dem Konzept zu bringen. Man hat mich oft als schroff im zwischenmenschlichen Umgang bezeichnet. Mag sein, dass ich so bin. Denkbar ist auch, dass mein Beruf mich erst so gemacht hat. Jedenfalls kann ich eines mit der Präzision einer modernen Mittelstreckenrakete: Menschen bis aufs Blut reizen. Diplomatie war nie mein Ding. Wenn es zum Streit kommt, halte ich nichts von der höfischen Vornehmheit eines Floretts. Schlachtschwert und Streitaxt waren dem allezeit überlegen.

Gung Ho war deutlich irritiert und wedelte fahrig mit seiner Pistole. Wahrscheinlich dachte er gerade darüber nach, ob er mir seine Schulbildung darlegen sollte.

„Passen Sie auf, dass Sie sich nicht verletzen, wenn die Knarre auf einmal nach hinten losgeht", machte ich mich weiter lustig über ihn. „Hat man Ihnen nie gesagt, dass dumme Buben nicht mit so etwas spielen dürfen? Wenn Ihr Vater noch lebt und es nicht gerade mit Affen oder Ziegen treibt, sollte er Ihnen mal den Hintern versohlen. Falls er diesen überhaupt von Ihrem Gesicht unterscheiden kann."

„Halt's Maul, Anwalt!" Gung Ho schäumte, ich war fürs Erste zufrieden.

„Sie sollen mich nicht duzen. Ich bin keine dieser syphilitischen Zehnpfennigshuren, die Ihnen mit Ihrem rudimentären Geschlechtsteil auch gleich das Hirn weggelutscht haben", setzte ich noch drauf.

Dann betrachtete ich zufrieden mein Werk. Von dem bösen Mann, den Barbara so gefürchtet hatte, war nichts mehr übrig. Mir gegenüber stand der wahre Gung Ho: ein armseliger geisteskranker Abschaum der Menschheit. Ich hätte so fortfahren und dabei seelenruhig zur Tür und hinausgehen sollen. Er hätte es wahrscheinlich nicht einmal verhindert. Doch ich war wieder einmal zu neugierig. Nachdem Barbara befreit war, wollte ich nun unbedingt noch erfahren, wie er sich den Ausgang seines Spiels vorgestellt hatte. Also ließ ich ihn nun selbst zu Wort kommen.

„Wissen Sie, wozu ich dieses Treffen arrangiert habe?", fragte er unsicher. Wenigstens war er zur Ansprache in Höflichkeitsform übergegangen. Ich schaute ihn bewusst gelangweilt an, während ich demonstrativ schwieg.

„Ihretwegen habe ich Jahre im Knast verbrach", brüllte Ho.

„Offenbar noch zu wenig", erwiderte ich. „Ich hoffe, Sie durften sich täglich bücken, um beim Duschen die Seife aufzuheben."

„Es war sicher nicht so interessant wie das, was Sie in den letzten Wochen durch mich erleben durften."

„Sie meinen diese stinklangweilige Schnitzeljagd?"

„Ich habe mir sehr viel Mühe gegeben, Sie angemessen zu unterhalten." Er klang tatsächlich beleidigt. „Ist Ihnen wenigstens der Sinn Ihrer Aufgaben bewusst geworden?"

„Nein", log ich. Zwar hatte ich meine Theorie, aber ich wollte diesem Verrückten nicht den Eindruck vermitteln, sein Verhalten sei sinnvoll gewesen. Es lag mir fern, ihm auch nur einen Hauch von Anerkennung zu zollen. Die Enttäuschung darüber war ihm anzusehen.

„Ich habe Sie sowohl durch einen Tag als auch durch Ihr Leben und Ihr Land geführt. Ist Ihnen das wirklich nicht klar geworden?"

„Nein, dafür war es am Schluss viel zu verrückt. Die Hetzjagd am Hungrigen Wolf hätte ich nicht gebraucht."

Er lachte auf, als hätte ich einen Scherz gemacht. „Was die Vorfälle an jenem Abend betrifft, muss ich gestehen, dass ich zu diesem Zeitpunkt etwas in Panik war. Dieses Kind hatte sich eine Viruserkrankung zugezogen. Sie litt an sehr hohem Fieber. Fast wäre sie kaputt gegangen und hätte meinen sorgfältig ausgedachten Plan zerstört."

„Kinder gehen nicht kaputt, Kinder sterben", belehrte ich ihn. „Und wenn so etwas passiert, ist es das Grausamste, was auf der Welt geschehen kann. Sie können mit ihrem kranken Hirn niemals ermessen, wie unendlich das Leid ist, das Sie Eltern damit zufügen."

„Genauso wenig wie Sie das Leid ermessen können, das Sie mir zugefügt haben."

„Ach, hören Sie doch auf. Ich weiß, weshalb Ihr sogenannter Plan zuletzt immer verrückter wurde. Es war der Einfluss der Droge. Sie hatten sich nicht mehr unter Kontrolle."

Prompt ging er zu dem Tischchen und entnahm dem Tütchen etwas Pulver. Er häckelte sich eine Linie Kokain und schniefte sie weg. Danach wurde er wieder euphorisch.

„Ich hätte Sie kaltmachen können am Hungrigen Wolf."

„So wie Danny Berlandy?"

„Wer? Ach so, Danny. Ein kleiner Läufer, mehr nicht. Anfangs hat er gut verkauft für mich. Aber sein Konsum hat ihn aufgefressen."

„Hatte er die Idee mit der Kindesentführung?"

„Ja und nein. Es war eher eine Gemeinschaftsproduktion. Danny kam zu mir, weil er irgendwie erfahren hatte, dass dieser Himmelsbach seiner Geliebten ein Kind gemacht hatte. Oder war es die Ex-Geliebte? Jedenfalls wollte er Himmelsbach damit erpressen. Wir fanden es beide ursprünglich zu riskant. Als dann aber seine Strafverhandlung näher rückte, war er von dem Gedanken kaum noch abzubringen. Ich wollte damit immer noch nichts zu tun haben. Bis ich die Chance erkannte, über das Kind seinen Verteidiger kennenzulernen."

Er richtete seine Pistole auf mich und nahm meinen Kopf ins Visier.

„Bumm, bumm, bumm", sagte er. Dann ließ er den Arm wieder fallen und fuhr fort zu reden, als sei nichts gewesen.

„Danny wusste den Namen der Frau, weil er wegen ihr einmal Streit hatte mit Himmelsbach. Vor Ihnen hat er das verschwiegen, damit kein Verdacht auf ihn fällt."

„Warum musste er sterben?"

„Nach dem Freispruch wurde er lästig. Er drängte mich immerzu, das Kind freizulassen, wollte sein Leben ändern, drogenfrei leben und straffrei. Er drehte völlig durch, ging mir mächtig auf den Zeiger. Dazu sein Gutmenschengetue, seit er mit der Schlampe Mandy zusammen war. Die Tussi hat ihm das Gehirn gewaschen, glaube ich. Am Ende wollte er mich sogar an sie verpfeifen. Das ging dann zu weit." Seine Pistole richtete sich erneut auf meinen Kopf. „Bumm, bumm, bumm." Ich war es bereits gewohnt.

„Was haben Sie nun noch vor?", fragte ich. „Sie beginnen, mich zu langweilen."

„Was denken Sie denn, warum ich Sie so aufwändig hierher gelockt habe?"

„Am Ende landen Verbrecher wie Sie ohnehin immer im Knast. Oder meinen Sie etwa, Sie kämen bis zur nächsten Grenze mit Ihrem Fluchtwagen und der erpressten Million?"

Schallendes Gelächter, das sich in dem Gewölbe unheilvoll ausbreitete, war die Antwort.

„Sie halten sich wohl für sehr schlau, was, Sie kleiner unwichtiger Winkeladvokat. Meinen Sie wirklich, ich wüsste nicht, dass da draußen mehr Polizisten lauern, als es je Ritter auf dieser Burg gab? Wahrscheinlich haben Sie sogar eine Waffe bei sich und obendrein noch einen Sender in der Kleidung versteckt. Aber das interessiert mich nicht. Der Fluchtwagen war nur eine Finte. Das Geld ebenso."

Meine Selbstsicherheit erlitt einen empfindlichen Schlag, denn mir wurde klar, dass sein Plan nicht darin bestand, nun mit mir als Geisel zu fliehen. Heimlich verfluchte ich KHK Schulz, den großen Entführungsspezialisten, der gerade dies für völlig unwahrscheinlich gehalten hatte. Ein weiteres Mal dachte ich daran, sofort mit bloßen Fäusten über ihn herzufallen. Doch seine Waffe hielt mich davon ab. Zwar steckte sie gerade in seinem Gürtel, aber ich wusste nicht, wie schnell er damit umzugehen wusste.

„Wissen Sie was, Sie kleiner Rechtsverdreher, mir ist es völlig egal, was passiert, wenn ich hier wieder herauskomme. Ich weiß längst, dass ich im Knast enden werde. Bestenfalls erschießen mich Ihre Polizeifreunde direkt dort draußen vor der Tür und das auch noch straffrei. Notwehr nennt Ihr das doch, Ihr Scheißjuristen!"

„Nothilfe", verbesserte ich ihn. „Sie werden ja nicht so dumm sein, einen Polizisten anzugreifen. Also erschießt der Polizist Sie nicht zu seinem eigenen Schutz, sondern um mich zu befreien – Sie Ignorant." Das war keine schlechte Antwort gewesen. Der Wahnsinnige schluckte, so als müsse er die Erfahrung hinunterwürgen, dass er mir in juristischer Argumentation einfach unterlegen war. Dann wechselte er das Thema.

„Wie ich bereits sagte, ist es ist mir völlig egal, was außerhalb dieses Kellers passiert. Für mich ist entscheidend, was hier drinnen mit Ihnen nun geschieht, und da können Ihnen Ihre Freunde und Beschützer dort draußen leider nicht mehr helfen."

Ich verlor allmählich die Geduld mit diesem Verrückten.

„Nun sagen Sie schon, worauf Sie hinaus wollen", schleuderte ich ihm entgegen.

Ohne sein verdammtes Lächeln aufzugeben, trat er ganz dicht an mich heran.

„Sie waren betrunken, als Sie mich in den Knast brachten, erinnern Sie sich?"

„Völliger Unsinn, ich habe noch keinen Prozess auch nur angetrunken geführt."

„Reden Sie sich nicht heraus!", schrie er auf. „Ich weiß es genau, Sie selbst haben es mir erzählt!"

„Ich soll Ihnen erzählt haben, dass ich Sie vor Gericht betrunken verteidigte? Sie sind ja noch verrückter als ich dachte."

„Sieh an, sieh an, der Herr Anwalt fühlt sich in seiner Ehre verletzt. Das gefällt mir. Aber es ändert nichts daran, dass Sie nach Ihren eigenen Worten am Abend vor meinem Prozess an einer Weinprobe teilgenommen hatten. Geben Sie es endlich zu, Sie haben es mir selbst gesagt damals."

Ich konnte mich nicht an Derartiges erinnern, hielt es aber auch nicht für ausgeschlossen. Schließlich macht es keinen Sinn, eine Weinprobe auszuschlagen, nur weil sie am Vorabend eines Prozesses stattfindet. Es kommt eben darauf an, dass man sich mäßigt. Genau so sagte ich es ihm, aber das machte ihn noch jähzorniger.

„Mäßigung! Dass ich nicht lache! Ihr Atem stank nach Alkohol, bis heute noch kann ich es riechen, so widerwärtig war das. Ein stinkender besoffener Verteidiger, eine Weinflasche in einem schwarzen Kittel."

„Hören Sie auf!" unterbrach ich ihn. „Sie fabulieren."

Für mich persönlich schloss ich es aus, dass an diesen Vorwürfen etwas dran sein konnte. Darum antwortete ich ihm nicht mehr. Er hingegen tobte weiter und verstieg sich noch eine Zeit lang zu den absurdesten Schilderungen meines angeblichen Zustandes an jenem Tag. Dann merkte er, dass aus unserem Zwiegespräch ein Monolog geworden war. Ho besann sich kurz und setzte sein Grinsen wieder auf, das ihm bei seinem Wutanfall völlig abhanden gekommen war.

„Nun, Herr Anwalt, ich möchte zum Schluss kommen."

„Ich ebenso", bestätigte ich ihm.

„Sie waren damals betrunken, deswegen musste ich Jahre hinter Gittern verbringen. Zum Zwecke der Genugtuung werden Sie mir nun den Gefallen tun und mit mir eine Flasche Wein trinken, bevor ich wieder in mein Gefängnis zurückkehre."

Jetzt war ich vollends davon überzeugt, es mit einem Irren zu tun zu haben. Fassungslos schaute ich ihn an.

„Mehr wollen Sie nicht? Und dazu veranstalten Sie dieses ganze Theater? Ganz zu schweigen davon, was sie dem Kind angetan haben."

„Ganz Recht, Winkeladvokat, mehr nicht."

Zwar lasse ich mich grundsätzlich nicht zu einem Umtrunk nötigen, aber wenn mir danach ist, braucht es auch keine besonderen Überredungskünste. Der Tag war heiß, die Freilassung des Kindes ein Erfolg. Deshalb bedurfte es nur noch eines guten Tröpfchens und ich hätte mich mit Gung Ho sogar zum Gelage niedergelassen. Vielleicht hätten wir den Fall auch damit beendet, aber der Idiot dachte einfach zu kompliziert. Vor allem hatte er ein Ass im Ärmel, mit dem er mich übertrumpfen konnte. Er hob die Hand und schnippte. Aus dem Dunkel des Kellers trat eine Person hervor, die bisher apathisch still dort in einer Ecke gekauert hatte. Ihre Anwesenheit war mir bis dato noch gar nicht bewusst gewesen. Nun löste sie sich wie in Trance aus dem Halbdunkel und trat langsam zu uns heran.

„Mandy!", stöhnte ich auf.

Ich hatte mit allem gerechnet, aber nicht damit. Meine Selbstsicherheit zersplitterte wie eine in der Luft getroffene Tontaube. Von einer Sekunde auf die andere hatte ich Angst.

Mandy kam auf mich zu wie ein Schatten aus dem Totenreich. Auf ein Handzeichen des Verrückten blieb sie starr stehen.

„Mandy", flüsterte ich.

Meine Befürchtung war, dass sie einfach zerbrochen wäre, wenn ich sie laut angesprochen hätte. So surreal erschien mir ihr Auftritt. Ich schaute Gung Ho fragend an.

„Das, sehr geehrter Herr Drogenverteidiger, ist etwas, das sie noch nicht kennen. Ein Stoff, der gerade neu aus Südamerika nach Europa kommt. Die Basis ist Burundanga. Es wird verfeinert mit Crystal, damit die Leute nicht das Bewusstsein verlieren. Dazu kommt Meskalin, damit man sie beeinflussen kann. Es bedurfte einiger Experimente, bis ich die richtige Dosis fand. Daher konnte ich mich längere Zeit nicht melden. Wenn man jedoch das richtige Mischungsverhältnis kennt, erhält man das, was gerade vor Ihnen steht. Einen lebenden Roboter. Sie bekommt nichts mit und hört nur auf das, was ich ihr sage. Perfekt, nicht wahr?"

„Unmöglich", sagte ich. „Alle Geheimdienste dieser Welt forschen seit dem Kalten Krieg nach Möglichkeiten der Bewusstseinsbeeinflussung. Gehirnwäsche ist ein hochkomplizierter Vorgang. Sie können mir doch nicht erzählen, dass Sie mit einem selbstgebrauten Drogencocktail in einer Woche mehr erreichen als KGB und CIA in einem halben Jahrhundert."

Ho war grenzenlos stolz auf meine Äußerung. Er strahlte glücklich über das ganze Gesicht. Zu spät fiel mir auf, dass ich ihm aus seiner Sicht ein dickes Lob gemacht hatte. Dann verschwand seine Glückseligkeit so schnell sie gekommen war. „Geheimdienste", schnaubte er. „Verbrecher, die an das Gesetz gebunden sind. Die lernen es nie. Mind controlling ist möglich. Es ist Realität."

Burundanga ist vergleichbar mit dem, was man hierzulande als K.O.-Tropfen fürchtet. Es wird allerdings nicht ins Glas geschüttet, sondern meistens über präparierte Zigaretten verabreicht. Burundanga macht die Opfer willenlos, damit man sie entweder ausrauben oder vergewaltigen kann. Wenn man es mit Aufputschmitteln wie Crystal kombiniert, zerreißt es die Psyche. Der eine Stoff will das Bewusstsein betäuben, der andere es stimulieren. Schon nach kurzzeitigem Konsum sind dann irreparable Hirnschäden nicht mehr auszuschließen. Meskalin schließlich ist eine halluzinogene Droge, die tief in das Bewusstsein eingreift. Ich hielt es dennoch für ausgeschlossen, dass man mit welchen Drogen auch immer Menschen so beeinflussen konnte.

„Wollen Sie sie nehmen?", fragte Gung Ho. „Sie ist wirklich völlig willenlos.

Sie können sich gerne erst bedienen, bevor wir hier fortfahren." Er griff nach ihrer Bluse und wollte diese zerreißen.

„Lassen Sie das", herrschte ich ihn an. „Wenn Sie die Frau nicht umgehend in Ruhe lassen, werde ich ..."

„... werden Sie was?" Er zielte erneut auf mich.

„Es ist mir egal, ob Sie eine Pistole haben oder nicht. Ich werde handgreiflich, wenn Sie Mandy etwas antun."

Gung Ho lachte irr und schallend auf. „Wie Sie wollen, Herr Anwalt. Schade um das Vergnügen. Es wäre nämlich Ihr letztes gewesen."

„Was haben Sie mit Mandy vor?"

„Sie hat mich damals zu Ihnen gebracht. Also trägt sie Mitschuld. Trotzdem kann sie gehen, wenn ich mit Ihnen fertig bin. Sie ist jetzt nahezu zwei Wochen ununterbrochen unter dem Einfluss der Droge. Wenn die Wirkung nachlässt, wird eine hochgradige Abhängigkeit verbleiben. Ich möchte nicht in ihrer Haut stecken."

„Dann lassen Sie es uns zu Ende bringen. Je früher Mandy diesen Raum verlassen kann, desto besser."

„Aber doch nicht so schnell, Herr Schnüffelanwalt. Sie haben doch sicher noch Fragen, wie ich Sie kenne."

Eine Frage hatte ich tatsächlich noch.

„Wie ist Mandy eigentlich in Ihre Hände geraten?" Er lachte zufrieden auf. „Dachte ich es mir doch, dass Sie das nicht verstanden haben. Juristische Logik führt manchmal zu falschen Ergebnissen. Aber ich erkläre es Ihnen gerne. Sie und Mandy sind nämlich beide dem gleichen Irrtum erlegen. Es war ein Fehler, mich nicht für zu allem fähig zu halten. Sowohl Mandy als auch Sie haben mich unterschätzt, wobei Ihre Idee, mich über einen Drogenkurier zu finden, nicht einmal schlecht war. Mandy war da weniger einfallsreich."

„Ich wollte nur wissen, wie es dazu kam. Wessen Fehler es war, interessiert mich nicht."

„Ganz wie Sie wünschen, Juristenabschaum. Dann eben die Schnellversion. Sie hatte meine Telefonnummer. Woher, kann ich mir nicht erklären."

„Danny Berlandy?"

„Nein, ich habe die Nummer nach seinem Tod gewechselt. Aber sie hat mich irgendwie ermittelt und meinte, sie könne jede neue Telefonnummer von mir herausfinden. Deshalb hätte sie es in der Hand, ob die Polizei mich findet oder nicht. Sie bedrohte mich."

„Wieso hat sie nicht einfach die Polizei gerufen? Was wollte Sie von Ihnen?"

„Das Kind, Dexheimer. Was sonst? Nachdem ich diesen Danny beseitigt hatte, fürchtete sie um das Kind. Als ob ich einem Kind etwas antun würde."
Ich dachte an die dunklen Ränder rund um Barbaras eingefallene Augen und enthielt mich eines Kommentars. Es war mir nun auch klar, was Mandy beabsichtigt hatte: einen Austausch der Geiseln. Hätte sie nur eine Andeutung davon mir gegenüber gemacht, wäre es nie zu einer solchen Aktion gekommen. Insofern war sie bei ihrer Entscheidung auf sich allein gestellt. Ich konnte es mir trotzdem nur mit ihrem Schockzustand nach Danny Berlandys Tod erklären. Es war eine unverzeihliche Dummheit.

„Noch Fragen, Anwalt?"

„Ja. Weshalb gerade in Hargesheim?"

„Kontakte von früher. Es führte zu weit, Ihnen das zu erläutern. Ich lockte sie in eine Falle und hielt ihr diese Waffe an den Kopf". Er wedelte mit seiner Pistole. „So zwang ich sie auch, mit dem Auto auf Sie loszugehen. Und wahrscheinlich wollen Sie jetzt noch wissen, warum sie nicht flüchtete, als ich ausstieg, um mit Leuchtkugeln über dieses Sonnenblumenfeld zu schießen. Nun, ganz einfach, ich hatte den Schlüssel abgezogen und ihr Arm war mit einer Handschelle an das Lenkrad gefesselt. Sonst noch Fragen? Ach wissen Sie was, Sie langweilen mich, Möchtegernanwalt. Ihre ewige Schnüffelei und diese Manie, alles genau wissen zu müssen. Schluss damit jetzt! Es wird Ihnen nichts mehr nützen. Bringen wir es hinter uns."

„Gerne. Sie langweilen mich ohnehin. Bringen wir es hinter uns."

Er stand erneut an dem Tischchen und präparierte sich eine Linie Koks. Nebenbei winkte er unkontrolliert mit seiner Waffe in meine Richtung. Mandy erkannte mich einfach nicht mehr. Die beiden tuschelten kurz, sie verschwand in einem dunklen Winkel des Raumes und kehrte gleich darauf zurück. Auf ihren Händen trug sie nun ein Tablett, auf dem eine Flasche Wein stand, dazu ein Glas und ein Korkenzieher.

„Nur ein Glas?", scherzte ich, „ich dachte, wir trinken zusammen."

„Oho, wie scharfsinnig er ist, unser Anwalt." Gung Ho kicherte. „Aber ich denke, der Wein würde mir nicht bekommen."

Während ich über den Sinn dieses Orakels nachdachte, konnte ich beobachten, wie er die Flasche von dem Tablett nahm und grinsend entkorkte. Das Ploppen des Korkens war sehr verhalten, woraus zu schließen war, dass er die Flasche schon einmal geöffnet und selbst neu verkorkt hatte. Ein dumpfes Gefühl in der Magengegend beschlich mich. Ich schaute Mandy an, die meinem Blick auswich. Genau genommen wich sie noch nicht einmal aus, sondern schaute völlig ins Leere. Ihr Verhalten war absolut unbegreiflich für mich.

Dann führte der Irre die geöffnete Flasche in die Richtung meines Gesichts. „Ich habe mir sagen lassen, dass der Fachmann zunächst den Duft des Weines prüft", merkte er mit einem satanischen Lächeln an. Zugleich stach mir ein scharfer Geruch von Salz oder eher noch Chlor in die Nase. Wie ich erwartet hatte, war alles andere als Wein in dieser Flasche.

„Und, wie lautet Ihr geschätztes Urteil?", fragte er scheinheilig.

Ich konnte die in mir beständig sich ausbreitende Angst nun nicht mehr vollständig verbergen. Er weidete sich daran.

„Herr Anwalt, hat es Ihnen die Sprache verschlagen? Dann muss ich Ihnen wohl ein wenig behilflich sein. Irgendein schäbiger Winzer hat diesen hervorragenden Wein doch tatsächlich mit etwas Salzsäure versetzt. Hat Ihre vielgerühmte Nase dies etwa nicht bemerkt? Die legendäre Dexheimer'sche Nase, die sonst in jedem Dreck schnüffelt. Sie enttäuschen mich."

Ich unternahm einen verzweifelten Versuch, ihm die Flasche sofort aus der Hand zu treten, aber er war offenbar darauf gefasst und wich rechtzeitig zurück.

„Aber Herr Anwalt, ich darf doch bitten. So sollte ein Kenner nicht mit einem derart hervorragenden Tropfen umgehen. Offenbar verlieren Sie in Vorfreude auf den Genuss schon die Nerven. Doch beruhigen Sie sich, dieses Tröpfchen wird Ihre Trunksucht ein für alle Mal stillen." Er kicherte giftig und kurz, dann wurde er todernst, hob seinen Revolver und entsicherte diesen.

„Diese Waffe werde ich von nun an unentwegt auf Ihren Kopf richten, verehrter Herr Rechtsanwalt. Falls Ihre Freunde da draußen uns diese Weinprobe verderben sollten, werde ich Ihnen Ihr mickeriges Hirn wegpusten. Ich hoffe, wir haben uns verstanden!"

Ich versuchte, irgendwie Zeit zu gewinnen und noch ein wenig auf ihn einzureden, aber das war vergebene Mühe. Der Mann war zu allem entschlossen. Mit einer ärgerlichen Bewegung seiner Waffe gebot er mir, zu schweigen.

„Sie haben in Ihrem Leben schon zu viel und zu dumm geredet, Herr Amselverteidiger. Ersparen Sie mir wenigstens Ihr Gejammer!"

„Amselverteidiger?"

„Von mir aus auch Drossel- oder Finkenverteidiger. Mehr aber nicht."

„Gung Ho, ich muss Ihnen gestehen, dass Sie Recht haben. Ich war betrunken damals. Es kann nicht anders gewesen sein. Sie sind nämlich so unglaublich dämlich, dass der Prozess mit Ihnen anders nicht zu ertragen gewesen wäre."

„Das war das Geständnis und Ihr Todesurteil zugleich", verkündete er, ohne auch nur eine Sekunde meinen für diese Situation doch ganz tapferen Sarkasmus zu würdigen.

Dann schenkte er das auf dem Tablett stehende Glas voll, wobei er ständig zwischen mir und dem Glas hin und her schaute. Seine Pistole hielt er in Höhe meines Kopfes. Mandy stand starr wie eine antike Statue und hielt das Tablett.

„Stell das Tablett ab und gib mir das Glas", befahl er Mandy, die ihm erneut willenlos gehorchte. Tränen begannen über ihr Gesicht zu laufen, als sie nun neben ihm stand und er das Weinglas mit der Säure vorsichtig zu mir bewegte. Er amüsierte sich köstlich darüber.

„Mandy wird nun dafür sorgen, dass Sie beim Trinken nicht die Haltung verlieren. Es sieht so fürchterlich entwürdigend aus, wenn ein Betrunkener zu torkeln beginnt, noch dazu, wenn er Anwalt ist. Diese Blöße möchte ich Ihnen der Fairness halber ersparen. Mandy, wenn ich bitten darf ..."

Wie von einer unsichtbaren Hand geführt, holte Mandy ein Seil herbei. Der Irre drängte mich zum Scheitelpunkt des Gewölbes, wo ein Balken die Deckenlast abtrug. Flugs hatte Mandy meine Füße an den Pfahl gebunden, vor dem ich stand, und umwickelte mich dann von unten beginnend mit dem Seil. Die Drogen müssen eine gewaltige Wirkung gehabt haben, da sie tat, als kenne sie mich nicht. Pflichtbewusst wie sie war, zog sie das Seil auch konsequent stramm. Sie ließ mir keine Gelegenheit zur Flucht, wie ich es von ihr erwartet hätte, wenn sie klaren Kopfes gewesen wäre. Auch die Arme schnürte sie mir unerbittlich fest, und bald war ich vollständig an den Pfahl gefesselt. Beweglich blieb nur mein Kopf.

„Was haben Sie der Frau angetan?", fragte ich Gung Ho nochmals, zum einen, weil ich ihr Verhalten nicht mehr verstand, zum anderen, um das Unvermeidliche wenigstens noch hinauszuzögern. Vielleicht würde die Polizei vor der Tür ja doch noch eine Möglichkeit finden, nun endlich einzugreifen. Ich klammerte mich an jeden Strohhalm.

„Aber Herr Anwalt, Sie werden doch nicht etwa Mitleid haben mit dieser armseligen Kreatur hier, die Sie und mich verraten hat."

Mandy schluchzte hörbar, was mich fast schon erleichterte. Immerhin reagierte sie noch irgendwie, während unser Gegner weiter giftete.

„Dieses kleine Aas ist es nicht wert, dass Sie überhaupt zur Kenntnis genommen wird. Nicht wahr, Mandy?" Mandy nickte.

Ich sprach sie direkt an, wenngleich ich bezweifelte, ob sie mich unter dem Einfluss der Drogen verstehen würde: „Mandy, hörst du mich?", rief ich. Der Irre beobachtete die Szene interessiert. Offenbar war er in einem grenzenlosen Machtrausch. Es befriedigte ihn, dass er sie willenlos gemacht hatte.

„Herr Anwalt, Sie gehen zu nachlässig mit Ihrem Personal um. Solche Biester brauchen klare Anweisungen." Eine neue wahnsinnige Idee hatte ihn gepackt.

„Mandy, hebe deine Hand!", befahl er eisern und sie gehorchte.

„Um Gottes Willen, Mandy, tu das nicht! Komm zu dir!", schrie ich sie an, doch ihr Arm blieb zitternd nach vorne gestreckt. Der Besessene nahm das Glas mit dem verätzten Wein und träufelte genüsslich einige Tropfen auf ihre Hand. Mir wollte der Atem stocken. Wo die Flüssigkeit die Hand benetzte, verfärbte sich die Haut rötlich, und ich musste zusehen, wie sich die Säure in das Fleisch fraß. Bald war die ganze Hand wie mit Pockennarben übersät und durchfurcht. Der Irre kicherte, Mandy hatte die Augen geschlossen.

Ich schätzte ab, ob ich nun einfach laut nach der Polizei rufen sollte. Der Irre schien jedoch Gedanken lesen zu können. Umgehend hob er wieder die Pistole, die er zuvor nach und nach hatte sinken lassen. Dann gab Mandy einen klagenden Laut von sich und schluchzte in sich hinein. Sie ließ den Arm langsam fallen. Ihre Hand sah fürchterlich aus.

„Ich hätte Lust, diesem Luder noch ein wenig das Gesicht zu verzieren, aber ich will kein schlechter Gastgeber sein." Gung Ho wandte sich wieder mir zu. „Sie haben nun das Recht des ersten Schluckes, Herr Rechtsanwalt. Jus primae schlucktis." Er kicherte selbstgefällig. „Wenn Sie allerdings für Mandy etwas übrig lassen könnten, wäre ich Ihnen dankbar. Es reicht schon, dass sie lebend hier herauskommt. Sie sollte wenigstens eine Erinnerung an mich behalten, wenn sie künftig in den Spiegel schaut."

„Sie haben noch etwas vergessen", entgegnete ich. Um diese lächerliche Grimasse nicht länger sehen zu müssen, wollte ich ihn wenigstens noch einmal richtig wütend machen. Er wirkte durchaus interessiert.

„Oho, Herr Anwalt, ich entschuldige mich im Voraus. Beraten Sie mich doch bitte schnellstens, was noch fehlt."

„Ich dachte, Sie wollten ein guter Gastgeber einer Weinprobe sein."

„Aber ganz gewiss doch." Eine leichte Nervosität machte sich bei ihm breit.

„Dann sollten Sie auch wissen, welches Requisit unbedingt noch benötigt wird."

Die Hand mit der Pistole wanderte nach oben und zitterte vor meinen Augen herum. „Reden Sie, Rechtsverdreher, was wollen Sie?"

Nun war es an mir, zu lächeln. Ich genoss diesen Augenblick. Die drohende Gefahr war mir kaum noch bewusst, jetzt, da er auf meine Antwort warten musste. Ganz langsam und leise lieferte ich ihm die gewünschte Auskunft.

„Zu einer guten Weinverkostung gehört ein Krug, in den man die Reste oder den nicht schmackhaften Wein hineinschütten kann. Da sie mir diesen je-

doch nicht bieten können, werde ich Ihnen Ihr Gesöff in die Fresse rotzen!"
Für einen Augenblick war er sich nicht sicher, was er weiter tun sollte. Ich
visierte ihn mit meinem gemeinsten Lächeln an. Dabei war ich mir nicht
sicher, ob er im nächsten Moment die Pistole abdrücken oder mir den Inhalt
des Glases einfach ins Gesicht schütten würde. Dann bekam er sich wieder
unter Kontrolle, was deutlich an den seitlich nach oben wandernden Mund-
winkeln zu erkennen war. Ich konnte dieses ekelerregende Grinsen nicht
mehr länger ertragen. Am liebsten hätte ich das Glas geleert, um ihn endlich nicht mehr sehen zu müssen. Gleichwohl sah ich meine entscheidende
Chance darin, dass er mir das Zeug irgendwie mit Gewalt würde einflößen
müssen. Ich hoffte, ihm dabei mit dem Kopf das Glas wegschlagen zu können. Der Irre trat nun näher heran.
„Kommen wir zum Ende, Herr Rechtsanwalt. Vorbei das gaudeamus igi-
tur, nichts mehr mit bibendum und so weiter. Nunc est moriendum. Zeit zu
sterben."
Er hielt in der einen Hand seine Waffe und in der anderen das Glas. Ich
konnte erneut den Chlorgeruch wahrnehmen und presste die Lippen fest
zusammen.
„Sie sollten nicht versuchen, sich zu wehren, Herr Anwalt", hörte ich ihn
reden. „Wenn zu viel von dem köstlichen Nass den Weg in ihren Mund nicht
findet, wird es ihnen möglicherweise die Lippen wegätzen. Das stelle ich
mir sehr schmerzhaft vor. Im Übrigen haben Sie ihr Leben lang nur mit Ihrem Mundwerk gearbeitet, also sollten Sie dies auch in ihren letzten Minuten nicht mehr ändern. Je beherzter der Schluck, desto schneller dürfte es
vorbei sein. Darum öffnen Sie den Mund!"
Das Glas war dicht vor meinen Lippen. Ich drehte den Kopf mal nach links
und mal nach rechts. Das Einzige, was ich tun konnte. Er folgte meinen Bewegungen mit dem Glas, sorgfältig darauf bedacht, nichts zu verschütten.
Noch schien ihn meine verzweifelte Gegenwehr zu amüsieren, aber es war
absehbar, dass dieser Teufel bald die Geduld verlieren würde. Was dann?
Würde ich den Mund noch geschlossen halten können, wenn er mir Säure darauf kippte? Ich schloss die Augen. Immer wenn sich der Geruch der
Säure näherte, drehte ich den Kopf in die andere Richtung und wartete, was
passieren würde. Ich dachte nichts mehr, wich nur noch dieser bestialischen
Gefahr aus. Das grausame Spiel schien unendlich lange zu werden.
Dann hörte ich einen Laut wie von einem geschlagenen Tier. Ich öffnete die
Augen und sah, Mandy sich auf meinen Peiniger werfen. Das Glas wirbelte
durch die Luft, ein Spritzer erwischte mich am Hals und begann sich in mein
Fleisch zu brennen. Es waren höllische Schmerzen und ich schrie laut auf,

schrie diese Qualen und meine Todesangst hinaus.

Der Irre hatte nach kurzem Ringen die Oberhand über Mandy gewonnen und hieb sie mit einem Handkantenschlag nieder. Er war außer sich vor Wut, schrie sie an und trat auf die wehrlos am Boden liegende Frau ein. Ich brüllte dazwischen, irgendetwas, Hauptsache ich konnte schreien, denn nur das half mir noch. Mein Hals schmerzte fürchterlich. Ich fürchtete um mein Leben und mehr noch um das von Mandy. Der Irre griff nach der Weinflasche mit dem Säuregemisch. Ich schrie noch lauter, brüllte wie ein Wilder.

„Hören Sie auf! Lassen Sie die Frau in Ruhe! Geben Sie auf!", beschwor ich Gung Ho.

Außerdem rief ich um Hilfe und zerrte an diesen verdammten Fesseln, die nicht nachgaben. Schließlich war ich so außer Atem, dass ich für einen Moment aufhören musste mit dem Schreien. Mandy lag regungslos und schluchzte nicht einmal mehr, der Irre stand mit Flasche und Pistole über ihr. Er hatte wohl nur darauf gewartet, dass ich ihm zuhörte.

„Für sie eine Kugel und für dich diesen Wein", zischte er bösartig. Dann wurde es grausam still.

Ich blickte ein letztes Mal auf Mandy. Ihr wunderbares schwarzes Haar war verdreckt, ihre ausdrucksvollen blauen Augen ausdruckslos leer. Plötzlich dachte ich sehr klar. Mir fiel wieder ein, dass da draußen doch Polizisten waren, die uns retten konnten. Außerdem erkannte ich, dass mein Schreien ihnen helfen würde, sich unbemerkt von außen zu nähern. Sofort brüllte ich wieder los, und ich tat gut daran, meine ganze Verzweiflung herauszuschreien. Denn im nächsten Augenblick drückte dieses menschliche Monster tatsächlich seine Pistole ab.

Ein Knall schmetterte durch das Gewölbe und dann schienen meine Sinne verrückt zu spielen. Knallen, Schießen, Blitze, Rauch und Gestank wirbelten den Raum durcheinander. Dazwischen hörte ich mein rasendes Gebrüll wie von allen Seiten auf mich zurückkommen. Irgendwie war ich innerlich gar nicht mehr hier in dieser irdischen Hölle, sondern flog bereits durch einen jenseitigen Himmel. Ich schrie so laut ich konnte, ich brüllte und geiferte, wütete verzweifelt an gegen das Inferno. Als sich schließlich eine Hand auf meine Schulter legte und ich eine fremde Stimme hörte, brach ich zusammen und hing nur noch weinend und zitternd an meinem Marterpfahl.

Vor mir sah ich eine Frau, die einmal Mandy gewesen war, und wusste, dass sie niemals mehr Mandy sein würde.

Das Nächste, woran ich mich erinnere, war eine Fahrt im Krankenwagen. Neben mir saß KHK Schulz, der den Einsatz geleitet hatte. Vor meinen Augen spielte sich immer wieder die Szene ab, als ein Schuss in die Stille geplatzt war und Mandys Kopf explodierte.

„Warum konnten Sie nicht einen Moment früher kommen? Warum haben Sie so lange gewartet?", fragte ich lethargisch. KHK Schulz sprach mit einer kalten, berechnenden Ruhe, so als habe er lediglich einen Falschparker verwarnt.

„Nachdem das Kind draußen war, ging es uns in erster Linie darum, Ihr Leben zu sichern. Die Anwesenheit einer weiteren Person in dem Keller war uns nicht bekannt. Das hat die Lage verkompliziert. Da er bewaffnet war, durften wir keinen Moment zu früh eingreifen. Als dann jedoch der Schuss abgegeben wurde, wussten wir, dass er nicht sofort nochmals schießen konnte. Er musste sich zumindest neu orientieren, neu zielen und so weiter. Diese Zeit hat uns gereicht."

Er sagte das nicht ohne eine gehörige Portion Stolz. Aus seiner Sicht hatte er einen Erfolg erzielt. Nach meiner Einschätzung von Polizeiarbeit hatte KHK Schulz bis zu dem Schuss überhaupt keinen Plan gehabt, danach schlichtweg die Nerven verloren und in einer Art Kurzschlusshandlung den Einsatzbefehl erteilt.

„Woher wussten Sie, dass nicht dieser erste Schuss schon mir gegolten hatte?"

„Das wussten wir nicht. Entscheidend war, dass ein Schuss gefallen ist und wir uns sicher waren, ihn vor dem zweiten Schuss unschädlich machen zu können. Wenn er zuerst auf Sie geschossen hätte, dann hätten wir eben die Frau gerettet."

„Mandy ...", stammelte ich.

Das sanfte Ruckeln des Krankenwagens wirkte einschläfernd. Vielleicht hatte man mir auch Beruhigungsmittel eingeflößt. Ich dämmerte im Halbschlaf vor mich hin. Erst eine scharfe Bremsung rüttelte mich wieder auf.

„Und der Irre, was ist mit dem?"

„Den gibt es nicht mehr. Sechs Kugeln, zwei davon im Kopf. Meine Männer haben perfekte Arbeit geleistet."

Ein Arzt, den ich bisher gar nicht bemerkt hatte, nahm ein Stück Verband von meinem Hals. Er träufelte eine Flüssigkeit auf die Stelle, wo mich die Salzsäure erwischt hatte, und deckte die Wunde wieder ab. „Das wird schon wieder", meinte er. „Da bleibt am Ende nur ein rotes Mal auf der Haut."

Wieder döste ich eine Zeit lang vor mich hin.

„Und Mandy?", fragte ich halb träumend, „ist sie wirklich tot?" KHK Schulz wirkte nun sehr ernst.

„Sie dürfte nichts mehr gemerkt haben. Eine solche Munition aus dieser

Entfernung überlebt keiner. Sie würden sie nicht einmal identifizieren können."

Wir schwiegen nun alle, bis KHK Schulz eine Tüte hervor zog und mir eine Weinflasche zeigte. „Nur die ist heil geblieben", lächelte er. „Wir werden den Inhalt genau analysieren lassen. Wozu das allerdings gut sein soll, weiß keiner. Zumindest äußerlich scheint ihr Bekannter sich aber Mühe gegeben zu haben." Er drehte das Etikett zu mir. „Schauen Sie nur."

Ich erkannte das Etikett eines Spätburgunder barrique reserve aus Pauls Keller. Vor meinen Augen begann nun alles zu verschwimmen.

„Hoffentlich werde ich jemals wieder mit Genuss Wein probieren können", murmelte ich und schlief ein.

Die Nacht verbrachte ich im Krankenhaus. Am nächsten Morgen fühlte ich mich besser und ging wie gewohnt in die Kanzlei. Doch mein Büro war mir fremd geworden. Die Mitarbeiter schlichen still umher. Mandy fehlte. Ich war nicht in der Lage, klare Anweisungen zu erteilen, wollte nicht, dass irgendjemand nun dauerhaft ihre Aufgaben übernahm. Dennoch war ausgeschlossen, dass sie wiederkommen würde.

Gegen Mittag rief Frau Krämer an.

„Wie geht es Ihnen?"

„Gut. Danke. Und der Kleinen?"

„Es wird eine Zeitlang dauern, bis sie darüber hinweg ist." Schweigen.

„Wie möchten uns bedanken", sagte sie schließlich.

„Nichts zu Danken."

„Möchten Sie uns auf einen Kaffee besuchen? Barbara bittet Sie darum."

„Wann?"

„Heute Nachmittag?"

„Ich werde kurz vorbeischauen."

Die Betonwüste der Hohen Bell lag unter einer dunklen Wolkendecke. Die Wohntürme wirkten verlassen und bedrohlich. Als ich an der Haustür stand und die lange Liste der Namensschilder absuchte, fühlte ich mich beobachtet. Ich drehte mich um und sah im gegenüberliegenden Wohnblock wieder die Frau, die aus dem geöffneten Fenster lehnte und zwischen Geranien herablugte. Wie eine Sphinx lauerte sie mit versteinerter Miene dort und starrte mich an.

Frau Krämer hatte Zitronenkuchen gebacken. Ich mag keinen Zitronenkuchen.

Ihre Tochter hatte ein Bild gemalt. Bäume, Himmel, Vögel. Ich kann mit Kinderkritzeleien nichts anfangen. Wir plauderten etwas über das Wetter und tranken Kaffee. Die zurückliegenden Ereignisse schwiegen wir tot. Dann verabschiedete ich mich wieder. Die Vergangenheit war tot.

Als ich bereits stand, um Barbara die Hand zu reichen, versuchte Sonja Krämer, mich zum Bleiben zu bewegen. Mein Blick fiel auf das Sofa, das ich nie hatte wiedersehen wollen, dann in die Augen der Frau, die ich nie begehrt hatte. Ich ging.

Draußen lugte noch immer die Alte durch die Geranien herab. Wahrscheinlich war sie längst mit ihren Blumenkästen verwachsen. Auf dem Balkon über ihr hatte jetzt auch der Rentner Position bezogen, um seine Rauchschwaden in die Luft zu paffen.

Ich setzte mich in mein Auto, den Motor ließ ich aus. Dann saß ich, wartete und schaute, betrachtete die zementierte Verlorenheit der grauen Wohnblocks, die asphaltierte Hoffnungslosigkeit der kalten Straßen. Es gab kein Ziel, wohin ich fahren wollte.

Auf meinem Schreibtisch lag noch der Strafbefehl. Der letzte Tag der Frist neigte sich dem Ende zu. Bis Mitternacht hatte ich noch Zeit, Einspruch einzulegen. Danach wäre ich vorbestraft und würde vor dem Anwaltsgericht um meine Zulassung als Rechtsanwalt kämpfen müssen. Was Recht oder Unrecht ist, hängt manchmal nur davon ab, ob ein Uhrzeiger noch vor oder schon nach der Zwölf steht.

Ich musste die Kanzlei informieren, dass ich heute nicht zurück ins Büro kommen würde. Aus alter Gewohnheit rief ich Mandy an. Dann fiel es mir wieder ein. Eigentlich hatte ich es noch gar nicht vergessen. Manchmal dachte ich mehr an sie, manchmal weniger. Aber ich würde niemals nicht an sie denken können. Erinnerung ist unsterblich.

Schweren Herzens begann ich, ihre Kontaktdaten aus dem Handy zu löschen. Es musste sein. Als ich zur Kontrolle im Adressbuch des Telefons nach ihr suchte, war sie nicht mehr da. Schockiert schaute ich auf das Display. Ich hatte sie tatsächlich ausgelöscht. Sie war zum zweiten Mal gestorben, diesmal von meiner Hand.

Leichter Nieselregen benetzte die Scheiben meines Autos. Ich war zu träge, den Wischer einzuschalten. Dennoch fuhr ich schließlich los, wie unter einem Schleier, alleine durch die Hohe Bell. Kein Mensch war auf den Straßen. Nur an einer Bushaltestelle sah ich eine junge Frau stehen. Schlank, schwarzhaarig, etwa Mitte zwanzig. Sie tippte auf die Tasten ihres Handys. Im Vorbeifahren versuchte ich, die Farbe ihrer Augen zu erkennen. Sie schaute nicht auf, sie beachtete mich noch nicht einmal.

Bad Kreuznach kann sehr einsam sein.

Bezugsquellen
der Weine

1. Kapitel
Weingut Rosengarten
Welker-Emmerich
Nahestraße 15
55593 Rüdesheim / Nahe
www.welker-emmerich.de

2. Kapitel
Weingut von Racknitz
Disibodenberger Hof
55571 Odernheim
www.von-racknitz.com

3. Kapitel
Freshcuvée
www.freshcuvee.de

4. Kapitel
Weingut Wolfgang Schneider
Naheweinstr. 35
55452 Guldental
www.weingut-wolfgang-schneider.de

5. Kapitel
Weingut Mathern
Winzerstrasse 5
55585 Niederhausen
www.weingut-mathern.de

6. Kapitel
Weingut Kronenhof
55585 Norheim
www.das-weingut-kronenhof.de

7. Kapitel
Weingut Hexamer
Sobernheimer Str. 3
55566 Meddersheim
www.weingut-hexamer.de

8. Kapitel
Weingut Albert Gälweiler
Mühlenstraße 6
55595 St. Katharinen
www.gaelweiler-wein.de

9. Kapitel
Weingut Gut Hermannsberg
Vormals Königlich Preußische
Weinbaudomäne
55585 Niederhausen/Nahe
www.gut-hermannsberg.de

10. Kapitel
Weingut Schmidt-Kunz
Bahnhofstrasse 19
55452 Windesheim
www.schmidt-kunz.de

11. Kapitel
Weingut Franz Jäckel
Traubenstraße 12
55595 Wallhausen
www.weingut-jaeckel.de

12. Kapitel
Weingut Marx
Im Setzling 6
55452 Windesheim
www.weingutmarx.com

Das Naheland

Faszination Naheweinstraße

Die Naheweinstraße verbindet auf ihrem 130 Kilometer langen Rundkurs 35 in eine abwechslungsreiche Landschaft eingebettete Winzerdörfer und führt ganz nebenbei zu den kulturellen, landschaftlichen und geschichtlichen Highlights der Region.

Die Nahe ist ein kleiner nicht schiffbarer Nebenfluss des Rheins, an deren Ufern Weinbau bereits seit über 2.000 Jahren betrieben wird. Ruhig geht es in dem 4.000 Hektar großen Anbaugebiet zu. Einmal angekommen, wird das Anbaugebiet über kleine Straßen erkundet, weit entfernt von der Hektik des Alltags. Dennoch ist die Naheweinstraße sehr gut an das überregionale Straßennetz angebunden.

Landschaftlich stellt das Weinanbaugebiet Nahe keine Monokultur dar, sondern präsentiert sich als facettenreiche Weinkulturlandschaft. Aus einem Heißluftballon betrachtet wirkt die Landschaft wie in einen natürlichen Flickenteppich eingebettet, der sich aus dem harmonischen Zusammenspiel von Wäldern, Feldern und Reben zusammensetzt. Es versteht sich von selbst, dass an der Nahe nur die geeignetsten und besten südexponierten Hänge mit Weinreben bestockt sind.

Landschaftsprägend ist der beeindruckende Rotenfels. Diese majestätische 200 Meter hohe und 1000 Meter lange Porphyrsteilwand ist zwischen Skandinavien und den Alpen einzigartig. Unter Kennern ist die Weinlage „Bastei" am Hangfuß des Rotenfels aufgrund des weinprägenden Terroirs und des besonderen Mikroklimas hoch geschätzt. Der Rheingrafenstein, die weltberühmten Weinlagen des mittleren Nahetals, der mystische Disibodenberg oder die fantastischen Aussichtspunkte bieten faszinierende Eindrücke der Weinkulturlandschaft Nahe.

Diese herrliche Wein- und Flusslandschaft bietet unzählige Möglichkeiten der Freizeitgestaltung. Trendsportarten wie Nordic-Walking, Nordic-Blading oder längst etablierte Outdooraktivitäten wie Jogging oder Wandern werden auf dem gepflegten und gut ausgebauten Wegenetz unternommen. Der stark frequentierte 98 Kilometer lange Weinwanderweg Rhein-Nahe bietet neben 18 kleineren Themenwegen ausreichend Gelegenheit, die Faszination Naheweinstraße per Pedes zu erkunden. Den Radfahrern steht auf und neben dem komplett beschilderten Naheradweg ebenfalls ein ausgezeichnetes Radwegenetz zur Verfügung. Spaß für die gesamte Familie bietet die 40 Kilometer lange Draisinenstrecke im Glantal.

Kulturell präsentiert sich das Naheland überaus abwechslungsreich. Neben den historischen Weinorten, deren Geschichte teilweise über 1.000 Jahre alt ist und über deren historische Pfade noch heute die Naheweinstraße verläuft, finden sich im Naheland zahlreiche historische Zeugnisse. Diese beginnen bei den sensationellen Ausgrabungen der römischen Villenanlage in Bad Kreuznach mit zwei beeindruckenden im Original erhaltenen Mosaiken. Über 30 Burgen, Schlösser und Ruinen bezeugen die wechselnden Machtverhältnisse und kriegerischen Auseinandersetzungen. Heute sind diese geschichtsträchtigen Schauplätze beliebte Freizeitziele. Weinkulturelle Zeugnisse sind die historischen Weinbergshäuschen sowie die Trockenmauerterrassen, die bereits bei Hildegard von Bingen, eine der bedeutendsten Persönlichkeiten des Naheraums im Mittelalter, Beachtung fanden. Einige der besten Weinlagen an der Nahe sind noch heute terrassiert, trotz der immer weiter fortschreitenden Mechanisierung in der Weinwirtschaft.

Wein und Kulinarisches wird an der Nahe, wie könnte es in einem Weinanbaugebiet auch anders sein, groß geschrieben. Es sind zu 3/4 Weißweine, die an der Nahe gekeltert werden, wobei dem Riesling ein besondere Stellung zukommt. Das Weinland verfügt über zahlreiche Weingüter von Weltruf, die in diversen Führern basierend auf exzellenten Weinqualitäten Jahr für Jahr vorgestellt werden. Mehrfach ausgezeichnete Köche sorgen für das leibliche Wohl und kreieren raffinierte Gerichte. Dabei werden selbstverständlich regionale Produkte verwendet. Ein besonderer Genuss ist es, in einem empfohlenen Naheweingarten die regionalen Gerichte bei einem Schoppen, der an der Nahe Remischen genannt wird, zu genießen. Neben der exklusiven Sternegastronomie sind die gemütlichen Straußwirtschaften immer wieder ein weinkulinarisches Erlebnis. Ein hervorragendes regionales Weinangebot in der Gastronomie wird durch die engagierten Teilnehmer an der Initiative „Der beste Schoppen" garantiert. Selbst in der Heimat genießen unsere Gäste noch die Schätze des Nahelandes.

Entlang der Naheweinstraße steht ein umfassendes und qualitativ hochwertiges Wellness- und Gesundheitsangebot zur Verfügung. Das Salinental zwischen Bad Kreuznach und Bad Münster am Stein-Ebernburg mit seinen über 1.200 Meter langen Gradierwerken ist das größte Freiluftinhalatorium Europas. Die ehemals zur Salzgewinnung errichteten industriekulturellen Gradierwerke dienen heute der Erholung. Besonders in den Sommermonaten herrscht im Salinental ein angenehmes „Meeresklima". Die Thermalsole lässt sich nicht nur riechen, sondern auch schmecken. Durch die „frische Brise" lässt sich in den weitläufigen Parkanlagen der Sommer besonders genießen. Die warmen salz- und mineralhaltigen Thermalwässer ergänzen das Gesundheitsangebot und sind im historischen Jugendstil-Kurmittelhaus von Bad Münster am Stein-Ebernburg im direkt angrenzenden Kurpark zu verkosten. Auch hier liegt ein jod- und salzhaltiger Geruch in der Luft. Neben den weltbekannten Kurorten Bad Kreuznach und Bad Münster am Stein-Ebernburg kann die Naheweinstraße mit der jungen Kurstadt Bad Sobernheim das einzige Felkeheilbad Deutschlands aufweisen. Hier kann man seine Füße sogar auf dem Barfußpfad mit einer 3,5 Kilometer langen Fußreflexzonenmassage verwöhnen oder abhärten. Die bekannten privaten Wellness- und Gesundheitshotels haben sich ganz auf die Bedürfnisse anspruchsvoller Gäste eingestellt. Vinowellnessanwendungen oder die Vinotherapie runden die Angebote um die Naheweinstraße ab.

Wer sich neben den weinbezogenen Themen den Edelsteinen und der Erdgeschichte widmen möchte, dem sei die „Deutsche Edelsteinstraße" sowie die „Hunsrück-Schiefer und Burgenstraße" empfohlen. In außergewöhnlichem Ambiente wird im Historischen Kupferbergwerk eine Erlebnisweinprobe unter Tage mit erlesenen Naheweinen angeboten, begleitet von regionaltypischen Köstlichkeiten. Entlang der Nahe sind Stein & Wein immer die Protagonisten!

Besonderer Tipp: Entlang der Naheweinstraße befinden sich einige ganz spezielle Unterkunftsmöglichkeiten mit direktem Bezug zum Nahewein. „NatUrlaub auf dem Winzerhof" bietet eine passende Unterkunft für diejenigen, die ohne eigenes Bett anreisen und eine Übernachtung beim Nahewinzer mit weinbezogenen Zusatzangeboten suchen. Den Reisemobilisten sind die kleinen privaten Stellplätze beim Nahewinzer empfohlen.

(Abdruck mit freundlicher Genehmigung von Tobias Endemann)

Julius Dexheimers erster Fall
Tödliche Verteidigung

Ein Mord ohne Täter, Erpressungen in einem Bordell, ein angesehener Anwalt unter Mordanklage – so verzwickt hatte sich der junge Strafverteidiger Julius Dexheimer seinen neuesten Fall nicht vorgestellt. Erst im Gerichtssaal erkennt Dexheimer den Ernst der Lage und beginnt – vielleicht schon zu spät – den Kampf um die Unschuld des Angeklagten. Seine Gegner sind ein fanatischer Richter, die immer knapper werdende Zeit – und nicht zuletzt der eigene Mandant. Bei manch gutem Glas Nahe-Wein kommt Dexheimer der Wahrheit immer näher.

Ein spannender Justizkrimi – direkt aus dem Bad Kreuznacher Gerichtssaal.

Mit passenden
Wein-Empfehlungen
zu jedem Kapitel.

Softcover
240 Seiten
1. Auflage 2008

Julius Dexheimers zweiter Fall

Tödliche Verwandtschaft

„Unsere Welt hier ist nicht deine Welt, du bist dort nicht hineingewachsen. Du hast ein paar Leute kennengelernt und ein bisschen Spaß mit uns gehabt. Aber du gehörst erst dann wirklich zu uns, wenn du so leben musst wie wir."

Softcover
224 Seiten
1. Auflage 2009

Sein neuer Fall führt Rechtsanwalt Dexheimer auf die Schattenseiten der Kur- und Badestadt Bad Kreuznach, in einen Sumpf aus Alkohol, Drogen und gescheiterten Existenzen. Doch das Milieu fasziniert ihn, fesselt ihn – und zieht ihn mit sich in die Tiefe. Zu alledem verdrehen ihm wieder einige Frauen den Kopf, bis sich in seinem Umfeld die mysteriösen Todesfälle häufen. Durch sein sehr spezielles Talent, die Wahrheit im Wein zu erkennen, überführt er den Mörder – aber Rechtsanwalt Dexheimer hat seine eigene Vorstellung von Gerechtigkeit.

Ein fesselnder Krimi, der das Nahestädtchen von einer Seite zeigt, die vielen verborgen bleibt.

Mit passenden
Wein-Empfehlungen
zu jedem Kapitel.

*Thomas Scheffler,
Jahrgang 1967, hat nach
einem Grundstudium in
Germanistik, Geschichte und
Philosophie die Juristerei für
sich entdeckt.
Er arbeitet seit 1995 vor-
wiegend im Verwaltungsrecht
und in der Strafverteidigung
als selbständiger Rechtsanwalt in einer Sozietät in Bad
Kreuznach. Er ist verheiratet
und hat 4 Kinder.*

Thomas Zumsteg,
Jahrgang 1964,
ist Maler und Zeichner.

Seine Lieblingsthemen sind
Tierporträts, Landschafts-
bilder sowie Szenen aus Bad
Kreuznach und Umgebung.

Die Tuscheskizze auf S. 86
und das Aquarell auf der
Rückseite dieses Buches hat
er speziell für diesen Roman
angefertigt.

Thomas Zumsteg
Beinde 9
55595 Hüffelsheim